ANNA DEGEN

DER KÖNIGSMORD VON BAMBERG

HISTORISCHER ROMAN

emons:

Bibliografische Information der Deutschen Nationalbibliothek
Die Deutsche Nationalbibliothek verzeichnet diese Publikation in der Deutschen Nationalbibliografie; detaillierte bibliografische Daten sind im Internet über http://dnb.d-nb.de abrufbar.

MIX
Papier | Fördert gute Waldnutzung
FSC® C083411
FSC
www.fsc.org

Umschlagmotiv: The Belles Heures of Jean de France, duc de Berry
Umschlaggestaltung: Leonardo Magrelli
Gestaltung Innenteil: DÜDE Satz und Grafik, Odenthal
Karte Seite 356: Anna Hopfner
Lektorat: Uta Rupprecht
Druck und Bindung: CPI – Clausen & Bosse, Leck
Printed in Germany 2024
ISBN 978-3-7408-2053-4
Historischer Roman
Originalausgabe

Für meine Enkelinnen und Enkel
Anton, Daphne, Valeria und Lukas

Freude am Schreiben,
Möglichkeit des Erhaltens,
Rache der sterblichen Hand.

Wisława Szymborska,
»Freude am Schreiben«

Sophies Notizen
Bamberg, im Juni 1248

Wir lachen viel gemeinsam, meine Enkelin Ela und ich, über ulkige oder unglaubliche Begebenheiten, die mir irgendwann einmal zugestoßen sind. Wir haben nämlich einen kleinen Tauschhandel ausgemacht: Sie massiert meinen schmerzenden Rücken, und ich erzähle ihr dafür eine Geschichte aus meinem Leben.

Ela erinnert mich so sehr an mich selbst, als ich in ihrem Alter war. Sie hat die gleichen dicken blonden Zöpfe wie ich damals, immer ein bisschen unordentlich. Sie ist mit ihren zwölf Jahren ein langes, schlaksiges Geschöpf, aufmerksam, klug und fröhlich. Und sie hat wunderbar heilsame Hände, die meine Schmerzen meist für viele Stunden lindern.

Natürlich liebe ich alle meine sechs Enkelinnen und Enkel, aber Ela ist mir doch am nächsten. Schon als ganz kleines Mädchen hatte sie diese großen, neugierigen Augen; stundenlang beobachtete sie, was um sie herum geschah. Sie war ein leicht zu liebendes Kind, das diese Liebe mit Anschmiegsamkeit und großer Zuneigung erwiderte.

Sie besucht mich jetzt oft, und jedes Mal wenn ich ihr eine Geschichte erzählt habe, bedrängt sie mich: »Schreib sie auf, Großmutter, schreib sie auf!« Jetzt hat sich unversehens die Gelegenheit ergeben, Elas Wunsch zu erfüllen. Denn heute früh kam ihr Vater, der Notar des Bischofs, und brachte mir einen beachtlichen Stapel Pergamentbögen vorbei. Ich bin ja überzeugt davon, dass mein geliebter kleiner Frechdachs Ela dahintersteckt, und frage mich, wie lange sie ihren Vater bearbeiten musste, bis er diesen wertvollen Schatz aus seinen Vorräten abgezweigt hat.

Was für ein wundervolles Geschenk! Ganz hell ist das Pergament, weich und fast ohne Löcher. Es gibt mir ein zärtliches

Gefühl in den Fingerspitzen, wenn ich über die Seiten streiche. Ich liebe den Geruch von Pergament. Er ist schwer zu beschreiben, ein bisschen herb, fast bitter und dennoch ganz sanft, und wenn man es beschreibt, legt sich der unverwechselbare Geruch der Tinte darüber. Ach, und wenn dann die Buchstaben aus der Hand durch die Feder auf den Bogen fließen – was für eine Freude, aus Sprache und Gedanken ein Ding zu machen, das man anfassen und jemand anderem geben kann, der es wieder in Sprache und Gedanken verwandelt! Ist das nicht ein Wunder?

Vorhin, als Ela mich besuchte und wir in meinem kleinen Garten unterm Kirschbaum saßen, habe ich ihr von meinem Plan erzählt. Mir wurde die Kehle eng, als ich die Freude in ihren Augen aufleuchten sah. Sie sprang von der Bank und drehte sich einmal vor mir im Kreis. »Jetzt muss ich aber wirklich noch besser lesen lernen!«, rief sie. »Ach was«, antwortete ich, »du kannst doch schon ganz gut lesen. Schließlich hattest du die beste Lehrmeisterin der Welt – mich!« Ela kicherte. Dann umarmte sie mich. »Ich weiß, du hast es lustig gemeint. Aber du bist wirklich die beste Lehrerin der Welt für mich.«

Ach, solche Momente unvermuteten Glücks tun so gut in meinem Alter. Denn oft bin ich jetzt mutlos und traurig. Die Welt verändert sich so schnell und nicht zu ihrem Besseren. Mir kommt es vor, als ginge gerade eine Epoche zu Ende, eine Zeit voll strahlenden Lichts und tiefer Schatten, voller steiler Aufstiege und jäher Abstürze, voll glitzernder Pracht und unsagbaren Elends, voller Feste und Kämpfe und bewegender Lieder.

Für uns hier in Bamberg war das die Zeit des Hauses Meranien. Über sechzig Jahre lang wurden wir regiert von drei Bischöfen aus dieser Familie: Bischof Otto II., Bischof Ekbert und Bischof Boppo. Mein Herr war Bischof Ekbert, ein starker, schlauer Fürst, dessen Leben mit dem meinen auf seltsame Weise verwoben war. Vor wenigen Wochen ist nun sein Neffe Otto gestorben, der letzte Herzog aus dem Haus Meranien. Sein Tod macht mir Angst, denn nach dem Aussterben eines Fürstengeschlechts gibt es immer Streit und Krieg um das Erbe. Diese Ahnung hat die schützende Glasur des Alltags in mir aufgebrochen, und aus den Schrunden und Rissen stiegen alte Ängste auf, Ängste, die ich längst vergangen glaubte.

Wie oft habe ich mir gewünscht, ich hätte meinen Mund gehalten, damals, als der Mord geschah. Aber inzwischen bin ich froh, dass ich das nicht getan habe, denn sonst hätte ich Prag und Wien und Rom nicht gesehen, nicht die mächtige Donau, die blauen Alpen und die staubigen Steppen Ungarns, und ich könnte nicht davon berichten. So werden aus meinen Erinnerungen vielleicht auch noch die Erinnerungen meiner Enkel und Urenkel. Mir ist das eine tröstliche Vorstellung.

Ich freue mich aufs Schreiben, aber ich weiß nicht, wie lange es noch geht … Hin und wieder vergesse ich, was ich beim letzten Glockenschlag getan habe oder am gestrigen Tag. Doch an jenen Tag, mit dem ich beginnen will, an den erinnere ich mich ganz genau.

Vierzig Jahre ist das jetzt her, aber ich weiß … ja, ich glaube, ich weiß noch jede Einzelheit, die Gerüche, die Geräusche und die Farben, die hochgemuten Farben in der hellen Sonne. Zwölf Jahre war ich damals, ein seltsames Alter für uns Mädchen: Äußerlich sind wir noch Kinder, aber innerlich bricht etwas auf in uns, schon stehen wir auf der Schwelle zum Erwachsenwerden. Ich war ein privilegiertes Kind, mein Vater, der Kämmerer des Bischofs, und meine Mutter, die Verwalterin des bischöflichen Haushalts, waren geachtete Leute. Alle Bediensteten am Bamberger Bischofshof verwöhnten mich. Und weil ich ihnen zuhörte, erzählten sie mir vieles. Denn ich war neugierig, immer auf der Lauer nach neuen Geschichten. Auch wenn die Priester sagen, dass Neugier eine Sünde sei – ich finde Neugier etwas Wunderbares. Sie macht das Leben bunt. Ich wollte immer wissen, was um mich herum vorgeht, wie die Dinge und die Welt sich wandeln und wo die Rädchen sind, die diesen Wandel bewirken. Einen solchen Moment des Wandels habe ich erlebt, als mehrere kleinere und größere Schicksalsrädchen ineinandergriffen, damals im heißen Juni 1208.

SOPHIES KLEINE WELT

Bamberg, 20. Juni 1208

An diesem Freitag, dem Tag vor St. Alban des Jahres 1208, war Bischof Ekbert mit seiner gesamten Familie, mit den Herren des Domkapitels und einem prächtigen Gefolge zahlreicher Ritter am frühen Nachmittag den Berg hinaufgeritten, um König Philipp zu begrüßen. Dort oben, kurz vor dem Wildensorger Pass, hatte mein Vater ein großes Zelt aufstellen lassen, in dem Philipp und seine Gemahlin Irene-Maria ihre Reisekleidung gegen die feierlichen Staatsgewänder für den Einzug in die Stadt wechseln konnten.

Vater hatte den Platz sorgfältig gewählt, denn von dort aus hatte man den ersten Blick auf Bamberg, das sich am Fuß der Hügel unten im Flusstal ausbreitet. Vor gut hundert Jahren soll unser wunderbarer heiliger Bischof Otto an dieser Stelle vom Pferd gestiegen sein, um barfuß durch den Schnee bis zum Dom zu gehen. Diese Geschichte wurde uns Kindern immer wieder erzählt.

Vater hatte wirklich ein Gespür für Orte und Zeiten. Das war sicher einer der Gründe, warum Bischof Ekbert ihn zum Kämmerer machte, dem der gesamte bischöfliche Haushalt unterstand. Mit seinem Organisationstalent und seiner freundlichen Autorität hatte er sich allgemeine Anerkennung erworben. Das spürte ich von klein auf, wenn die Hofbediensteten mich auf den Arm nahmen oder mit mir spielten.

Den Ablauf des Festes hatte Vater seit Monaten geplant, denn die Hochzeit von Bischof Ekberts Bruder, Herzog Otto I. von Meranien, und König Philipps Nichte Beatrix, der Erbin von Burgund, war sowohl für den Bischof als auch den König selbst ein überaus bedeutsames und vor allem hochpolitisches Ereignis.

Vor acht Wochen war sogar der Reichstruchsess von König

Philipp hier gewesen, und Vater war gemeinsam mit ihm sämtliche Stationen des feierlichen Einzugs abgegangen.

Und doch war trotz der guten Vorbereitung an diesem Tag einiges schiefgelaufen, wie man sich später erzählte. Das Pferd, das die Kinder dem König überbringen sollten, war, von einem besonders freudigen Trompetenstoß erschreckt, durchgegangen und durch die Menschenmenge geprescht. Es hatte einige Zeit gebraucht, das Tier wieder einzufangen und zurückzubringen. Den achtundvierzig Stiftsherren und Mönchen, die den König vor dem Burgtor begrüßen sollten, war die Warterei in der Hitze zu lang geworden, weshalb sie sich in die kühle Jakobskirche geflüchtet hatten. Vater musste sie erst wieder herbeiholen, damit sie sich neu aufstellten. Die Menschen, die schon seit Stunden in der heißen Sonne auf dem Domplatz und entlang der Straßen standen, um ihrem König zu huldigen, schwitzten, und die Blumen in ihren Händen ließen schon die Köpfe hängen.

Dennoch war die Stimmung gut. Ganz Bamberg hatte sich für den Empfang versammelt, denn es war schon sieben Jahre her, seit König Philipp das letzte Mal die Stadt mit seinem Besuch beehrt hatte, zum Fest der Heiligsprechung von Kaiserin Kunigunde. Die Feierlichkeiten hatten über eine Woche gedauert, und Vater hatte alle Mühe gehabt, für all die Gäste genügend Essen und Getränke herbeizuschaffen. Ich war damals erst fünf Jahre alt, aber ich kann mich noch genau an die Aufregung erinnern, die den ganzen Bischofshof in einen Ameisenhaufen verwandelt hatte.

Natürlich wollten jetzt alle den König, seine Gemahlin und ihre vier Töchter sehen, aber die Geduld der Menschen wurde auf eine harte Probe gestellt. Allmählich wurde es unten auf dem Domplatz unruhig, viele Leute suchten sich eine der spärlichen Schattenstellen, um sich hinzusetzen.

Ich dagegen war, wie schon oft, in mein Versteck geklettert, ein dämmriges Refugium hoch oben über dem Domplatz. Noch heute rieche ich den warmen Harzduft der Dachbalken und spüre in meinem Haar den leichten Luftzug, der dort immer zwischen den Mauern entlangstrich. Mein geheimes Reich lag in der Kuhle zwischen dem steilen Dach der Andreaskapelle und der weit überstehenden Traufe der Pfalz, und ich nannte es »meine kleine Welt«.

Zwischen dem achten Eck der Kapelle und der Pfalz gibt es nämlich einen dreieckigen Raum, der unten als Sakristei genutzt wird und im Obergeschoss als Lagerraum dient, für Putzsachen, Streusand und die Tischtafeln aus dem großen Saal. Dort sind in die Wand Metallkrampen eingelassen, damit die Dachdecker durch eine Luke aufs Dach steigen können. Sonst nutzt sie eigentlich keiner, und ich achtete stets sehr darauf, dass niemand mich sah, wenn ich hinaufkletterte. Auf diesem Weg entkam ich immer wieder für kurze Zeit meinen Pflichten, um zu träumen oder auch um zu beobachten, was unten auf dem Domplatz passierte. Dort lag ich dann unter dem schützenden Rand des Dachs auf dem zerrissenen Rest eines alten Teppichs, den Mutter hatte wegwerfen wollen, und konnte über das Tal der Regnitz hinweg bis hinüber zur Giechburg schauen.

In einer kleinen Holzkiste, die ich zwischen die Sparren geklemmt hatte, steckten all meine Schätze: ein paar Münzen, die mir Gäste des Bischofs beim Aufwarten zugesteckt hatten, eine winzige hölzerne Marienfigur, die Mutter von einer Pilgerreise mitgebracht hatte, mein schönstes, leuchtend blaues Haarband, das ich mir gern in den langen Zopf flocht, und, als Wertvollstes von allem, eine Wachstafel mit einem Griffel. Ich konnte mit meinen zwölf Jahren nämlich nicht nur lesen, sondern sogar schreiben, und darauf war ich unbändig stolz. Das können eigentlich nur adelige Mädchen; sogar die meisten Männer müssen, wenn sie einen Brief bekommen, ja immer noch ihren Kaplan herbeirufen, damit er ihnen das Schriftstück vorliest.

Aber ich hatte großes Glück gehabt. Meine Mutter war vor ihrer Hochzeit Zofe bei der Gräfin Nicole gewesen, einer Hofdame von Kaiserin Beatrix. Als Beatrix Kaiser Friedrich Barbarossa heiratete, war die Gräfin zu ihrer Begleitung aus Burgund mit nach Deutschland gekommen. Mutter bekam immer ganz leuchtende Augen, wenn sie von ihrer »Comtesse« erzählte, die sie fast wie eine Freundin behandelt und ihr Lesen und Schreiben beigebracht hatte.

In ihrer Gegenwart war es Pflicht gewesen, sich »höfisch« zu benehmen, so wie das in Frankreich der Brauch war – Sauberkeit, feine Tischsitten und maßvolles Verhalten waren Voraussetzung, um in den engeren Kreis der Gräfin aufgenommen zu werden; dort hatte keiner abgenagte Knochen auf den Tisch gespuckt oder sich ins Tischtuch geschnäuzt.

Einen Abglanz dieser guten Sitten hatte Mutter, die die Küche und die gesamte Dienerschaft unter ihrer Fuchtel hatte, auch auf den Bamberger Bischofshof übertragen. Und natürlich brachte sie auch ihrer Tochter »feines Benehmen« bei. In diesem Punkt machte ich ihr die Erziehung allerdings leicht: Ich sog jede ihrer Geschichten über die »Comtesse« in mich auf und wollte sie wieder und wieder hören, übte Schreiben wie eine Besessene und las alles, was ich in die Finger bekam. Es war wenig genug. Ach, was war das für eine Freude, als ich einmal eines der Ritterbücher, die Bischof Ekbert so gern las, beim Saubermachen in seinem Zimmer fand und für ein paar Stunden in mein Reich mitnehmen konnte. Die Aufregung war riesig, als man den Verlust entdeckte, und nur mit Mühe gelang es mir, das Buch heimlich ins Zimmer zurückzubringen und es dann wie zufällig hinter einer Truhe »wiederzufinden«.

Ich glaube, das war die glücklichste Zeit meines Lebens. Meine größte Sorge war, dass ich hoffentlich nicht so bald meine Rosen bekam, damit sie sich mit Heiratsplänen für mich noch Zeit ließen. Damals interessierten Männer mich überhaupt noch nicht, außer Bischof Ekbert natürlich. Für den schwärmte ich seit meinem achten Lebensjahr, als er mich einmal vorn auf sein Pferd genommen hatte und mit mir über den Burghof geritten war. Seine schönen schmalen Hände waren zwar hart und schwielig vom Reiten und Kämpfen, hatten mir aber erstaunlich sanft übers Haar gestrichen. Seitdem war er mein Abgott.

Er sah ja auch wirklich sehr gut aus, groß und schlank – ja, damals war er noch schlank –, mit strahlend blauen Augen unter hochgeschwungenen Augenbrauen. Vor allem aber sein Lächeln – da wurden allen Mädchen die Knie weich. Als dritter Sohn hatte er Geistlicher werden müssen, aber eigentlich war er seiner Natur nach ein Kriegsmann, ein Ritter, wie er im Buche steht. Und mächtig stolz auf den Aufstieg seiner Familie.

Dazu hatte er ja auch gerade zu der Zeit, von der ich erzähle, allen Grund: Am nächsten Tag würde sein Bruder Otto, der Herzog von Meranien, die Nichte des Königs heiraten. Damit wurde Ekbert ein enger Verwandter des deutschen Königs, er, der schon der Schwager des französischen und des ungarischen Königs war. Seine Familie gehörte so zu den höchsten Adelsfamilien Europas. Darauf konnte man schon stolz sein.

Aber Stolz ist eine gefährliche Sache, denn der Schritt zum Hochmut ist klein. Und Hochmut kommt vor dem Fall, wie das Sprichwort sagt. Manchmal taucht ganz plötzlich vor dem hellen Hintergrund das große Rad der Fortuna auf, das die Menschen auf der einen Seite emporhebt und sie auf der anderen hinabschleudert. Ich frage mich immer wieder, wer an diesem Rad wohl dreht.

Sophies Notizen
Bamberg, im Juli 1248

Vorhin ist Ela vorbeigekommen und hat mir ein Körbchen voll Himbeeren und außerdem – oh, welche Freude! – die Bedenken ihrer Familie mitgebracht. Alle würden sich aufregen über meinen Entschluss, meine Erinnerungen aufzuschreiben. Vor allem ihre Mutter, meine Tochter Barbara, mache sich ›solche Sorgen‹, ich sei doch nicht gesund und die Anstrengung würde mir sicher schaden. »Morgen will Mutter dich besuchen, sobald sie die große Wäsche hinter sich hat. Sie wird versuchen, dir das Schreiben auszureden.« Ela fasste meine Hand. »Lass das nicht zu, Großmutter, bitte. Ich bin schon so gespannt, wie es weitergeht!«

Barbara hat zum Teil ja recht, das Schreiben ist wirklich nicht immer ein Genuss; meist tun mir nach einiger Zeit die Finger und das Kreuz weh. Aber es drängt mich ja nichts, ich kann meine Arbeit jederzeit unterbrechen.

Ach ja, Barbara war schon als kleines Mädchen ein »Sorgenkind«. Nicht weil sie *mir Sorgen gemacht hätte – sie war brav und pflichtbewusst –, sondern weil sie sich ständig Sorgen um alle in ihrer Umgebung macht. Sie versteht einfach nicht, dass mich die Ruhe, die sie mir anempfiehlt, tödlich langweilt. Welch ein Lebenselixier ist dagegen Elas Freude an meinen Erzählungen. Oft schnappt sie sich die Seiten, die ich schon geschrieben habe, und verzieht sich damit zum Lesen in eine Ecke. Wenn wir dann darüber reden, fällt mir vieles ein, was ich längst vergessen glaubte. Und wenn ich dann weiterschreibe, sehe ich ihre wachen Augen vor mir, und die Feder bewegt sich wie von selbst.*

DER EINZUG DES KÖNIGS

Endlich kamen sie.

Vorneweg gingen die Trompeter und Trommler, die vor Begeisterung einen solchen Lärm machten, dass der Domkantor Mühe hatte, sie in Schach zu halten. Hinter ihnen schritten die Bannerträger, und dem rot-weißen Reichsbanner und dem schwarz-goldenen Adler des Königs folgten die Paniere der nach Bamberg angereisten Reichsfürsten. Die einzelnen Gruppen überboten sich im geschickten Schwenken und Herumwerfen der Fahnen, bis die bunten Farben vor meinen Augen zu wirbelnden Mustern verschmolzen.

Ein Raunen ging durch die Menge, als schließlich die Meranierbrüder auftauchten, alle vier groß und schön und sehr aufrecht auf großen schönen Rappen, Ekbert als Hausherr eine Pferdekopflänge vor den anderen. Rechts neben dem Bischof ritt sein ältester Bruder Otto, der Herzog, links befanden sich Hezilo und Berthold. Alle hatten sie diese weichen hellbraunen Haare, aber bei Otto hingen sie kerzengerade herab, während Berthold, der jüngste Bruder, sie zur Feier des Tages kunstvoll zu kleinen Löckchen gekräuselt trug. Ekbert und Hezilo hingegen fielen die Locken in natürlichen Wellen bis auf die Schultern. Die beiden, die nur ein Jahr trennte, glichen einander sehr, abgesehen davon, dass Ekbert natürlich in seinen silberdurchwirkten Bischofsornat gekleidet war, mit der edelsteinbesetzten Mitra auf dem Kopf und dem funkelnden Bischofsstab in der Hand, am Steigbügel aufgesetzt wie eine Lanze.

Die drei anderen trugen trotz der Hitze über ihren knielangen Surcots blaue, mit Silber bestickte Seidenmäntel, deren Tasselschnur sie mit der rechten Hand nach vorn zogen, während sie mit der linken lässig ihre Pferde lenkten, ganz stolze Ritter, höfisch und elegant. Ihre Knappen trugen die Schilde hinter ihnen her, die auf blauem Untergrund den silbernen Adler der

Meranier zeigten, und auch die jungen Adeligen steckten alle in neuen blau-silbernen Gewändern.

Was war ich damals stolz auf meinen Herrn und seine Familie, die Meranier, wie sie seit der Verleihung der Herzogswürde meist genannt wurden! Ich lag da oben auf dem Dach und glühte, und das nicht nur wegen der Hitze.

Als die Brüder auf den Platz ritten, grüßten sie zur Pfalz herüber. Einen Moment lang dachte ich, sie hätten mich gesehen, und rutschte verlegen noch etwas tiefer in den Schatten des Daches. Aber natürlich meinten sie ihre Schwestern, die an den Fenstern des großen Saales standen, den Bischof Ekbert hatte bauen lassen.

Die prächtigen Arkaden mit den reich geschmückten Säulchen umrahmten die Damen wie auf einem Gemälde: Gertrud, die Königin von Ungarn, herrisch und hochmütig, mit dem Kronenreif auf dem Kopf und in engen modischen Kleidern, neben ihr die Herzogin Hedwig von Schlesien, die in ihrem faltenreichen Übergewand und dem dichten Schleier fast körperlos wirkte. Sie glich viel mehr einer Nonne als ihre Schwester Mechthild, die sich tatsächlich im Kloster St. Theodor auf ihre Zeit als Äbtissin vorbereitete. Am meisten mochte ich ihre Schwägerin Sophie, Hezilos junge Frau, und nicht nur, weil sie so hieß wie ich, sondern weil sie so freundlich war. Jetzt lächelte sie, über das ganze Gesicht strahlend, ihrem Mann zu. Die Herren neigten das Haupt, und der versammelte Damenflor des Hofes grüßte gemessen zurück, wie es sich gehörte.

Plötzlich wurde es ganz still auf dem Domplatz, und die Menschen sanken auf die Knie, denn jetzt erschienen unter einem funkelnden, goldbestickten Baldachin der König und die Königin. Sie wurden zu dem Podest geleitet, das vor der Pfalz errichtet worden war, damit die Gäste bequem absteigen und außerdem von der Menge gesehen werden konnten.

Philipp glitt mit einer einzigen geschmeidigen Bewegung vom Pferd und half dann seiner Gemahlin aus dem Sattel. Irene-Maria war deutlich sichtbar schwanger, aber sie war noch immer so zart und zierlich, dass es aussah, als trüge sie einen kleinen

Ball unter ihrem Gewand. Ach, was für ein wunderbares Gewand sie anhatte, aus weich fließender dunkelblauer Seide, bestickt mit Sternen und allerlei Getier, und darüber, unter der Krone, einen weißen Schleier, der so durchsichtig und duftig war, dass man meinte, ein feiner Nebel habe sich über ihr schweres schwarzes Haar gelegt. Solch ein Spinnengewebe hatte ich noch nie gesehen – sie musste es aus ihrer Heimat Byzanz mitgebracht haben –, und ich beneidete sie sehr darum. Ich hätte es gern angefasst.

Hätte ich damals schon gewusst, unter welch traurigen Umständen ich diesen Schleier einst in den Händen halten würde, hätte ich mir diesen Wunsch nicht einmal in Gedanken erlaubt.

Der König und die Königin standen in der Mitte des blumengeschmückten Podestes, zeigten sich freundlich grüßend dem Volk und warteten, bis auch die Reichsfürsten herankamen. König Philipp rief den Leuten etwas zu, was aber im Geläut der Glocken und in den Hochrufen der Menge unterging. Eine leichte Brise kam auf und wehte dem König Irene-Marias Schleier ins Gesicht; der lachte und drapierte ihn mit einer zärtlichen Geste wieder um die schmalen Schultern seiner Frau.

Herzog Ludwig von Bayern, der inzwischen auf das Podest getreten war, neigte ehrerbietig das Knie, bevor er hinter den König trat. Ludwig war ein schöner Mann mit langen, lockigen blonden Haaren, groß und stolz und unbändig ehrgeizig, wie ich aus Gesprächen meiner Eltern wusste. »Der weiß, wo der Barthel den Most holt«, sagte mein Vater immer, wenn die Rede auf Herzog Ludwig kam. Lange hatte ich mich gefragt, warum der Herzog wissen wollte, wo jemand Most holt, bis ich begriff, dass Vater meinte, Ludwig sei schlau und wisse immer, was gut für ihn sei.

Überaus vorteilhaft für das Ansehen eines Fürsten war es jedenfalls, wenn er zum Träger des Reichsschwerts ernannt wurde. Und das hatte Ludwig tatsächlich durchsetzen können.

Wochenlang hatten sie darüber debattiert, wem diese Ehre zuteilwerden sollte, und es hatte den Herzog einiges gekostet, bis die Entscheidung auf ihn gefallen war. Nur deshalb war er auch im Zug vor allen Erzbischöfen, Bischöfen und Fürsten unmittelbar hinter dem König geritten. Nur deshalb durfte er als Erster der Fürsten auf dem Podest neben dem Königspaar stehen und sich der Menge präsentieren. Als Truchsess Heinrich von Waldburg, der im Hintergrund gewartet hatte, ihm das Reichsschwert übergab, huschte ein triumphierendes Lächeln über Herzog Ludwigs Gesicht.

Eine Gruppe nach der anderen ritt heran; die Fürsten erklommen das Podest, ihr Gefolge stellte sich auf dem Domplatz auf. Alle waren prächtiger Stimmung. Sie lachten, rissen Witze und waren vergnügt. Dann zogen sie in feierlicher Prozession über die schönen Teppiche, die Bischof Ekberts Vater vom letzten Kreuzzug mitgebracht hatte, in den Dom zur Begrüßungsmesse, und ihnen folgten Hunderte von Rittern und Bürgern, so viele, dass ich den Eindruck hatte, der Dom müsste auseinanderbrechen. Von oben erinnerte das farbenfrohe Gewimmel, das Leuchten von Rot und Blau und Grün, von Gold und Silber und blitzenden Edelsteinen, an das große Mosaik im Boden des Doms, wenn es frisch gewischt war und die Feuchtigkeit die Farben zum Leuchten brachte.

Plötzlich bemerkte ich, dass die Schatten vor dem Palas langsam länger wurden, und mir fiel siedend heiß ein, dass Mutter mir aufgetragen hatte, im Gemach des Königs noch ein letztes Mal Staub zu wischen. Dazu war jetzt keine Zeit mehr. Ich beeilte mich, vom Dach herunterzukommen, denn Mutter würde sicher noch jede Menge andere Aufträge für mich haben.

Gerade als ich aus dem Vorraum vor dem Gemach des Königs kam, lief ich Richard in die Arme.

»Ach, Sophie«, sagte er hölzern, »wo warst du denn die ganze Zeit?«

»Das geht dich einen feuchten Kehricht an«, zischte ich und versuchte, an ihm vorbeizukommen.

Aber er streckte die Hand aus, um mich aufzuhalten. »Das geht mich schon etwas an!« Er schluckte. »Deine Mutter hat mich nämlich geschickt, dich zu suchen. Beeil dich lieber. Sie sagt, sie wird dir die Hölle heißmachen, weil du so lang weg warst.«

Zu meinem Ärger spürte ich, dass ich rot wurde. »Ich habe im Zimmer des Königs Staub gewischt«, murmelte ich verlegen und dachte noch im selben Augenblick, dass das eine Lüge mit teuflisch kurzen Beinen war.

Wegen des Staubs machte ich mir keine Gedanken; ich hatte erst gestern sauber gemacht, und ein Staubkörnchen hie und da würde den König schon nicht umbringen. Aber wenn jetzt jemand in den Räumen war, würde leicht herauskommen, dass ich sie überhaupt nicht betreten hatte. Ich erinnere mich, wie wütend ich damals war, weil Richard immer dort aufzutauchen schien, wo man ihn nicht brauchen konnte, und sich aufführte, als hätte er was zu sagen.

Richard war der Sohn des bischöflichen Marschalls, und zwischen seiner und meiner Familie, vor allem zwischen unseren Vätern, herrschte eine tief sitzende Abneigung. Es wunderte mich etwas, dass Mutter ausgerechnet ihn nach mir ausgeschickt hatte, aber sie hatte ein großes Herz und sagte immer, der Junge könne ja nichts für seinen Vater. Aber es musste schon ziemlich dringend sein, dass sie überhaupt jemanden beauftragt hatte, mich zu suchen.

Richard sah mich noch immer an. Seine Augen waren schmaler geworden, und ich fühlte mich zunehmend unsicher. »Du hast Staub an der Nase«, sagte er und hob die Hand, als wollte er ihn abwischen.

»Ach ja? Das kommt von der Arbeit«, rief ich, huschte unter seinem Arm durch und rannte davon.

Sophies Notizen
Bamberg, im August 1248

Das Leben ist doch sehr unstet. Immer wenn man sich besonders freut, kommt es anders, als man denkt. Ela wird mich ein paar Wochen lang nicht besuchen können. Meine Tochter Katharina, die mit dem Truchsess des Herrn von Frensdorf verheiratet ist, erwartet wieder ein Kind. Und da sie nicht mehr die Jüngste ist, ist Barbara ihrer Schwester zu Hilfe geeilt, um dafür zu sorgen, dass sie und das Neugeborene am Leben bleiben, und sie hat Ela mitgenommen. Barbara ist immer noch etwas beleidigt, weil sie mich nicht davon überzeugen konnte, mit dem Schreiben aufzuhören. Und weil ich nicht auf ihr Angebot eingegangen bin, zu ihr nach oben in die Burg zu ziehen, in die ehemalige Wohnung meiner Eltern, damit sie sich um mich kümmern kann.

Ich will nicht, dass sich jemand um mich kümmert. Ich befinde mich durchaus wohl hier in meinem Haus im Bachtal, das ich von Großmutter Eva geerbt habe. Meine Magd Euphemia versorgt mich mit allem, was ich brauche, und ich bin gern allein. Nur Ela vermisse ich gerade, ihre Wissbegier und ihre sanften Hände.

Dafür kann ich ein bisschen innehalten und über die Frage nachdenken, die Ela mir letzthin gestellt hat. Sie wollte wissen, wie wir damals eigentlich in den Schlamassel mit den zwei Königen, die sich bekämpften, und all das Hin und Her gerieten. Sie hat so gelacht! »Schlamassel« ist ja wirklich ein ulkiges Wort, unsere jüdischen Nachbarn haben es früher immer gesagt, wenn einer richtig in der … na ja … saß.

EIN FÜRSTLICHES FESTMAHL

Bamberg, 20. Juni 1208

Ich … ich weiß gar nicht so recht, wo ich beginnen soll, um zu erklären, wie es zu diesem verhängnisvollen Hader kam. Vielleicht mit Kaiser Friedrich Barbarossa? Den hat nämlich mein Großvater noch gut gekannt, weil er mit ihm auf dem Kreuzzug war, als Truppenführer von Herzog Berthold, dem Vater von Bischof Ekbert. Großvater hat Berthold immer nur den »alten Herzog« genannt, da er als erster Andechser Graf das Herzogtum Meranien erhielt. Der alte Herzog war ein feiner Herr und hat seine Leute sehr großzügig belohnt, sodass wir uns dieses Haus hier leisten konnten.

Großvater hat Kaiser Friedrich Barbarossa, der aus der Familie der Staufer stammte, sehr bewundert. Aber es gab im Reich noch eine zweite Familie, die ähnlich mächtig und reich war, die Welfen. Und zwischen den Staufern und den Welfen gab es immer wieder Streit um die Königswürde.

Friedrich Barbarossa also hat sich mit seinem welfischen Vetter Heinrich, den sie den Löwen nannten, zunächst gut verstanden und ihm zum Herzogtum Sachsen auch noch Bayern dazugegeben. Jahrzehntelang haben die beiden fast alles gemeinsam gemacht. Das war eine gute Zeit, davon hat Großvater Bertram immer erzählt wie vom Paradies. Die Straßen waren sicher, man konnte gut Handel treiben und Häuser bauen, und als Kriegsmann kam man oft nach Italien mit seinen vielen Annehmlichkeiten und konnte wunderbare exotische Dinge mit nach Hause bringen, falls man nicht vorher am Sumpffieber oder am Bauchfluss starb. Den kleinen Reliquienschrein in meiner Gebetsnische, ein paar der Teppiche und den Kirschbaum im Garten hat er seiner geliebten Frau, meiner Großmutter Maria, damals von dort mitgebracht.

Aber dann haben sich Barbarossa und Heinrich der Löwe

leider gestritten, ich weiß nicht mehr, weshalb. Jedenfalls hat der Löwe vor einer wichtigen Schlacht seine Truppen aus Barbarossas Lager abgezogen, obwohl der Kaiser ihn angeblich sogar auf Knien um Hilfe gebeten haben soll. Das hat ihm Barbarossa nie verziehen und ihm einige Zeit später die Herzogtümer Sachsen und Bayern weggenommen.

Heinrich der Löwe und seine Familie mussten ins Exil gehen und lebten viele Jahre lang beim Vater von Heinrichs Frau Mathilde, dem König von England.

Heinrichs Sohn Otto wurde in dieser Zeit der Liebling seines Onkels Richard Löwenherz, der ihn wie den Sohn behandelte, den er nie hatte. Er ließ ihn zu einem vollendeten Ritter ausbilden, schanzte ihm die reichsten Besitzungen zu und wollte aus ihm unbedingt einen König machen. Gerüchten zufolge soll zwischen den beiden viel mehr gewesen sein als nur die Liebe zwischen Onkel und Neffe, aber ich weiß nicht, ob das stimmt.

Und dann geschah dieses große Unglück, dass Kaiser Friedrich Barbarossa auf dem Kreuzzug ertrank. Und als Barbarossas Sohn Heinrich acht Jahre später ebenfalls starb, da wählte zwar ein großer Teil der deutschen Fürsten den Staufer Philipp, den jüngsten Sohn Barbarossas, zum König, aber die anderen Großen stimmten, angestachelt vom Kölner Erzbischof Adolf und bestochen von Richard Löwenherz, für dessen Liebling Otto, den Welfen. Und zwischen den beiden Königen brach ein Krieg aus, der zehn Jahre dauerte und viele Menschen das Leben kostete.

Ich selbst habe diesen Welfenkönig ja nie leiden können, obwohl ich ihm, das muss ich zugeben, nie persönlich begegnet bin. Aber was ich von unseren Gästen so über ihn gehört habe, ach! Er muss ein arroganter Mensch gewesen sein, hochmütig und stur und wohl auch etwas dumm.

Nun ja, damals auf dem großen Fest in Bamberg waren wir so hochgestimmt und fröhlich, weil es endlich, endlich so aussah, als wäre der elende Krieg zwischen Philipp und Otto zu Ende und als hätte Philipp endgültig gesiegt. Der Papst, dessen Günstling Otto so lange gewesen war, hatte Philipp in Gnaden wieder aufgenommen, die meisten Fürsten standen auf seiner Seite und waren nun mit ihren Truppen nach Bamberg gekommen, um mit ihm dieses Hochzeitsfest zu feiern. Danach wollten sie gemeinsam nach Braunschweig ziehen, wo Otto sich verschanzt hatte, und ihm endgültig den Garaus machen.

Darauf freuten sie sich, diese Herren, wie rauflustige Buben, als hätten sie in den vergangenen zehn Jahren nicht genug Krieg gehabt. Aber sie waren vor allem auf Beute aus. Dabei hatten sie doch jeden der beiden Könige schon so viel gekostet, so viel Geld und Rechte und Besitzungen, die sie ihnen geben mussten, um sie jeweils auf ihre Seite zu ziehen. Gierige Bande! Obwohl – vielleicht sehnten sich zumindest einige von ihnen wirklich nach Frieden und danach, dass das Reich wieder einen einzigen starken Herrscher bekam. Wie viel Leid wäre uns erspart geblieben, wenn dies gelungen wäre.

Die Erinnerung an das Fest am Vorabend der Hochzeit ist eine meiner liebsten. Unser Saal sah wunderbar aus. Zwei Stunden hatten Mutter, ich und fünf Mägde gebraucht, um ihn so prächtig herzurichten. An der Stirnseite stand auf einem Podest der Tisch für das Königspaar und die Ehrengäste und im rechten Winkel dazu die langen Tafeln mit Bänken auf beiden Seiten, wo die anderen hochrangigen Gäste sitzen würden, während für deren Begleiter im Hof gedeckt worden war. Ein Glück, dass das Wetter so schön war, wir hätten sonst überall Zelte aufstellen lassen müssen. Das hätte eine Menge Mühe bedeutet, und wir waren trotz der zusätzlichen Mägde und Diener, die mein Vater eingestellt und angelernt hatte, sowieso mehr als ausgelastet.

Wir hatten über alle Tafeln lange weiße Tücher gebreitet, die fast bis auf den Boden hingen. Jedem Gast waren ein frisch gebackenes flaches Brot aus gutem Mehl und ein Messer zugeteilt. Am Ehrentisch bekam jeder seinen eigenen silbernen Becher. Die Pokale für den König und die Königin waren sogar aus Gold und funkelten von Edelsteinen. Als Knauf für den Pokal von Irene-Maria diente ein riesiger Amethyst, den der »alte Herzog« vom Kreuzzug mitgebracht hatte. Meine zweite

Großmutter Eva, Mutters Mutter, sagte immer, das sei der einzige Grund, warum die adeligen Räuber ins Heilige Land zögen: um Abenteuer zu erleben und Beute zu machen. Von wegen Religion!

Auf den anderen Tischen standen Zinnbecher. Bischof Ekbert hatte eigens noch fünfzig Stück in Auftrag gegeben, als sich herausstellte, dass so viele Leute zu dieser Hochzeit kommen würden. Der Boden des Saals war schon vor Tagen mehrfach gescheuert und gewischt worden, und zu Ehren Irene-Marias, der »Rose ohne Dornen«, hatten wir ihn nicht mit Sand, sondern mit getrockneten Rosenblättern bestreut, die zart dufteten und leise raschelten, wenn man darüberging. Aus demselben Grund hatten wir auch den Ehrentisch mit Rosenknospen bestreut, und über dem Platz des Königspaares hing ein Kranz aus roten Rosenblüten. Auf den anderen Tischen lagen Sträußchen blauer Kornblumen, die mit Silberfäden zusammengebunden waren – die Farben der Meranier. Das war meine Idee gewesen, und ich war sehr gelobt worden dafür.

An den beiden Stirnseiten des Saals hingen Bildteppiche mit Szenen aus dem Leben von König David. Die hatte Ekberts Bruder, Herzog Otto, leihweise von der Plassenburg mitgebracht, denn die Teppiche, die der Bischof in Auftrag gegeben hatte, waren leider nicht rechtzeitig fertig geworden. Vater und Bischof Ekbert hatten lange diskutiert, wie man sie aufhängen sollte. Jetzt war hinter dem Ehrentisch das Hochzeitsmahl Davids und Michals zu sehen und daneben David, der mit einem innigen Kuss von seiner jungen Frau Abschied nimmt, während die Teppiche gegenüber, auf die der König schauen würde, eine Schlachtenszene mit Rittern in heftigem Kampf und den König als Richter auf dem Thron darstellten. Ich liebte diese Bilder und war immer mal wieder in den Saal geschlichen, um sie mir anzusehen.

Die Kerzen waren wegen der Hitze noch nicht entzündet, aber durch die Fenster im Westen floss das warme Abendlicht und löste alle dunklen Schattenlinien auf. Ich stand in meinem besten blauen Kleid, das zu meinem blauen Haarband passte, neben Mutter und den Dienerinnen, und ich erinnere mich genau, dass ich, während wir auf die Gäste warteten, gedacht habe, ich sei noch nie in meinem Leben so glücklich gewesen.

Nachdem sich die Musiker in ihrer Ecke eingerichtet hatten, ließen sie ein Trompetensignal hören, und die Tür an der Nordseite des Saales öffnete sich. Nach Vaters Anweisung führten Diener die Gäste an die für sie reservierten Plätze. Die Platzordnung war das Ergebnis tagelanger Überlegungen, Diskussionen und mehrfacher Neugruppierungen, damit niemand in seiner Ehre verletzt würde. Es galt zu vermeiden, dass zwei nebeneinandersaßen, die sich nicht leiden konnten und vielleicht einen Streit oder eine Rauferei anfangen könnten. Beides war oft genug vorgekommen und hatte schon so manches Festmahl verdorben.

Am schwierigsten war die Sitzordnung am Ehrentisch gewesen. An dieser Stelle hatte sich sogar der Reichstruchsess in die Planungen von Vater und Bischof Ekbert eingeschaltet. Natürlich mussten in der Mitte der Tafel König Philipp und seine Gemahlin sitzen, aber dann hatten wir noch zwei weitere Königinnen und einen König, zwei Erzbischöfe, vier Herzöge und vier Herzoginnen, die Braut Beatrix und die Geschwister von Ekbert. Das waren zwanzig Personen, und es war von vornherein klar, dass jeder von ihnen am Ehrentisch und dort möglichst in der Nähe des Königs platziert werden wollte. An diesem Tisch, der ja nur auf einer Seite besetzt werden konnte, hatten aber höchstens sechzehn Stühle Platz.

Trotz aller Überlegungen, trotz der vielen Versuche, die Ekbert und Vater mit Schachfiguren gemacht hatten, die sie mal hierhin, mal dorthin setzten, ging es am Schluss doch nicht ohne Ärger ab. Am ärgsten verstimmt war vor allem Herzog Ludwig von Bayern, der mit seiner Gemahlin am linken Ende des Tisches sitzen musste. Ludwig war der Meinung, dass ihm, dem Herzog aus dem vornehmen Haus Wittelsbach, der Platz neben der Königin gebührt hätte. Den aber hatte sich Ekbert als Hausherr und Gastgeber selbst vorbehalten, und das hat Ludwig Ekbert nie verziehen. Zwischen den Andechser Grafen und den Wittelsbachern herrschte sowieso seit vielen Jahrzehnten ein zäher Kampf um Ansehen und Macht, erst recht, seit Kaiser Friedrich Barbarossa 1180 zuerst Ludwigs Vater das Herzogtum Bayern und dann Ekberts Vater das Herzogtum Meranien verliehen hatte. Überdies konnten sich Ekbert und Ludwig schon als Kinder nicht leiden. Das hatte Vater mir erzählt und stirnrunzelnd hinzugefügt: »Immer wenn die zwei aufeinandertreffen, wirken sie wie zwei knurrende Hunde, die darauf lauern, den anderen zu beißen.«

Zunächst aber übertünchte die Festtagsstimmung alle Verwerfungen. Die Ehrengäste betraten den Saal durch die Tür, die dem Gemach des Königs gegenüberlag. Alle waren noch kostbarer gekleidet als beim Festzug am Nachmittag, wo sie in der Hitze in ihren teuren, schweren Tuchen und unter ihren Mänteln ziemlich geschwitzt und sich nach Erleichterung gesehnt hatten. Damit alle, die wollten, baden konnten, hatte Vater eigens dreißig neue Badezuber bestellt und in der großen Halle neben den Ställen aufstellen lassen. Nur dem König und der Königin waren Wannen in ihre Räume gebracht worden, während die Damen die Badestube des Palas benutzen durften. Dank des heißen Wetters musste das Badewasser glücklicherweise kaum erwärmt werden; ich weiß nicht, wie die Bademägde sonst mit der Arbeit nachgekommen wären.

Jetzt sahen alle Ehrengäste sehr erfrischt aus und zeigten sich in herrlichen Gewändern aus orientalischer Seide und Brokat, aus Purpur und Damast. Am schönsten waren die Stoffe, die Philipp und Irene-Maria trugen. Großvater Bertram hatte uns erzählt, dass sich in dem sizilianischen Thronschatz, den Philipps Bruder, Kaiser Heinrich VI., einst nach Deutschland hatte bringen lassen, auch viele äußerst kostbare Seidenstoffe befunden hatten.

Aber auch die Kleider der übrigen adeligen Herrschaften im Festsaal strotzten nur so vor Gold, Perlen und Edelsteinen, manche schimmerten wie Pfauenfedern, das Gewand des Herzogs von Brabant war sogar nach der neuesten französischen Mode halb grün, halb rot. Außer Herzogin Hedwig, die in schlichtes Weiß gekleidet war, hatten sich die Damen so mit

Schmuck beladen, dass man glauben konnte, sie müssten unter der Last zusammenbrechen.

Schließlich hatten sich alle niedergesetzt, und unter der fröhlichen Musik der Pfeifen und Trompeten begannen die Diener mit dem Auftragen. Es gab sieben Gänge, die Vater jeweils mit einem Klopfen seines großen Stabes ankündigte, und zu jedem Gang servierte man mehrere Speisen. Auf den Platten lagen zehn verschiedene Arten von Fischen, Gänse, Hühner und allerlei Vögel, Hirsche und Hasen und Wildschweine, es gab Rindfleisch, Bamberger Würste, Schinken und verschiedenes Gemüse, aber die Hauptattraktion waren Schwäne, die mit zierlich gebogenem Hals und in ihrem Federkleid aufgetragen wurden und mit köstlich gewürztem Ragout gefüllt waren. Man konnte es sich nehmen, wenn man die Flügel hochhob. Zum Nachtisch reichten wir Mandelpudding und Feigen, die wirklich teuer gewesen waren. Um die gute Stimmung der Gäste zu befeuern, hatte Vater große Fässer mit Wein aus dem Rheinland und von den Kitzinger Klosterschwestern besorgt, dem von allen Seiten kräftig zugesprochen wurde. Der Wein war stark und unverdünnt, und ich war gespannt, wer als Erster von der Bank fallen würde.

Nach dem Essen waren die Kerzen angezündet worden. Ein weiches Licht floss über die Tische und machte die Menschen schön, auch die harten Krieger und die eitlen Damen, es ließ die Hände sanfter und die Blicke freundlicher wirken, verbarg Ehrgeiz und Hinterlist, Habsucht und Geiz, Grausamkeit und Neid. Ich konnte sehen, wie sich eine Atmosphäre des Wohlwollens ausbreitete wie ein Duft und die Anwesenden zu einer Gemeinschaft von Freunden machte. Sie hatten gesiegt, der Krieg war vorbei, Brüder würden einander nicht mehr betrügen müssen, und das Korn durfte wieder wachsen, ohne verbrannt zu werden. Und nach dieser letzten Heerfahrt, zu der sie übermorgen aufbrechen wollten, würden sie alle reich sein und das Imperium nur noch einen König haben. Für eine kleine Weile war das Leben schön.

Ich saß auf einer Bank in einer der Fensternischen, die etwas erhöht lag, sodass ich einen guten Überblick hatte. Knechte hatten die mittleren Tafeln aufgehoben und weggeräumt und an den Wänden entlang Bänke in Zweierreihen aufgestellt, wodurch in der Mitte eine freie Fläche für das Unterhaltungsprogramm entstanden war. Das hatte Vater mit Christian, dem Leiter der Hofmusiker, zusammengestellt.

Ich mochte Christian. Seine langen dunklen Haare waren zwar schon von vielen grauen Strähnen durchzogen, aber er benahm sich immer noch wie ein junger Kerl, fröhlich und mit einer Vorliebe für unanständige Witze. Mutter hatte ihm strengstens untersagt, mir so etwas zu erzählen, aber ich hörte ihn natürlich trotzdem bei den Mägden in der Küche. Er war ein großer Schelm mit wer weiß wie vielen unehelichen Kindern überall in der Welt.

Christian kannte jeden unter den Gauklern und Spielleuten, denn er war viele Jahre von Hof zu Hof gezogen, bevor ihn Bischof Ekbert angestellt hatte. Jetzt organisierte er die Vorführungen am bischöflichen Hof und begleitete Ekbert auch auf seinen Reisen. Da war er nicht nur wegen seiner Künste auf der Fiedel willkommen, sondern auch als Verstärkung der Wachmannschaft, denn Christian war auch ein geschickter Bogenschütze. Als Kind war er mit seinem Vater, einem Händler, in Wales gewesen und hatte dort gelernt, einen Bogen aus Eibenholz zu bauen und damit zu schießen. Die anderen Soldaten aus Ekberts Truppe belächelten diese Waffe oft ein bisschen verächtlich. Ihr Ansehen war nicht mit dem der Schwerter zu vergleichen, aber Ekbert wusste, was er an Christian und seinem Bogen hatte. Noch mehr allerdings schätzte er Christians Fähigkeit, die besten Künstler und Akrobaten aufzutreiben.

Da gab es einen, der jonglierte mit Messern, eine Gruppe junger Männer in eng anliegenden bunten Gewändern vollführte Saltos in atemberaubender Geschwindigkeit, und dann stiegen sie einander auf die Schultern, bis der Oberste die Saaldecke erreichte. Zwei Mädchen tanzten auf Kugeln, und die Glöckchen an ihren Armen klingelten dazu eine hübsche Melodie. Diese

Mädchen waren anständig gekleidet, aber eine Gruppe anderer Tänzerinnen, die sich auch um einen Auftritt beworben hatten und deren Kleidung etwas spärlicher war, hatte Vater hinunter ins Truppenlager vor der Stadt geschickt. Im Saal säßen zu viele geistliche Herren, hatte er gemeint.

Meine unfromme slowakische Großmutter Eva hatte ihn deswegen verspottet. »Ausgerechnet wegen die Bischöfe?«, hatte sie lachend gefragt. »Lebst du hinter Mond?« Aber Vater war standhaft geblieben.

Viel wichtiger war seinem Herrn, Bischof Ekbert, allerdings der zweite Teil des Abends, der von den Dichtern und Sängern gestaltet werden sollte. Am liebsten hätte Christian natürlich mit Walther von der Vogelweide aufgetrumpft. Der war nun einmal der Morgenstern am Himmel der Sänger; alle Welt kannte ihn, und seine Lieder sangen sogar die Küchenmägde. Aber Walther hatte sich leider einige Zeit zuvor in einem Lied so hämisch über König Philipps angeblich mangelnde Großzügigkeit lustig gemacht, dass man ihn unmöglich bei einem Fest auftreten lassen konnte, auf dem der Herrscher anwesend war.

Da traf es sich gut, dass Bischof Ekberts Vetter Otto von Botenlauben sich gerade in Deutschland aufhielt. Die beiden waren schon als Kinder gemeinsam durch die Plassenburg getobt, wo Ekbert aufgewachsen war. Otto war ein Ritter wie aus dem Bilderbuch: groß und schön, ein starker Kämpfer und ein begabter Minnesänger mit besten Kontakten zum Kaiserhof. Otto war mit dem Kreuzzug von 1197 nach Jerusalem geritten, dort am Königshof zu höchsten Ehren gekommen und hatte schließlich – ganz ritterlicher Held – das Herz einer reichen Erbin, der Herrin von Courtenay, erobert. Die wollte er nun heiraten und als Herr ihrer »Seigneurie« im Morgenland bleiben. Deshalb war er noch einmal in die alte Heimat gereist, um seine Angelegenheiten hier zu ordnen. Unser Mittelsmann hatte ihn auf seiner Burg bei Kissingen erreicht, und er hatte die Einladung zum Hochzeitsfest gern angenommen, weil wir für seine Weiterreise nach Venedig sozusagen auf dem Weg lagen.

In Würzburg hatte er sich mit Wolfram von Eschenbach getroffen, der ebenfalls eingeladen war. Wolfram war gerade wieder einmal für ein paar Monate auf der Wildenburg im Odenwald gewesen, um an seinem »Parzival« zu arbeiten. Am Thüringer Hof komme man zu gar nichts, so ein Auftrieb sei da, hatte er zu Ekberts Boten gesagt.

Otto und Wolfram waren schon drei Tage vor der Hochzeit nach Bamberg gekommen, um sich gründlich auf ihren Auftritt vorzubereiten. Und Wolfram hatte sehr geheimnisvoll getan und uns eine ganz neue Abenteuergeschichte versprochen. Er war ein komischer Kauz und behauptete immer, er kenne die Buchstaben nicht und wolle von den Damen nur nach seinen ritterlichen Taten beurteilt werden. Dabei hatte ich selbst gesehen, wie er in Bischof Ekberts Zimmer eifrig in dessen Manuskripten blätterte. Ich weiß auch nicht, warum er dieses Märchen verbreitete. Vielleicht lag es daran, dass er in dem hinterwäldlerischen Eschenbach groß geworden war? Es gibt ja bis heute Männer, die Bildung für unmännlich halten, nur etwas für Weiber und Pfaffen. Aber so stolz Wolfram auch auf seine Muskeln war, die er bei jeder passenden und unpassenden Gelegenheit herzeigte, ungebildet war er wahrhaftig nicht.

An jenem Abend trug er das erste Abenteuer von Parzivals Vater Gahmuret vor. Gahmuret, erzählte Wolfram, sei der zweite Sohn des Königs von Anjou gewesen, und nach dem Tod seines Vaters habe sein älterer Bruder das ganze Land geerbt. Da habe Gahmuret beschlossen, seine Heimat zu verlassen und sich in der Fremde eine eigene Herrschaft zu erwerben. Mit seinem jungenhaft-spöttischen Grinsen erklärte Wolfram, zu Ehren seines Freundes Otto von Botenlauben habe er die Szene vom Aufbruch Gahmurets ganz neu verfasst. In den Rittergeschichten um König Artus, die wir bisher gehört hatten, zogen die Helden stets tapfer und einsam in die weite Welt hinaus. Gahmuret aber nimmt in Wolframs Erzählung zwanzig Knappen mit auf die Reise, außerdem seinen Kämmerer, einen Kaplan, einen Koch und eine ganze Musikkapelle. Seine Mutter und sein Bruder geben ihm Truhen voller Gold und Edelsteine, edle

Pferde und Ballen kostbarster Seidenstoffe mit, und er heuert einen Kapitän an, dessen Schiffe nur für ihn fahren.

Das waren spiegelbildlich die Vorbereitungen des Botenlaubers für seine Reise in den Orient, und alle erkannten das auch sofort. Als Wolfram dann auch noch einen wertvollen Stein erwähnte, den eine – nun ja, nicht nur finanziell großzügige – Freundin dem Abschiednehmenden schenkte, schaute Otto verlegen und etwas mürrisch drein.

Eine kleine Bewegung ließ meinen Blick zur hohen Tafel wandern. König Philipp hatte sich zu seiner Frau hinübergebeugt und flüsterte ihr etwas ins Ohr. Königin Irene-Marias höflich gelangweilte Miene erhellte sich plötzlich, sie sah ihren Mann verschmitzt lächelnd von der Seite an und schüttelte leise tadelnd den Kopf, als wollte sie sagen: Wie kannst du nur!

Die anderen an der Tafel schienen nichts von dem kleinen Zwischenspiel bemerkt zu haben. Herzog Leopold von Österreich schielte noch mehr als sonst und gähnte ungeniert, Herzog Ludwig sah weiterhin beleidigt aus und starrte mürrisch seine Frau an, die sich offensichtlich vergnügte, und die fromme Herzogin Hedwig von Schlesien war bei Wolframs schlüpfrigen Versen schier zur Salzsäule erstarrt. Doch für die empfindsamen Seelen dieser Tischgesellschaft sollte es noch schlimmer kommen.

Denn nun besang Wolfram, wie Gahmuret in die Dienste des Fürsten von Bagdad – eines Muslims! – tritt und für ihn in allerlei Gefechten kämpft. Die Kampfschilderungen hörten die Männer natürlich besonders gern, und immer wieder unterbrachen sie Wolfram mit witzig gemeinten Kommentaren. Aber den größten Beifall bekam er, als er die Begegnung von Gahmuret und Belakane, der schönen Mohrenkönigin, schilderte. Die beiden verlieben sich auf der Stelle heftig ineinander.

Als Wolfram nun anfing, die körperlichen Vorzüge der dunkelhäutigen Schönheit anzupreisen, wurde Otto von Botenlauben über und über rot. Denn alle im Saal schauten ihn an und dachten sich ihren Teil. Wie ich aus Gesprächen in der Küche wusste, hatte Otto seinem Freund Wolfram tatsächlich von so einer Frau erzählt. Und der besang nun in ausführlichen Reimen, wie Belakane mit Blicken und Gesten Gahmurets Liebesverlangen anheizt. Die Art von Wolframs Vortrag, seine einschmeichelnde Stimme und seine lasziven Bewegungen brachten die Männer zum Grölen und die Damen zum Erröten. Als sein Lied erzählte, wie Gahmuret von schwarzer Hand entwaffnet und zum weichen Bett geführt wird, barst der Saal vor Lachen. Mit einem Trinkspruch auf das gegenwärtige Brautpaar Otto von Meranien und Beatrix von Burgund, die händchenhaltend am Obertisch saßen, beendete er seinen Auftritt. Tosender Applaus brach los, und Königin Irene-Maria überreichte ihm huldvoll ein Säckchen voller Münzen, das ihr König Philipp zugesteckt hatte.

Als Otto von Botenlauben an der Reihe war, versuchte er unglücklicherweise, Wolfram ausgerechnet auf dem Feld der Erotik zu übertrumpfen, und trug eines seiner gewagteren Lieder vor. Obwohl Otto eine sehr schöne Stimme hatte und sein Instrument, eine kleine Harfe, hervorragend beherrschte, wirkten seine Verse neben Wolframs geballter Kraft doch seltsam gestelzt und blass. Er hätte besser ein anderes Thema gewählt, für dieses war er wohl zu sensibel und im Grunde auch, trotz seiner dunkelhäutigen Erlebnisse, einfach zu fromm.

Bevor Wolfram nun ebenfalls mit einem Tagelied kontern konnte, schickte Mutter mich zu Bett. Ich maulte: »Ich bin doch schon zwölf!«, aber sie antwortete: »Du bist *erst* zwölf, mein Mädchen«, in einem Ton, gegen den Widerspruch zwecklos war. Sie ahnte nicht, dass mir viel Raueres bevorstand als alles, was ich im Saal hätte hören können.

GEFAHREN IM BURGHOF

Ich trat aus dem Laubengang hinaus auf die Treppe, die hinunter in den Hof führte. Das Geißblatt, das die Treppe bis hinauf zum Dach überwucherte, roch nach der Luft im Saal, die schwer war von Fackelrauch und menschlichen Ausdünstungen, süß und weich und wunderbar rein. Eine Weile lang blieb ich auf dem Treppenabsatz stehen und genoss den Duft und den Blick in den Hof. Auch dort brannten Fackeln. An den langen Tischen saßen noch viele der geladenen Ritter, die meisten offensichtlich schon ziemlich betrunken und mit einer kreischenden oder kichernden Magd im Arm.

Plötzlich entstand Unruhe in einer Ecke des Gevierts. Acht bis zehn Ritter standen sich gegenüber, schubsten einander und brüllten sich an. Ich erkannte einige unserer Ministerialen, die anderen waren Männer Herzog Ludwigs von Bayern.

»Ihr wittelsbachischen Arschlöcher«, schrie Eberhard von Frensdorf, »ihr arrogantes Pack! Was glaubt ihr eigentlich, wer ihr seid, hier Befehle geben zu können!« Einer der Wittelsbacher stürzte sich auf ihn, schlug ihn so hart gegen das Kinn, dass Eberhard hinfiel, und schon war eine wilde Prügelei im Gange.

Aber Gunther, der an diesem Abend die Aufsicht im Hof hatte, hatte bereits die Wachen informiert, die nun mit gezogenen Klingen die Männer auseinandertrieben. Viele der anderen Ritter bildeten inzwischen einen Kreis um das Geschehen.

»Das wird ein Nachspiel haben!«, rief Gunther mit harter Stimme. »Ihr wisst alle, dass während der Festtage absoluter Friede geboten ist. – Das gilt auch für euch!«, fuhr er die Wittelsbacher an. »Und ihr da, ihr kommt mit mir.« Mit gesenkten Köpfen trotteten die vier Bamberger hinter ihm her. Sie würden die Nacht wahrscheinlich im Turm beenden, hatten sie doch den ausdrücklichen Befehl Bischof Ekberts missachtet, die Gäste so gut wie möglich zu betreuen.

Ihr Glück war, dass sie auf dem geplanten Kriegszug dringend gebraucht wurden, daher würde ihre Strafe wohl glimpflich ausfallen. Das beruhigte mich, denn eigentlich mochte ich Eberhard, auch wenn er ein schrecklicher Hitzkopf war.

Ich stieg endlich die Treppe hinunter und ging unter dem Laubengang entlang zum Westflügel, in dem unsere Wohnung lag. Manche der hohen Beamten des Bischofs, etwa der Kellermeister, der Truchsess und der Küchenmeister, hatten sich in den vergangenen Jahren im Tal südlich der Burgmauer eigene Häuser gebaut, aber meine Eltern mussten ständig am Hof zugegen sein, irgendetwas war immer zu regeln oder zu entscheiden. Daher hatte ihnen Bischof Ekbert eine Wohnung im neuen Westflügel der Hofhaltung zur Verfügung gestellt. Ich konnte mir gar nicht mehr vorstellen, wie das früher gewesen war, als die meisten noch keine eigenen Räume hatten, sondern dort schliefen, wo gerade Platz war.

Sogar ich hatte zusammen mit meinem Mädchen eine eigene Kammer. Die war zwar sehr klein, aber für uns gerade recht. Grit war die uneheliche Tochter der Dienerin meiner Mutter, die wiederum die uneheliche Tochter einer unehelichen Tochter war. Frauen wie sie hatten keinerlei Rechte und mussten froh sein, irgendwo unterzukommen.

Allerdings war Grit für mich viel mehr als eine Dienerin, sie war fast so etwas wie eine größere, anhängliche Schwester. Sie war drei Jahre älter als ich und hatte mich seit meiner frühen Kindheit umsorgt und herumgeschleppt. Sie bemutterte mich noch immer ein bisschen, auch wenn mir das zuweilen lästig war. Aber sie nahm mir auch oft Arbeiten ab, die ich nicht gern tat, Gänse rupfen zum Beispiel. Wahrscheinlich würde auch sie irgendwann von einem Mann am Hof genommen und geschwängert werden. Bisher war ihr das erspart geblieben, weil sie nicht besonders hübsch war. Sie schielte, ihr fehlten etliche Zähne, und ihre Figur war, na, sagen wir, eher unförmig.

In dieser Nacht jedoch half ihr das nicht. Ich hörte ihre flehentliche Stimme aus dem Südflügel: »Nein, bitte lasst mich. Ihr tut mir weh!«, und rannte los. In der Ecke neben der Treppe drückte Ritter Waldo Grit gegen die Wand, seine Linke war unter ihren Röcken verschwunden.

Waldo war der Hauptmann der bischöflichen Soldaten, ein großer, schwerer Kerl mit rauen Manieren und Händen wie Schaufeln. Ich versuchte, ihn am Arm zu packen. »Lasst sofort meine Dienerin los!«, schrie ich. Langsam drehte er den Kopf zu mir. Sein saurer Weinatem schlug mir ins Gesicht, er war schwer betrunken.

»Immer mit der Ruhe, mein Täubchen«, lallte er. »Willst lieber du … Du brauschst es bloß zu sagen. Ich bin alls… allzeit bereit! Ein Ritter issst in der Liebe allseit bereit!«

Ich trat gegen seine Beine und zog an seinem Gürtel, aber genauso gut hätte ich versuchen können, einen Felsblock zu bewegen. Mit einer Hand hielt er Grit fest, mit der anderen erwischte er mich und zog mich ganz nah an sich heran. Sein Mund näherte sich dem meinen, als wollte er mich küssen.

Ekel brannte in meiner Kehle, ich stieß ihn mit aller Kraft zurück. Er lachte und fegte mich umstandslos beiseite, als würde er eine Fliege verscheuchen. Ich fiel auf den Steinboden und schlug mir den Ellenbogen auf. Vor Wut begann ich zu schluchzen.

Gerade als ich mich aufrappelte, trat Richard hinter der Treppe hervor. »Ritter Waldo, Ihr sollt zum Herrn Bischof kommen«, sagte er ruhig, aber sehr bestimmt. Waldo knurrte unwillig. Richard trat einen weiteren Schritt auf ihn zu. »Sofort. Es ist dringend.«

Waldo schnaubte noch einmal, ließ Grit aber los. Schwer atmend sahen wir beide den Männern nach, als sie im Dunkel des Laubengangs verschwanden.

»Puh, das war knapp«, sagte ich mit einem tiefen Seufzer der Erleichterung.

In unserer Kammer fiel Grit auf ihren Strohsack und schlief nach einigen Schluchzern sofort erschöpft ein. Ich war ihre tiefen, dunklen Atemzüge gewohnt, die manchmal von einem winzigen Schnalzlaut unterbrochen wurden, und normalerweise wiegten sie mich nach kurzer Zeit in den Schlaf. Aber diesmal gingen sie mir auf die Nerven.

Ich saß auf meinem Bett – das hatte Großvater für mich gebaut, ein richtiges neuartiges Spannbett und ein ungeheurer Luxus für ein nicht adeliges Mädchen –, und in mir tobte ein Sturm von Gefühlen. An der Oberfläche war da vor allem Wut, Wut auf Waldo. Außerdem ärgerte ich mich, dass Richard mich in so einer unwürdigen Situation gesehen hatte. Wieso war er überhaupt dort gewesen? Wie hatte er gewusst, wo er Waldo in all dem Durcheinander finden würde?

Irgendwann hielt ich es einfach nicht mehr aus. Es war so heiß im Zimmer, so stickig. Außerdem brachte mich eine Stechmücke, die dauernd um mich herumschwirrte und die ich nicht erwischen konnte, halb um den Verstand. Schließlich stand ich auf, warf mir mein Kleid über und trat hinaus in den Laubengang, in der Hoffnung, irgendwo ein Plätzchen mit etwas Luftzug zu finden.

Ich setzte mich auf die Brüstung und lehnte mich gegen die Säule, die den Gang trug. Was für ein gewaltiger Baum musste sie einst gewesen sein, sicher ein paar hundert Jahre alt. Vielleicht hatte sie schon die Babenberger vorbeireiten sehen. Deren schreckliche Geschichte von Krieg und Hinterlist hatte mir meine Mutter schon als kleines Kind erzählt.

Die Nachtluft hatte sich etwas abgekühlt, und ich wickelte mir mein Hemd um die nackten Beine. Die Sterne flimmerten an einem wolkenlosen Himmel, weiß und blau und rötlich, und im Osten über dem Tal stand ein Fingernagelmond. Im Hof wurde es ruhiger, viele Ritter waren mit den Mägden irgendwohin verschwunden oder in die Stadt hinuntergegangen, in die Frauengasse wahrscheinlich, zu den Rosenmädchen. Für diese Nacht hatten die Wachen am unteren Burgtor an der Schütt den Befehl, die Männer passieren zu lassen. Langsam wurde auch ich ruhiger. Es war ein aufregender Tag gewesen. Aber er war noch nicht zu Ende.

Denn plötzlich hörte ich ein seltsames Geräusch, ein unterdrücktes, ganz, ganz leises Schluchzen. Es war das Schluchzen eines Kindes und kam aus der Richtung, wo die Schlafzimmer der Königin und ihrer Damen lagen. Dort war die Brüstung des Laubengangs nicht, wie vor unserer Wohnung, mit Brettern verschalt, stattdessen wurde das Geländer von zierlichen, fein geschnitzten Balustern getragen, durch die der Schein der letzten Fackeln im Burghof fiel. In diesem spärlichen, flackernden Licht kauerte im Winkel neben einer der Bänke Bebe, die jüngste Tochter König Philipps, und weinte bitterlich. Sie war damals erst fünf Jahre alt und machte einen so verlorenen Eindruck, dass ich krampfhaft überlegte, ob ich mir erlauben durfte, sie, eine Königstochter, zu trösten. Gerade wollte ich aus dem Schatten treten, als sich leise die Tür der Schlafkammer der Mädchen einen Spaltbreit öffnete und ihre älteste Schwester Bea herausschlüpfte. Sie kniete neben der Kleinen nieder, nahm sie in den Arm und murmelte die einsilbigen Worte des Trostes, die guttun, auch wenn sie sinnlos sind: »Ist ja schon gut, wein doch nicht, sch, sch!«

Sie wurde von Maria unterbrochen, die auch herausgekommen war, sich auf die Bank gesetzt hatte und von oben auf ihre Schwestern herabsah. Mit ihren dicken blonden Zöpfen, den runden roten Wangen und den strammen Waden sah sie schon jetzt, im Alter von neun Jahren, wie ein Beweis für das üppige Essen in Brabant aus. Dorthin war sie nämlich ein Jahr zuvor gebracht worden, weil König Philipp sie mit dem Sohn des Herzogs von Brabant verlobt hatte. Sie hatte mit der Familie des Herzogs ihren Vater nach Bamberg begleitet. Maria zog die Beine an, schlang Hemd und Arme darum und fragte mit leicht verächtlichem Unterton: »Was hat sie denn? Was heult sie denn so?«

Bea schaute verärgert zu ihr auf, schüttelte leicht den Kopf und zog Bebe noch enger an sich. Sie küsste die Kleine auf die Stirn und fragte zärtlich: »Was ist denn los, Bebe? Warum bist du denn so traurig?«

Bebe schluckte mehrmals, dann brachte sie leise heraus: »Ich will den Pfalzgrafen nicht heiraten, ich will nicht! Aber ich muss, sagt die Amme.«

»Ach, was die Amme sagt!«, warf Maria geringschätzig ein. »Aber ich würde Otto auch nicht heiraten wollen. Der ist ja bloß ein Pfalzgraf, noch nicht mal ein Herzog!«

»So sei doch still!«, fauchte Bea. Und sagte sanft zu Bebe: »Warum willst du Otto denn nicht?«

»Er ist so garstig!«

»Aber er sieht doch recht gut aus, so groß und stark. Und er ist ein berühmter Kämpfer.«

»Aber er hat so garstige Augen. Ich habe solche Angst vor ihm. Und er hat … er hat … Aber Amme sagt, ich darf niemandem etwas sagen.«

»Doch, mein Schätzchen, mir darfst du es sagen. Ich bin doch deine Schwester. Was hat Otto?«

»Er hat mir unter den Rock gefasst. Und er hat mir wehgetan.«

»Was hat er?« Bea klang fassungslos. »Dieser Unhold! Das werde ich Vater –«

»Nein, nein«, unterbrach Bebe sie. »Die Amme sagt, niemand darf was wissen, sonst wird es po… po… potilisch.«

»So etwas wird er nie wieder tun.« Bea sprach jetzt sehr entschieden. »Das verspreche ich dir.«

»Aber ich muss doch morgen bei der Hochzeit neben ihm sitzen, die ganze Zeit.« Bebe hatte erneut zu weinen begonnen, ihr Stimmchen war hinter den kleinen Fäusten, mit denen sie das Schluchzen zu unterdrücken versuchte, kaum noch zu hören.

»Nein, das musst du nicht, mein Schätzchen«, sagte Bea. »Er wird gar nicht da sein. Vater hat ihn weggeschickt. Er muss irgendwelche Truppen abholen und nach Bamberg begleiten. Die aus Mähren, glaube ich.«

»Woher weißt du denn das?«, fragte Maria.

»Ich kann eben gut hören«, antwortete Bea mit leichter Ungeduld.

»Stimmt, sie hat ihre Ohren wirklich überall«, bestätigte Kunigunde, die Drittälteste, gähnend. Sie war inzwischen auch zu ihren Schwestern aus dem Schlafzimmer geschlurft, hatte sich vor Bebe hingesetzt und ihren Kopf an deren Beinchen gelehnt. Kunigunde hieß so, weil ihre Eltern kurz vor ihrer Geburt zum Fest unserer heiligen Kaiserin in Bamberg gewesen waren. Sie war seit einem Jahr mit dem Sohn des Königs von Böhmen verlobt und deshalb nach Prag gebracht worden. Ihre Kammerjungfer hatte mir erzählt, dass sie aus Sehnsucht nach ihren Schwestern tagelang geweint habe. Vor lauter Freude über das Wiedersehen hier war sie völlig aus dem Häuschen gewesen. Jetzt wirkte sie vor allem müde.

Bebe grub ihre Hand in Kunigundes Haar und fragte zaghaft: »Er ist morgen wirklich nicht da?«

»Wirklich nicht!«

Im Lächeln der Kleinen wuchs eine winzige goldene Hoffnung. Doch dann erlosch ihr Gesichtchen wieder, und sie sagte gepresst: »Aber irgendwann muss ich ihn ja doch heiraten.«

Bea schob die kleine Schwester ein Stück von sich und betrachtete sie prüfend. »Ich erzähle euch jetzt etwas, das dürft ihr wirklich niemandem sagen, auch Amme nicht, der schon gar nicht.«

Bebe hob ihr Köpfchen mit den nass geweinten blonden Locken und sah Bea erwartungsvoll an.

»Mama hat es mir vor ein paar Tagen zugeflüstert, und ich musste schwören, es niemandem zu verraten, sonst wird es potilisch, wie du das nennst, Bebe. Also: Du wirst nicht Otto von Wittelsbach heiraten, sondern einen Neffen des Papstes. Das haben sie in den Verhandlungen mit dem Papst so ausgemacht. Dafür krönt der dann den Papa zum Kaiser. Na, was sagst du jetzt, kleine Maus?«

Bebe schien noch nicht ganz überzeugt. Sie wischte sich mit einem Hemdzipfel die Nase ab und fragte: »Den Neffen des Papstes? Wo wohnt der denn?«

Bea runzelte die Stirn. »Das weiß ich auch nicht genau, irgendwo in Italien.«

»Und was ist der, außer ein Neffe des Papstes? Ein Herzog, ein König?«, fragte Maria.

»Ach, Italien«, murmelte Kunigunde mit geschlossenen Augen. »Da soll es schön sein. Und warm, auch im Winter. Da wäre ich auch gern mal.«

»Vielleicht dürfen wir ja mit, wenn Vater in Rom zum Kaiser gekrönt wird. Das wäre doch schön, wir alle zusammen.«

»I-ta-li-en«, buchstabierte Bebe. »Da gibt es doch Mandeln, ganz süße, oder?«

»Aber was wird denn der Pfalzgraf dazu sagen? Der war doch so stolz darauf, dass er eine Königstochter kriegt«, überlegte Maria.

»Ist mir doch egal, was dieser Mistkerl sagt«, schnaubte Bea verächtlich und ahnte nicht, dass ihr das bald ganz und gar nicht mehr egal sein würde.

Sophies Notizen
Bamberg, im September 1248

Ela ist zurück! So eine Freude, als sie gestern unverhofft zur Tür hereinkam und einen Korb Birnen mitbrachte. Einen großen Korb voll! Wir haben uns in meinen kleinen Garten gesetzt und Birnen gefuttert. Ela hat von dem neuen Kindchen erzählt; es ist ein Junge, sie haben ihn Friedrich genannt, nach unserem Kaiser, und er ist am Leben geblieben. Am Anfang habe sie befürchtet, er sei blind, weil es schien, als würde er sie gar nicht sehen, sagte Ela. Aber nach ein paar Tagen habe er sie angelächelt, so ein süßes Lächeln! Und sie sei seine Taufpatin, neben der Burgherrin Sybilla von Frensdorf, und sie habe ihn über das Taufbecken halten dürfen, und Friedrich habe gar nicht geschrien, nur ein bisschen gemaunzt, als ihm das kalte Taufwasser über den Kopf gelaufen sei, und … und … und … Nach einer Weile versickerte ihr Redefluss, und sie fragte ein wenig verlegen, wie es mir denn gehe und ob ich weitergeschrieben hätte. Aber dann gähnte sie herzhaft und sagte: »Ich bin so müde von der Reise, Großmutter. Ich mag jetzt nicht lesen. Machst du das bitte?« Also habe ich ihr, noch den süßen Geschmack der Früchte im Mund, die Kapitel vorgelesen, die ich geschrieben habe, während sie fort war.

Der Altweibersommer ließ seine glitzernden Fäden durch die Luft gleiten, und eine Amsel übte irgendwo im Baum eine neue

Strophe ihres Liedes. Meine Magd Euphemia setzte sich kurz zu uns, stand aber schon bald seufzend wieder auf und schlurfte zurück in die Küche. Lesen und Schreiben sind in ihren Augen sinnlose Zeitverschwendung.

Ich bin so froh, dass sie gerade Ela befohlen haben, mich zu pflegen. Sie ist so sanft und geschickt, und es tut gut, wenn sie zuhört. Mit ihr vergesse ich meine Schmerzen oft für eine längere Weile. Jetzt will ich versuchen, ein bisschen zu schlafen. Und morgen schreibe ich dann von dem Tag, der alles veränderte, dem Tag, den ich Gott lange nicht verzeihen konnte.

DER KÖNIGSMORD

Bamberg, 21. Juni 1208

Der Samstag, der Tag des heiligen Alban, war der Tag des Hochzeitsfestes.

Am Nachmittag lag ich in »meiner kleinen Welt« und döste vor mich hin. Was für einen hektischen Vormittag hatte ich hinter mir! Ich war seit Sonnenaufgang auf den Beinen gewesen. Mutter hatte mich zum Dienst bei den königlichen Damen eingeteilt, und die brauchten ständig etwas: warmes Wasser, kaltes Wasser, Mehl und Kohle für die Schminke, Stoffstreifen für die Monatsblutung, Tee gegen Kopfweh, Rosenwasser aus Paris für den guten Geruch ... Ich rannte und rannte und kam doch kaum nach. Als ich mich schließlich selbst umgezogen und mir den Zopf mit meinem schönen blauen Band neu geflochten hatte, wäre ich beinahe nicht mehr in den völlig überfüllten Dom gekommen, hätte mir nicht unser Freund, der Mesner, ein Plätzchen reserviert. Von dort aus hatte ich einen guten Blick zum Kreuzaltar, wo Bischof Ekbert und Erzbischof Eberhard von Salzburg gerade mit der Messe begonnen hatten. Die eigentliche Trauungszeremonie vor dem Hauptportal des Doms hatte ich schon verpasst.

Jetzt stand das Brautpaar direkt vor dem Kreuzaltar, umweht von Weihrauchschwaden. Beatrix sah in ihrem Kleid aus schwerer grüner persischer Seide zauberhaft aus und blickte selbstbewusst, aber auch verliebt zu Herzog Otto auf. Als ihr Ehemann dann später vom König mit ihrem Erbe, dem Herzogtum Burgund, belehnt wurde, bekam ich das nicht mehr mit, denn das fand im Westchor statt, und dorthin versperrte mir der Lettner den Blick. Doch das kümmerte mich nicht. Am meisten beeindruckte mich sowieso die Menge der Menschen in ihren kostbaren farbenprächtigen Kleidern. Sie füllten den ehrwürdigen Kirchenbau aus der Zeit Kaiser Heinrichs, und ihre Gebete sammelten sich unter dem bestirnten blauen Firmament der alten Holzdecke. Dazu kamen noch die Domherren, ganz in Rot, und die Schar der Domschüler in ihren weißen Gewändern, deren engelsgleiche klare Stimmen die Feier begleiteten. In dieser Zeremonie schienen die ganze Würde und Pracht und das hohe Lebensgefühl unserer Zeit vereint zu sein.

Doch ich konnte die Freude nicht lange genießen, denn ich musste mich schon wieder beeilen, um Mutter bei der Vorbereitung des Mittagsmahls zu helfen. Es sollte festlich, aber nicht allzu üppig sein, denn gleich darauf wollte das Hochzeitspaar nach Burgund aufbrechen. Herzog Otto wollte dort so bald wie möglich einige rebellische Barone zur Räson bringen.

Obwohl der herzogliche Marschall und Richards Vater kurz vor dem Aufbruch noch in Streit gerieten, wer bestimmen durfte, in welcher Reihenfolge sich die vielen Wagen, Karren und Pferde in Bewegung setzen sollten, verschwanden schließlich doch alle durch das westliche Burgtor. König Philipp ließ es sich nicht nehmen, das Brautpaar zu Pferd noch bis zum Wildensorger Pass zu begleiten. Er brauche nach all dem guten Essen etwas Bewegung, hatte er lachend gesagt, aber natürlich war diese ehrenvolle Geste von den verantwortlichen Beamten längst mit den Wachsoldaten abgesprochen worden.

Jetzt lag der König in seinem Zimmer und schlief den Schlaf der Gerechten; leises Schnarchen drang durch die Lüftungsluke zu mir herauf. Das war einer der Vorzüge des geheimen Gemachs: Dicht unter der Decke waren auf beiden Seiten des Raums Öffnungen eingelassen, die man im Winter mit Holzschiebeläden verschließen konnte, durch die aber jetzt im Sommer ein kühler Luftzug strömte. Ich hätte von meinem Platz aus in das Zimmer hineinsehen können, wenn ich ein Stück nach vorn gerückt wäre, aber das tat ich nicht; ich hielt es nicht für angemessen, den König heimlich zu beobachten. Und natürlich wollte ich nicht, dass die beiden Vertrauten des Königs, die bei ihm wachten – der Reichstruchsess Heinrich von Waldburg und Kanzler Konrad von Speyer –, mich bemerkten.

In der Burg war es ungewöhnlich still; nach der Aufregung des Vormittags lagen fast alle irgendwo herum und dösten oder schliefen. Selbst die Knechte und Mägde hatten eine Pause; alle Töpfe waren geschrubbt, die Pferde gefüttert, die Wassereimer gefüllt. Die Luft stand schwül und schwer über der Stadt, und über dem Dom ballten sich die ersten dunklen Wolken. Es war abzusehen, dass es bald ein Gewitter geben würde. Auch auf dem Domplatz rührte sich nichts; vor einem Sturm wächst ja oft so etwas wie ein Sog, der jeglichen Laut verschluckt.

In diese Stille hinein tönte der Hufschlag vieler Pferde wie Steinhagel auf ein Dach. Ich fuhr hoch und spähte über den Rand meines Verstecks. Über die weite, leere Fläche der Vorburg kam Pfalzgraf Otto von Wittelsbach, ganz hochherrschaftlich mit Banner und zehn Rittern hinter sich, auf die Burg zugeprescht. Solch ein Gefolge stand eigentlich nur einem Herzog zu. Marschall Kuno würde toben; jetzt musste er wieder umplanen, um weitere elf Männer und vor allem ihre Pferde unterzubringen. Dieser steife, hölzerne Mann – mir fällt gar kein Wort ein, das den Marschall mit seiner immer etwas überheblichen, immer etwas verdrießlichen Miene beschreiben könnte – mochte Überraschungen überhaupt nicht. Und natürlich würde er, wie immer, Vater die Schuld an der misslichen Lage geben.

Als Otto sich dem Palas näherte, traten unten zwei Männer aus dem Tor, die die Reiter offenbar erwartet hatten: Markgraf Hezilo von Istrien, der den Pfalzgrafen wohl in Vertretung seines Bruders, Bischof Ekberts, begrüßen sollte, aber zu meinem Erstaunen auch Herzog Ludwig von Bayern. Wollte er seinen Vetter persönlich willkommen heißen? Es passte gar nicht zu seinem sonstigen hochmütig-standesbewussten Benehmen, sich als Herzog zum Empfang eines bloßen Pfalzgrafen herabzubemühen.

Ein Diener kam vors Tor und reichte Otto einen Krug Bier, den dieser in wenigen Zügen leer trank. Dann warf er dem Diener die Zügel seines Pferdes zu und betrat mit Herzog Ludwig und Markgraf Hezilo den Palas. Kurz darauf hörte ich die drei Männer unter mir im Laubengang, vor dem Gemach des Königs blieben sie stehen.

Herzog Ludwig sagte: »Wenn du uns einen Augenblick entschuldigst, Hezilo, ich hätte mit meinem Vetter noch etwas Familiäres zu besprechen.«

»Aber natürlich«, antwortete Hezilo höflich und sagte zu den Wachen vor dem Zimmer des Königs: »Pfalzgraf Otto kann danach vorgelassen werden. Der König erwartet ihn.«

»Das wurde uns schon mitgeteilt.« Hauptmann Rüdigers tiefe Stimme hätte ich überall erkannt.

Dann rief Hezilo plötzlich: »Wartet, ich komme runter!« Wie ich später erfuhr, gab es im Burghof ein großes Durcheinander, weil niemand wusste, wo man Ottos Pferde unterstellen sollte, und der Marschall nirgends aufzutreiben war.

Als sich Hezilos Schritte eilig entfernt hatten, trat Herzog Ludwig mit dem Pfalzgrafen in den Vorraum unter meinem Versteck. Ich blieb stocksteif liegen und wagte kaum, zu atmen, so sehr fürchtete ich, sie könnten mich entdecken.

»Hör zu, Ottel«, begann der Herzog mit eindringlicher Stimme.

»Nenn mich nicht Ottel, verdammt noch mal!«, fauchte der Pfalzgraf.

»Das ist doch jetzt unwichtig, Otto. Hör mir einfach zu! Unserer Familie ist heute große Schmach angetan worden. Der König hat deine Verlobung mit seiner Tochter aufgelöst.«

»Was?« Ottos durchdringender Schrei jagte ein paar Tauben vom Dach. »Was hat der Bastard getan?«

»Scht!« Herzog Ludwigs Stimme klang ärgerlich. »Sei doch leise! Der König schläft nebenan. Wir –«

Otto schrie nicht mehr, aber er stieß gotteslästerliche Flüche aus, die ich lieber nicht wiederholen will.

»Jetzt mäßige dich, zum Henker, und denk besser nach«, sagte Ludwig ungeduldig. »Wir müssen nun –«

»Aber das kann er doch nicht tun!«, keuchte der Pfalzgraf.

»Ich kann mich doch im Kreis der Fürsten nie mehr ... So eine Schande! Die lachen doch alle über mich! Dabei bin ich doch immer treu ... immer war ich an seiner Seite ...« Seine Stimme kippte. »Und außerdem, wie soll ich denn ...? Ich habe schon zweihundert Pfund auf die Mitgift aufgenommen! Ich habe überall Schulden!«

Ludwig bemühte sich, ihn zu beruhigen: »Deswegen wollte ich ja mit dir sprechen, bevor du den König triffst. Ich weiß doch, wie er dich um den Finger wickeln kann mit seinem Charme. Wir müssen jetzt schauen, wie wir das Beste für unsere Familie herausholen können. Er muss uns entschädigen, und zwar ordentlich!« Ludwigs Stimme klang immer leidenschaftlicher. »Ich will Wolfratshausen. Und Windberg und am liebsten alles, womit Markgraf Hezilo, diese Laus, in unserm Pelz sitzt. Kannst du dir vorstellen, was dieser Hundesohn getan hat, heute früh bei der Beratung?«

Ganz, ganz vorsichtig rutschte ich ein bisschen nach vorn, damit ich über die Kante spähen konnte.

Herzog Ludwig hatte dem Pfalzgrafen die Hände auf die Schultern gelegt und schüttelte ihn. »Kannst du dir das vorstellen? Vor allen Fürsten ist Hezilo aufgestanden und hat behauptet, dass du ein Frauenschänder bist. Außerdem hättest du grundlos einen seiner besten Männer erschlagen. Du wärst ganz bestimmt keine Königstochter wert. Diesen Kerl müssen wir loswerden, und wenn wir ihn ... Irgendwie müssen wir Philipp dazu bringen, dass er uns Hezilos bayerische Lehen überlässt. Das musst du fordern, hörst du, das muss er uns geben!«

Von Otto kam keine Antwort. Als ich den Kopf ein winziges Stückchen drehte, um zu sehen, warum er nichts sagte, spürte ich entsetzt, wie mein Zopf mit dem schönen blauen Band durch die Öffnung nach unten fiel. Ich erstarrte und hielt die Luft an. Was, wenn nun einer der beiden etwas bemerkt hatte? Herzog Ludwig stand halb mit dem Rücken zu mir und blickte seinen Vetter an. Hatte er kurz den Kopf bewegt? Pfalzgraf Otto sah in meine Richtung, aber er machte den Eindruck, als würde er gar nichts wahrnehmen. Sein Gesicht war feuerrot, seine Kiefer mahlten, und die Linke krampfte sich mit weiß werdenden Knöcheln um seinen Schwertknauf.

Als der Herzog ihm die Hand auf den Arm legte und nochmals mit großem Nachdruck sagte: »Hörst du, Otto, verhandle gut! Hol das Beste heraus, was du kriegen kannst!«, drehte der Pfalzgraf sich abrupt um und verließ ohne ein Wort den Vorraum.

Ich ließ mich auf meinen Teppich zurückgleiten, noch immer kalt vor Schreck, und glaubte, noch einmal davongekommen zu sein.

Als ich hörte, wie Otto das Zimmer des Königs betrat, besiegte die Neugier wieder einmal meine Angst, und ich robbte näher an die Lüftungsluke zum Zimmer des Königs heran, denn natürlich wollte ich hören, was dort gesprochen wurde. Aber ich achtete sorgfältig darauf, dass man mich von unten nicht sehen konnte.

»Ach, da bist du ja, Otto«, sagte König Philipp gähnend. »Hast du die mährischen Soldaten getroffen und gut hergebracht?« Dann, in verändertem Tonfall: »Was machst du denn da mit dem Schwert? Kannst du ein neues Kunststück?« Ärgerlich schob er nach: »Steck das jetzt weg! Es ist zu eng hier, um damit herumzuspielen!«

»Das soll auch kein Spiel für dich sein!« Ottos Stimme klang so gepresst, als käme sie zwischen zwei Mühlsteinen hervor. Dann schrie er: »Ihr habt mir meine Ehre geraubt! Ich kann mich ja nie mehr im Kreis der Fürsten blicken lassen! Weil ich ... weil ich von Euch – von Euch! – so dumm und gemein entehrt worden bin!«

Im nächsten Moment zerbarst der Raum in einem Orkan von Gebrüll. Heinrich von Waldburg schrie: »Neiiiin!« Ein Röcheln, ein Gurgeln, dann krachte ein Körper zu Boden.

Philipps keuchender Entsetzensschrei ging unter im Kreischen des Pfalzgrafen. »Ich hasse Euch, ich hasse Euch!«

Und dann hörte ich den König stöhnen, ein Stöhnen, so grauenvoll ... so grauenvoll!

Nun dehnte sich die Zeit, sie wuchs und wuchs, erfüllt von

einer kalten Stille, zerfressen, durchlöchert vom Stöhnen meines Königs. Das Begreifen kam erst viel später, aber mein Körper wusste sofort, was geschehen war. Er erstarrte in eisiger Atemlosigkeit, die sich erst löste, als unten ein Schwert klirrend zu Boden fiel.

Von dort, wo ich lag, konnte ich nur den Winkel neben dem Bett des Königs sehen. Dort stand Bischof Konrad von Speyer und zitterte am ganzen Leib. Jetzt war es mir gleichgültig, ob ich gesehen wurde. Ich rutschte nach vorn und spähte durch die Lüftungsluke. Heinrich von Waldburg lag mit einer klaffenden Wunde im Gesicht auf dem Boden. König Philipp kniete neben seinem Sessel, an den er sich mit einer Hand klammerte. Mit der anderen versuchte er, das Blut zu stoppen, das aus einer Wunde an seinem Hals spritzte. Auch aus seinem Mund quoll Blut. Dann erschlaffte er und fiel zur Seite. Otto von Wittelsbach riss ihn an den Haaren hoch, legte ihm die Hände um den Hals und würgte ihn. Noch nie vorher und auch später nie mehr habe ich ein so gottverlorenes Gesicht gesehen wie das des Pfalzgrafen in diesem Moment. Alle Teufel der Welt spien daraus hervor.

Er stieß den König zu Boden, ergriff sein blutiges Schwert und rannte aus dem Zimmer. Durch die offene Tür sah ich Hauptmann Rüdiger, der ihm verblüfft nachsah. Als er sich umdrehte und sein Blick auf den König fiel, stürzte er herein, sank neben Philipp auf die Knie und versuchte mit aller Kraft, den noch immer pulsierenden Blutstrom aus der Halswunde aufzuhalten. Verzweifelt schrie er nach Verbandszeug und einem Arzt. Dann brach die Hölle los; Menschen kreischten, weinten und rannten herum. Irgendwann hörte ich plötzlich erneutes Hufgetrappel und sah den Pfalzgrafen und seine Männer davongaloppieren, als wäre der Satan hinter ihnen her.

Ich war wie betäubt und hatte noch immer nicht wirklich verstanden, was da eben geschehen war. Ich wollte nur noch zu meiner Mutter und mich in ihre Arme schmiegen. Aber durch das Einstiegsloch sah ich, dass Herzog Ludwig noch immer unten im Vorraum saß. Er war totenbleich und – er weinte. Der stolze Herzog weinte. Doch dann stand er auf, straffte sich und ging.

Und plötzlich fiel auch mich die Trauer an. Ich rollte mich in meinen Teppich ein und schluchzte verzweifelt.

Als ich wieder aufsah, war das Zimmer des Königs voller trauernder Menschen. Man hatte Philipp mit verbundenem Hals und gefalteten Händen auf sein Bett gelegt. Sein Gesicht war sehr blass und still, blaue Schatten unter seinen Augen vertieften diese weiße Ruhe. Er war tot, unser König war tot.

Doch die Welt blieb nicht stehen.

Heinrich von Waldburg wurde auf einer Bahre aus dem Raum getragen. Zwei Mägde bemühten sich, zwischen all den Beinen das Blut vom Boden zu wischen.

Neben dem Bett saß die Königin, umringt von ihren laut schluchzenden Töchtern. Sie als Einzige weinte nicht. Sie saß aufrecht, die Hände über den schwangeren Leib gelegt, regungslos wie eine Steinfigur. Ihr Anblick erinnerte mich daran, dass Vater einmal voll Mitleid erzählt hatte, wie viele nahe Verwandte diese junge Frau schon hatte betrauern müssen: ihren ersten Mann, ihren Vater, ihren Bruder, drei ihrer Kinder und jetzt Philipp, den sie so sehr geliebt hatte. Wie viel Trauer kann ein Mensch ertragen, ohne daran zugrunde zu gehen? Für Königin Irene-Maria war dieser Tod einer zu viel, sie starb drei Monate später an einer Fehlgeburt.

Als Erinnerung an sie besitze ich noch heute ihren Schleier, jenen spinnwebfeinen weißen Schleier, den sie beim Einzug getragen und den sie wohl verloren hatte, als sie ins Zimmer des sterbenden Königs eilte. Ich hatte ihn, von vielen hastigen Füßen verschmutzt, in einem Winkel des Laubengangs gefunden. Als ich ihn aufhob, sah ich die zärtliche Geste vor mir, mit der König Philipp ihn seiner Frau um die Schultern gelegt hatte. Wie gerne hätte ich Irene-Maria diese Kostbarkeit zurückgegeben, aber ich bekam keine Gelegenheit mehr.

Später wurden über diesen traurigen Tag viele Lieder gedichtet. Eines ist mir bis heute in Erinnerung geblieben:

Vier Stunden schon lag nun der König da in seinem Blut.
Sieh, das Entsetzen hielt den Hof gepackt,
und Wimmern, Weinen, Schluchzen füllte jeden Raum.
Und jeder glaubt' an einen bösen Traum.
Nur einer weinte nicht. Er handelte.
Und dann war es zu spät.

DIE ANKLAGE

Auch wenn man denkt, die Welt müsste zerbrechen – trotz aller Trauer geht das Leben weiter. Menschen und Tiere waren zu versorgen und zu verköstigen, und wegen des drohenden Unwetters musste allerhand festgebunden und weggeräumt werden. Mutter hatte mich kurz in den Arm genommen und mich dann mit allerlei Aufgaben hierhin und dorthin geschickt, weil sie der Meinung war, Arbeit helfe am besten gegen Traurigkeit.

In der Burg herrschte große Ratlosigkeit. Keiner wusste, wie es nun weitergehen sollte. Überall standen kleine Grüppchen, schluchzend, einander tröstend, tuschelnd und diskutierend. Bischof Ekbert, verwirrt und bleich, hatte sich mit Vater zusammengesetzt, um über das Begräbnis des Königs zu beraten, das gleich am nächsten Tag im Dom stattfinden sollte. Hauptmann Rüdiger schlich herum wie ein Gespenst und klagte sich an, dass er den Pfalzgrafen nicht aufgehalten hatte. Einen Apfel, den ich ihm zum Trost brachte, legte er achtlos auf ein Fensterbrett. Die Stimmung in der Küche war so gedrückt und gereizt, dass schon zwei Tonschalen auf dem Boden zerschellt waren. Die Pferde in den Ställen spürten die allgemeine Unruhe und wieherten ängstlich.

Um die Abendstunde rief Bischof Ekbert die Fürsten im kleinen Saal zusammen, um über die Zukunft zu beraten. Mutter befahl mir, ihnen einen großen Krug Wein zu bringen. Es herrschte eine gespenstische Stimmung. Noch immer war das Gewitter nicht losgebrochen. Die Wolken hatten sich zu tiefstem Schwarz verdichtet, und die Luft lag dick wie Sirup über der Stadt.

Schon von Weitem hörte ich die lauten Stimmen der Fürsten. Sie stritten darüber, wen sie denn nun zum neuen König des Reiches wählen sollten. Als ich den Saal betrat, rief König Otokar von Böhmen gerade, er werde auf keinen Fall den Welfen anerkennen, diesen arroganten Schnösel, von dem er für immer genug habe, und wie kurz ihrer aller Gedächtnis sei, schließlich hätten sie doch schon vor zwölf Jahren Friedrich von Sizilien zum nächsten König gewählt. Er, Otokar, sei ein Freund der Staufer und werde es bleiben. Und schon war ein hitziges Gezänke im Gange, und alle schrien durcheinander.

Ganz am unteren Ende des Tisches saß Herzog Ludwig wie auf einer Insel. Niemand sprach mit ihm, alle vermieden es, den Vetter des Königsmörders offen anzusehen. Es war, als hätte er die Lepra. Ich goss gerade Wein aus dem großen Krug in mehrere kleinere, die ich auf dem Tisch verteilen wollte, da stand der Herzog unvermittelt auf.

»Schämt euch!«, rief er, gar nicht laut, aber er strahlte eine so intensive Entschlossenheit aus, dass alle sofort verstummten. »Der König ist noch keine vier Stunden tot, und ihr streitet wie die Schulbuben!« Ludwig machte eine kurze Pause und fuhr mit dramatischer Geste fort: »Dies ist ein Haus des Todes, und es geziemt auch euch, des Todes zu gedenken, der jeden von uns so schnell und unvorbereitet treffen kann. Vor allem …«, und wieder machte er eine kleine wirkungsvolle Pause, »wenn diejenigen, die für unseren Schutz verantwortlich sind, allzu nachlässig sind.« Mit der Hand wies er auf Bischof Ekbert.

Hezilo von Istrien fuhr hoch: »Wie kannst du das sagen? Du warst doch selbst –«

Herzog Ludwig unterbrach ihn mit schneidender Stimme. »Schweig! Gerade du! Du warst es doch, der Otto die Auflösung der Verlobung mitgeteilt hat. Du hättest ihn damit niemals allein lassen dürfen. Du hättest doch wissen müssen –«

»Aber das stimmt doch nicht!«, rief ich laut. »Das stimmt doch gar nicht!« Ich war fassungslos, wie der Herzog so lügen konnte. »Es war doch –«

Da legte sich eine große Hand über meinen Mund, ich wurde hochgehoben und aus dem Saal getragen. Aus dem Augenwinkel sah ich noch Herzog Ludwigs Blick, und der ließ mir das Herz gefrieren.

Draußen vor der Tür stellte mein Vater mich auf den Boden und fauchte mich an: »Wie kannst du es wagen, in der Versammlung der Fürsten den Mund aufzumachen? Und dazu auch noch einem Herzog zu widersprechen!«

»Aber Herzog Ludwig hat gelogen! Es war –«

»Schweig!«, zischte mein Vater. Er sah mich so zornig an wie noch nie und hob die Hand, als wollte er mich schlagen.

Völlig verwirrt rannte ich davon. Es war doch nicht Markgraf Hezilo, sondern Herzog Ludwig gewesen, der dem Pfalzgrafen von der Entlobung erzählt hatte, das hatte ich genau gehört. Ich hatte nur die Wahrheit gesagt. Und dafür wollte mein Vater mich schlagen, mein unfehlbarer, großartiger, liebevoller Vater, der mich noch nie geschlagen hatte? Mutter ja, von der gab es immer mal wieder Knüffe und Ohrfeigen, aber Vater? Ich wollte nur noch fort.

Am liebsten hätte ich mich natürlich in »meiner kleinen Welt« verkrochen, aber rund um das Zimmer, wo der König aufgebahrt lag, waren zu viele Trauernde versammelt. Ungesehen kam ich nicht dort hinauf. Also rannte ich über den Burghof in unseren Garten und kauerte mich auf der Bank neben dem Brunnen zusammen.

Ich verstand die Welt nicht mehr. War ich nicht immer dazu angehalten worden, die Wahrheit zu sagen? Und plötzlich war das so falsch, dass ich dafür geschlagen werden sollte? Während ich noch grübelte, überfielen mich unvermutet die furchtbaren Bilder, all das, was ich gesehen hatte: die klaffende Wunde im Gesicht Heinrichs von Waldburg, das Blut, das in Stößen aus dem Hals des Königs hervorschoss, die hasserfüllte Fratze des Mörders.

Ein eisiges Zittern schüttelte mich. Mein Magen krampfte sich zusammen, und ich übergab mich, wieder und wieder, bis ich mich völlig erschöpft auf der Bank zusammenrollte.

SOPHIES FLUCHT AUS DER BURG

Ich musste eingeschlafen sein, denn es war dunkel, als mich jemand an der Schulter berührte. Ich fuhr hoch. Es war Richard. Gerade als ich protestieren wollte, legte sich zum zweiten Mal an diesem Tag eine Hand über meinen Mund. »Pst«, flüsterte Richard, »sei um Gottes willen leise. Du musst sofort verschwinden. Herzog Ludwigs Männer suchen dich in der ganzen Burg.«

»Was?«, krächzte ich.

»Ich erklär dir das alles später. Gib mir dein Haarband, das muss als Erstes weg. Ich werfe es in den Brunnen.«

Mit zitternden Händen nestelte ich mein geliebtes blaues Haarband aus meinem Zopf. Richard ging damit hinüber zum Brunnen, und als er zurückkam, brachte er einen Becher Wasser mit, der immer auf dem Brunnenrand stand. »Trink«, sagte er leise, »und dann komm. Wir müssen dich jetzt erst mal ungesehen aus der Burg herausbringen. Wo könntest du denn für diese Nacht unterkommen?«

Ich war völlig konfus. Wieso musste ich aus der Burg heraus? Was war mit Herzog Ludwigs Männern? Aber Richard klang so eindringlich, dass ich mich unwillkürlich seiner Führung überließ. Ich überlegte. »Bei meiner Großmutter«, flüsterte ich, »unten im Bachviertel.«

Richard nahm seinen Umhang und legte ihn mir über den Kopf; dann schaute er mich prüfend an. »Nein, so geht das nicht. Komm!« Er griff nach meiner Hand und zog mich hinter sich her zu den Räumen seiner Familie, die nicht weit entfernt von den unseren im Nordflügel lagen.

Nachdem er sich versichert hatte, dass niemand im Gang zu sehen war, schob er mich in eine Kammer, die offenbar so etwas wie ein Vorratsraum der Familie des Marschalls war. In dem schwachen Lichtschein, der durch eine Türöffnung in der rechten Seitenwand fiel, konnte ich mehrere Truhen erkennen, die längs der Wände standen. Von der Decke hingen Sträuße von Kräutern, sie dufteten süß und schwer. Richard ging nach nebenan in die Küche und kam mit einem brennenden Kienspan in der Hand zurück. Er zündete ein Talglicht in einer Nische und eine kleine Laterne an.

»Jetzt sag schon endlich, was ist los?«, fragte ich ungeduldig, als ich ihm seinen Umhang zurückgab. Ich setzte mich auf eine der Truhen, weil mir noch immer schwindelig war.

Richard seufzte: »Gundolf hatte Dienst bei Herzog Ludwig und hat gehört, wie der zu seinem Hauptmann sagte, ›das Gör‹ müsse sofort verschwinden. Und seiner Beschreibung nach bist ›das Gör‹ eindeutig du. ›Das blonde Ding mit dem blauen Haarband‹, hat er gesagt.«

Herzog Ludwig! Also hatte er meinen Zopf bei seinem Gespräch mit Pfalzgraf Otto doch bemerkt. Und am Abend wiedererkannt. Aber stellte ich wirklich solch eine Gefahr für ihn dar, dass er mich »verschwinden« lassen wollte? Ich, eine Gefahr für den mächtigen Herzog? Und verschwinden lassen, das bedeutete … Mit dem Begreifen kam die Angst.

Ich versuchte verzweifelt, sie hinunterzuschlucken, und als ich wieder sprechen konnte, flüchtete ich mich in eine banale Frage. »Und warum ist Gundolf damit zu dir und nicht zu meinem Vater gekommen?«

Richard hatte eine der Truhen geöffnet und beugte sich tief darüber. »Er … er hielt es für sicherer. Einer von Ludwigs Männern steht schon vor eurer Tür Wache.«

»Woher weiß der Herzog denn überhaupt, wer ich bin?«

»Ich glaube, dass er hier in der Burg einen Spion hat.«

»Einen Spion? Wen?«

»Das weiß ich nicht. Das ist ja das Gefährliche.« Er nahm aus der Truhe ein paar Kleidungsstücke und hielt sie mir hin. »Schau nicht so trostlos. Ich helfe dir doch. Am besten ist es, du verkleidest dich. Da sind ein paar Sachen, die mir nicht mehr passen.«

Männerkleider? Zögerlich nahm ich das Bündel.

Aber Richard war noch nicht fertig. »Was machen wir denn

nur mit deinen Haaren? Die erkennt hier jeder. Wenn es nicht so warm wäre, könntest du die Gugel hier aufsetzen. Aber bei der Hitze fällst du damit sofort auf. Probiere mal die Mütze da.«

Aber sosehr ich auch stopfte und drehte, meine Haare quollen immer wieder an einer anderen Stelle unter dem Mützenrand hervor.

»So geht das nicht!«, stellte Richard fest. »Wir müssen sie abschneiden.«

»Abschneiden? Meine Haare? Niemals!« Sie waren mein ganzer Stolz.

»Willst du dir lieber die Kehle durchschneiden lassen? Komm, sei vernünftig, die wachsen doch wieder.«

Meine Haare reichten mir damals fast bis zur Hüfte; ich holte sie mit beiden Händen hinter dem Rücken hervor und schaute sie verzweifelt an.

»Zieh jetzt meine Sachen an«, mahnte Richard. »Ich suche derweil eine Schere.«

Als er die Tür hinter sich geschlossen hatte, schlüpfte ich aus meinem Kleid und in die dunkle Hose, die Richard mir gegeben hatte. Es fühlte sich sehr seltsam an, mit so viel Stoff zwischen den Beinen. Wie sollte man damit nur gehen, ohne dass die Stoffbahnen dauernd aneinanderrieben? Der graue Kittel war zu lang, er reichte mir bis zu den Knien. Aber mit dem Gürtelband meines Kleides konnte ich ihn etwas nach oben schürzen, sodass er mich nicht noch zusätzlich beim Gehen behinderte.

Schon kam Richard mit der Schere zurück. Ich konnte sehen, wie mühsam er schluckte, als er die erste kleine Strähne neben meinem Gesicht in die Hand nahm und abschnitt. Und während er sie ansah, als wüsste er nicht, wohin damit, hörte ich es – Regen! Einige wenige Tropfen zunächst, und dann brauste es, während in der Ferne die ersten Donner grollten. Welch eine Erlösung! Ich würde die Gugel aufsetzen können, bei Regen fiel das keinem auf. Und ich konnte meine Haare behalten! Vor Erleichterung wollte ich Richard um den Hals fallen, aber er wich verlegen einen Schritt zurück, nahm die Gugel und reichte sie mir.

Er schaute mich an und seufzte: »Puh! Trotz allem – die Wachen am Tor sind eine Gefahr. Die meisten kenne ich ja, aber sie sind heute verstärkt worden, und wenn einer davon Ludwigs Spion ist, was machen wir dann?«

»Wir müssen doch nicht durchs Tor. Ich weiß einen besseren Weg.« Fast spürte ich so etwas wie Abenteuerlust, die die Angst in den Hintergrund schob.

»Ja? Welchen?«

»Durch den Kellerhals vom Weinkeller.«

Damals gab es direkt neben der großen Hofküche eine Tür zu dem Keller, in dem Wein und Bier gelagert wurden. Damit man die Fässer nicht durch den Burghof dorthin transportieren musste, sondern sie von außen nach unten rollen lassen konnte, hatte der Keller eine schräge Öffnung zur Domgasse hin. Die Tür ist inzwischen etwas versetzt, aber den Kellerhals gibt es noch immer. Der Keller ist riesig; als Kind fürchtete ich mich vor all den Schatten zwischen den Fässern. Eine der Köchinnen hatte einmal erzählt, dort würden die Geister derer wohnen, die an der Trunksucht gestorben seien.

Richard sagte: »Aber der Keller ist doch verschlossen!«

»Und ich weiß, wo ein Schlüssel ist!«, flüsterte ich auftrumpfend. Der Hauptschlüssel befand sich zwar am Schlüsselbund meiner Mutter, doch ich wusste, wo ein Reserveschlüssel versteckt war.

»Also gut, versuchen wir's.« Richard blies das Licht aus, nahm die Laterne, die er bis auf einen kleinen Lichtschlitz verdunkelte, und bedeutete mir, hinter der Tür zu warten, bis er sicher war, dass niemand den Gang entlangkam. Dann nahm er meine Hand, und das fühlte sich erstaunlich angenehm an. Im Nordflügel begegnete uns niemand, und auch der Laubengang im Ostflügel schien leer.

Mein Herz beruhigte sich ein wenig. Doch in dem Moment bogen zwei Männer um die Ecke, die an ihren blau-weißen Surcots sofort als Soldaten Herzog Ludwigs zu erkennen waren.

»He du«, schnauzte einer der beiden Richard an. »Hast du die Tochter vom Kämmerer gesehen?«

»Diese Ziege?«, antwortete Richard spöttisch. »Um die Zeit? Da ist die doch bestimmt schon im Bett!«

»Wenn du sie siehst, sag mir Bescheid; dafür gibt es auch eine Belohnung.«

»Mach ich, Herr«, sagte Richard und wollte schon weitergehen, da wandte sich der zweite Mann an mich. »Und was ist mit dir, Kleiner? Bist du stumm?«

Ich hielt meinen Kopf tief gesenkt, damit man mein Gesicht möglichst nicht sah.

»Nö, stumm ist der nicht, nur ein bisschen blöde. Der redet nicht viel«, sagte Richard ungerührt. »Gute Nacht, die Herren.«

Damit schubste er mich vor sich her um die Ecke in Richtung der Küche. Mir war so flau im Magen, dass ich stolperte und gefallen wäre, wenn Richard mich nicht festgehalten hätte. Als wir die Tür zur Kellertreppe hinter uns geschlossen hatten, war ich so erleichtert, dass ich nicht wusste, ob ich weinen oder lachen sollte.

»Diese Ziege! Ein bisschen blöde, was?« Der Versuch, meine Stimme empört klingen zu lassen, misslang kläglich.

Richard lachte, ein ganz leises Lachen tief unten in der Kehle; es tat unheimlich gut, das zu hören.

Als ich mich wieder gefasst hatte, tastete ich die Wand ab, bis ich den Stein fand, hinter dem der Schlüssel versteckt war, und öffnete das schwere Gitter zum Weinkeller. Dann gab ich Richard den Schlüssel und sagte: »Wenn du nachher zurückkommst, schließ bitte wieder ab und leg den Schlüssel zurück in sein Versteck, sonst wird Mutter richtig sauer.«

Richard zögerte. »Ich … ich werde nicht hierher zurückkommen. Wenn ich dich bei deiner Großmutter abgeliefert habe, kann ich nicht mehr durch die Klappe zurück. Sie geht ja nicht von außen auf. Ich werde durch das Tor –«

»Kommt gar nicht in Frage«, antwortete ich. »Damit alle wissen, dass du nachts draußen warst, ohne dass dich jemand hinausgehen sah? Ich geh alleine!«

»Aber Sophie«, protestierte er, »es ist fast Mitternacht! Wer weiß, was für ein Gesindel –«

»Ach, Unsinn, ich schaff das schon!« Wovon ich keineswegs überzeugt war.

Wir diskutierten weiter, während wir durch den dunklen Keller gingen, zwischen den großen Wein- und Bierfässern hindurch, deren große ovale Stirnseiten im kleinen Licht der Laterne aufleuchteten und wieder im Schatten verschwanden. Schließlich gab Richard nach.

Er stemmte die schwere Klappe so weit auf, dass ich nach draußen schlüpfen konnte. »Mach's gut, kleine Ziege!«, flüsterte er.

Dann schloss die Klappe sich mit einem dumpfen Laut, und ich hörte das Scharren der großen Riegel, die zurückgeschoben wurden. Ich war allein.

Plötzlich war ich mir gar nicht mehr sicher, ob ich Richards Angebot nicht doch hätte annehmen sollen. Es war stockdunkel, es goss in Strömen, und ich fürchtete mich. Ob so kurz vor Mitternacht nicht doch vielleicht Dämonen unterwegs waren oder gar der Teufel persönlich? Ich ging so nahe wie möglich am Dom entlang und berührte dabei immer wieder die geweihte Mauer, um mich vor dem Bösen zu schützen. Dann rannte ich, so schnell ich konnte, hinunter zum Pfistertörchen. Das wurde vom alten Barthel bewacht, aber »wachen« war der falsche Ausdruck; ich kannte ihn, meistens schlief er. Und tatsächlich, als ich in seine Wachstube spähte, saß er neben der Laterne an seine Lanze gelehnt und schnarchte. So leise wie möglich öffnete ich den Riegel an dem kleinen Fußgängertörchen und schlüpfte hinaus. Von draußen warf ich einen Stein gegen Barthels hölzernen Unterstand, damit er aufwachte und das Törchen wieder schloss.

Auf dem Weg hinunter in das Bachtal stolperte ich ein paarmal, denn es war stockdunkel und glitschig, doch weil ich mich hier so gut auskannte, stürzte ich nicht. Und glücklicherweise war wegen des Trauerfalls die Badstube in der nächsten Gasse geschlossen, daher trieben sich auch keine späten Besucher der Bademädchen mehr herum. Alles war ganz still. Nur ein Käuzchen schrie in den Bäumen, was mein rasendes Herz nicht gerade beruhigte.

Endlich stand ich vor Großmutters Tür und klopfte vorsichtig, damit keiner der Nachbarn aufmerksam wurde. Nach dem dritten Pochen öffnete sich das kleine vergitterte Fensterchen in dem schweren Eichenholzportal, und Großmutters Magd Katrinchen blinzelte mich verschlafen an. »Ach, du bist es«, murmelte sie und öffnete das Tor gerade weit genug, dass ich eintreten konnte. Doch dann ließ sie fast ihre Laterne fallen. »Wie siehst denn du aus?«, kreischte sie. »Hosen! Ach, Gottla! So a Sünd, ja so a Sünd!«

»Komm, Katrinchen, ich erklär es dir später«, versuchte ich, sie zu beruhigen. »Besorg mir lieber trockene Kleider und was zu essen, ich komme um vor Hunger. Bitte! Ist Großmutter schon schlafen gegangen?«

»Ja, ja, schon lang.«

Hinter Katrinchen her durchquerte ich die lange dunkle Halle, die fast das ganze untere Stockwerk einnahm, bis in die Küche, wo ich am Herdfeuer eine Kerze anzündete. Dann stieg ich über die Treppe im Hof hinauf in den ersten Stock und klopfte an Großmutters Zimmertür. Sie hatte offenbar schon etwas gehört, denn sie öffnete sofort.

Großmutter war eine kleine, kräftige Frau mit einem sehr energischen Doppelkinn. Ihre dicken grauen Haare trug sie wie eine Krone um den Kopf geflochten. Obwohl sie seit vierzig Jahren in Bamberg lebte, hörte man ihr noch immer die dunklen Os und rollenden Rs ihrer Heimat an. Sie stammte aus den Weißen Karpaten, wo man einen düsteren slawischen Dialekt sprach. Großvater Walter hatte sie auf einer seiner Handelsreisen nach Ungarn kennengelernt, als sie ihm eine ausgekugelte Schulter einrenkte. Es war Liebe auf den ersten Blick gewesen. Großvaters Werbung wurde allerdings mühsam und teuer, denn Ivanka war eine Heilerin, eine jener Frauen, die man in der dortigen Gegend »Göttinnen« nennt. In ihren Familien wurde seit unvordenklichen Zeiten die Gabe des Hellsehens vererbt, und die Mütter gaben ihren Töchtern anatomische Kenntnisse und das Wissen um Heilkräuter weiter. So ein Mädchen ließ der Stamm natürlich nicht gern ziehen. Doch bis zu seiner nächsten Reise hatte Großvater so viel zusammengespart, dass er den Brautpreis bezahlen und Ivanka mit sich nach Bamberg nehmen konnte.

Dort hatte sie es anfangs nicht leicht. Aber ihr Wissen und Können sprachen sich herum, und nach und nach wurde Eva, wie sie hier genannt wurde, als Ehefrau eines inzwischen wohlhabenden Händlers ein geachtetes Gemeindemitglied. Sie war getauft und ging auch brav jeden Sonntag zur Messe, nur wir innerhalb der Familie wussten, dass sie von der Kirche nicht viel hielt und noch viel vom alten Glauben der Vorväter in den Tiefen ihrer Seele wohnte. Ihr Mann war vor fünf Jahren gestorben, nun lebte sie mit ihrer Magd Katrinchen in dem Haus im Bachtal, das Großvater gebaut hatte.

Großmutter schaute mich nur kurz prüfend an, dann schob sie ihre Schlafhaube zurück, strich mir übers Haar und sagte: »Komm, zieh aus nasse Sachen. Du wirst kalt sonst.« Aus einer ihrer Truhen zog sie ein Handtuch, mit dem sie mich abrubbelte. Nackt, wie ich war, schob sie mich in ihr Bett, wo ich mich in den Rest ihrer Körperwärme kuschelte. »Du brauchst warme Milch jetzt«, stellte sie fest und ging zur Tür, um nach Katrinchen zu rufen.

Doch die kam bereits die Treppe herauf, mit Hemd und Kleid unter einem Arm und in den Händen einen würzig duftenden Eintopf. Ah, Essen! Ich warf mir nur das Hemd über und setzte mich mit dem Topf auf Großmutters Bett. Aber schon nach wenigen Bissen fiel es mir schwer, die Augen offen zu halten. Es war doch ein bisschen viel gewesen für einen einzigen Tag, für eine Zwölfjährige.

Großmutter warf mir einen nachsichtigen Blick zu, nahm mir den Topf aus der Hand und stellte ihn beiseite.

»Was ist los?«, fragte sie und setzte sich neben mich.

Plötzlich sah ich wieder das Blut, das stoßweise aus dem Hals des Königs, meines schönen Königs Philipp, hervorschoss.

»Der König ist tot!«, schluchzte ich.

»Ich weiß«, murmelte Großmutter und streichelte mich. Natürlich hatte sich die Nachricht schnell wie Wolkenwind in der Stadt verbreitet.

»Und … und der Herzog von Bayern will mich ›verschwinden‹ lassen.« Die Worte standen seltsam unwirklich im Raum, wie eine fremde, schwere Macht vor dem Angriff.

Doch bevor ihre Kälte sich ausbreiten, bevor die Angst in mir aufsteigen konnte, zog mich Großmutter noch fester an sich und sagte leise: »So? Ach so. Aber jetzt bist du ja hier.« Sie fragte nicht, warum mir der Herzog Böses wollte, und ich war ihr dankbar dafür, denn ich war zu erschöpft, um die Geschichte zu erzählen, und ihr Gleichmut beruhigte mich.

Großmutter legte sich mit mir im Arm nieder und breitete die Decke über uns. Ich glaube, ich war eingeschlafen, bevor ihr Kopf das Kissen berührte.

BEI GROSSMUTTER

In der Nacht bekam ich heftiges Fieber. Die schrecklichen Erinnerungen an den vergangenen Tag schüttelten mich: der sterbende König, die eisigen Augen Herzog Ludwigs, der Zorn meines Vaters, der zum Schlag ausholte. Meine Schreie weckten Großmutter, der es gelang, mit Wadenwickeln und Baldrian-Flieder-Tee mein Fieber so weit zu senken, dass ich gegen Morgen in einen heilsamen Schlaf fiel. Ich verschlief den ganzen nächsten Tag, verschlief den Besuch von Mutter und Grit und die Aufregung über den geheimnisvollen Fremden, der sich nach mir erkundigt hatte. Erst abends erwachte ich, als Vater und Großmutter an meinem Bett saßen und über meine Zukunft berieten.

»Das gefällt mir gar nicht«, sagte mein Vater gerade, als meine Seele zu mir zurückkehrte. Ich öffnete nicht gleich die Augen, denn ich wollte Vater nicht sehen. Ich war ihm immer noch böse, weil er mich so ungerecht behandelt hatte. Seine Stimme klang angespannt und gereizt. »Hier kann sie nicht bleiben«, knurrte er. »Das ist zu gefährlich!«

»Aber hast du doch gesagt, Herzog Ludwig ist abgereist mit den anderen heute Nachmittag«, wandte Großmutter ein. »Dann ist doch –«

»Er hat wohl einen Spion am Bischofshof«, unterbrach Vater sie. »Und wir wissen nicht, wer es ist.«

»Woher dann wisst ihr von ihm?«

»Richard hat das herausgefunden und –«

»Der Sohn vom Marschall?« Großmutter klang verwundert.

»Ja, oder vielmehr sein Freund, der beim Wittelsbacher Dienst tat. Und der hat gehört, wie einer der Männer des Herzogs zu jemandem sagte, er solle unbedingt die Tochter vom Kämmerer ausfindig machen und ihm dann Bescheid geben. Leider konnte er den Rest des Gesprächs nicht hören und auch nicht erkennen, mit wem der Mann gesprochen hat. Aber jedenfalls –«

»Ach so, das steckt dahinter!«, rief Großmutter aufgeregt. »Heute Nachmittag, als Katrinchen ging aus dem Haus, einkaufen, da hat sie angesprochen ein Mann und gefragt, ob sie weiß, wo ist Sophie, Tochter von Kämmerer. Katrinchen sagt, sie hat gemacht ihr dümmstes Gesicht …«

»Für so intelligent hätte ich sie gar nicht gehalten!«, unterbrach sie mein Vater spöttisch.

Ich konnte Großmutters Stirnrunzeln in ihrer Stimme hören. »Jedenfalls hat Katrinchen gesagt, Sophie wohnt doch oben in Burg. Ist ja nicht gelogen, also muss sie auch nicht beichten. Ist ihr sehr wichtig.«

»Und wie sah der Mann aus?«

»Hab ich sie auch gefragt. Sagt sie, halt wie ein Mann. Ganz gewöhnlich.«

Vater schnaubte leise. »Halt wie ein Mann! Aber sie hat nicht verraten, dass Sophie hier ist?«

»Nein, hat sie nicht.«

»Gut! Aber trotzdem, auf Dauer ist sie hier nicht sicher. Solange sie im Haus bleibt, besteht keine Gefahr, aber sobald sie auf die Straße hinausgeht, wird irgendeiner der Nachbarn sie erkennen. Und irgendwer redet bestimmt, wenn es eine Belohnung gibt. Nein, das ist keine Lösung.« Vater hörte sich jetzt sehr entschlossen an. »Wir müssen sie ins Kloster bringen!«

Ich riss entsetzt die Augen auf. »Ins Kloster? Nein, ich will nicht ins Kloster!«

»Ach, sieh da! Das Fräulein ist ja doch wach«, sagte Vater mit hochgezogenen Brauen. »Ich war schon gespannt, wann du geruhst, uns zu bemerken.« Er sah mich prüfend an.

Ich wurde immer zorniger. »Ich geh aber nicht ins Kloster!«, fauchte ich. »Ich geh nicht!«

Vaters Gesicht verdunkelte sich. »Du hältst jetzt mal ausnahmsweise dein vorlautes Mundwerk und wirst tun, was ich sage. Sobald du wiederhergestellt bist, bringen wir dich zu den Nonnen von St. Theodor. Und damit Schluss jetzt!« Er stand auf und verließ mit harten Schritten das Zimmer. Großmutter eilte ihm nach, und die Tür fiel hinter ihr ins Schloss.

Ich blieb fassungslos zurück. Das war doch nicht mein Vater! Was war denn nur mit ihm geschehen? Ich erkannte ihn nicht wieder, meinen liebevollen Vater, der mich augenzwinkernd so oft vor den Konsequenzen irgendwelchen Unsinns in Schutz genommen hatte. Und jetzt? Er hatte mir nicht einmal über den Kopf gestrichen, mich auch nicht gefragt, wie es mir ging! Mir kam der Gedanke, dass vielleicht der Teufel in ihn gefahren war. Der lauerte ja überall. So musste es sein, anders konnte ich mir sein Verhalten nicht erklären.

Ich weinte mich wieder in hohes Fieber hinein. In der Nacht drängte sich unter die Schreckensbilder, die mich quälten, ein weiterer Horror: Mein Vater stand mit dem Rücken zu mir vor einer Tür, die ich öffnen wollte, und als ich ihn anrief, drehte er sich um. Aus seinem Gesicht starrte mich ein scheußlicher Teufel mit roten Augen und schwarzen Zähnen an.

Erst sehr viel später begriff ich, dass mein Vater nicht böse, sondern außer sich vor Sorge um mich war. Aber damals hatte ich das Gefühl, die Grundfesten meines Seins wären weggebrochen, als fiele ich in ein tiefes, dunkles Loch. Es dauerte mehrere Tage, bis das Fieber wieder sank, und ich musste fast zwei Wochen das Bett hüten.

Großmutters liebevolle Fürsorge tat mir gut, deshalb blieb ich noch einige Tage bei ihr. Doch das Risiko, von Beauftragten Herzog Ludwigs hier gefunden zu werden, schwebte über dieser Auszeit. Allmählich ging es mir außerdem auf die Nerven, dass ich trotz des schönen Sommerwetters nicht aus dem Haus konnte, und ich gewöhnte mich ein ganz kleines bisschen an den Gedanken, ins Kloster zu gehen. Dort gab es wenigstens Gärten und einen Weinberg.

Anfang August 1208, am Tag des heiligen Cyriakus, brachte mich Großmutter das kurze Stück hinüber nach St. Theodor, das gleich schräg oberhalb ihres Hauses am Hang lag. Ich steckte in einem von Großmutters Kleidern, das mit einem Kissen ausgestopft war. So wurde aus einem dünnen, schlaksigen Gör eine dickliche kleine Frau, die überdies von einem dichten Umschlagtuch fast ganz verhüllt war – falls einer der Nachbarn uns beobachtete. Katrinchen hatte außerdem gelegentlich unter dem Siegel der Verschwiegenheit einer Nachbarin von einer taubstummen entfernten Verwandten der Familie erzählt, die Nonne werden sollte (das würde sie beichten müssen!).

Ich fühlte mich, als wäre ich auf dem Weg zu meiner Hinrichtung. Bei Großmutter war es mir gut ergangen. Sie hatte ein freundliches Haus mit eigenem Brunnen und sogar einen Abtritt, der regelmäßig mit Wasser gereinigt wurde. Ich mochte den Hof mit dem hohen Kirschbaum, von dem aus man auf der einen Seite die Kirche »Unserer Lieben Frau« auf dem Bergrücken und auf der anderen den Dom sehen konnte. Wenn von da und von dort die Glocken läuteten, lag das Haus wie geborgen im Mantel himmlischer Mächte. Großmutter hatte mich gepflegt, gut versorgt und sich über meine Anwesenheit gefreut, denn solange ihr Sohn, Onkel Wolfgang, nicht da war, fühlte sich das Haus viel zu groß an für sie und ihre Magd. Das alles musste ich jetzt gegen das harte Leben im Kloster eintauschen.

Ich hatte vor dem Umzug tagelang geweint, und nun fühlte ich mich tatsächlich wie taub und stumm. Als Großmutter sich im Besucherzimmer von St. Theodor von mir verabschiedet hatte und die Tür hinter ihr ins Schloss gefallen war, spürte ich, dass ein Band, das mich bisher gehalten hatte, endgültig zerrissen war.

Sophies Notizen
Bamberg, im Oktober 1248

Es ist Herbst geworden, die Stare sind über mein Haus nach Süden gezogen. Die Nächte sind schon kühl, aber tagsüber kann ich noch auf der Sonnenseite des Hofes auf meiner Bank sitzen und mich, schnurrend wie meine Katze, vom Schreiben erholen. Obwohl mir der Rücken immer mehr wehtut, mache ich weiter mit meiner Erzählung. Die Freude, aus Wörtern Bilder zu machen, und der fröhliche Eifer, mit dem Ela sich auf jedes neue Kapitel stürzt, erhellen mir die Zeit, die mir noch bleibt. Sie ist so eine gelehrige Schülerin. Inzwischen liest sie schon beinahe genauso schnell wie ich. Und mit dem Schreiben wird es auch noch klappen. Denn Schreiben kann manchmal lebensrettend sein.

IM KLOSTER

Bamberg, August 1208

Anfangs hasste ich es. Ich war einfach nicht für das Klosterleben gemacht. Die Äbtissin hatte auch nur deshalb zugestimmt, mich aufzunehmen, weil sie Vater gut kannte; er hatte schon oft Geschäfte mit ihr gemacht. Er kaufte Mehl aus der Klostermühle an der Brücke direkt unter der Burg, Fische aus den Teichen des Klosters, Holz aus seinen Wäldern und Wein von seinen Eibelstädter Weinbergen. Da Bischof Ekbert und seine Familie dem Kloster ganz besonders gewogen waren, hatte er St. Theodor bei seinen Einkäufen bevorzugt.

Gleich am Tag nach dem Begräbnis König Philipps im Dom, nachdem alle Fürsten wieder heimgereist waren und in der Burg etwas Ruhe einkehrte, hatte Vater mit der Äbtissin gesprochen. Ihr hatte er allerdings nur angedeutet, dass Bischof Ekbert mich wegen einer Ehegeschichte für eine Weile vom Hof fernhalten wolle.

Bischof Ekbert hatte er den wahren Grund erzählt. Ach, hätte dieser ihm nur richtig zugehört, es wäre ihm und uns allen so viel erspart geblieben! Aber der Bischof hatte damals andere Sorgen und keine Zeit, sich über das Schicksal der kleinen Tochter seines Kämmerers Gedanken zu machen. Kaum hatte sich nämlich die Nachricht vom Tod des Königs verbreitet, brach im Reich das Chaos aus. Allenthalben fielen die Adeligen in blutigen Fehden übereinander her, zündeten Dörfer und Felder an und raubten zusammen, was sie konnten. Keine Straße, kein Dorf, keine Burg war mehr sicher. Da hatte auch Bischof Ekbert alle Hände voll zu tun, den Schutz seiner Leute zu organisieren.

So also kam ich ins Kloster und war dort sehr unglücklich. Die Äbtissin hatte mich zwar widerwillig aufgenommen, aber was sie mit mir anfangen sollte, wusste sie nicht. Ich durfte nicht zu den Nonnen in die Klausur, und sie wollte mich auch nicht bei den Novizinnen unterbringen, weil ich ja keine Nonne werden sollte und vielleicht Unruhe in den Haufen junger Frauen gebracht hätte. Doch von meinem Stand her passte ich auch nicht zu den armen Laienschwestern. Daher wies sie mir ein Bett in einer Kammer an, in der, wenn hoher Besuch kam, die Diener des noblen Gastes schliefen.

Und leider hatte sie der Novizenmeisterin Afra den Befehl gegeben, dafür zu sorgen, dass ich immer rechtzeitig zu den Gebetszeiten in der Kirche war. Oh, diese Gebetszeiten! Ich kann einfach nicht so oft und so lange beten. Zwar blieb mir, weil ich erst zwölf und so etwas Ähnliches wie ein Gast war, das Gebet um Mitternacht erspart, aber mir langte es schon, dass man ab dem Morgengrauen alle drei Stunden in die Kirche pilgern musste: Prim, Terz, Sext, Non und Vesper – mir war sterbenslangweilig. Mein einziger Trost war der Psalmengesang, denn Singen erleichtert das Herz.

Aber alles andere …! Es gab einige Schwestern, die beteten gern; sie waren richtig fromm und suchten mit ihrer ganzen Seele Gott. Eine junge Nonne geriet immer wieder in einen Zustand der Verzückung, in dem sie mit Gott und mit Engeln sprach und aus dem sie stets völlig erschöpft, aber glücklich auftauchte. Ihr Gesicht hatte dann etwas so Strahlendes, dass ich mir eine Zeit lang Mühe gab, ihr nachzueifern. Aber ich kam nicht über meine leiblichen Bedürfnisse hinweg. Ich war müde, ich hatte Hunger, und ich fror.

Wie mir ging es vielen. Die meisten der adeligen Nonnen waren ja nicht aus eigenem Entschluss da. Ihre Eltern hatten sie ins Kloster gegeben, damit sie für die Familie beim himmlischen Herrscher gute Bedingungen im Jenseits erbaten und Erleichterungen für die verstorbenen Familienangehörigen im Fegefeuer. Viele der Klosterschwestern waren überheblich, missgünstig, neidisch und zänkisch. Und faul. Natürlich rührte keine der Adeligen einen Putzeimer oder etwas Ähnliches an. Für sie bestand der zweite Teil von Benedikts Regel »ora et labora« aus Weben, Spinnen und Sticken, wenn sie nicht in irgendeiner Weise in der Verwaltung des Klosters tätig waren.

Die einfachen Arbeiten verrichteten die Laienschwestern, sie putzten die Latrinen und die Fußböden, kochten und spülten, schrubbten die Töpfe, wuschen die Wäsche und jäteten den Garten. Von ihnen waren die meisten gern im Kloster. Die Arbeit war zwar hart, aber auch nicht härter als draußen, dafür waren sie hier sicher – vor betrunkenen, prügelnden Ehemännern, vor Soldaten, die sie vergewaltigten, und davor, jedes Jahr ein Kind zu bekommen und vielleicht im Kindbett zu sterben. Einige von ihnen waren schon seit der Gründung von St. Theodor vor über fünfzig Jahren da.

Aber das alles erfuhr ich erst später. Sehr gegenwärtig war zunächst einmal Schwester Afra, die Novizenmeisterin. Sie war ein Drachen. Immer musste ich in der Kirche neben ihr knien oder sitzen, und wenn mein Kopf nach vorn sackte, weil ich wegnickte, oder wenn ich meine Blicke durch die Kirche schweifen ließ, damit ich nicht einschlief, zwickte sie mich in den Arm oder knuffte mich mit ihrem spitzen Ellenbogen in die Seite, sodass ich nach ein paar Tagen auf der linken Seite ganz blau war. Alle Novizinnen fürchteten sie, aber auf mich hatte sie es ganz besonders abgesehen.

Wann immer es das Schweigegebot erlaubte, fuhr sie mich an: »Du bist eine verdorbene Seele! Der Teufel streckt schon seine Krallen nach dir aus. Man weiß ja, wie es an den Höfen zugeht. Kein Wunder, dass so ein feines Früchtchen aus dir geworden ist!« Am innigsten verbiss sie sich in die Vorstellung, dass ich schwanger wäre. »Hast du herumgehurt, du Schlampe? Hat man dich deshalb hier abgegeben? Und wir müssen's wieder ausbaden!« Ich weiß nicht, was in ihrem Kopf vor sich ging; vielleicht waren es ja nur Neid und Missgunst, aber für ein zwölfjähriges Mädchen, das bisher überwiegend Freundlichkeit erfahren hatte, war ihr Gezeter schwer erträglich. Meine Strategie war es, einfach dazustehen und mit gesenktem Blick nichts zu sagen, was sie noch mehr ärgerte.

Mir war klar, dass niemand den wahren Grund meines Hierseins erfahren durfte. Aber eines Tages kam in einem unbeobachteten Augenblick eine der Novizinnen, Katharina von

Pödeldorf, im Kreuzgang hinter mir hergerannt und fragte flüsternd: »Du Ärmste, bist du wirklich schwanger?« Sie klang freundlich und besorgt.

Ich drehte mich erfreut zu ihr um, endlich sorgte sich einmal jemand um mich. Tagelang hatte kaum eine der Frauen mit mir gesprochen, und ich sehnte mich verzweifelt nach Verständnis und Mitgefühl. Also antwortete ich: »Natürlich bin ich nicht schwanger. Ich hatte noch nie einen Mann.«

»Aber warum bist du dann hier?«

Und da beging ich einen großen Fehler. Ich flüsterte: »Ich muss mich verstecken.«

»Du musst dich verstecken? Aber wovor?«

»Es ist wegen ... wegen ... Der Herzog von Bayern will mich ... verschwinden lassen.«

Ihre Augen wurden groß. »Verschwinden lassen?« Heiser flüsterte sie: »Er will dich ... töten lassen? Warum?«

»Weil ich ein Geheimnis kenne, das ... das mit ihm zu tun hat. Deswegen lässt er nach mir suchen.« Wie konnte ich nur so dumm sein! Aber ich war so allein, so bodenlos verlassen, das erste Mal in den behüteten zwölf Jahren meines Lebens. Katharina hatte mich nach Tagen des Schweigens als Einzige freundlich angelächelt. Und ich wusste damals ja noch nicht, wie gefährlich das, was ich wusste, für den Herzog tatsächlich war.

Ach, es waren die schlimmsten Tage meines jungen Lebens. Ich weiß nicht, wie viele Stunden ich irgendwo in einer Ecke saß und heulte. Ich sehnte mich so sehr nach meinen Eltern, nach Großmutter und Grit und, zu meinem Erstaunen, auch nach Richard. Ich dachte immer wieder an unseren letzten Abend, an seine warme Hand und dieses leise Lachen tief unten in der Kehle.

Besonders schrecklich war es, dass ich zwischen den Gebetsstunden nichts zu tun hatte. Die ersten Tage streifte ich außerhalb der Klausur durch alle Winkel des Klosters und langweilte mich entsetzlich. Besser wurde es erst, als ich einmal hinüber ins Spital ging und dort auf die Schwester Siechmeisterin traf.

Wir mochten uns vom ersten Augenblick an. Schwester Heilika kannte meine Großmutter, die schon ein paarmal im Spital gewesen war, um Gelenke einzurenken. Sie bemerkte offenbar, wie schlecht es mir ging, und löste meine Traurigkeit mit dem wirksamsten aller Medikamente: Teilnahme.

»Komm, begleite mich auf meinem Rundgang«, sagte sie und eilte auch schon voraus mit ihren großen, festen Schritten. Schwester Heilika war eine hochgewachsene hagere Frau mit schönen, sanften Händen. In ihrem von einem Schleier und einem Gebände umrahmten Gesicht blitzten zwischen vielen Lachfältchen wache Augen hervor, Augen, die mich so in Bann hielten, dass ich das große Muttermal an Stirn und Wangen erst später wahrnahm. Sie führte mich zunächst in die Küche im Erdgeschoss des Spitals, wo von drei Laienschwestern für die Armen, Pilger und Kranken gekocht wurde. Die Küche war verbunden mit einem großen Speisesaal, vor dem im Vorhof des Spitals jeden Tag etwa zwanzig Arme warteten, bis sie gegen Mittag eingelassen wurden und sich zur Mahlzeit – für viele die einzige des Tages – an einem langen Tisch niedersetzten. An einem zweiten Tisch speisten die Pilger. Sie waren im Schlafsaal auf der anderen Seite des Gangs, der das Gebäude teilte, untergebracht, wo sie ein oder zwei Nächte schlafen konnten, bevor sie weiterzogen.

Bamberg war mit seinen drei berühmten Heiligen – Kunigunde, Heinrich und Otto – ein begehrtes Wallfahrtsziel. An manchen Tagen, erzählte mir Schwester Heilika, kämen so viele Pilger, die ja meist in größeren Gruppen reisten, dass sie gar nicht wisse, wo sie alle unterbringen solle. Dann müsse sie diejenigen, die nicht mehr in den Schlafsaal passten, in der Spitalkapelle übernachten lassen, und sie habe manchmal ihre liebe Not, all das benötigte Stroh zu beschaffen.

Die Kapelle lag im Erdgeschoss und war durch einen hohen, schön verzierten Torbogen vom Gang aus zu erreichen. Sie gefiel mir eigentlich besser als die prunkvolle, große, aber kalte Klosterkirche. Mit ihren schmalen gewölbten Fenstern, durch die erstaunlich viel Licht in den kleinen Raum fiel, den gemalten Vorhängen an den Wänden und dem Sternenhimmel an der Decke gab sie mir ein Gefühl von Geborgenheit, das ich nach der Verlorenheit der letzten Tage genoss.

Allerdings blieben wir an diesem Vormittag nicht lange in der Kapelle, denn Schwester Heilika eilte nach einem kurzen Gebet schon weiter ins obere Stockwerk. Dort befanden sich die Krankensäle, links des Gangs der für die Frauen, rechts der für die Männer. Beide waren durch Arkadenfenster mit der Kapelle verbunden, damit auch die Kranken vom Heil der heiligen Messe profitieren konnten.

Als wir den Frauensaal betraten, begann eine der Kranken zu schreien, ein durchdringender, lang gezogener, jammervoller Ton. Die Frau sah grauenvoll aus: Ihre Arme, dünn wie Stecken, fuchtelten wild herum, ihr Kopf glich einem Totenschädel mit weit aufgerissenen fiebrigen Augen und einem schwarzen Loch anstelle des Mundes, aus dem Schaum quoll. Ihr Körper krümmte und wand sich unter der dünnen Decke.

Heilika setzte sich zu ihr ans Bett, nahm sie fest in den Arm, wischte ihr mit ihrer Schürze den Mund ab und legte ihr dann behutsam die Hand auf die Stirn. »Es ist gut, Anna, Gott ist bei dir«, murmelte sie. Sofort wurde die Kranke ruhiger. »Hol den Priester«, sagte Heilika über die Schulter zu mir.

Der Priester, Vater Godehard, wohnte in einem Zimmer am Ende des Flurs, dort, wo das Kloster an das Spital angebaut war, damit er seinen Dienst sowohl in der Kapelle als auch in der Klosterkirche leisten konnte. Als ich klopfte, öffnete er mir die Tür mit einem Buch in der Hand, etwas unwirsch, weil ich ihn in seinem Breviergebet unterbrochen hatte. Doch nachdem ich ihm Schwester Heilikas Bitte weitergegeben hatte, legte er sein Buch weg, zog sich ein weißes Chorhemd über und holte aus einem kleinen Wandschrank ein Gefäß mit Öl. Mir drückte er eine brennende Kerze und ein Krüglein mit Weihwasser in die Hand, und so gingen wir zurück zu der kranken Frau.

Die lag inzwischen ganz still mit gefalteten Händen da, und ich dachte, sie sei schon tot. Aber als der Priester neben ihrem Bett niederkniete, mit seinem geheimnisvollen lateinischen Gebet anfing und sie mit dem Weihwasser besprengte, ging ein ganz leichtes Lächeln über ihr gequältes Gesicht, und ihre Augen öffneten sich einen kleinen Spalt. Vater Godehard berührte sie mit dem Öl an der Stirn. Da neigte sich der Kopf der Frau zur Seite, und sie starb.

Es war der zweite Tod innerhalb weniger Tage, den ich mit ansehen musste, doch welch ein Unterschied zu dem Horror im Zimmer des Königs. Schwester Heilika strich der Toten noch einmal zärtlich übers Gesicht und schloss ihr die Augen, während Vater Godehard seine Gebete vollendete, in die beim Vaterunser alle anderen Kranken im Zimmer einstimmten. Keine der Frauen hatte sich sonderlich aufgeregt, man war den Tod hier gewohnt.

Heilika ging mit mir hinüber auf die Empore der Kapelle, die eine Trennung der Siechmeisterin vom einfachen Volk im unteren Stock ermöglichte. Sie kniete nieder und betete und wischte sich immer wieder die Tränen ab. »Anna war so eine arme Seele«, sagte sie seufzend. »Seit sie vierzehn oder fünfzehn Jahre alt war, hatte sie immer wieder diese Anfälle, und ihr Vater, ein Schuster drunten in der Sutte, schlug sie deswegen halb tot, weil sich das herumsprach und keiner eine Besessene heiraten wollte. Schließlich nahm sie ein buckliger Kerl, der selbst kaum etwas zu beißen hatte, aber soff wie ein Loch und sie regelmäßig prügelte. Sie war schon ein paarmal bei mir, wenn er ihr etwas gebrochen oder ausgerenkt hatte. Jetzt hat sie ihren Frieden. Gott wird ihr all das Leid lohnen.« Sie atmete tief durch: »Herr, vergib ihr und allen, die ihr wehgetan haben. Amen.«

Im Krankensaal der Männer ging es wesentlich lauter zu. Einige furzten, einige stöhnten, zwei schrien sich an, bis die Siechmeisterin in strengem Ton das Gestreite verbot.

Neben einem der Betten lag ein großer Haufen Erbrochenes, und Schwester Heilika schickte mich in die Küche, um einen Eimer heißes Wasser, eine Schaufel und Putzlumpen zu holen. Zunächst ekelte ich mich schrecklich, als ich das Zeug wegputzte; beinahe hätte ich mich dabei selbst erbrochen. Aber nach einigen Tagen hatte ich mich an die Arbeit gewöhnt, und es machte mir nichts mehr aus, Hintern abzuwischen, schleimige Wunden zu verbinden oder Leute mit Geschwüren anzufassen. Heilika war eine kluge Lehrerin, freundlich, aber unerbittlich.

Am liebsten allerdings arbeitete ich mit ihr in der Apotheke, die der Spitalküche gegenüber auf den Garten hinausging. Dort pflegte Heilika mit Hilfe einer Laienschwester vom Land viele Beete mit Heilkräutern. Der fast betäubend intensive Geruch im Apothekenraum erinnerte mich wieder an die Nacht meiner Flucht, an den Vorratsraum der Marschalls mit seinem Kräuterduft, und meine Sehnsucht nach zu Hause wurde so stark, dass ich mir auf die Lippen beißen musste, um nicht loszuheulen.

Doch dann zeigte mir Heilika, wo sie welche Kräuter aufbewahrte, und erklärte, wofür sie sie benutzte, und die Sehnsucht verkroch sich in irgendeine Falte meines Herzens. Ich lernte schnell und begierig, und Heilika zeigte mir freundlicherweise, wie zufrieden sie mit mir war.

Ich liebte schon die Namen der Kräuter: Alant und Beinwell, Herzgespann und Frauenmantel, Engelwurz und Hirtentäschel, Liebstöckel, Mädesüß, Königskerze und Pimpinelle, Portulak und Ysop. Ich liebte es, sie zu berühren, wie unterschiedlich sie sich anfühlten: glatt oder rau, stachelig oder seidig, zerbrechlich oder hart. Ich liebte den Duft von Eisenkraut, Lavendel und Kamille mit seinen vielen Nuancen von Grün bis Dunkelrot. Solange ich in der Apotheke arbeitete, war ich beinahe glücklich.

MECHTHILDS ERZÄHLUNGEN

Die Äbtissin ließ mich zunächst gewähren, und da ich bei den Kranken einen unabkömmlichen Dienst tat, musste ich, außer an den Sonntagen, auch nicht mehr alle Gebetsstunden mitmachen. Aber nach ein paar Wochen änderte sich mein Tagesablauf vollkommen. Mechthild, die Schwester von Bischof Ekbert, war nach dem Mord an König Philipp einige Zeit bei ihrer Familie geblieben, im Herzogshof hinter der Bischofsburg. Jetzt war sie wieder nach St. Theodor zurückgekehrt, um von der Äbtissin auf die Aufgaben einer Klostervorsteherin vorbereitet zu werden. Sie wartete darauf, dass die Äbtissin eines geeigneten Klosters starb, um dann deren Amt zu übernehmen.

Unter den anderen Nonnen wirkte sie wie eine Rose unter Gänseblümchen – sie, die Schwester des bischöflichen Klosterherrn, unter den Töchtern seiner Dienstleute. Ihre Gewänder waren aus schwerer Seide, und sie hatte, wie eine Äbtissin, eine eigene Wohnung. Und bald auch eine eigene Dienerin – mich. So hatte Bischof Ekbert es angeordnet.

Mechthild war damals dreiundzwanzig Jahre alt, aber sie zeigte schon einen bitteren Zug um den Mund und begann, dick zu werden. Sie war eine Nörglerin, nichts passte ihr: Die Suppe war zu warm oder zu kalt, das Brot zu hart, das Betttuch zu kratzig, das Essen zu wenig oder zu viel gewürzt – ach! Ich gab mir anfangs große Mühe, denn sie war ja Ekberts Schwester, und da wollte ich doch einen guten Eindruck hinterlassen. Aber ich konnte ihr einfach nichts recht machen.

Es dauerte lange, bis ich dahinterkam, warum sie so zänkisch war: Ihre Schwestern waren Königinnen geworden, und sie saß hier als einfache Nonne in diesem nicht sehr bedeutenden Kloster fest. Eigentlich wäre sie alles andere lieber geworden als eine Nonne, aber die Familienpflicht forderte es von ihr. Mindestens einen Vertreter oder eine Vertreterin am himmlischen Herrscherhof musste jede Generation stellen.

Um sie abzulenken und weil ich gern etwas von meinem Helden Ekbert hören wollte, fragte ich sie nach ihren Erlebnissen als Kind aus. Das verstieß zwar gegen das benediktinische Schweigegebot, aber in diesem Kloster legte man die »Regula Benedicti« sowieso ziemlich großzügig aus. Mechthild blühte tatsächlich ein bisschen auf, wenn sie von der Plassenburg erzählte, wo sie aufgewachsen war, von dem Hündchen, das sie damals hatte, und von dem weiten, weiten Blick von der Kemenate aus über das Land ihrer Familie. Sie war so stolz darauf, wie neuartig die Burg umgebaut worden war; der Festsaal hatte sogar bunte Glasfenster. Als Kind war sie immer in den roten, blauen und grünen Flecken herumgehüpft, die das Sonnenlicht auf den Fußboden malte. Manchmal waren sie auch nach Andechs gereist, auf die Stammburg ihrer Familie. Dort hatten einst auch Mechthilds Eltern gelebt, bis vier Jahre vor ihrer Geburt. Aber dann hatte ihr Großvater zum zweiten Mal geheiratet. Anfangs waren die beiden Frauen – Mechthilds Mutter und Großvaters junge Gemahlin – befreundet gewesen, aber dann hatten sie sich über die Frage, wer denn nun die Burgherrin sei, immer mehr zerstritten. Schließlich hatte Mechthilds Vater beschlossen, mit der Familie auf die Plassenburg zu ziehen. Das hatte ihm ganz gut gepasst, weil er im waldreichen Franken seinen Landbesitz durch Rodungen besser erweitern konnte als im dicht besiedelten Voralpenland und ihn sein Onkel, der Bischof von Bamberg, dabei unterstützte. Außerdem musste er hier nicht ständig die Widerstände der feindlichen Wittelsbacher fürchten. Mechthild hatte sich allerdings auch auf Burg Andechs wohlgefühlt, sie schwärmte von der sanften Voralpenlandschaft mit dem Blick auf die verschneiten Berge und zum Ammersee, der im Sonnenlicht glitzerte.

Auf meine Frage nach ihren Eltern reagierte sie mit einem Schwall von Erinnerungen. Mit Zärtlichkeit sprach sie von ihrer tüchtigen Mutter Agnes, die ihre neun Kinder nach klaren Regeln, aber mit Großzügigkeit und Humor erzogen hatte. Sie war gestorben, als Mechthild zehn Jahre alt war, und Mechthild trauerte noch immer um sie.

Der große Held ihrer Kindheit aber war ihr Vater, Herzog Berthold, den sie schwärmerisch bewunderte. Von ihm hatte auch ich schon viel gehört, denn mein Großvater hatte ja als Soldat und Truppenführer bei ihm gedient. In Mechthilds Erzählungen nahm der »alte Herzog«, wie Großvater ihn genannt hatte, den breitesten Raum ein. Sie bedauerte sehr, dass er so selten zu Hause gewesen war, denn seine Dienste für den Kaiser und die Verwaltung seiner weit verstreuten Güter hatten ihn durch die halbe Welt geführt. Aber wenn er dann heimkam, dann erzählte er halbe Nächte lang am Kamin von seinen abenteuerlichen Reisen: wie er und die anderen Fürsten mit Kaiser Barbarossa und einem großen Heer bei Schneesturm über die Alpen gezogen waren, immer in der Gefahr, in die tosenden Schluchten zu stürzen, mit welch inniger Erleichterung sie danach die sonnigen Gärten Italiens genossen hatten, wie sie die wunderbare Lebensart in den italienischen Städten bestaunt hatten, die raffinierte Kleidung und die kostbaren Stoffe, von denen sie viele mit nach Hause gebracht hatten, zur Freude der Frauen und Kinder. Auch Rezepte der dort servierten köstlichen Speisen hatte Mechthilds Vater aufschreiben lassen, und Samen italienischer Kräuter waren im Garten der Plassenburg ausgesät worden. Einige davon waren tatsächlich aufgegangen: Thymian, Majoran und Oregano.

Am aufregendsten aber waren die Berichte von Herzog Berthold über den Kreuzzug gewesen: als er im Mai 1189 mit Friedrich Barbarossa und den anderen Fürsten im Schiff die Donau hinabgefahren war und der Kaiser ihn zu seinem wichtigsten Truppenführer ernannt hatte, wie er in Griechenland eines Abends auf einem Gebirgspass zwischen steilen Felsen von »griechischem Gesindel« überfallen wurde, das es auf die Vorräte abgesehen hatte, und es ihm mit wenigen Getreuen gelungen war, die Überzahl der Feinde zu besiegen und viele Gefangene zu machen. Und dann der schrecklichste aller Schicksalsschläge, als der Kaiser im Fluss Saleph ertrank.

Selbst in Mechthilds Stimme konnte ich noch das Entsetzen hören, welches die Zuschauer ergriffen hatte, als sie erkennen mussten, dass ihr Kaiser, ihr Herr, ihr großes Idol, nicht mehr zu retten war. Herzog Berthold hatte sich, wie mehrere andere Ritter, ins Wasser gestürzt und Friedrichs leblosen Körper aus der Strömung an Land gezogen, aber es war zu spät gewesen. Ich hatte diese Geschichte schon mehrfach von Großvater gehört, der an dieser Stelle jedes Mal mit den Tränen kämpfen musste.

Berthold war dann mit Barbarossas Sohn, Herzog Friedrich von Schwaben, weitergezogen, auf Jerusalem zu. Doch als auch Herzog Friedrich im Januar 1191 starb, bestieg der Herzog mit seinen verbliebenen Männern ein Schiff, das nach Italien segelte, um sich dort in Neapel mit Barbarossas ältestem Sohn, König Heinrich VI., zu treffen. So hatte er zwar nie Jerusalem erreicht und die vollständige Absolution all seiner Sünden erhalten, aber dafür brachte er einen Schatz an Abenteuergeschichten, viele Erfahrungen und wichtige neue Kenntnisse mit nach Hause. Berthold war offenbar ein guter Erzähler gewesen, und Mechthild hatte diese Begabung von ihm geerbt. Ich konnte ihr stundenlang zuhören, wenn wir abends in unserem Zimmer beisammensaßen oder auf unseren Betten lagen.

Mehr als einmal fragte ich sie natürlich nach Ekbert aus, von dem ich damals eigentlich nie genug hören konnte, doch Mechthild hatte ihre vier älteren Geschwister in der Kindheit kaum kennengelernt. Ihre Schwester Hedwig war schon ein Jahr nach Mechthilds Geburt an den Herzog von Schlesien verheiratet worden, seitdem war sie nur zu den Beerdigungen von Mutter und Vater in Andechs mit ihren Geschwistern zusammengetroffen. Otto hatte man zur ritterlichen Ausbildung an verschiedene Höfe geschickt, und Hezilo und Ekbert waren in Bamberg in der Schule gewesen. Wenn sie dann nach Hause kamen, übten sie Reiten, Schwimmen, Klettern und Kämpfen und beachteten ihre kleinen Schwestern kaum.

Agnes, die fünf Jahre älter war als Mechthild, hatte sich als Mädchen in erster Linie mit sich selbst beschäftigt und viel Zeit mit Körperpflege, Kleiderauswahl und Gesangsübungen verbracht. Sie war dann sehr jung schon mit dem König von

Frankreich verheiratet worden und bei der Geburt ihres dritten Kindes gestorben. Tonangebend unter den drei jüngeren Kindern aber war von Anfang an Gertrud gewesen. Sie bestimmte, was gespielt werden sollte, und verteilte ihre Gunst dabei sehr ungerecht. Berthold war ihr absoluter Liebling. Er durfte beinahe alles, ihn nahm sie immer in Schutz. Mechthild dagegen war diejenige, die alle unangenehmen Aufträge ausführen musste, bei allen Streitigkeiten den Kürzeren zog und es allein auszubaden hatte, wenn die drei bei irgendeinem Unsinn erwischt wurden.

Mechthilds Groll gegen Gertrud war noch immer lebendig und war nur dadurch etwas gemildert worden, dass ihre Mutter ihre Jüngste meist verteidigt hatte, wenn die Amme oder die Lehrer sich über die Kinder beklagten. Deswegen hatte sie der Tod der Mutter auch so besonders schwer getroffen.

Ich war froh, dass Mechthild und ich nicht schon um Mitternacht zur ersten Gebetsstunde aufstehen mussten, denn oft unterhielten wir uns bis tief in die Nacht hinein. Heute tut es mir leid, dass ich ihre Geschichten damals nicht gleich aufgeschrieben habe. Aber wie hätte ich das tun sollen? Ich hatte ja zunächst nichts zum Schreiben, kein Pergament und keine Tinte.

Und ich hätte auch gar keine Zeit dazu gehabt, denn ich musste mich sowieso schon hetzen, um meine Hilfe für Schwester Heilika und den Dienst bei Mechthild gleichermaßen erfüllen zu können. Außerdem wusste Mechthild damals ja noch nicht, dass ich schreiben konnte.

Als sie es schließlich erfuhr, brachte mir das noch mehr Arbeit ein. Aber am Ende hat es mir dann das Leben gerettet.

Sophies Notizen
Bamberg, im Dezember 1248

Gestern war es mit Ela besonders schön. Draußen liegt der Schnee einen Fuß hoch, und als Ela in die Stube kam, glitzerten

Eiskristalle auf ihrem Kopftuch. Sie brachte mir die Einladung ihrer Familie zur Weihnachtsfeier mit.

»Oh«, spöttelte ich, »ich dachte, deine Mutter ist noch immer schlecht auf mich zu sprechen?«

Ela unterdrückte ein Lachen. »An Weihnachten sind doch sowieso alle lieb zueinander.« Sie gluckste. »Onkel Willo kommt übrigens auch.«

Unser jüngster Sohn Willo ist Bildhauer geworden wie sein Vater und seit zwei Jahren auf der Kathedralbaustelle in Naumburg tätig. Ich freue mich schon, ihn wiederzusehen. Er erinnert mich sehr an meinen Mann; er sieht ihm so ähnlich, hat die gleiche Art, beim Zuhören den Kopf zu neigen. Vor allem aber lacht er Wortwins Lachen, dieses Lachen, bei dem sich mein Herz zusammenzieht. Zehn Jahre sind jetzt seit Wortwins Tod vergangen, aber ich vermisse ihn noch jeden einzelnen Tag.

»Komm, ich erzähle dir ein wenig von deinem Großvater«, schlug ich Ela vor. Wir kuschelten uns zusammen, nahmen uns beide ein Stückchen Honigwabe und lehnten uns mit dem Rücken an den warmen Kachelofen. »Den hat dein Großvater selbst gebaut«, sagte ich. »Er war so stolz darauf, denn es war der erste hier in der Stadt.« Ich erinnere mich noch genau, wie Wortwin eines Tages, als ich mich wieder einmal über die Kälte beklagte, das Notizbuch seiner Wanderjahre hervorholte und die entsprechende Skizze suchte. Er hatte auf einer seiner Baustellen, ich weiß nicht mehr, wo, so einen Ofen gesehen und sich den Aufbau erklären lassen. Es dauerte eine ganze Weile, bis er mit Konrad Töpfer zusammen entdeckt hatte, wie der Ofen richtig zog. Aber dann wollten alle so ein Stück, und Konrad hat sich damit eine goldene Nase verdient.

Na ja, ich bin jedenfalls froh, dass ich ihn habe. Irgendwie ist mir dauernd kalt, und meinen Gelenken tut die Wärme so gut.

DIE FOLGEN DES SCHREIBENS

Bamberg, Oktober 1208

Eines Tages betrat ich Mechthilds Zimmer und sah, dass sie versuchte, einen Brief zu schreiben, eine Tätigkeit, für die sie offensichtlich wenig begabt war. Ihre Finger waren voll Tinte, den Pergamentbogen zierten einige Tintenflecke, und die Buchstaben sahen aus wie betrunken. Spontan sagte ich: »Soll ich das für Euch schreiben, Herrin?«

Sie fuhr auf ihrem Hocker herum und starrte mich an. »Du kannst schreiben?«, fragte sie in einem Ton, als hätte ich gerade verkündet, ich könnte fliegen.

»Äh, ja … ein bisschen«, stammelte ich, etwas eingeschüchtert von ihrer Fassungslosigkeit. »Nun, nicht besonders gut, äh … mir fehlt die Übung.«

Das war nicht die ganze Wahrheit: Mit meiner Wachstafel hatte ich geübt wie verrückt, aber auf Pergament hatte ich tatsächlich noch kaum geschrieben. Wie hätte ich auch an so etwas Teures wie Pergament kommen sollen? Nur einmal, als ich zum Putzen in der bischöflichen Kanzlei eingeteilt war, waren mir zwei kleine Schnipsel, die vom Rand einer Urkunde abgeschnitten worden waren, in die Hände gefallen. In einer Schale war noch ein Rest Tinte gewesen, die ich unter dem Vorwand, die Schale sauber machen zu müssen, mitgenommen hatte, dann hatte ich mir eine Gänsefeder zurechtgeschnitten und begonnen, Buchstaben auf meine kostbaren Pergamentstückchen zu malen. Aber obwohl ich so klein schrieb wie möglich, war der Platz bald verbraucht. Ich hatte zwar versucht, mit Vaters Rasiermesser die Schrift zu »radieren«, aber das brachte mir nur blutige Finger ein.

Mechthild starrte mich immer noch an: »Wieso kannst du schreiben?«

»Meine Mutter hat es mir beigebracht. Und sie«, kam ich

ihrer nächsten Frage zuvor, »sie hat es bei ihrer früheren Herrin, der Gräfin Nicole, gelernt.«

Mechthild brauchte eine Weile, bis sie sich beruhigt hatte, schien dann aber die Vorteile der bemerkenswerten Neuigkeit zu sehen. »Also gut«, sagte sie und hielt mir die Feder hin, »dann zeig mal, was du kannst!« Ich trat näher an den Tisch und sah mir ihr Geschreibsel noch einmal an. »Wollt Ihr … wollt Ihr Eurem Herrn Bruder, dem hochwürdigsten Herrn Bischof, einen Brief schreiben?«

»Äh, ja«, erwiderte Mechthild betreten. »Ja, so ist es.«

»Herrin, vielleicht wollt Ihr … Vielleicht solltet Ihr Euch in der Schreibstube einen neuen Pergamentbogen holen? Dieser hier … nun ja, er sieht nicht mehr sehr gut aus.« Ich wollte sie aus dem Raum haben, damit ich auf dem benutzten Blatt noch ein bisschen üben konnte.

Aber Mechthild zögerte. »Ich will nicht, dass die Äbtissin von dem Brief erfährt«, sagte sie schließlich barsch, um ihre Verlegenheit zu verbergen. Mir, ihrer Dienerin, gegenüber war sie verlegen? Doch durch unsere Erzählstunden war trotz ihrer Hochnäsigkeit eine gewisse Vertrautheit zwischen uns entstanden, sodass sie sich jetzt auf meine fragend hochgezogenen Augenbrauen hin zu einer Erklärung durchrang.

Sie ging ein paarmal im Zimmer auf und ab, biss sich auf die Lippen und sagte: »Ich wollte meinen Bruder bitten, mich zu Weihnachten an den Hof einzuladen und mir einen neuen Pelzumhang zu schenken.« Das waren nun tatsächlich Wünsche, von denen die Leiterin einer Gemeinschaft, in der angeblich alle gleich – gleich arm – sein sollten, besser nichts erfuhr, vor allem wenn sie selbst nicht eingeladen war. Und da alle Briefe durch die Hände der Äbtissin gingen, ließ sich nicht vermeiden, dass sie erfuhr, wenn Mechthild ihrem Bruder schrieb. Die Äbtissin würde sicherlich wissen wollen, was in dem Brief stand.

Ich hatte eine Idee. »Wie wäre es, Herrin, wenn Ihr der Äbtissin sagt, Ihr hättet vor, Euren Bruder zu bitten, er möge doch dem Kloster St. Theodor eine Spende zukommen lassen, zum Beispiel für ein gutes Weihnachtsmahl der Nonnen?«

Mechthilds Gesicht hellte sich auf. Sie sah mich nachdenklich an. »Du bist eine schlaue kleine Person, weißt du das?« Sie stand auf und ging zur Tür. »So werde ich das machen.«

Kaum war sie fort, begann ich, auf ihrem angefangenen Brief zu üben, und als sie wiederkam, hatte auch ich schwarze Finger und das Pergamentblatt ein paar Kleckse mehr. Aber ich wusste jetzt, wie ich den Federkiel halten musste und wie viel Druck ich ausüben durfte, um saubere, schöne Buchstaben zu erzeugen. Ich hatte das Blatt von oben bis unten voller Namen geschrieben, Mechthilds und meinen und die meiner Eltern, und auch der von Richard war ein paarmal darunter.

Mechthild hatte nicht nur einen frischen Pergamentbogen, sondern auch eine Wachstafel dabei. Ich war erstaunt, dass sie so weit mitgedacht hatte. Damit konnte sie mir den Text erst einmal diktieren, und ich konnte ihn dann sauber auf das Pergament abschreiben. Ich machte mich mit dem Griffel in der Hand bereit, und sie fing wieder an, im Zimmer auf und ab zu gehen.

»Lieber Bruder«, begann sie. »Ich wünsche mir, dass du mich zu Weihnachten einlädst. An den Hof. Außerdem möchte ich auch gern einen neuen Pelzumhang, mein alter ist schon ganz schäbig. Es wäre nett, wenn du den Nonnen von St. Theodor ein gutes Weihnachtsessen spendieren würdest. Ich grüße dich. Deine Schwester Mechthild.«

Ich hatte brav alles notiert, fragte aber vorsichtig nach, ob sie damit einverstanden wäre, wenn ich den Text beim Abschreiben ein wenig ausschmücken würde. Ich hatte in der bischöflichen Kanzlei oft genug dem Notar und den Schreibern zugehört, wenn sie einen Brief formulierten. So wie der von Mechthild hatte keiner geklungen.

»Ja, mach das nur«, sagte sie gleichgültig. Für sie war die Angelegenheit bereits erledigt. Aber dann fiel ihr noch ein: »Ach, übrigens, wenn du hier fertig bist, sollst du gleich zur Äbtissin kommen.«

Ich fragte mich, was die Äbtissin von mir wollen könnte, konzentrierte mich aber zunächst darauf, Mechthilds Brief, mit einem leisen Gefühl des Übermuts, in eine adäquate Form zu bringen. Schon die Anrede musste ganz anders lauten: »Mechthild, durch Gottes Barmherzigkeit Nonne von St. Theodor, ihrem geliebten Bruder, Bischof von Bamberg, Gruß und innigste Liebe!« Ja, das klang gut. »Es nahen die Tage des heiligen Geburtsfestes unseres Herrn Jesus Christus, die Du sicherlich mit gebührenden Feiern begehen wirst. Nun habe ich mir überlegt, dass die Gegenwart einer keuschen Nonne Deiner Tafel gut anstünde. Da ich hier im Kloster abkömmlich wäre, würde ich mich freuen, Dir und den Deinen in den heiligen Tagen Gesellschaft zu leisten. Um Dir und dem guten Ruf unserer Familie allerdings keinen Schaden zuzufügen, würde ich für diesen Anlass einen passenden Pelzumhang benötigen; meinen alten Pelz werde ich den Armen schenken.«

So ungefähr lautete mein Text. Ich las ihn mehrmals und war sehr stolz auf mich, vor allem darauf, dass ich ihn bis dahin fehlerfrei niedergeschrieben hatte. Aber wie sollte ich das mit der Spende an die Nonnen noch unterbringen? »Es würde Dein Ansehen außerdem sehr erhöhen, wenn Du anlässlich der Feiertage dem Kloster St. Theodor Mittel für ein festliches Essen für die Nonnen, die Laienschwestern und das Spital zukommen lassen würdest. Du kannst Dir ihrer Dankbarkeit und ihrer innigen Gebete gewiss sein. Ich grüße Dich. Deine Schwester Mechthild.«

Der Schluss des Briefes war mir stilistisch nicht so gut gelungen, aber so hatte ich die Laienschwestern und das Spital noch in den Text schmuggeln können. Ich war gespannt, wie Mechthild reagieren würde. Würde sie mich für meine Eigenmächtigkeit zusammenstauchen oder für meine Kunstfertigkeit loben? Doch sie tat weder das eine noch das andere, sondern unterschrieb den Brief, ohne ihn nochmals durchzulesen, siegelte ihn mit ihrem Ring und schickte mich damit zur Äbtissin, damit diese ihn dem nächsten Boten mitgeben konnte. Außerdem, sagte sie etwas unwirsch, habe die Äbtissin jetzt lange genug auf mich gewartet; sie sei sicherlich schon ungeduldig.

AFRAS HINTERLIST

Bamberg, Oktober 1208

So war es tatsächlich. »Wo warst du denn so lange?«, fragte Äbtissin Bertha mürrisch, als ich ihre Stube betrat. Aber sie wartete meine Antwort gar nicht ab, sondern fragte gleich weiter: »Schwester Mechthild sagt, du könntest schreiben?«

»Ja, Mutter Äbtissin«, antwortete ich und senkte bescheiden den Blick.

»So, das trifft sich gut«, sagte die Äbtissin. Sie schien nicht verwundert, ihre Erleichterung überdeckte offenbar jede weitere Überlegung. »Die Schwester Schreiberin meint nämlich, dass sie ausgerechnet jetzt, wo ich ein paar wirklich wichtige Briefe zu diktieren habe, krank sein muss!« Bertha schnaubte empört. Sie selbst hatte, wie viele der adeligen Nonnen, zwar lesen, aber nicht schreiben gelernt, denn dafür hatte man ja eine Schreiberin. Damals war das Schwester Adelgunda. »Geh hinüber ins Infirmarium und lass dir von Adelgunda erklären, wo du alles Notwendige findest. Morgen früh nach der Terz kommst du hierher, damit ich dir diktieren kann!«, herrschte Bertha mich an. Ich nickte und ging Schwester Adelgunda besuchen.

Wenn eine der Nonnen krank wurde, kam sie nicht ins Spital, sondern ins Infirmarium innerhalb der Klausur. Dort fand ich Schwester Adelgunda, allein in einem kalten Raum. Sie hatte hohes Fieber und sah erschreckend krank aus. Ihr Atem kam röchelnd aus ihrer Brust, die sich unter bellendem Husten immer wieder verkrampfte. Ich rannte hinüber ins Spital, um Schwester Heilika zu holen.

Als ich ihr von der Kranken berichtete, verfinsterte sich ihr Gesicht, und ich meinte sogar, einen geflüsterten Fluch zu hören. »Geh in die Küche und lass dir einen Eimer kaltes Wasser und Tücher geben. Wir müssen schauen, dass wir das Fieber senken. Und sag ihnen, sie sollen eine Suppe heiß machen und vier Knoblauchzehen hineinschneiden!« Damit enteilte sie in den Kräutergarten.

Wir kämpften stundenlang um Adelgundas Leben, mit kalten Wadenwickeln, die ich ständig erneuerte, und mit schleimlösenden Mitteln, die Heilika ihr einflößte – Knoblauchsuppe, Löwenzahn- und Oreganotee. Ganz allmählich wurde der keuchende Husten sanfter, die Kranke kühler. Gegen Abend versank sie in einen ruhigen Schlaf.

Jetzt ließ Heilika ihrem Zorn, den sie bis dahin im Zaum gehalten hatte, freie Bahn. »Ich werde Bertha die Leviten lesen! So ein hanebüchener Unsinn!«, schimpfte sie.

»Wieso, was ist denn passiert?« Ich verstand nicht, was Adelgundas Krankheit mit der Äbtissin zu tun hatte.

Heilika runzelte die Stirn. »Bertha wollte eine Novizin bestrafen, wegen irgendeiner Kleinigkeit – ich weiß schon nicht mehr, was es war –, und Adelgunda hat das Kind verteidigt. Da hat die Äbtissin verkündet, dass ja Adelgunda die Strafe der Novizin übernehmen könne: eine Nacht lang ausgestreckt auf dem Kirchenboden liegen und Gott um die Vergebung der Sünden der Menschen anflehen. Warum habe ich nur nichts gesagt! Sie kann Adelgunda einfach nicht ausstehen. Aber so etwas ... So nicht!« Ihr Gang war sehr aufrecht, als sie das Krankenzimmer verließ.

Ich blieb über Nacht bei der Kranken und schlief auf dem zweiten Bett im Raum. Zudem hatte ich mir einen von Mechthilds alten Pelzmänteln erbeten – sie hatte nämlich durchaus mehrere – und ihn über Adelgunda gebreitet. Wir hatten inzwischen Mitte Oktober, und obwohl die Tage sonnengelb und warm waren, wurde es in den Nächten schon empfindlich kühl.

Frühmorgens ging ich in den Garten – das Infirmarium hatte einen Ausgang dorthin, damit die Genesenden sich im Grünen erholen konnten – und sah zu, wie die Blätter in einem sanften goldenen Reigen leise knisternd von den Bäumen fielen. Ein Eichhörnchen lief ganz in meiner Nähe den Stamm einer Birke hinauf und hinunter und fürchtete sich nicht vor mir. Meisen,

Amseln und Sperlinge hüpften von Ast zu Ast und tschilpten leise. Ich genoss den Geruch nach Herbsterde und sah zu, wie die rosa Wölkchen verschwanden und einen durchsichtig blauen Himmel zurückließen. Hier fühlte ich mich Gott näher als in der Kirche. Dieser friedliche, fast glückliche Augenblick blieb mir deshalb so intensiv in Erinnerung, weil er einer der letzten für lange Zeit sein sollte.

Als ich, zurück im Krankenzimmer, an Adelgundas Bett trat, hatte sie die Augen geöffnet und schien ihre Umgebung wahrzunehmen. Doch als sie mich sah, schrak sie deutlich zusammen. »Schwester Adelgunda«, fragte ich sanft, »wie geht es Euch heute Morgen?« Doch die Kranke schloss die Augen und wandte sich zur Wand, ohne zu antworten. Als ich sie berührte, knurrte sie und versuchte, meine Hand abzuschütteln. »Ich hole Schwester Heilika.«

Ratlos verließ ich den Raum. Was hatte Adelgunda denn gegen mich? Ich war doch noch nie mit ihr zusammengetroffen. Es hatte fast so ausgesehen, als fürchtete sie sich vor mir.

Heilika beschloss, der Sache unverzüglich auf den Grund zu gehen. »Das ist Sophie«, sagte sie zu Adelgunda, als wir ins Krankenzimmer zurückgekehrt waren. »Sie hat dir das Leben gerettet. Sie hat dich gestern hier gefunden und sich sofort um dich gekümmert.« Adelgunda runzelte die Stirn und sah missmutig drein. »Und obwohl sie so jung ist«, fuhr Heilika fort, »ist sie eine der besten Krankenpflegerinnen, die ich je hatte. Sie wird dich in den nächsten Tagen versorgen.«

Sosehr ich mich über das Lob freute, so sehr wunderte ich mich über Adelgundas Reaktion: Ihre Augen waren voller Angst, und sie machte abwehrende Handbewegungen.

»Was ist denn nur los mit dir, Adelgunda? Lehnst du sie ab, weil sie nicht dem Kloster angehört? Das spielt doch jetzt keine Rolle. Ich habe im Moment niemand anderen, der sich um dich kümmern kann. Wir haben im Spital alle Hände voll zu tun. Und ich versichere dir, sie ist die beste Pflegerin, die du bekommen kannst.«

Doch Adelgunda hatte die Augen wieder geschlossen und

rührte sich nicht mehr. Sie sah erschöpft und schicksalsergeben aus. Und kurz darauf war sie eingeschlafen.

»Sie wird sich an dich gewöhnen«, meinte Heilika etwas erstaunt.

»Ich will sie ja gern pflegen«, sagte ich. »Aber ich brauche Hilfe. Man kann sie noch nicht allein lassen, und ich muss nachher zur Mutter Äbtissin, die mir Briefe diktieren will, und Mechthild soll ich ja auch noch bedienen.«

Heilika wusste, dass ich schreiben konnte, also sagte sie nur: »Also gut, ich schick dir Schwester Anna her. Sie soll zwischendurch die Wachen übernehmen. Aber du solltest Adelgunda die Medikamente selbst geben und bei den Mahlzeiten dabei sein. Anna ist lieb, aber ein bisschen … nun ja, sie begreift manches nicht so schnell. Zur Äbtissin musst du natürlich, aber Mechthild soll sich mal für eine Zeit lang selbst den Hintern abwischen.« Heilika hatte offenbar keine hohe Meinung von der Fürstentochter.

Auch mit Annas Hilfe schaffte ich den Spagat zwischen meinen verschiedenen Aufgaben in den nächsten Tagen nur mit Mühe. Am meisten beunruhigte mich aber die rätselhafte Aversion Adelgundas. Ich dachte immer wieder darüber nach, womit ich sie denn verletzt haben könnte, und versuchte, ihrer Abneigung mit besonderer Freundlichkeit zu begegnen, doch es dauerte fast eine Woche, bis sie mein Lächeln einmal erwiderte. Anfangs hatte sie die Medizin, die ich ihr einflößte, nur mit größtem Widerwillen geschluckt, erst ganz allmählich ließ ihr Misstrauen nach. Irgendwann aber schien sie meine Fürsorge zu akzeptieren, und die verschlossene Muschel öffnete sich ein wenig.

Als sie das erste Mal aufstehen durfte und ich ihr half, die wenigen Schritte in den Garten hinauszugehen, damit sie die späte Wärme der Sonne genießen konnte, drehte sie sich plötzlich zu mir um und drückte meinen Arm, mit dem ich sie stützte.

»Ich kann es einfach nicht glauben, was sie über dich sagen.« Sie sah mich prüfend und etwas verlegen an. »Du bist doch so ein gutes Mädchen.«

Ich führte sie zu der Bank an der Hauswand, und während wir uns setzten, fragte ich: »Wer sagt denn etwas über mich?« Adelgundas Bericht war etwas wirr, aber schließlich verstand ich den Zusammenhang.

Katharina von Pödeldorf – diese Schlange! Wie hatte ich nur so dumm sein können, ihr mein Geheimnis, den Grund meines Aufenthalts im Kloster, anzuvertrauen? Sie hatte nichts Besseres zu tun gehabt, als damit zur Novizenmeisterin zu laufen und ihr alles zu petzen. Schwester Afra jedoch war eine – sehr weit – entfernte Verwandte des Bayernherzogs und sah plötzlich ihre Chance, sich bei ihm lieb Kind zu machen. Vermutlich wollte sie irgendwelche Vergünstigungen, etwa den Posten einer Äbtissin, für sich herausschlagen. Da sie selbst nicht schreiben konnte, war sie zu Adelgunda gekommen und hatte ihr einen Brief an Herzog Ludwig diktiert.

Darin hatte sie behauptet, dass dieses Hurenbalg Sophie, das mitschuldig am Tod von König Philipp sei, sich im Kloster St. Theodor verstecke; dort bringe sie die guten Mädchen, die unter ihrer, der Novizenmeisterin, Führung stünden, gegen sie auf, was Afra sich nur mit den Einflüsterungen des Teufels erklären könne. Er solle einen Boten schicken, der diese Hexe mitnehmen solle. Sie würde ihm heimlich die Hintertür des Klosters öffnen und ihm bei meiner Ergreifung behilflich sein.

Daraus hatte die gute Adelgunda – und nicht nur sie – geschlossen, dass ich eine Mörderin sei, die auch ihr ans Leben wollte.

»Adelgunda«, sagte ich eindringlich, »ich habe mit dem Mord an König Philipp absolut nichts zu tun. Ich habe ihn lediglich zufällig beobachtet. Und später habe ich gehört, wie Herzog Ludwig über seine Rolle in dem Unglück gelogen hat, deshalb musste ich mich verstecken.« Zu meiner eigenen Verwunderung kamen mir plötzlich die Tränen. »Ach, Adelgunda. Wie konntest du nur denken, dass ich dir etwas Böses will!«

Adelgunda sah ziemlich beschämt aus und tätschelte mir tröstend den Arm. Nachdem ich mir noch ein bisschen leidgetan hatte, kam mir allmählich zu Bewusstsein, dass Adelgundas

Geschichte auch eine Nachricht enthielt, eine sehr gefährliche Nachricht: Afra hatte den Herzog auf meine Spur gesetzt. Jetzt standen da draußen vielleicht schon die Männer des Herzogs und warteten, dass Schwester Afra bei passender Gelegenheit einem von ihnen heimlich die Klosterpforte öffnete, damit er hereinkommen und mich fangen und töten konnte. Und ich saß hier wie ein Kaninchen in der Falle! Was sollte ich tun, oh Gott, was sollte ich jetzt bloß tun? Wie viel Zeit blieb mir denn noch? Die Angst setzte sich in meinem Nacken fest und schnürte mir die Kehle zu.

Aber der Herzog … hätte er Afra nicht benachrichtigen müssen? Besorgt fragte ich: »Hat Schwester Afra in letzter Zeit einen Brief bekommen? Wisst Ihr das?«

»Nein, nach meiner Kenntnis nicht, aber ich erfahre ja nicht alles«, antworte Adelgunda unglücklich.

Das war nicht wirklich beruhigend. Irgendetwas musste ich unternehmen, nur was? Sollte ich die Äbtissin informieren? Aber Afra war Berthas bevorzugte Lieblingsschwester, sie waren, glaube ich, Cousinen, und damit war ja auch Bertha irgendwie mit dem Bayernherzog verwandt. Auf ihre Hilfe konnte ich also nicht zählen.

Ich beschloss, mich zunächst Heilika anzuvertrauen. Aber die hatte so viel zu tun, dass es Abend wurde, bis ich ungestört mit ihr reden konnte. Inzwischen hatte ich mich in eine ziemliche Hysterie hineingesteigert und schrak bei jedem ungewöhnlichen Geräusch zusammen.

Heilika hörte sich meine Geschichte ruhig an, dann strich sie mir übers Haar. »Das ist wirklich eine üble Sache. Afra ist so ein böser Finger. Aber das wird Konsequenzen haben. Ich lasse mir schon irgendetwas einfallen. Jetzt trinken wir erst mal einen Johanniskrauttee, und dann überlegen wir, wie es weitergehen soll.«

Wir setzten uns in der Apotheke an den kleinen Tisch in der Ecke und beratschlagten. Auch Heilika war dagegen, die Äbtissin einzuschalten.

»Ich denke, tagsüber ist die Gefahr nicht so groß, aber

nachts könnte Afra eher einen Mann des Herzogs … Da solltest du nicht allein sein. Hör zu, du kommst zu mir in mein Zimmer im Spital. Ich werde der Äbtissin sagen, dass du hier gebraucht wirst. Und ich werde vorsichtig versuchen, aus Afra herauszubekommen, ob sie schon Nachricht von Herzog Ludwig hat.«

»Könnte ich nicht meinem Vater schreiben, dass er mich hier herausholen soll?«

»Ja … ja sicher. Aber die Äbtissin sollte den Brief nicht in die Hände … Lass mich nachdenken, wie ich … Ich bekomme demnächst eine Lieferung von Kräutern. Dem Boten könnte ich den Brief mitgeben.«

Also beruhigte ich mich wieder etwas, und über der vielen Arbeit vergaß ich manchmal sogar meine Angst.

Dann allerdings wurde Heilika krank, und ihre Pflege nahm mich völlig in Anspruch. So vergingen die Tage, und noch immer hatte sich kein Knecht des Bayernherzogs gezeigt, sodass ich schon der Meinung zuneigte, Ludwig habe Afras Brief vielleicht gar nicht bekommen oder nicht beachtet.

Doch eines Tages kam eine der Laienschwestern ganz aufgeregt zu mir gelaufen und sagte, ich solle sofort ins Besucherzimmer kommen, dort warte ein Mann auf mich. »Ein junger Mann«, wiederholte sie und kicherte.

Ich erschrak zutiefst. Jetzt war es also doch passiert, Herzog Ludwigs Mann kam mich holen. Konnte ich mich noch verstecken? Oder einfach wegrennen? Aber im Kloster gab es keine verborgenen Räume, und die Klostermauern waren zu hoch, um darüberzusteigen. Außerdem war es inzwischen Mitte November, und in der Nacht hatte es den ersten Frost gegeben. Ich atmete fünfmal tief durch, wie Heilika es mir als Mittel gegen die Angst geraten hatte, und überlegte, dass der Mann im Besucherzimmer vielleicht gar nicht von Herzog Ludwig geschickt worden war. Er konnte mich ja nicht gut am hellen Tag vor aller Augen entführen oder ermorden lassen.

Aber allein traute ich mich doch nicht, ihm gegenüberzutreten. Also bat ich Heilika, die wieder fast gesundet war, mich zu begleiten. Die Überraschung, die im Besucherzimmer auf mich wartete – und zwar schon sehr ungeduldig –, hätte größer nicht sein können. Es war Richard.

Mein strahlendes Lächeln fiel gleich wieder in sich zusammen, als ich sein Gesicht sah. »Ist etwas mit meinen Eltern?«, fragte ich entsetzt.

Er schüttelte den Kopf und sagte mit gepresster Stimme: »Kann ich dich einen Augenblick allein sprechen?«

Heilika lächelte. »Ich warte vor der Tür auf dich«, murmelte sie, zwinkerte mir zu und war schon draußen.

Doch mir war gar nicht nach Zwinkern zumute, ich spürte, dass etwas Furchtbares passiert sein musste. »Was ist denn los, Richard, was ist los?«, fragte ich, da er offenbar nicht recht wusste, wie er beginnen sollte.

Er seufzte tief. »Ich muss fort, wir alle müssen fort, heute noch. Über Bischof Ekbert ist die Reichsacht ausgesprochen worden. Er ist friedlos«, sagte er beinahe weinend, »und wir müssen weg sein, bevor die Soldaten des Königs kommen.«

»Wie bitte, ich verstehe gar nichts: Wieso ist Bischof Ekbert vogelfrei?«

»König Otto hat –«

»Welcher König Otto?«

»Kriegt ihr denn hier drinnen gar nichts mit? Die Fürsten haben den Welfen als König anerkannt, und der hat vor drei Tagen in Frankfurt seinen ersten Reichstag gehalten. Ekbert und sein Bruder Hezilo wurden angeklagt, mitschuldig am Mord an König Philipp zu sein, und wurden verurteilt. Ich habe –«

»Augenblick«, unterbrach ich ihn, »Bischof Ekbert und Markgraf Hezilo sollen mitschuldig an König Philipps Tod sein? Wer hat denn so einen Unsinn in die Welt gesetzt?«

Richard runzelte die Stirn. »Herzog Ludwig, soweit ich weiß, aber ich habe jetzt keine Zeit, dir alles zu erzählen. Dein Vater schickt mich, um dir Abschiedsgrüße zu schicken. Er kann einfach nicht selbst kommen, weil … Der ganze Aufbruch, und er muss alles organisieren, und ich …« Richard sah zu Boden und kratzte sich am Hinterkopf. »Wir wissen ja nicht, wann wir zurückkommen. Hoffentlich können wir ja noch rechtzeitig aus dem Reich verschwinden, und ich wollte –«

Ich hatte Richards letzte Worte gar nicht mehr richtig wahrgenommen, denn ich überlegte fieberhaft, wie ich diese Gelegenheit nutzen konnte. »Hör zu, Richard!«, unterbrach ich ihn flüsternd und packte seinen Arm. »Ich werde mit euch kommen. Der Bischof muss mich mitnehmen! Ich erklär dir das alles später, aber ich bin hier in großer Gefahr, in Lebensgefahr. Ich muss nur eine Möglichkeit finden, an der Schwester Pförtnerin vorbeizukommen, ohne dass sie einen Riesenaufstand macht. Geh du schon mal raus und warte auf mich, ich komme so schnell wie möglich nach.« Richard sah mich fassungslos an. »Aber warum?«, begann er, doch ich schnitt ihm das Wort ab. »Nicht jetzt! Ich muss weg sein, bevor die Mutter Äbtissin auf die Idee kommt, sich für meinen Besucher zu interessieren. Geh jetzt!«

Damit war ich schon aus der Tür, fasste Heilika bei der Hand und zog sie mit mir. In einem stillen Winkel im Kreuzgang, wo uns niemand belauschen konnte, erklärte ich ihr ganz kurz, was los war.

Trotz meiner knappen Schilderung verstand Heilika das Problem sofort. »Du musst hier weg. Jetzt gleich und ohne dass jemand etwas merkt!« Heilika sah mich mit schmalen Augen an. »Hm … ich könnte die Schwester Pförtnerin ablenken … Nein, ich glaube, so geht es besser … Komm mit!«

Wir eilten hinüber ins Spital. Heilika holte aus ihrem Zimmer ihr warmes Umschlagtuch und hieß mich warten. Nach wenigen Minuten kam sie zurück und hielt ein zerrissenes und ziemlich übel riechendes großes Tuch in der Hand.

»Gleich ist die Armenspeisung zu Ende. Schling dieses Tuch um dich und zieh es dir weit ins Gesicht. So, jetzt geh wie eine Bettlerin. Nein, gebückter, noch ein bisschen demütiger! Augenblick!« Sie holte aus dem Garten etwas feuchte Erde und verschmierte sie mir im Gesicht und auf den Händen. Dann umarmte sie mich fest. »Viel Glück, meine Kleine. Ich käme so gern mit dir. Möge Gott auf deiner Seite sein. Und komm mal wieder. Ich warte auf dich.« Sie spähte in den Spitalhof, wo tatsächlich gerade die Armen auf das Tor zustrebten. »Also los!«, sagte Heilika und gab mir einen kleinen Schubs.

Gebeugt und mit schlurfenden Schritten mischte ich mich unter die Gruppe, die durch das Tor drängte. Keiner beachtete mich.

Und dann war ich draußen. Jubel erfüllte mich: Ich war frei!

Bamberg, im Mai 1249
An Frau Elisabeth, Burg Grünstetten

Liebe Ela,
wie geht es dir? Hast du dich auf deiner Burg schon eingelebt? Ist deine Schwiegermutter nett zu dir? Und das Gesinde, hört es auf dich? Ich vermisse dich jetzt schon, obwohl deine Hochzeit doch erst vier Wochen her ist. Ich hätte dich so gern noch hierbehalten, nicht nur meinetwegen, sondern weil ich es einfach falsch finde, Mädchen schon in so jungem Alter zu verheiraten.

Bei deiner Mutter ist es mir damals ja immerhin gelungen, ihre Hochzeit hinauszuzögern, bis sie siebzehn Jahre alt war. Alle haben mich gewarnt, so eine alte Jungfer finde nie mehr einen Mann. Und wie glücklich wurde sie dann doch mit deinem Vater. Und jetzt gibt sie dich mit dreizehn Jahren her! Nun, ich muss zugeben, dass dein Mann tatsächlich ein Glücksfall ist: Er sieht gut aus, hat höfliche Manieren und ist völlig verrückt nach dir. Außerdem ist er ein Ritter mit reichlichen Einkünften und einem guten Burglehen. Du wirst Burgherrin! Man kann es schlechter treffen. Und wenn ich es recht bedenke: Ich selbst war schließlich auch schon mit dreizehn Jahren bis über beide Ohren verliebt.

Aber du wirst mir fehlen, nicht nur deine heilenden Hände, die wie keine anderen mit meinem schmerzenden Rücken umgehen können, sondern vor allem deine Freude an meinen Geschichten. Ich liebe die Erinnerung an deine Lust beim Zu-

hören und beim Nachlesen meiner Erzählungen. Und unsere Gespräche darüber, die werde ich sehr vermissen. Und wie hast du mich immer wieder zum Weiterschreiben gedrängt! Ach, Ela, manchmal fühle ich mich so allein. Es gibt immer weniger Menschen, mit denen ich mich unterhalten mag. Die meisten Dinge, die andere interessieren oder aufregen, kommen mir schal und langweilig vor. Ich glaube, das Schreiben ist mir zur Flucht geworden, zum fast einzigen Beweggrund, in der Früh überhaupt noch aufzustehen und mich anzukleiden.

So muss ich eben ohne dich weitermachen. Ich werde dir von unserer großen Reise berichten und mir dabei vorstellen, wie du vielleicht eines Tages deinen Kindern meine Geschichten vorlesen wirst. Das macht mir Mut. Und möglicherweise kommst du mich ja bald einmal besuchen.

Deine dich liebende Großmutter Sophie

ABSCHIED UND AUFBRUCH

Bamberg, November 1208

Nach meiner Flucht aus dem Kloster rannten Richard und ich, so schnell wir konnten, den Berg hinunter und durch das Bachtal auf die Burg zu. Als wir an Großmutters Haus vorbeikamen, blieb ich keuchend stehen. »Bitte, Richard«, sagte ich, »ich würde mich gern noch von Großmutter verabschieden. Sagst du meinen Eltern Bescheid, dass ich zu ihnen komme, weil ich im Kloster in Gefahr bin?« Richard nickte, obwohl er so ratlos aussah, als verstünde er gar nichts mehr.

Großmutter dagegen begriff sofort, was ich ihr erzählte. »Du musst fort«, bestätigte sie, »weit weg. Wirst du viel reiten müssen.« Dann begann sie, in einer ihrer Truhen nach etwas zu suchen. Kurz darauf drehte sie sich mit einem bestickten Lederbeutel in der Hand zu mir um. »Ist Geschenk für dich«, murmelte sie.

Es war zu meinem großen Erstaunen eine Hose aus ganz feinem, weichem Wildleder, die sich eng an die Beine schmiegte und die ich unter meinen Röcken tragen konnte.

»Hat dein Großvater einmal von Handelnsreise nach Ungarn mitgebracht. Tragen die Ungarn beim Reiten. Wird gut sein für dein Hintern.« Sie schob mir das exotische Geschenk unter das schmutzige Umschlagtuch, das ich noch immer um mich geschlungen hatte. »Lass Katrinchen nicht sehen. Sie würde sich empören sonst«, sagte sie mit einem verschmitzten Lächeln.

Beim Abschied unter der Tür, während Katrinchen danebenstand und sich heulend in ihren Ärmel schnäuzte, schrieb sie mir ein Kreuzzeichen auf die Stirn und sagte: »Geh mit Gott, mein Kind.« Dann zog sie mich an sich, legte mir die Hand auf den Scheitel und flüsterte mir ins Ohr: »Die Göttinnen sind auf deiner Seite!« Von ihrer Hand ging eine warme Kraft aus, die mich mit Mut und Zuversicht erfüllte und von der ich lange zehrte.

Oben auf dem Burgberg stand Vater vor dem Tor zum Palas und blickte mir beunruhigt entgegen. »Was hat Richard da gesagt, du bist im Kloster in Lebensgefahr? Warum? Was ist los?«

»Eine deiner viel gepriesenen Nonnen hat mich an Herzog Ludwig verraten«, sagte ich bockig.

»Oh Himmel, nein!«, rief Vater, trat einen Schritt auf mich zu und wollte mich umarmen.

Aber ich drehte den Kopf beiseite und sah ihn nicht an. Ich nahm ihm so vieles noch übel.

»Ach, Sophie«, sagte er enttäuscht. »Ich …« Da ich nicht antwortete, seufzte er und sagte nur: »Lass uns zu deiner Mutter gehen.«

Mutter fiel wie ein Wirbelsturm über mich her und drückte mich so fest an sich, dass mir die Luft wegblieb. »Sophie, meine Sophie, was hab ich dich vermisst!«, raunte sie und strich mir übers Haar. »Aber stimmt es denn, was Richard sagt? Ist Herzog Ludwig wirklich immer noch hinter dir her? Das kann doch gar nicht wahr sein! Was sollen wir um Gottes willen bloß jetzt tun?« Und schon zog sie mich wieder an sich. »Lass mich mal überlegen, bei welchen Verwandten wir dich –«

»Nein, Gisela«, warf Vater ein, der bisher etwas verloren danebengestanden hatte. »Mit dem, was sie weiß, ist sie noch immer eine Gefahr für den Herzog. Bei unseren Verwandten lässt er sie doch als Erstes suchen. Wir müssen –«

Ich befürchtete, er würde vielleicht wieder ein Kloster in Erwägung ziehen, und sagte schnell: »Am sichersten wäre es, Bischof Ekbert würde mich auf seine Reise mitnehmen.« Das hatte ich mir überlegt, während Richard von Bischof Ekberts Fluchtplan gesprochen hatte.

»Kommt überhaupt nicht in Frage«, brauste Mutter auf. »Ein kleines Mädchen wie du … und jetzt im Winter! Nein!«

Zu meinem Erstaunen protestierte Vater nicht gegen meinen Vorschlag. Als ich ihn ansah – das erste Mal seit meiner Rückkehr –, spiegelte sich in seinen Augen eine nachdenkliche, leise

Verwegenheit. »So jung ist Sophie ja auch nicht mehr«, sagte er langsam. »Vielleicht wäre das tatsächlich eine Lösung.«

»Aber Erko«, schrie Mutter und schlug sich mit der Hand an die Stirn, »bist du denn von allen guten Geistern verlassen? Das geht doch nicht!«

Und dann stritten sie eine Zeit lang, bis Vater unwirsch sagte: »Ich muss das mit Bischof Ekbert besprechen. Der hat so etwas schließlich zu entscheiden.«

Diesmal hörte der Bischof sich meine Geschichte ganz genau an. Vor allem die Szene zwischen Herzog Ludwig und Pfalzgraf Otto im Vorzimmer König Philipps ließ er sich mehrmals schildern: wie Ludwig dem Pfalzgrafen von König Philipps Entscheidung erzählt hatte, Otto die ihm versprochene Königstochter wieder wegzunehmen, und wie Otto daraufhin in maßlosem Zorn ins Zimmer des Königs stürmte und Philipp die Kehle durchschnitt. Und wie er den sterbenden König in seinem blinden Hass noch gewürgt hatte.

Als ich meinen Bericht beendet hatte, saß Bischof Ekbert einige Augenblicke ganz still da, dann stahl sich zu meinem Erstaunen ein zufriedenes Lächeln in seine Mundwinkel. Damals hatte ich noch nicht begriffen, dass ich für ihn gerade wie ein Glücksstern vom Himmel gefallen war. Denn meine Aussage bewies, dass es Herzog Ludwig gewesen war, der seinen Vetter zum Mord getrieben hatte. Auf diese Weise würden Ekbert und sein Bruder Hezilo ihre Unschuld belegen können. »Ha, das ist gut«, murmelte der Bischof. »Das ist ausgezeichnet. Du kommst mit uns.« Damit war die Sache beschlossen.

Mutter presste entschlossen die Lippen zusammen, sie gab sich große Mühe, nicht zu weinen. »Männer!«, seufzte sie in mein Haar. »Ich habe dich monatelang nicht gesehen, und nun das!« Dann tat sie, was getan werden musste. Sie packte meine Sachen, konzentriert und effektiv, wie es ihre Art war. Sie achtete darauf, dass mein Reisesack nicht zu schwer wurde, damit ich ihn noch tragen konnte, aber alles enthielt, was ich brauchte, einschließlich mit Wolle gefüllter Stoffstreifen, falls ich meine

Rosen bekam. Dörrobst und Trockenfleisch für eventuelle Notlagen hatte sie, sorgfältig in Leder gehüllt, seitlich in den Sack hineingeschoben.

Ich schlief nicht viel in dieser letzten Nacht in Bamberg, auch weil meine Magd Grit sogar im Schlaf noch weinte und schniefte. Sie hatte mich unbedingt begleiten wollen, aber sie konnte nicht reiten, und Bischof Ekbert hatte kategorisch abgelehnt, sie auf einem Karren mitzunehmen. So blieb ich das einzige weibliche Wesen unter zweiunddreißig Männern. Die Truppe sollte aus Bischof Ekbert bestehen, zehn seiner besten Ritter mit ihren Knappen unter ihrem Hauptmann Waldo, Christian mit seiner Fiedel für die Unterhaltung und als Bogenschütze, fünf Knechten für das Gepäck, dazu Ekberts Koch, sein Kaplan Burchard, sein Marschall Kuno mit seinem Sohn Richard für die Versorgung der Pferde und sein Kämmerer, also Vater. Und ich.

Vater war wütend gewesen, dass Bischof Ekbert den Marschall Kuno mit auf die Reise nahm. »Kuno ist doch ein Freund der Welfen«, knurrte er, als er mit Mutter seinen Reisesack packte. »Du kennst doch seine Begeisterung für Richard Löwenherz. Unser Herr sollte vielleicht etwas vorsichtiger sein.«

»Aber er ist einfach der Beste in allem, was Pferde angeht. Und so jemanden werdet ihr brauchen unterwegs«, meinte Mutter begütigend.

Vater grollte: »Himmeldonnerwetter, immer nimmst du ihn in Schutz. Hast du denn keine Augen im Kopf? Du bist einfach zu nachsichtig.«

»Ach, komm her, mein alter Grummelbär«, sagte Mutter leise und zog ihn an sich. So war unser letzter Abend doch noch friedlich verlaufen.

Als ich am nächsten Morgen von der Galerie hinunter in den Burghof blickte, wo die Männer sich zur Reise bereit machten – lauter große, mächtige Schatten in der Dämmerung –, wurde mir doch ein bisschen mulmig. Doch bei seiner kleinen Ansprache vor unserem Aufbruch schärfte Bischof Ekbert seinen Männern ein, dass ich unter seinem persönlichen Schutz stand. »Wer sie anrührt, verliert seine rechte Hand oder gleich den Kopf!«, verkündete er unmissverständlich.

Damals war ich darüber glücklich, denn dieser Befehl kam mir vor wie ein schützender Mantel. Ich saß mit hocherhobenem Kopf neben Vaters Rappen auf meinem Maultier und bemühte mich, mir die Aufregung nicht anmerken zu lassen.

November ist wirklich eine scheußliche Jahreszeit zum Reisen. Doch bei unserem Aufbruch hatten wir Glück, denn der Tag war kalt, aber klar. Beim ersten Atmen des Frühlichts am Horizont zogen wir los, umhüllt vom leisen Prusten unserer Pferde. Es konnte nur noch Stunden dauern, bis die Soldaten des Königs auftauchten, um Bischof Ekbert wegen seiner angeblichen Mitschuld am Tod König Philipps zu ergreifen. Deshalb trieb Vater die Truppe, die den Bischof auf seiner Flucht begleiten sollte, unerbittlich zur Eile an.

Ekbert musste so schnell wie möglich das Reich verlassen, um einer Gefangennahme zu entgehen. Er wollte, so hatte Vater uns berichtet, bei seiner Schwester, Königin Gertrud, und seinem Schwager, König Andreas von Ungarn, Schutz suchen. Um Bayern, wo Herzog Ludwig lauerte, weiträumig zu umgehen, wollte er sich zunächst nach Prag wenden, wo König Otokar residierte, einer jener Fürsten, mit denen er sich besonders gut verstand.

Wir ritten hinunter in die gerade erwachende Stadt und durch das mächtige »Lange Tor« nach Süden, denn Bischof Ekbert hatte, um seine Spuren zu verwischen, verkünden lassen, er reise zu einer Visitation ins Bamberger Kloster Michelfeld, das weit südlich von Bamberg liegt. Nur seine engsten Vertrauten wussten beim Aufbruch über unser eigentliches Ziel Bescheid. Erst als die Nachhut sich ganz sicher war, dass uns kein Spion folgte, bogen wir ab nach Osten, in den Hauptsmoorwald.

Während der ersten Stunden hatte ich reichlich damit zu tun, nicht von meinem Reittier zu fallen. Mein Muli Ala war ein freundliches, ruhiges Geschöpf – deswegen hatte Vater es für mich ausgesucht –, aber ich war schon so lange nicht mehr geritten. Als Kind hatten mich die Ritter Bischof Ekberts immer mal wieder aus Spaß auf ihre Pferde gesetzt und mich im Hof der Bamberger Burg herumgeführt, und ich hatte gejubelt über ihr Lob, welch begabte Reiterin ich sei. Einer hatte daraufhin eine Zeit lang richtig mit mir trainiert, aber das war schon Jahre her.

Doch ganz allmählich erinnerte sich mein Körper an das damals Gelernte, er entspannte sich und passte sich Alas Rhythmus an. Meine Augen konnten wieder etwas anderes wahrnehmen als nur den Kopf des Mulis, und meine Hände umklammerten die Zügel nicht mehr so fest, dass die Knöchel weiß wurden. Die Freude über diese unerwartete Reise, diesen Aufbruch in eine neue Welt, gewann wieder die Oberhand.

Eineinhalb Stunden später waren wir in Scheßlitz, das ja Ekberts Familie gehörte. Wir ritten allerdings nicht hinauf zur alles beherrschenden Giechburg, denn das hätte zu viel Zeit gekostet, sondern blieben unten im Meierhof. Unser Bote hatte uns angekündigt, sodass der heiße Brei für das Frühstück schon auf den Tafeln bereitstand.

Am Tisch schräg mir gegenüber, aber zu weit entfernt, als dass ich mit ihm hätte sprechen können, saß Richard. In all dem Trubel des Aufbruchs hatte ich ihn nicht mehr gesehen, seit er mich bei Großmutter gelassen hatte, und ich hatte ihm noch gar nicht für meine Rettung danken können. Ich lächelte ihn an, und wir sahen uns einen Atemzug lang in die Augen. Er errötete und interessierte sich dann plötzlich intensiv für den Inhalt seiner Breischüssel. Wie gut sah er doch aus mit seinen dunklen Locken, die ihm bis auf die Schultern fielen, mit der klaren hohen Stirn und diesem verlegenen kleinen Lächeln. Ein süßes Gefühl durchflutete mich – damals hielt ich es für Dankbarkeit. Plötzlich war die Welt so hell und das Leben ein großes Abenteuer. Doch das Licht verblasste, als ich meinen Blick von Richard abwandte und Ritter Waldo bemerkte, der vom oberen Ende des Tischs mit finster gerunzelten Brauen zu mir herüberstarrte.

Ich hatte keine Gelegenheit, darüber nachzudenken, womit

ich den baumlangen Kerl verärgert haben könnte, denn Bischof Ekbert ließ uns kaum Zeit, unsere Schüsseln in Ruhe auszulöffeln und den Krug mit heißem Bier, das herrlich von innen wärmte, auszutrinken. Dann drängte er uns schon wieder zum Aufbruch, denn er wollte die Plassenburg, unser erstes Tagesziel, unbedingt noch vor Einbruch der Dunkelheit erreichen. Alle gehorchten sofort, denn die diffuse Angst vor den Soldaten des Königs trieb auch die Langsameren unter uns an.

Der Meier in Scheßlitz dürfte ein Kreuzzeichen gemacht haben, als wir wieder abzogen, denn bei einem längeren Aufenthalt hätten wir ihm vermutlich die Haare vom Kopf gefressen. Wir waren dreiunddreißig Menschen und über sechzig Tiere, denn jeder Ritter hatte sein Reitpferd, sein Schlachtross und ein Packpferd dabei, dazu kamen die Rösser, die Zelte und Decken und Küchensachen trugen und auch noch die Geschenke, die für unsere Gastgeber unterwegs gedacht waren. Und natürlich führten auch die Knappen, die Knechte und wir anderen jeder ein oder zwei tierische Gefährten mit sich. Das ergab eine ganz schöne Kavalkade, die sich in einer langen Schlange die steile Flanke des Gebirges hinaufzog, nachdem wir Scheßlitz verlassen hatten.

Oben auf der Hochfläche, die sich in vielen sanften Wellen vor uns erstreckte, war es merklich kälter. Der Wind trieb die ersten Schneewehen vor sich her, die sich in Mulden und Gräben verfingen. Als die Sonne herauskam, sprühten Tausende kleiner Sterne zwischen den alten Gräsern. Erstmals schickte ich Großmutter einen innigen Gruß der Dankbarkeit, denn meine Hose hielt dort, wo das Kleid aus dem Pelzumhang herausragte, den eisigen Wind von meinen Beinen ab. Mutter hatte mich zwar in so viele Schichten Wolle und Pelz gehüllt, dass ich mich kaum rühren konnte, aber irgendeine Stelle fand die Kälte immer, um hereinzukriechen.

Viele Stunden ritten wir durch das fast menschenleere Gebirge, vorbei an bizarr geformten Steinen und schroffen Felswänden, durch Wälder und über die Heide. Am Himmel kämpften Sonne und Wolken um die Vorherrschaft. Am Nachmittag erreichten wir die »Krumme Föhre«, einen markant verbogenen Baum, der als Wegzeichen diente, dort bogen wir nach Nordosten ab. Und plötzlich sahen wir am Rand eines Steilhangs jenseits einer weiten Talsenke die Plassenburg auf einer Felsnase sitzen. Ihre hell gekalkten Mauern leuchteten in der tief stehenden Sonne, und ich verstand jetzt, warum Ekbert uns so zur Eile angetrieben hatte: Er hatte uns diesen Ort seiner Kindheit und seines Stolzes bei Tageslicht zeigen wollen. Ich sah sein Gesicht, als er den Serpentinenweg unter mir entlangritt – es hatte das erste Mal seit unserer Abreise den angespannt grimmigen Ausdruck verloren.

EKBERTS FEUERREDE

Zur Vesper, kurz vor dem Sonnenuntergang, kamen wir auf der Burg an. Der Burgwart Eberhard von Plassenberg hatte für uns die blau-silberne Fahne der Meranier aufgezogen und erwartete uns mit seiner Frau und seinen sieben Kindern im Burghof. Er war ein stattlicher Mann mit einem gewaltigen grauen Schnauzbart. Ekbert begrüßte ihn herzlich, denn Eberhard hatte ihn schon als Kind auf seinen Knien reiten lassen, wie er später bei Tisch erzählte. Eberhards kleine rundliche Frau knickste tief vor dem Bischof und fing sofort an, die Mägde herumzuscheuchen.

Als ich von Ala abstieg, mit völlig steifen Gliedern, löste sich aus der Schar der Kinder ein Mädchen, das etwa in meinem Alter war, und kam zu mir herüber. Sie heiße Anna, sagte sie schüchtern, und ihre Mutter habe ihr aufgetragen, sich um mich zu kümmern. Ob mir denn ein Bad angenehm wäre? Wenn sie mir einen Sack Gold angeboten hätte, hätte ich nicht entzückter sein können. Ich war völlig durchgefroren, und mein Hinterteil fühlte sich an, als könnte es niemals mehr zum Sitzen benutzt werden.

Anna führte mich in die Kemenate und dort über einige Treppen und Gänge in eine große, holzgetäfelte und – welche Wonne – geheizte Stube, in der wahrhaftig ein dampfender Badezuber bereitstand. Sanfter Kamillenduft stieg aus ihm auf. In den Betten rings an den Wänden würden sie und ihre Schwestern schlafen, und heute Nacht auch ich, erklärte Anna.

Sie hatte auf dem ganzen Weg ununterbrochen geredet, denn ihre Schüchternheit verschwand völlig, wenn sie über die Plassenburg sprechen konnte. Sie kannte jedes Detail und ihre gesamte Geschichte: dass Ekberts Urgroßvater sie gebaut und sein Vater Berthold, der »alte Herzog«, sie erweitert und völlig erneuert habe, dass alle den großen Festsaal mit den bunten Fenstern so bewundern würden, dass ihre eigene Familie jetzt seit drei Generationen die Burg behüte und in der Achtung ihrer Herren einen hohen Rang einnehme, dass sie jetzt schon drei Häuser in Kulmbach und ihre Burg in Steinenhausen ihr Eigen nannten und … und … und. So ging es weiter, während sie mir beim Auskleiden half und meine zahlreichen Hüllen sorgfältig am Fußende eines Bettes aufschichtete. Glücklicherweise war sie gerade mit dem Ordnen der Kleider beschäftigt, als ich gleichzeitig mit meinem letzten Unterrock auch die Hose auszog, die sie so nicht bemerkte. Ich weiß nicht, ob sie so freundlich geblieben wäre, wenn sie dieses anstößige Teil gesehen hätte. So aber erzählte sie ungerührt weiter, als ich ins warme Wasser glitt, und hörte erst auf, als ich einschlief und mit dem Kopf ins Wasser rutschte.

»Heja, Sophie«, rief sie erschrocken und packte mich am Arm. »Vorsicht! Du ertrinkst ja gleich!« Mein Abgleiten hatte böse Folgen, denn meine langen Haare waren nass geworden. Wie sollte ich sie bloß trocknen? Ich schüttelte sie immer wieder vor dem Kamin, aber als wir zum Abendessen nach unten gingen, waren sie noch immer feucht, und ich musste sie in ein warmes Tuch binden.

In der großen Halle hatte Bischof Ekbert schon am hohen Tisch Platz genommen, zwischen Vater, Marschall Kuno, dem Kaplan Burchard und Hauptmann Waldo auf der einen und Mitgliedern der Familie Plassenberg auf der anderen Seite. An den Langtischen saßen nicht nur unsere eigenen Leute, sondern auch die Honoratioren der Stadt Kulmbach und Bedienstete der Plassenburg, die Ekberts Bote zuvor bereits eingeladen hatte.

Nachdem der zweite Gang abgetragen worden war, stand Bischof Ekbert auf und rief: »Liebe Freunde und Getreue!«

Augenblicklich verstummte das Stimmengemurmel.

»Liebe Freunde und Getreue!«, wiederholte er mit offenen Armen und einem Lächeln, von dem jeder meinte, es gelte ihm.

Damit hatte er sie schon gewonnen, alle schauten ihn voller Ehrerbietung und Aufmerksamkeit an. Er sah beeindruckend aus in seinem blauen Surcot mit dem blitzenden Bischofsring an der linken Hand.

Mit dieser Hand strich er sich nun die Haare aus der Stirn,

und sein Lächeln verlosch, als er seine Ansprache begann. »Ich habe euch heute hier zusammenrufen lassen, um euch über ein großes Unrecht zu berichten. Das tue ich, damit ihr nicht durch Lügen, die euch vielleicht erreichen, verwirrt werdet. Wie ihr alle wisst, kam unser guter König Philipp aus dem gesegneten Geschlecht der Staufer in diesem Sommer nach Bamberg, um die Hochzeit seiner Nichte mit meinem Bruder, eurem Herzog, zu feiern.«

Die Anwesenden nickten, ja, das hatte sich herumgesprochen.

»Sehr viele Reichsfürsten sind damals mit ihren Truppen zu uns gekommen«, fuhr Bischof Ekbert fort. »Wir wollten nach dem Fest mit dem König nach Norden ziehen und endlich dem verfluchten Welfen Otto den Garaus machen. Zehn Jahre lang hat er König Philipp die Stirn geboten, weil er meinte, er wolle auch König sein. Nun lagerte ein riesiges Heer vor Bamberg, und wir hätten den Welfen ohne Zweifel besiegt. Aber dann ...« Der Bischof schluckte, presste die Lippen zusammen und schüttelte den Kopf, als könnte er das Geschehene noch immer nicht begreifen. »Aber dann – das wisst ihr ja auch – wurde König Philipp ermordet, in meinem Palas in Bamberg! Leider konnte der Mörder, der Pfalzgraf Otto von Bayern, diese Ausgeburt der Hölle, schnell und heimlich entkommen, keiner von uns hat ihn gesehen. Daraus versucht uns nun sein Vetter, der sehr ehrenwerte Herzog Ludwig von Bayern, einen Strick zu drehen.« Ekberts Stimme troff vor Hohn beim Namen seines Feindes, als er fortfuhr: »Der sehr ehrenwerte Herr Herzog ist nun tatsächlich vor ein paar Wochen zu diesem Möchtegernkönig, dem Welfen Otto, übergelaufen. Natürlich nicht umsonst, ha, Otto musste ihm dafür einen hohen Preis versprechen. Und womit will er zahlen, da er doch selbst nichts hat? Er will ihn mit unseren Gütern kaufen! Mit unserem Eigentum!« Wütend ließ er die Faust so hart auf den Tisch donnern, dass die Becher hüpften.

»Vor fünf Tagen haben jetzt eine Reihe von Reichsfürsten in Frankfurt den Welfen zum König gewählt. Diese Verräter!

Ha, einst – und das ist noch gar nicht lange her – haben sie König Philipp ewige Treue geschworen und dafür alles Mögliche eingesackt. Und jetzt wählen sie seinen schlimmsten Feind zu seinem Nachfolger! Das allein wäre ja schlimm genug. Aber nun, ha, nun kommt das eigentliche Schurkenstück. Nun sind die ach so treuen Stauferfreunde, Reichsmarschall Heinz von Kalden und Herzog Ludwig, vor den versammelten Fürsten aufgestanden und haben behauptet, mein Bruder Hezilo und ich hätten mit dem Pfalzgrafen, dem Mörder, gemeinsame Sache gemacht. Ha, das muss man sich mal vorstellen! Ausgerechnet mit dem Pfalzgrafen, diesem Dummkopf. Sie sagen, wir hätten ihn absichtlich entkommen lassen und wären mitschuldig am Tod König Philipps. Ich hätte nicht gedacht, dass irgendwer so einen Unsinn glauben könnte! Doch es gibt halt immer wieder leichtgläubige Menschen, vor allem dann, wenn dabei ein Vorteil für sie selbst herausschaut. Da geht es dann mit dem Glauben ganz schnell.«

Alle zogen die Köpfe ein, während Ekbert sein Publikum so prüfend anschaute, als verdächtige er sie ebenfalls der Leichtgläubigkeit.

»Jedenfalls hat Otto, kaum hatten sie ihn zum König gewählt, ein erstes Urteil gesprochen – und zwar gegen uns. Er tat dies ohne Prozess, ohne uns vorzuladen, ohne jede Anhörung unserer Seite, und er hat gleich in die ganz große Zauberkiste gegriffen und die schlimmste aller Strafen hervorgeholt: Er hat über Markgraf Hezilo und mich die Reichsacht verhängt. Natürlich, wie hätte er sonst an unsere Güter kommen sollen? Und ratet mal, wer das meiste davon zugesprochen bekam? Na? Natürlich der sehr ehrenwerte Herr Herzog Ludwig von Bayern. Und der Welfe selbst hat sich meine Bamberger Kirchengüter geschnappt. Aber, ha, das werde ich mir nicht gefallen lassen. So nicht, meine Herren, so nicht! Gottes Güte hat uns einen Ausweg beschert, einen Hort der wahren Gerechtigkeit. Wir werden uns persönlich an den Herrn Papst wenden und um einen ordnungsgemäßen Prozess bitten.«

»Das wird Innozenz gefallen«, murmelte Christian, der auf

der Bank hinter mir saß. »Sich als oberste Gerichtsinstanz aufspielen zu können.«

»Aber Herr«, gab Burgwart Eberhard mutig zu bedenken, »wird Euch denn der Papst gegen König Otto helfen? Der Welfe ist doch sein bevorzugter Günstling!«

»Oh ja, den Prozess werden wir gewinnen!«, rief Ekbert hoch aufgerichtet. »Denn Innozenz ist ein hervorragender Jurist und sehr stolz auf seine Gerechtigkeit. Und wir, wir haben eine Zeugin, die gesehen hat, was damals an dem Nachmittag des Mords wirklich geschah. Diese Zeugin wird der Pfeil sein, den wir Ludwig ins Auge schießen, dass er krepiert mit all seinen Lügen!«

Er sah mich nicht an bei diesen Worten, aber mir wurde umgehend schlecht. Auf einmal begriff ich, wie gefährlich ich wirklich für Herzog Ludwig war: Es ging nicht nur um Wahrheit und Ehre, sondern auch um riesige Vermögen. Ich fühlte mich, als würde ich im Sturm ganz allein weit hinaus aufs Eis geschoben, das unter mir in Rissen zersprang. Unter dem Tisch ballte ich die Fäuste und versuchte, mir nichts anmerken zu lassen. Aber Angst und Erschöpfung schlossen sich um meine Kehle wie ein dunkler Ring.

Mit einer großen Geste fuhr Ekbert fort: »Wir werden gewinnen! Und dann werden wir *seine* Güter fordern! Unsere Ehre wird wieder leuchten und die seine im Dreck liegen!«

Er sagte dann noch einiges über Wahrheit und Würde und dass er auch in der Not auf die Treue seiner Gefolgsleute vertrauen werde, aber ich hörte nicht mehr genau hin. Plötzlich war ich so müde, dass ich fast von der Bank kippte.

Ich konnte ein Gähnen nicht mehr unterdrücken, und damit es nicht so auffiel, bückte ich mich hinter Annas Rücken. Dabei sah ich einen von Ekberts Rittern, einen Mann namens Ebo, aus dem Raum schleichen. Kein anderer nahm ihn wahr, da aller Augen auf Ekbert gerichtet waren. Ebo drückte beide Hände auf seinen Bauch, vielleicht war ihm ja schlecht geworden, und er genierte sich vor seinen Kameraden. Warum sonst hätte er so heimlich den Saal verlassen sollen?

Ich hatte mein Stück vom Wildschweinbraten nur zur Hälfte gegessen, aber ich brachte keinen Bissen mehr hinunter. Kaum hatte Ekbert seine Rede beendet, da bat ich Anna schon, mir zu zeigen, wo ich schlafen sollte.

»Oh, in meinem Bett natürlich, dort, wo ich deine Kleider hingelegt habe«, antwortete sie und zog einen Flunsch. »Willst du denn jetzt schon gehen? Jetzt wird es doch erst lustig. Schau, sie räumen schon die Tafeln weg.«

»Lass nur«, beruhigte ich sie. »Du brauchst mich nicht zu begleiten. Ich finde den Weg allein.« Anstandshalber protestierte sie noch etwas, wirkte aber sehr erleichtert, als ich mich zum Gehen wandte.

»Danke!«, flüsterte sie und strich eine störrische Locke zurück, die sich aus ihrem Stirnband gelöst hatte. »Bis später.« Und schon schaute sie gespannt auf die Gaukler, die gerade hereinkamen.

Nach der Hitze in der Halle fand ich es in den Gängen besonders kalt und unheimlich. Ich schlang die Arme eng um mich und versuchte, mich nicht vor der Dunkelheit in den Ecken zu fürchten. Als ich auf den Laubengang trat, der hinüber zur Kemenate führte, sah ich Ebo auf dem Burghof mit einem der Wachsoldaten sprechen. Offenbar war er schon vom Abort zurück. Doch warum sah sich Ebo ständig so ängstlich um?

DIE VERFOLGER

Wie in Bamberg legten wir auch beim Abschied von der Plassenburg eine falsche Spur: Bischof Ekbert verabschiedete sich, um angeblich das Bergwerk in seiner Stadt Kupferberg zu besuchen. So ritten wir zunächst nach Nordosten, bevor wir an einer einsamen Stelle hoch oben auf einem kahlen Hügel nach Süden abbogen.

Von dort aus konnte man das Land weithin überblicken. Vater hielt sein Pferd neben Ala und mir an und sagte mit einer weit ausholenden Armbewegung: »Schau dir das an, Sophie, das ist alles Meranierland. Seit Jahrzehnten erschließen sie hier die Gegend. Schon der alte Herzog hat damit angefangen. Siehst du die Rodungen und die Dörfer dort unten?« Er klang so stolz, als wäre dies sein eigener Besitz.

Aber weil ich ihm immer noch gram war, antwortete ich nicht, drückte Ala die Knie in die Flanken und ritt davon.

Ein paar Stunden später erreichten wir Wirsberg, eine der vielen kleinen Burgen, mit deren Hilfe die Ministerialen der Meranier das Land kontrollierten. Das war für uns überaus praktisch. Eberhard von Wirsberg versorgte uns nicht nur mit einem Mittagessen, sondern er begleitete uns auch mit einem Trupp von Holzknechten bis ins Gebirge – Männer mit Schultern, so breit wie Ochsen, und mit riesigen Händen. Sie hatten auf ihren Eseln allerlei Werkzeug und gewaltige Äxte dabei. Und das war ein Segen, wie sich schon kurze Zeit später herausstellte.

Christian hatte mir erzählt, dass Bischof Ekbert am Abend zuvor auf der Plassenburg mit seinen engsten Getreuen noch lange beratschlagt hatte, welchen Weg nach Eger man einschlagen sollte. Der Plassenberger Burgwart hatte dringend zu dem Umweg geraten, der südlich um das Fichtelgebirge herumführte, denn in den Bergen liege schon Schnee. Vor ein paar Tagen habe ein Sturm zudem Bäume umgeworfen, daher sei es mehr als wahrscheinlich, dass die schon im Sommer nicht ungefährliche Straße nun vollends unpassierbar sei. Aber Ekbert hatte darauf bestanden, die kürzeste Route quer durchs Gebirge zu nehmen.

Wie wir es ohne die Holzfäller geschafft hätten, weiß ich nicht. Sie ritten vor uns her und legten eine Spur durch den Schnee, räumten Äste und Stämme beiseite. Aber der Ritt war dennoch ziemlich ungemütlich, vor allem als es wieder zu schneien begann. Die Dunkelheit war schon hereingebrochen, als endlich die kleine Burg Rudolfstein in Sicht kam. Sie liegt sehr abenteuerlich mitten im Fichtelgebirge auf einem merkwürdigen Felsenturm, der aussieht wie riesige aufeinandergeschichtete Brotfladen. Wir waren alle erleichtert, als wir schließlich oben in dem kleinen Burghof ankamen, auch wenn die meisten von uns im Stall schlafen mussten.

Beim Abendessen drehte sich das Gespräch die meiste Zeit um Eger und wie es uns dort ergehen würde, denn niemand hatte Neues aus der Stadt gehört. Eger, das Kaiser Friedrich Barbarossa gegründet hatte, war immer staufisch gesinnt gewesen, und wir gingen eigentlich davon aus, dass die Nachricht von der Wahl des Welfen zum neuen König die Stadt nicht vor uns erreicht hatte. Aber ganz sicher konnte man nicht sein.

Auch an diesem Abend ging ich früh schlafen, denn ich war nicht nur müde, sondern auch traurig. Seit zwei Tagen ritten Vater und ich jetzt nebeneinanderher, aber wir hatten keinen Weg zueinander gefunden. Er half mir sorgfältig beim Aufsitzen auf mein Maultier, und wenn wir anhielten, hob er mich herunter. »Ist dir kalt?«, fragte er ein paarmal, und ich antwortete höflich: »Nein danke, es geht schon.« Wir wussten einfach nicht, wie wir miteinander reden sollten. Und nachdem ich seine Versuche, ein Gespräch zu beginnen, mehrmals abgewiesen hatte, wurde der erste Schritt umso schwieriger.

Eigentlich verspürte ich Sehnsucht danach, mich an ihn zu schmiegen und wieder mit ihm zu lachen, aber die Schwelle aus Groll und Selbstmitleid war noch immer zu hoch. Immer wieder rekapitulierte ich im Stillen all seine »Sünden«: wenn er mich nicht gehindert hätte, die Wahrheit zu sagen, wenn er mich nicht rücksichtslos ins Kloster gesteckt hätte, wenn er mich dort nicht ganz allein und schutzlos zurückgelassen hätte ... Trotzig schlief ich ein.

Und auch auf unserem langen Weg nach Eger am nächsten Tag wurde ich nicht gescheiter. Allmählich hatte sich die strenge Ordnung, in der wir anfangs geritten waren, etwas gelockert, und Richard, der mit seinem Vater bei der Nachhut eingeteilt war, hatte sich nach vorn geschmuggelt und ritt seit einiger Zeit neben mir. Das hatte mir die Gelegenheit gegeben, mich endlich gebührend dafür zu bedanken, dass er mir bei der Flucht aus dem Kloster geholfen hatte. Er hatte stammelnd erwidert: »Ich ... äh, aber gern ... sicher ...« Danach gingen uns beiden die Worte aus. Aber ich freute mich über seine Nähe.

Wir waren noch etwa zehn Meilen von Eger entfernt und ritten gerade über eine weite, kahle, nur an den Rändern von Wald gesäumte Hochfläche, als Richard den Kopf hob, die Augen schloss und angestrengt lauschte. Plötzlich blass geworden, trieb er sein Pferd nach vorn neben das von Bischof Ekbert und rief: »Herr! Herr Bischof!«

Ekbert, der gerade mit meinem Vater und Ritter Waldo in ein Gespräch vertieft war – es ging über die Maßnahmen, die in Eger nach unserer Ankunft zu ergreifen waren –, sah ihn unwillig an. »Was gibt es?«

»Herr, ich höre Reiter hinter uns. Viele Reiter! Und sie sind schnell!« Richards Stimme war vor Aufregung ganz hoch und klang wenig überzeugend.

Ekbert zügelte sein Pferd und sah sich leicht belustigt um. »Reiter, hier? Ich sehe welche, aber die gehören ja zu uns.«

Waldo lachte spöttisch, und Ekbert wollte schon wieder anreiten, da sagte Marschall Kuno ernst und besorgt: »Herr, beachtet, was er sagt. Der Junge hat Ohren wie ein Luchs. Wenn er Reiter hört, dann kommen da auch welche.«

Die Nachricht verbreitete sich in Windeseile in unserer Gruppe. Einer rief: »Das müssen Ottos Häscher sein!«, und sofort waren alle davon überzeugt, dass sich da königliche Soldaten näherten, um uns zu fangen.

Waldo rief: »Na, denen werden wir aber einen ordentlichen Empfang bereiten! König Otto wird sich wundern, wenn keiner seiner Söldner zurückkommt!«, und winkte seine Truppe zu sich.

Doch bevor er noch weitere Befehle brüllen konnte, hob Ekbert die Hand. »Nein«, sagte er entschlossen. »Das ist zu riskant. Wir wissen nicht, wie viele sie sind. Wir wissen überhaupt nichts von ihnen. Und ich will nicht jetzt zu Beginn unserer Reise schon welche von euch verlieren. Wir brauchen einen besseren Plan. Wir sehen zu, dass wir vor ihnen Eger erreichen. Gibt es hier in der Nähe einen Meierhof oder etwas Ähnliches, wo man unterkommen kann?«, fragte er Mirko, den Führer, der sich uns auf der Plassenburg angeschlossen hatte und uns nach Prag geleiten sollte.

»Nein, Herr, leider nicht. Ich habe nur von einer Höhle irgendwo da drüben im Wald gehört. Aber ich weiß nicht –«

»Finde sie«, unterbrach ihn Ekbert. »Wir müssen uns aufteilen, die Packpferde schaffen es nicht schnell genug bis Eger. Die Truppe kommt mit mir. Wir werden die Verfolger ablenken, indem wir so tun, als ob wir uns zum Kampf stellen. Erkenbert, du reitest mit Udo und Hatto voraus nach Eger und sorgst dafür, dass das Burgtor für uns offen ist.« Er warf Vater einen Beutel mit Münzen zu. »Wenn sie uns sehen und auf uns losstürmen, ziehen wir uns nach Eger zurück. Waldo, du bringst die Leute und die Pferde zu dieser Höhle. Wartet dort auf uns. Wir holen euch, sobald die Lage geklärt ist.«

Waldo öffnete schon den Mund, um zu widersprechen. Ich konnte ihm ansehen, dass ihm dieser Auftrag überhaupt nicht schmeckte. Er, der Hauptmann der Truppe, sollte sich um den Tross kümmern? Auf einen strengen Blick von Ekbert hin riss er sich zwar zusammen, aber mir war klar, dass er ein unangenehmer Anführer werden würde.

Ekbert und die Ritter preschten davon. Waldo richtete sich in den Steigbügeln auf, rief gebieterisch: »Folgt mir!«, und raste mit Mirko an seiner Seite auf den Wald zu. In einem wilden Durcheinander brachen wir ins Unterholz. Es war gerade noch rechtzeitig. Als ich mich noch einmal umdrehte, sah ich die ersten Pferdeköpfe über der fernen Hangkante auftauchen. Die Reiter trugen tatsächlich das welfische Banner.

Mein Herz schlug bis zum Hals, denn ich wusste, was mir als einzigem weiblichen Wesen drohte, falls uns die Feinde zu fassen bekämen. Außerdem fühlte ich mich ohne Vater seltsam verloren. Instinktiv drängte ich mich in die Nähe von Richard und Marschall Kuno.

Der Marschall sah mich unwirsch an, als ich ihn versehentlich anstieß, weil der Weg, den wir hinter dem Gebüsch am Waldrand gefunden hatten, eigentlich zu eng für zwei Reiter war. Er knurrte: »So pass doch auf. Du bist genauso ein ungeschickter Tölpel wie dein Vater.«

Ich wunderte mich wieder einmal, wie kindisch verbohrt erwachsene Männer sein konnten. Vater und Marschall Kuno stritten sich, seit ich denken konnte, bei jeder passenden und unpassenden Gelegenheit. Na, wenn es ihnen Spaß machte, aber sie sollten doch wenigstens ihre Kinder, Richard und mich, aus der Sache heraushalten.

Ich ließ Ala etwas zurückfallen, sodass ich neben Richard gelangte. Er machte mir Platz, beugte sich zu mir und raunte: »Mach dir nichts draus. Er ärgert sich, weil Bischof Ekbert deinen Vater nach Eger geschickt hat und nicht ihn.« Dann lächelte er ein verschwörerisches kleines Lächeln, das die Schmetterlinge in meiner Seele aufweckte.

Als wir eine Lichtung erreichten, hielt Waldo an und wandte sein Pferd den Nachkommenden zu. »Robert«, sagte er zu dem ältesten der Knappen, »du sorgst dafür, dass von jetzt an alle geordnet in einer Reihe bleiben.« Dann befahl er, Richard solle das Ende des Zuges bilden und unsere Spuren verwischen. Das war reine Schikane, denn die Position am Ende der Schlange ist die gefährlichste, und die Aufgabe war unerfüllbar: Man kann die Spur von so vielen Pferden nicht einfach verwischen. Außerdem war der Auftrag entehrend, für so etwas wären die Knechte zuständig gewesen.

Richard sah Waldo fassungslos an. Sein Vater aber polterte los: »Sag mal, Waldo, was soll das? Du weißt doch –«

Aber der Ritter unterbrach ihn barsch. »Halt's Maul, Kuno. Ich bin der Anführer, und hier wird gemacht, was ich sage!«

Marschall Kuno presste die Lippen zusammen, nickte Richard kurz zu und ritt mit ihm und zwei Knechten zurück.

Waldo wendete mit einer lässigen Handbewegung sein Pferd. Über die Schulter herrschte er mich an: »Du reitest hinter mir und bleibst gefälligst in meiner Nähe!«

Auch meine Lippen wurden zu einem schmalen Strich.

IN DER HÖHLE

Schließlich fanden wir die Höhle. Sie war so groß, dass tatsächlich alle Menschen und sämtliche Pferde darin unterkamen, wenn auch eng aneinandergedrängt. Das hatte den unbestreitbaren Vorteil, dass wir uns gegenseitig wärmten. Es gab eine Auseinandersetzung darüber, ob wir ein Feuer anzünden könnten, aber Waldo verbot es schließlich. Denn wenn die fremden Soldaten in Eger vor verschlossenen Toren standen, was würden sie dann tun? Die Gefahr, dass sie in diesen Wald zurückkommen und unser Versteck finden würden, weil uns Rauch und Feuer verrieten, war zu groß.

In dieser Nacht beutelte mich die Angst wie ein großes böses Tier: Angst vor den Feinden, Angst vor den Wölfen, die wir heulen hörten, Angst vor der Dunkelheit in der Höhle und Angst um Vater und die anderen. Wie mochte es ihnen ergangen sein? Außerdem war es elendiglich kalt, es roch nach feuchter Erde und den Ausdünstungen vieler Männer, deren verschiedene Körpergeräusche das Einschlafen auch nicht gerade erleichterten. Ich hatte mir einen Platz neben meinem Maultier gesucht, weil mir Alas Geruch immer noch der liebste war, und hatte mich, in meinen Pelzumhang gewickelt, dicht an ihren Bauch geschmiegt.

Trotz all der Erschwernisse war ich gerade am Einnicken, als ich plötzlich eine Hand auf meinem Arm spürte. »Pst, schrei nicht«, flüsterte eine Stimme in mein Ohr. Es war Richard. »Ich wollte dir nur sagen, dass ich ganz in der Nähe bin. Du brauchst dich nicht zu fürchten.«

Erleichterung durchströmte mich. Plötzlich war die Nacht gar nicht mehr so dunkel und kalt. Ich nahm Richards Hand und legte sie an meine Wange. »Danke«, wisperte ich, »danke.« Am liebsten hätte ich seine Hand gar nicht mehr losgelassen, aber da war er schon wieder verschwunden.

Am nächsten Morgen ging ich ein Stück weit in den Wald hinein, weil ich das, was ich zu erledigen hatte, nicht in der Nähe der Männer tun wollte. Außerdem sollten sie keinesfalls meine Hose sehen. Ich hatte sie gerade wieder hochgezogen und war dabei, meine Röcke zu richten, als ich hinter mir ein Geräusch hörte. Ich fuhr herum, da kam zweifelsohne jemand durchs Gebüsch. Dann pfiff der Jemand eine kleine Melodie, und mir fiel ein Stein vom Herzen. So pfiff nur Christian. Ich lief ihm entgegen. »Oh, Christian, ist das schön, dass du da bist! Geht es dir gut? Wie geht es meinem Vater? Was ist denn in Eger passiert? Und –«

Christian hielt beide Hände in die Höhe, als kapituliere er, und lachte. »Hast du vielleicht noch ein paar Fragen mehr auf Lager, Jungfer Neugier? Wie du siehst, bin ich in Ordnung, und deinem Vater geht es auch gut. Den Rest erzähle ich, wenn die anderen dabei sind. Wo ist denn jetzt bloß mein Pfadfinder geblieben?«

»Hier, Herr«, antwortete ein dünner, pickeliger Junge, der von rechts aus dem Gebüsch kam. »Verzeiht, musste kacken nur mal.« Seine Aussprache hatte den weichen, singenden Klang der Böhmen. Er lächelte mich an, mit roten Ohren. »Gott zum Gruße, scheenes Fraulein«, sagte er mit einer kleinen Verbeugung.

Den Weg zurück zur Höhle hüpfte ich fast. Dort saßen die Männer gerade bei ihrem kalten Frühstück, Brot und geräuchertem Fleisch. Als sie Christian erblickten, ging ein Seufzer der Erleichterung durch die Reihen. Viele sprangen auf, umringten ihn und bestürmten ihn mit Fragen.

»Heja, Leute«, rief Christian, »jetzt lasst mich doch erst mal –«

Waldos Stimme, scharf wie eine Messerklinge, unterbrach ihn. »Hinsetzen, verdammt noch mal. Was ist denn das für ein Geschrei! Seid ihr denn ein Haufen schwatzender Weiber?« Augenblicklich legte sich die Aufregung; alle setzten sich wieder hin, nur Marschall Kuno blieb stehen und ich, die sich hinter seinem Rücken verbarg.

Christian sah Waldo von der Seite an. »Nanu! Sie scheinen ja richtig Angst vor dir zu haben.«

»Das will ich auch hoffen!«, knurrte Waldo, und es sah fast so aus, als hätten sich seine Mundwinkel ein ganz kleines bisschen gehoben. »Also berichte, wie ist es euch gestern ergangen?«

»Tja, Männer«, wandte sich Christian an die Gruppe, »einen ausführlichen Bericht gibt's heute Abend. Ihr werdet euch freuen, das war ein echtes Bubenstück. Jetzt nur so viel: All den Unseren geht es gut, und die Welfischen werden in Eger festgehalten. Aber ich weiß nicht, wie lang noch. Also packt so schnell wie möglich zusammen. Unser Pfadfinder hier«, er legte dem pickeligen Jungen die Hand auf die Schulter, »geleitet uns zur Burg von Heiner von Künsberg. Dort warten die anderen auf uns.«

Das gefährlichste Stück schien uns der Ritt über die kahle, windige Hochfläche zu sein, denn dort waren wir von weit her zu sehen. Wir nahmen sie, so schnell wir konnten, und tauchten auf der anderen Seite schnaufend und aufatmend wieder in den Wald ein.

Aber man soll ja bekanntlich den Tag nicht vor dem Abend loben. Durch den schnellen Ritt über die Heide hatte sich unsere Gruppe etwas auseinandergezogen, und die Nachhut mit den Packpferden war ein Stück zurückgeblieben. Plötzlich hörten wir von dort Geschrei und ein eigenartiges Jaulen.

Christian, der neben mir geritten war und gerade ein paar neue Witze erzählt hatte, riss in einem Aufbäumen sein Pferd herum und jagte nach hinten. Als auch ich dort ankam, lagen drei tote Wölfe am Boden. Das Rudel, das wir in der Nacht zuvor gehört hatten, war vom Geruch unserer Fleischvorräte angelockt worden und hatte angegriffen, obwohl es noch hell war.

Christian sah sehr zufrieden aus. In zwei Wolfsköpfen steckten seine Pfeile, einer war von einem der Knechte mit der Keule erschlagen worden.

»Die bringen wir Heiner von Künsberg als Gastgeschenk mit«, bestimmte Waldo. »Wolfspelze kann man immer gebrauchen.«

Christian sah aus, als hätte er das gern selbst entschieden. Aber er unterließ eine Bemerkung, denn in dem Moment sahen wir, dass eines der Packpferde blutete. Es taumelte ein paar Schritte, dann brach es zusammen. Marschall Kuno saß ab, kniete sich neben das Pferd, untersuchte es und sprach besänftigend auf das Tier ein. Dann schnitt er ihm mit einem geübten Schnitt die Kehle durch.

Er säuberte sein Messer und seine Hände im Schnee, der hier in einer dünnen Schicht den Boden bedeckte, und seufzte: »Da war nichts mehr zu machen. Sie hatten ihm die Halsschlagader durchgebissen.« Das Gepäck wurde auf die anderen Pferde verteilt. Schwieriger war es, die Wölfe und das tote Pferd zu transportieren; Marschall Kuno musste einigen der Schlachtrösser die Augen und die Nüstern verbinden und sie lange beruhigen, bevor sie bereit waren, die unwillkommene Last zu tragen.

Kurze Zeit später tauchte auf einer felsigen Anhöhe die Burg Künsberg vor uns auf. Im Vergleich zu Bamberg oder auch der Plassenburg war Künsberg nur ein »Bürglein«, lediglich ein Palas und ein paar hölzerne Wirtschaftsgebäude, umgeben von einem Erdwall mit einer niedrigen Mauer. Es gab keine Kapelle und noch nicht einmal einen Turm. Ich war gespannt, wo der Burgherr uns alle unterbringen würde, aber der Rauch, den ich aus dem Kamin des Palas in den rosaroten Abendhimmel steigen sah, ließ mich alle Bedenken vergessen. Ein warmes Essen, ein Bett und vielleicht sogar ein Bad – welch ein Traum nach der vergangenen Nacht!

Die Wirklichkeit war dann etwas weniger traumhaft. Solch neumodischen Komfort wie einen Badezuber hatte die Burg nicht zu bieten, und das Bett, das ich mir mit zwei Mägden teilen musste, war voller Flöhe. Aber immerhin war es in der großen Halle mit den schweren Deckenbalken warm, und Essen gab es reichlich.

Heiner von Künsberg war ein wohlbeleibter, alter Ritter, der schon mit Ekberts Vater auf dem Kreuzzug gewesen war. Er hatte diese Burg im Auftrag der Staufer vor etwa zehn Jahren gebaut und beteuerte mehrfach, sie sei ja noch nicht fertig und er werde sie verschönern, sobald er das Geld dazu habe. Er fühlte sich offenbar sehr geehrt, dass Bischof Ekbert auf seiner Burg einkehrte. Immer wieder forderte er uns zum Essen auf – es sei genug da.

Als wir ihm die Wölfe und das Pferd präsentiert hatten, hatte es große Aufregung gegeben. Das ganze Gesinde war zusammengelaufen, hatte laut gejubelt und sich gleich an die Verwertung gemacht, was auch den großen Hunden, die Heiner von Künsberg hielt, sehr gefiel. Jetzt lagen sie satt und stinkend in der Halle, wo sich Heiner gerade noch einmal überschwänglich bei Waldo für das großzügige Geschenk bedankte.

Waldo nahm den Dank mit einer herablassenden Kopfbewegung entgegen; Christian jedoch sah aus, als würde er mit den Zähnen knirschen, und auch Marschall Kuno blickte finster drein.

»Aber jetzt, ehrwürdiger Herr Bischof«, rief Heiner, »jetzt, da alle versammelt sind, wollen wir hören, wie es Euch in Eger ergangen ist.«

DER VERRAT DES RITTERS

Ekbert lehnte sich zurück, verschränkte die Hände hinter dem Kopf und grinste. Er war damals ein Mann von einunddreißig Jahren, strotzend vor Kraft und Selbstbewusstsein. Aber in dem Moment sah er aus wie ein Lausbub, dem ein besonders guter Streich gelungen war. Mir wurde ganz schwindelig vor Zuneigung.

»Oh Himmel, war das ein Tag!«, begann er. »Als wir die Welfischen kommen sahen, stellten wir uns in breiter Front auf, so als wären wir zum Kampf bereit. Aber nach ein paar Augenblicken drehten wir uns um und galoppierten davon. Sie sollten glauben, dass wir es mit der Angst zu tun bekommen hatten, und uns nachjagen wie einer Beute. Alles, damit sie nicht auf die Idee kamen, nach rechts und links zu schauen und sich zu fragen, wo denn der Tross geblieben sei. Ha, und es funktionierte! Sie holten alles aus ihren Gäulen heraus, wir aber auch, außerdem waren ihre Pferde wahrscheinlich müder als unsere, und wir waren ihnen ein gutes Stück voraus. Und kurz vor Eger, bevor es den Berg hinuntergeht, kommt noch einmal ein Waldstück, da verloren sie uns aus den Augen. Als wir über die Egerbrücke donnerten, da stand das Brückentor sperrangelweit offen und schloss sich hinter uns sofort. In der kurzen Zeit, die er vor uns in Eger eingetroffen war, hat unser preiswürdiger Kämmerer es geschafft, die Wachen zu … nun, zu überreden und dem Burgvogt die wichtigsten Informationen zu geben. Erko, das werde ich dir nie vergessen!« Er prostete Vater zu und wandte sich dann an mich. »Dein Vater ist schon ein toller Kerl!«

Stolz überwältigte mich. In mir schmolz etwas, und das fühlte sich wunderbar an. Plötzlich konnte ich Vater wieder wahrnehmen, meinen schönen, klugen Vater, wie er da neben dem Bischof am hohen Tisch saß, ein geachteter Mann und geschätzter Ratgeber. Doch etwas war anders geworden – ich sah ihn wie von außen, war nicht mehr Teil von ihm, war einen Schritt auf mich selbst zugegangen. Das weiß ich heute; damals hingegen fühlte ich nur eine heiße Welle schmerzhafter Erleichterung. Ich lächelte zu Vater hinauf, und er lächelte zurück, breit und erlöst. Er hatte Tränen in den Augen und glaubte wohl, alles sei wieder gut.

Bischof Ekbert trank einen großen Schluck von seinem Wein. »Das Ganze war ein verd… ein ziemliches Risiko, denn wir hatten ja keine Ahnung, wie die Lage in Eger aussah. Als sich das Tor hinter uns schloss, war mir schon etwas … na ja, da war ich schon etwas unruhig. Es hätte ja auch eine Falle sein können. Eger war zwar immer durch und durch staufisch, und Vogt Konrad ist natürlich ein staufischer Dienstmann. Aber das war Heinz von Kalden schließlich auch, der Mistkerl, und trotzdem ist er zu dem Welfen übergelaufen.« Er brachte es offenbar nicht über die Lippen, Otto »König« zu nennen. »Es hätte ja sein können, dass Heinz von Kalden schon im Vorfeld mit Vogt Konrad verhandelt und ihn ebenfalls auf die Seite des Welfen gezogen hat.«

»Aber habt Ihr denn von Bamberg aus keinen Boten vorausgeschickt?«, fragte Heiner von Künsberg besorgt.

»Wie denn? Wir waren ja selbst so schnell wie möglich unterwegs. Aber es ist alles gut gegangen. Vogt Konrad ist staufisch durch und durch und findet Kaldens Verrat zum Kotzen. Also war er nur zu gern bereit, uns zu helfen. Er erwartete uns schon, als wir kamen, wir mussten gar nicht bis zur Pfalz hinaufreiten. Und dann haben wir einen raffinierten Plan geschmiedet.« Ekberts Nasenflügel blähten sich zufrieden und vergnügt. »Die Wachen sollten die Welfischen am Westtor noch etwas aufhalten und ihnen erzählen, sie hätten Reiter drüben beim Wald nach Norden galoppieren sehen. Das hat mich zwar noch einen kleinen Beutel gekostet, aber was soll's.«

Ekbert ließ sich schon zum dritten Mal Wein nachschenken und schien seine Erzählung immer mehr zu genießen.

»Wir sollten uns in einem Haus neben dem Südtor von Eger verstecken, und dann sollte Vogt Konrad die Welfischen herzlich begrüßen, auf einen Wein einladen und so lange aufhalten wie möglich. Hinter so einer Idee steckt natürlich ein genialer Kopf … äh, meiner!« Er klopfte sich selbstironisch auf die Schulter und lachte schallend. »Und tatsächlich! Die Welfischen ließen sich einladen. Vielleicht dachten sie, sie würden uns heute sowieso nicht mehr erwischen. Oder sie wollten einfach raus aus der Kälte. Wir also zum Südtor raus, sobald wir die Nachricht bekamen, dass die Luft rein ist, und dann hierher, so schnell wie der Wind. Und hier sind wir! Trinkt mit mir! Auf unser Wohl!«

Viele freudige Ausrufe erklangen, und die Erleichterung ließ den Wein noch besser schmecken. Man erzählte einander gestenreich von eigenen Heldentaten, von der schrecklichen letzten Nacht in der Höhle, vom Angriff der Wölfe und jede Einzelheit von dem Coup in Eger.

Es war Christian, ausgerechnet der Spaßmacher Christian, der einen Wermutstropfen in den Becher voll Glück schüttete. Er war schon eine ganze Weile lang erstaunlich schweigsam gewesen. »Warum wussten die Welfischen, wo wir sind?«, fragte er plötzlich und schaute so nachdenklich in seinen Becher, als stünde dort des Rätsels Lösung.

»Was weiß denn ich?«, nuschelte Ekbert mit einer wegwerfenden Handbewegung. Er hatte eindeutig schon etwas zu viel vom Wein erwischt und schüttelte unwillig den Kopf. Noch wollte er sich seine Feierlaune nicht verderben lassen.

Aber Vater war aufmerksam geworden. Er schob das Kinn nach vorn, wie immer, wenn er beunruhigt war. »Verzeiht, Herr, Christian hat recht«, sagte er eindringlich. »Wieso haben die uns so schnell gefunden? Niemand kannte unsere Route. Wir haben in Bamberg und Kulmbach sorgfältig falsche Spuren gelegt und –«

»Aber wie …?«, unterbrach ihn Ekbert, jetzt doch aufmerksam geworden.

»Nun, ich weiß es auch nicht. Aber eigentlich gibt es nur eine Lösung.« Vater zögerte. »Ich denke, jemand, der unseren Weg kannte, muss ihn den Welfen verraten haben.« Er biss sich auf die Lippen. »Und nach Lage der Dinge, nun ja, kann das doch wohl nur einer der Unseren gewesen sein.«

»Einer der Unseren!«, wiederholte Ekbert. Die Worte fielen wie Blei in die fröhliche Unterhaltung. Der Bischof war auf einmal sehr nüchtern. Er stand auf und blickte sich in der Halle um. »Einer der Unseren hat uns verraten!«

Es wurde plötzlich ganz still; alle sahen Ekbert an. Ich konnte fast hören, wie das Gespenst des Misstrauens seinen Kopf hob und sich ausdehnte. Von einem Moment zum andern wagten die Anwesenden nicht mehr, einander in die Augen zu schauen, aus Furcht, dort etwas zu sehen, was sie nicht sehen wollten. Das Unbehagen wuchs mit der Stille, bis Waldo rief: »Von meinen Rittern war das keiner. Die habe ich alle persönlich ausgesucht. Für die lege ich meine Hand ins Feuer!«

Mir fiel ein, was Vater über Marschall Kuno gesagt hatte, über seine Verehrung für Richard Löwenherz und dessen enge Beziehung zu den Welfen. Hatte er vielleicht mit jemandem gesprochen, der die Nachricht weitergegeben hatte? Er war einer der engsten Vertrauten Bischof Ekberts und wusste über alle Pläne Bescheid. Ich starrte den Marschall an, der finster vor sich hin brütend an der hohen Tafel saß. War er der Verräter gewesen? Andererseits jedoch hatte er zugelassen, dass Richard uns gewarnt hatte und wir so entkommen konnten.

Als ich kurze Zeit später bedrückt zu Bett gegangen war, drängte sich mir plötzlich eine andere Erinnerung auf. Ich sah Ebo vor mir, wie er sich am Vorabend auf der Plassenburg aus dem Saal geschlichen und im Hof mit dem Wachsoldaten gesprochen hatte. Die halbe Nacht schlug ich mich mit dem Zweifel herum, ob ich diese Beobachtung meinem Vater melden sollte. Ebo war ein netter junger Kerl, der immer freundlich zu mir gewesen war. Wenn mein Verdacht nun falsch war und er unschuldig an den Pranger gestellt würde? Aber andererseits – was würde geschehen, wenn der Verräter nicht entlarvt und unsere Gruppe weiter vom Misstrauen vergiftet wurde?

Der Kampf mit meinem Gewissen löste sich von selbst, denn

am nächsten Morgen war Ebo verschwunden. Doch Waldo und seine Männer holten ihn kurze Zeit später ein und brachten ihn auf die Burg zurück, als wir gerade mit der Frühmesse fertig waren. Deshalb waren wir alle in der Halle versammelt, als Ebo hereingebracht wurde.

Umringt von Marschall Kuno, Kaplan Burchard und Vater nahm Bischof Ekbert auf dem erhöhten Podest Platz, um seine Aufgabe als Richter wahrzunehmen. Ebo stand vor ihnen, sehr steif, mit geradem Rücken, angespannt bemüht, Haltung und einen Rest von Würde zu bewahren.

Bischof Ekbert sah ihn lange und eindringlich an. Dann sagte er zu aller Überraschung: »Nun, Waldo, was ist jetzt mit deiner Hand?«

»Mit meiner Hand?«, stammelte Waldo und schaute verwirrt auf seine Hände, mit denen er sein Schwert hielt, das vor ihm auf dem Boden stand.

»Die wolltest du doch für deine Ritter ins Feuer legen.« Ekberts Stimme klang nicht höhnisch, eher traurig.

»Äh … ich …« Waldos Hals bekam rote Flecken. Er drehte sich zu Ebo um und schrie plötzlich: »Du Hund, wie konntest du bloß!« Er sah aus, als wollte er sich gleich auf ihn stürzen.

»Halt!«, gebot Ekbert. »Noch wissen wir nicht, was Ebo getan hat. *Audiatur et altera pars*, wir wollen erst hören, was er zu sagen hat. Also, Ebo, warum bist du heute in aller Herrgottsfrüh weggeritten, ohne jemandem Bescheid zu geben?«

Ebo schwieg und starrte seine Stiefel an. Die Stille dehnte sich.

Ekbert fragte, jetzt schon deutlich schärfer: »Warst du das, hast du uns verraten?«

Stille.

»An wen?«

Ebo schwieg noch immer. Innerlich flehte ich: So rede doch! Verteidige dich! Doch Ebo sagte kein Wort.

»Was hast du dafür bekommen?« Ekberts Stimme zitterte jetzt vor Zorn.

Ebos Schweigen wurde immer unerträglicher.

Erst als Vater leise fragte: »Aber warum nur, Ebo? Warum?«, löste sich der Bann.

Ebos Schultern sanken nach vorn, und dann stieß er heraus: »Ich bin der fünfte Sohn meines Vaters. Ich habe keinerlei Erbe zu erwarten. Aber ich will heiraten, seit zwei Jahren schon. Doch mit dem …«, er stockte, »mit dem kümmerlichen Sold hier kann ich keine Familie ernähren. Es war Herzog Ludwig … er … er hat mir hundert Gulden gegeben und ein Lehen versprochen. Ich –« Weiter kam er nicht, er war dem Zusammenbruch nahe.

Ekbert sagte schneidend und mühsam beherrscht: »Und dafür warst du bereit, deinen Herrn und deine Freunde ans Messer zu liefern?«

»Ich … ich wusste nicht …«, stammelte Ebo.

»Du wusstest nicht, dass sie uns abschlachten würden, wenn sie uns kriegen?«, schrie Ekbert. Dann atmete er tief durch, zerbrach den dünnen Stab, den er in der Hand hielt, und warf ihn Ebo vor die Füße. »Knüpft ihn auf!«, sagte er mit einer verächtlichen Handbewegung.

Ein Murren ging durch den Raum. Knüpft ihn auf? Knüpft ihn auf? Das konnte doch nicht wahr sein! Ebo war ein Ritter, er hatte zumindest eine Enthauptung verdient. Wir sahen uns fassungslos an.

Da trat Vater vor. »Verzeiht, Herr, aber das können wir uns nicht leisten«, sagte er laut. »Ihr habt auf dieser Reise zehn Ritter dabei, was im Notfall wenig genug ist. Und Ihr wisst, dass Ebo mit der Lanze der Beste von allen ist. Wir können ihn nicht entbehren.«

Ekbert sah Vater mit einem gefährlichen Funkeln in den Augen an. Widerspruch schätzte er gar nicht.

Doch Vater blieb fest. »Gebt ihm eine zweite Chance, Herr. Ich kenne Ebo. Er ist ein guter Mann! Und Ihr wisst doch, wie Herzog Ludwig ist, er kann sehr überzeugend sein.«

Nach einer Weile entspannte sich Ekbert. »Also gut!«, sagte er seufzend.

Unser Aufatmen hätte beinahe das Dach von der Halle gehoben. Die meisten mochten Ebo, ihre Wut galt dem Bayernherzog.

Ekbert wandte sich wieder Ebo zu. »Knie dich hin!«, befahl er. »Du bekommst deine Chance. Ich lasse dir dein Leben, aber ich nehme dir dein Schwert. Wenn du dich in den nächsten Kämpfen bewährst, bekommst du es wieder.«

Das war wirklich eine harte Strafe. Damit hatte Ebo seine Ehre verloren und seine Stellung in der Welt. Ein Ritter ohne Schwert ist ein Ritter ohne Ehre, nicht mehr als ein einfacher Soldat, den alle herumschubsen können. Und wie sollte sich Ebo denn »bewähren« ohne sein Schwert? Ebo sah in dem Moment aus, als wäre ihm der Tod lieber gewesen.

AUF DEM WEG NACH PRAG

Eine Stunde später brachen wir auf; nach Eger ist es ja von Künsberg aus nur ein Katzensprung. Ich war in übermütiger Stimmung und ließ mit meiner Reitgerte Schnee von den Bäumen auf Richard stäuben, der sich lachend schüttelte. Kurze Zeit später passierten wir die Unterstadt von Eger mit den festen Häusern der Ministerialen und den geduckten Hütten der Handwerker und ritten hinauf zur Burg und durch das mächtig große Tor, das von einem gewaltigen schwarzen Turm bewacht wird.

Im Burghof kam uns der Truchsess von Vogt Konrad entgegen und begrüßte Bischof Ekbert ehrerbietig. Er schickte die Knechte mit den Pferden in die Ställe und lud uns ein, ihm in den Palas zu folgen. Bischof Ekbert bat ihn um eine Begleitung für Marschall Kuno und Vater, die unten im Hafen Schiffe für unsere Weiterreise auf dem Egerfluss mieten sollten. Der Truchsess sah etwas skeptisch auf die Vielzahl unserer Pferde, rief dann aber nach seinem Sohn und dem Kämmerer, die dafür sorgen sollten, dass »die Preise stimmten«. An der hohen Kapelle vorbei geleitete er uns hinauf in den Kaisersaal der Pfalz.

Ich hatte noch nie einen so großen Saal gesehen – Barbarossa, der diese Burg bauen ließ, hatte am Rand seines Reiches zu Böhmen hin offensichtlich seine Macht deutlich zeigen wollen. Und der Raum hätte sicherlich noch prächtiger gewirkt, wären die schönen Arkadenfenster, die wir von außen gesehen hatten, nicht mit Holzläden fest gegen die Kälte verschlossen gewesen. Trotz der Fackeln und eines ordentlichen Feuers im Kamin war es ungemütlich kühl. Aber auf einem großen Tisch standen schon dampfende Becher mit Glühwein für uns bereit.

Man habe uns von Weitem gesehen und alles vorbereitet, erklärte Burgvogt Konrad eifrig und nötigte uns, von den mit Schinken gefüllten Hörnchen zu essen. Dann begann er, stolz von den großen Ereignissen zu erzählen, die dieser Saal schon gesehen hatte, betonte, wie oft Barbarossa und Kaiser Heinrich VI. und König Philipp hier getagt hätten und wie herrlich das Fest vor einem Jahr gewesen sei, als Philipp seine Tochter Kunigunde mit König Otokars Sohn Wenzel verlobt hatte. Es sei allerliebst gewesen, wie sich die fünfjährige Kunigunde um ihren kleinen Bräutigam gekümmert habe, der gerade erst laufen gelernt hatte. In ihrem roten Kleidchen sei sie dem pummeligen Winzling immerzu nachgerannt, der mit seinem Holzschwertchen nach ihr geschlagen habe, bis sie ihn erwischt und an sich gedrückt und mit Küsschen überschüttet habe.

Ekbert hörte höflich zu, doch er konnte seine Ungeduld nicht ganz verbergen. Als der Vogt endlich Luft holte, bemerkte er knapp, dass er vorhabe, heute noch bis Karlsbad zu kommen. Dort kenne er den Verwalter der Burg, und außerdem wisse man ja schließlich nicht, wann die Welfischen zurückkämen. Ach, da könne er ganz beruhigt sein, erklärte Konrad, die habe er weit nach Norden geschickt bis zur nächsten Burg, und außerdem hätten die Türmer strikte Anweisung, jede verdächtige Bewegung zu melden. Bischof Ekbert müsse unbedingt noch die berühmte Burgkapelle besuchen, der Burgkaplan warte schon darauf, mit ihm eine Messe zu zelebrieren.

Ekbert schluckte und sagte, er wolle gern mit dem Kaplan ein Dankgebet sprechen für das glückliche Entkommen aus der gestrigen Gefahr, aber sobald die Schiffe bereit seien, müssten wir wirklich weiter.

Vom Saal aus hatte man für den Kaiser einen Übergang direkt ins Obergeschoss der Kapelle gebaut, den auch wir jetzt benutzen durften. Der Besuch lohnte sich tatsächlich. Die Kapelle wirkte auf mich wie ein Monument unseres Glaubens: Eine feste, massive Unterkapelle, die voll dunkler Geheimnisse schien, war durch eine Öffnung verbunden mit der lichten, himmelwärts strebenden oberen Kapelle St. Erhard und Ursula, deren schöne Gewölbe über hellen Marmorsäulen schwebten. Ich war noch ganz in die Betrachtung des Engels an einem der Kapitelle vertieft, als Hufschlag im Burghof die Rückkehr von Vogt Konrads Kämmerer ankündigte. Und schon versank alles in einem einzigen Trubel. Wir mussten uns eiligst verabschieden und bedanken, schnell noch ein paar Schinkenhörnchen einstecken und dann zum Hafen hinunterreiten und uns einen Platz in einem der Boote suchen.

Im Hafen war wohl alles an Wasserfahrzeugen versammelt, was sich auf die Schnelle in Eger hatte auftreiben lassen: ein paar Flöße und eine Reihe breiter, flacher Kähne, die mit dem üblicherweise niedrigen Wasserstand der Eger zurechtkamen. Allerdings war jetzt im November der Fluss so gestiegen, dass auch die Flöße mit den Pferden nicht aufsaßen.

Ich wurde dem Boot des Bischofs zugeteilt. Ekbert thronte im Bug zwischen Vater und dem Kaplan, wir anderen verteilten uns auf die langen Bänke entlang des Bootsrumpfes. Ich saß zwischen Christian und Gunter, einem der älteren Ritter, verstaute meinen Reisesack unter der Bank und machte mich auf ungemütliche Stunden gefasst, denn es gab kein Dach und nichts, was uns vor der Witterung schützte. Da zwängte sich Richard zwischen mich und Gunter, und das machte mich augenblicklich wetterfest.

Etwas davon muss man mir angesehen haben, denn Ritter Waldo, der mir schräg gegenüber Platz genommen hatte, fragte hämisch: »Na, holde Maid, freust du dich schon darauf, seekrank zu werden? Die Eger ist ganz schön ruppig auf dieser Strecke.«

Glücklicherweise brauchte ich ihm nicht zu antworten, denn in diesem Moment wurden die Leinen losgemacht, und die Schiffer stießen das Boot vom Ufer ab. Zwei von ihnen standen mit ihren langen Staken vorn am Bug und einer im Heck, und ich war sehr froh über ihre Geschicklichkeit, denn immer wieder tauchten Felsen aus dem Wasser auf, und Strudel brachten uns zum Schlingern. Oft spritzte Wasser ins Boot, und der Boden war schon bald feucht und schleimig. Ich machte mir Sorgen um mein einziges gutes Kleid im Reisesack, denn ich wollte am Prager Hof keinesfalls feucht und schleimig auftreten.

»Wie ist es denn auf der Prager Burg? Sehr elegant?«, fragte ich Christian. »Du warst doch schon ein paarmal dort.«

»Na ja, es ist eben ein Königshof, und König Otokar tut

alles dafür, dass das auch jeder merkt. Am hohen Tisch isst man nur aus silbernen Schüsseln, und man beschäftigt wirklich gute Sänger und Musiker.« Es war ja klar, dass ihm das eher in den Sinn kam als Kleider! »Ich habe dort einen getroffen«, fuhr er fort, »der hatte ein neues Instrument dabei, eine Schalmei. Die kommt aus dem Orient, und man muss dazu ein Schilfblatt –«

Doch bevor er sich weiter in musiktechnische Einzelheiten vertiefen konnte, unterbrach ich ihn. »Weißt du auch etwas über die Königin? Gab es mit ihr nicht einmal irgendwelche Schwierigkeiten?«

»›Schwierigkeiten‹ ist gar kein Wort dafür!«, schnaubte Christian. »Das mit Adela, der ersten Ehefrau von König Otokar, das war ein wahrer Skandal!«

»Ach, wirklich? Erzähl mir doch die Geschichte«, bat ich ihn.

So etwas ließ Christian sich eigentlich nicht zweimal sagen, Skandalgeschichten liebte er. Aber noch zierte er sich etwas. »Oh, là, là«, machte er mit aufgesetzt französischem Akzent und grinste anzüglich. »*C'est une histoire salace*, nichts für zarte Ohren wie deine!«

Ich wusste, dass er nur noch ein bisschen gedrängt werden wollte, und grinste zurück. »Bitte!«, hauchte ich mit schmachtendem Hundeblick. »Bitte!«

Christian tat so, als ob er mir nicht widerstehen könnte, und begann: »Also, Otokar ist vor so etwa fünfunddreißig Jahren an den Wettiner Hof geflohen, zu Markgraf Otto von Meißen, weil bei ihm zu Hause die Hölle los war.« Man merkte Christian das Vergnügen am Erzählen an, und bald kam er in Fahrt. »In Böhmen brachten sich alle gegenseitig um, weil jeder an die Macht wollte und auf den Thron. Otto von Meißen nahm den Jungen freundlich auf, aber das hat er später bitter bereut. Denn sein Töchterchen Adela – die war damals nicht viel älter als du – hat sich in den jungen Böhmen verguckt und … na ja, eines Tages haben die beiden heimlich geheiratet, ohne Zustimmung ihrer Eltern. Es gab eine fürchterliche Aufregung, die Geschichte wurde überall erzählt und war ein gefundenes

Fressen für uns Sänger. Die Lieder über diese Liebesgeschichte wurden nicht nur in den Sälen der Burgen, sondern sogar in den Kneipen und auf den Straßen gesungen. Wart mal, eines weiß ich noch.« Unvermittelt begann er zu singen.

»Oft siegt die Minne ganz und gar
und raubt uns alle Tugend.
Wie's Adela und Otokar
geschah in ihrer Jugend.

Denn eines Abends wollten sie
sich heimlich nur begegnen:
Am nächsten Morgen baten sie
den Pfaff, sie einzusegnen.

Was denn in jener Nacht geschah?
Ich werd's euch nicht verraten.
Doch nach neun Monden, siehe da,
roch jeder wohl den Braten.«

Waldo begann als Erster, schallend zu lachen, und bald lachten alle im Schiff. Für eine kurze Weile waren die Unbilden der Reise vergessen. Nur meine Neugier war noch nicht befriedigt. »Und wie ging es denn dann weiter? Wieso ist denn Adela jetzt nicht mehr die Königin?«

»Ach«, meinte Christian, »das ist eine traurige Geschichte. Adela bekam ein Kind nach dem anderen, und politisch ging es immer auf und ab. Mal durften Otokar und Adela nach Prag, dann mussten sie wieder fliehen, und immer hielt Adela treu zu ihrem Mann. Und kaum ging es ihnen wirklich gut und er saß als König fest im Sattel, da schickte er sie weg, nach zwanzig Jahren Ehe, und holte sich eine Jüngere. Er hat damals den Prager Bischof dazu gebracht, seine Ehe für ungültig zu erklären, damit er Konstanze heiraten konnte.«

»Die Schwester des ungarischen Königs? Aber warum denn nur?«, fragte ich bestürzt.

»Warum wohl? Weil er Frischfleisch wollte, natürlich«, mischte sich Waldo in unsere Unterhaltung. »Adela ist dick geworden. Nach vier oder fünf Kindern sind die Frauen halt kein so rechtes Vergnügen mehr für einen Mann.«

Ich hätte speien mögen.

Christian runzelte die Stirn, und Gunter knurrte: »Und für das Vergnügen von diesem alten Lustmolch mussten so viele gute Männer sterben!«

Da ich den Zusammenhang zwischen einem Lustmolch und den toten Männern nicht so recht verstand, schaute ich Gunter fragend an.

»Pff, die Wettiner ...«

»Die Familie von Adela?«, fragte ich.

Gunter nickte. »Ja klar, die waren alles andere als begeistert über diese Beleidigung. So was Fieses: eine Frau, die sich nichts hat zuschulden kommen lassen, die ihrem Mann vier gesunde Kinder, darunter sogar zwei Söhne, geboren hat, einfach nach Hause zu schicken! Adelas Bruder Dietrich von Meißen hat Otokar mit Schaum vor dem Mund und all seinen Männern angegriffen.«

»Ach, Quatsch, so war das doch nicht.« Waldo zog verächtlich die Mundwinkel nach unten, um zu zeigen, wie viel besser er informiert war. »Es war König Philipp, der gegen Otokar gekämpft hat. Und da war Dietrich von Meißen vorn mit dabei. So war das!«

»Otokar hat gegen König Philipp gekämpft?«, fragte ich verwirrt. »Aber warum denn nur? Ich dachte, er war ein Freund von König Philipp?«

»Weil der Papst mal wieder seine dreckigen Finger im Spiel hatte.« Christian schätzte Papst Innozenz nicht sehr. »Innozenz hatte Otokar geschrieben, für seine neue Ehe bräuchte er gefälligst seine Erlaubnis, also die des Oberhaupts der Kirche, und wenn er die wolle, müsse er Philipp verlassen und zum Welfen übergehen. Und angeblich hat Konstanze so lange gebohrt, bis Otokar das schließlich auch tat. Aber er ist dabei auf die Nase gefallen, denn König Philipp hat ihn ziemlich vernichtend geschlagen. Otokar musste sich Philipp unterwerfen und einen ordentlichen Batzen Strafe zahlen.«

In diesem Hin und Her der Politik hatte ich inzwischen den Überblick verloren, aber einen roten Faden fand ich: Die Leidtragenden waren am Ende immer die Frauen. »Und wo ist Adela jetzt?« Mir tat die Frau leid.

»Soweit ich weiß, ist sie immer noch am Hof in Meißen und schreibt Briefe an den Papst. Sie kämpft vor allem für ihre Kinder, damit die nicht plötzlich als unehelich gelten und dann gar nichts erben.« Christian schüttelte den Kopf. »Und inzwischen erwartet Konstanze ihr siebtes Kind.«

»Sieben Kinder! Wie alt ist Otokar? Bestimmt über fünfzig. Alle Wetter!«, murmelte Waldo.

Mir schwirrte der Kopf. »Also, wie war das? Otokar wollte sich von Adela scheiden lassen und Konstanze heiraten, und dazu brauchte er die Erlaubnis des Papstes. Und der hat gesagt, dass er die nur kriegt, wenn er zum Welfen übergeht, und dann hat König Philipp Otokar bekriegt und besiegt, und der ist wieder auf Philipps Seite gewechselt. Und deshalb konnte er im Sommer bei unserem Hochzeitsfest in Bamberg dabei sein?«

»Genauso war es, Jüngferchen Schlau«, sagte Christian und stupste mir an die Nase. »Außerdem muss er mit dem Welfen wirklich schlechte Erfahrungen gemacht haben, denn er schimpft lauthals über ihn und schwört, dass er sich ihm nie mehr andienen wird. Und deswegen sind wir jetzt auf dem Weg zu ihm.«

Christian stand auf und ging schwankend vor zum Bug, weil Bischof Ekbert nach ihm gerufen hatte. Jetzt konnte ich nicht mehr so tun, als wüsste ich nicht, wovon meine Fragen und mein demonstrativer Wissensdurst mich und die anderen hatten ablenken sollen. Denn während der ganzen Unterhaltung spürte ich Richards Nähe nur allzu deutlich, die Wärme, die er ausstrahlte. Es war, als wären wir mit unsichtbaren Fäden zusammengenäht, die sich immer enger zogen. Ich musste mich an der Bank festhalten, damit ich nicht an seine Schulter sank. Vielleicht ging es ihm genauso, denn er war ungewöhnlich still, sah nicht in meine Richtung und versteckte krampfhaft die Hände zwischen seinen Beinen. Die anderen unterhielten sich weiter, aber ich hörte nicht mehr richtig hin, sondern gestattete mir, zu spüren, wie angenehm es war, neben Richard zu sitzen.

Inzwischen war die Landschaft wild geworden. Die Eger schlängelte sich zwischen steilen Felshängen hindurch, von denen eisige Winde herunterfielen. Die Wolken ballten sich immer bedrohlicher, und bei der Flusskrümmung, die Elbogen genannt wird, weigerten sich die Bootsleute, weiterzufahren, da es bereits dunkelte und sie fürchteten, dass jederzeit ein Schneesturm losbrechen könne.

Die Burg Elbogen liegt auf einem Felsklotz, den die Eger fast kreisförmig umfließt. Wie ein Ellenbogen im Wasser eben. Sie ist ebenfalls von Kaiser Barbarossa gegründet worden, aber im Gegensatz zur Eger ist sie nicht besonders prächtig. Vieles stand damals noch im Rohbau, vielleicht weil während des Kriegs zwischen König Philipp und dem Welfen nicht mehr genug Geld hier angekommen war.

Der Burgherr war mit seinen Mannen noch beim Reichstag in Frankfurt, als wir dort eintrafen, und die junge Burgherrin war mit unserem Besuch völlig überfordert. Die Pferde konnten in den zugigen Neubauten nur notdürftig geschützt untergebracht werden. Wir mussten für sie erstmals unsere Hafervorräte anbrechen, und einige unserer Salzsäckchen gingen als Geschenk an die Hausherrin drauf. Obwohl unser Koch bei der Bereitung des Abendessens half, servierte man nur fade Suppe und Hirsebrei. Fleisch kam nicht auf den Tisch – da ja die meisten Männer der Burg seit Wochen verreist waren, gab es keine Jagdbeute.

Ich durfte mit der Burgherrin in einem Bett schlafen, aber sie stellte sich als eine so dumme Gans heraus, dass ich am nächsten Morgen froh war, als wir wieder aufbrachen.

In der Nacht hatte es tatsächlich heftig geschneit, und der Ausblick von der Burg auf die weiche weiße Landschaft war zum Seufzen schön. Aber die Kälte machte die Reise doch sehr unangenehm, und alle waren erleichtert, als wir zwei Tage später Prag erreichten.

KÖNIGIN KONSTANZE

Wir hatten in Laun den Fluss verlassen und die alte Salzstraße südwärts genommen. Trotz der kalten Jahreszeit waren etliche Händler auf der Straße unterwegs, und bei einer Rast ergriff unser Koch die erste Gelegenheit, mit ihnen ein Geschäft zu machen und unsere Salzvorräte wieder aufzufüllen.

Eines der Säckchen wurde in Prag dann gleich dem Pförtner des neuen Klosters Mons Sion überreicht, das nicht weit oberhalb des Hradschin liegt. Bischof Ekbert ordnete an, dass Vater, Christian und Ritter Waldo, die sich in Prag auskannten, uns in der Burg ankündigen sollten. Wir anderen kehrten im Kloster ein, um uns für die Ankunft am Königshof einigermaßen präsentabel herzurichten.

Der Abt eilte herbei und spendierte uns einen Imbiss und Schüsseln mit warmem Wasser, damit wir uns oberflächlich reinigen konnten. Die Pferde wurden gestriegelt, die Ritter legten ihre Rüstungen an, die Knappen polierten noch einmal die Helme und befestigten das Meranierbanner an einer Lanze. Dann ritten wir mit all dem Pomp und Gloria unserer beschränkten Möglichkeiten hinunter zur Burg. Niemand sollte erkennen, dass wir auf der Flucht waren.

Auch im diffusen Abenddämmerlicht sah der Hradschin überwältigend aus: die gewaltigen Mauern aus hellem, fast goldfarbenem Kalkstein, gespickt mit zahlreichen Wehrtürmen, über denen die Spitzen der Veits- und der Georgskirche in den Himmel stießen, davor der Graben und das gewaltige Tor. Im Burghof vor dem Königspalast nahmen uns drei Zupane in Empfang, die uns über eine breite Treppe hinauf zu Graf Czernin, dem Oberstkämmerer, führten. Der Graf geleitete uns feierlich mit erhobenem Stab durch die große Halle zu König Otokar, der uns, umgeben von weiteren Hofleuten, von seinem erhöhten Thron aus entgegenblickte.

Er kam uns nicht entgegen, obwohl er mit Bischof Ekbert

gut bekannt, ja eigentlich befreundet war – schon als kleines Mädchen hatte ich die beiden in angetrunkenem Zustand beieinandersitzen sehen, als Otokar zu unserem großen Kunigundenfest in Bamberg gewesen war. Aber hier in Prag musste er demonstrieren, dass er als König in der Hierarchie eben noch eine Stufe höher stand als ein Reichsbischof.

Ekbert machte ein Gesicht, als dächte er: Na warte, Freundchen, beherrschte sich aber und neigte, als er vor den Thron trat, seinen Kopf in der genau angemessenen Mischung von Ehrerbietung und Stolz.

Nach den gegenseitigen höflichen Begrüßungsformeln wies Ekbert meinen Vater an, das Geschenk für den König zu präsentieren. Es war ein Zahn der heiligen Kaiserin Kunigunde in einem goldenen, edelsteingeschmückten kleinen Reliquienkästchen, das Vater auf einem Tuch, das seine Hände verhüllte, darbot. Das Mitbringsel hatte es in sich: Es war aufgrund seiner Heiligkeit unbezahlbar wertvoll, hatte aber, weil es so klein war, kein übermäßiges Loch in die bischöflichen Finanzen gerissen und war außerdem leicht zu transportieren gewesen. Vor allem aber barg es einen höchst anzüglichen Hintersinn: einen Zahn der überaus getreuen Ehefrau Kunigunde für den überaus ungetreuen Ehemann Otokar.

Otokar verstand den Witz auf Anhieb. Einen Moment lang schaute er Ekbert mit schmalen Augen an, doch dann brach er in Gelächter aus. Er trat von seinem Podest herunter und umarmte ihn. Die Atmosphäre entspannte sich, ein allgemeines Lächeln glitt durch den Raum. Wein wurde verteilt, Grußworte wurden ausgetauscht, bevor man sich für die Abendmesse fertig machte.

Mir wies man ein Bett bei den Frauen der Königin zu. Zwei von ihnen geleiteten mich hinauf in die Kemenate, wo zehn weitere adelige Damen mich aufgeregt schnatternd empfingen. Nur eine von ihnen sprach ein wenig Deutsch. Sie zeigte auf sich und sagte: »Ich Bozena. Du?« Nachdem ich meinen Namen genannt hatte, stellten sich auch die anderen vor; ich wiederholte jeden Namen, was allgemein große Erheiterung zur Folge hatte.

Doch die Sprachbarriere war nicht nur lustig. Ich hätte so

gern ein Bad genommen, aber das verstanden sie nicht, auch nicht, als ich es mit Händen und Füßen zu erklären versuchte. Also holte ich mein gutes Kleid aus meinem Reisesack, der schon gebracht worden war, und versuchte, mich zu kämmen. Jetzt traten die Mädchen emsig in Aktion und steckten mir das Haar mit viel Gelächter zu einer kunstvollen Frisur auf. Dann führte mich Bozena ins Nebenzimmer, wo Königin Konstanze in einem reich geschnitzten Sessel thronte.

Ich erschrak, als ich sie sah. Im Sommer war sie eine elegante Schönheit gewesen; jetzt hatte ihr die Schwangerschaft arg zugesetzt. Ihr teigiges Gesicht unter strähnigem Haar saß auf einem unförmig aufgedunsenen Körper; Hände und Füße waren von eingelagertem Wasser angeschwollen, und ihr Bauch war so dick, als erwarte sie Fünflinge. So konnte sie sich nicht mehr in der Öffentlichkeit sehen lassen, und ihr war unverkennbar langweilig. Sonst hätte sie mich sicher nicht rufen lassen – die Tochter eines Ministerialen! Aber eine Fremde brachte wohl etwas Abwechslung in ihre öden Tage.

Ich sank vor ihr auf die Knie.

»Ach, du bist das«, sagte sie mit dem gutturalen Akzent der Ungarn. Sie sprach ganz gut Deutsch, denn vor ihrer Heirat mit Otokar war sie mit dem ältesten Sohn von Kaiser Friedrich Barbarossa verlobt gewesen, jenem Friedrich von Schwaben, der dann auf dem Kreuzzug starb. Damals hatte sie einen deutschen Kaplan als Lehrer gehabt, und das kam ihr jetzt zugute, denn am Prager Hof gab es zahlreiche deutsche Ritter, aber auch Baumeister, Handwerker, Künstler und Händler. Zusammen mit vielen deutschen Siedlern hatte Otokar sie ins Land geholt.

Alles, was aus Deutschland kam, galt damals in Böhmen als fortschrittlich, nobel und erstrebenswert, so wie bei uns das Französische. Und ein bisschen von dem Glanz fiel offenbar auch auf mich.

Konstanze befahl mir mit einer Handbewegung, aufzustehen, und sagte: »Ich erinnern mich an dich. Du bist *cseléd*, Dienstmagd an Hof von Bamberg, *igaz*, nicht wahr? Du hast mir in Sommer aufwartet.«

Ja, ich hatte ihr aufgewartet, daran erinnerte ich mich nur zu gut – sie war eine von denen gewesen, die mich erbarmungslos herumgescheucht hatten. Aber dennoch war ich keine Dienstmagd! Ich biss die Zähne zusammen.

Bei ihren nächsten Worten fiel es mir allerdings schwer, den Blick gesenkt zu halten. »Du bist mit mein Schwager, dem Bischof von Bamberg, gekommen? Warrrum? Bist du seine *szeretöje*, oder wie heißt das, Geliebchen?«

»Nein, Frau Königin«, erwiderte ich und schluckte, »mein Vater, der Kämmerer von Bischof Ekbert, hat mich mitgenommen.«

»Warrrum? Kann er sich kein *cseléd* leisten?«

Jetzt blickte ich ihr ins Gesicht. »Doch, Frau Königin«, sagte ich mit einem süßen Lächeln, »er könnte sich schon einen Diener leisten. Aber ich wollte ihn begleiten, weil ich so gern die für ihre Gastfreundschaft berühmten Höfe von Prag und Wien kennenlernen wollte.«

Kaum war mir der Satz entschlüpft, hätte ich mir am liebsten auf die Zunge gebissen. Die Höfe von Prag und Wien, die einander so spinnefeind waren, auf diese Weise in einem Satz zu nennen war schon mehr als frech. Ich senkte den Kopf, doch im letzten Augenblick nahm ich wahr, wie sich eine winzige spitzige Falte in Konstanzes Mundwinkel vertiefte. Und ich dachte daran, dass Vater einmal erzählt hatte, dass die Ungarn die Konkurrenz zwischen den Böhmen und den Österreichern mit Schadenfreude beobachteten und zu ihrem eigenen Vorteil ausnützten. Ich war also noch einmal davongekommen, sie würde mich wohl nicht foltern lassen.

Im Gegenteil, sie bestellte mich noch mehrmals zu sich. Sie erzählte aus ihrem Leben, und ich spielte mit ihren Kindern. Sechs Kinder hatte sie in den zehn Jahren ihrer Ehe bekommen, und nur eines war gestorben – ihr erster Sohn Vratislav, Konstanze war noch immer nicht über seinen Tod hinweggekommen. Immer wieder kam sie auf dieses Unglück zurück, denn es hätte beinahe ihr ganzes Leben zerstört.

»Ich weinen *és* weinen, und denke dir, da kommt dieses *rossz ember*, dieses Unmensch Otokar, und sagt, ich muss gehen zurück nach Ungarn, weil unsere Sohn tot.«

»Zurück zu Eurem Bruder? Weil Euer Sohn starb? Das verstehe ich nicht, Frau Königin!«

»Weil er die Krieg gegen König Philipp verloren, der Schlappschwanz – sagt man so? Und für Frieden sollte er Adela nehmen zurück, diese *nagyseggü*, Kuh mit Fettarsch.« Sie gebrauchte noch ein paar hässliche Schimpfwörter, die ich hier nicht wiederholen will.

»Aber Ihr seid noch hier«, stellte ich fest.

Sie lächelte. »Ich sehr schwanger gewesen, ich nicht reisen konnte. Ich habe viel gebeten, jeden Tag in Kathedrale, und habe den heiligen Wenzel eine Kerze und noch eine Kerze gegeben. Und dann hat Gott mir Wenzel, meine kleine Sonnenschein, schenken. Er hat gelächelt gleich nach Geburt zu sein Vater, so hat der ihn im Herz verschlossen.«

Der kleine Sonnenschein war gerade dabei, seinen jüngeren Bruder mit seinem Holzschwert aufzuspießen, aber seine »Braut« Kunigunde, König Philipps Tochter, ging dazwischen, hielt ihn am Arm fest und streichelte sein zornrotes Köpfchen, bis er sich beruhigt hatte. Sie war gewachsen, seit ich sie im Sommer zum letzten Mal gesehen hatte, ein schmales, blasses kleines Mädchen mit einem traurigen Gesichtchen, das König Philipp sehr ähnlich sah.

Konstanze rief sie zu sich und stellte mich vor: »Das ist Sophie. Sie kommt aus dem Stadt deiner *név*… deiner Namenspatronin Kunigunde.«

»Aus Bamberg?« Die Augen des Kindes wurden dunkel, dann blitzte Hass in ihnen auf. Sie wandte sich ab. »Mörderin«, zischte sie leise.

»Aber Prinzessin«, sagte ich erschrocken, »ich kann doch nichts dafür. Ich habe doch Euren Vater nicht ermordet. Im Gegenteil, wir waren alle entsetzt über seinen Tod und genauso traurig wie Ihr.« Mir traten Tränen in die Augen. »Es ist so ein furchtbares, furchtbares Unglück!«

Ich berührte sie sacht am Arm.

Plötzlich sanken ihre Schultern nach vorn, und sie begann zu weinen. »Aber warum tut denn niemand etwas? Dieses Scheusal, das meinen Vater umgebracht hat – er hat auch meine Mutter getötet. Sie ist gestorben. Sie ist gestorben, und ich war nicht bei ihr!« Sie weinte jetzt herzzerreißend.

Konstanze machte ein betretenes Gesicht, und auch die Kinder und ihre Ammen standen verlegen herum. Ich wagte es einfach und nahm Kunigunde in den Arm.

»Warum tut niemand etwas?«, murmelte die Kleine an meiner Schulter. »Warum bestraft keiner den Kerl für das, was er getan hat? Wo sind all die Getreuen meines Vaters? Kümmert sein Tod denn niemanden?«

»So ist es nicht, Prinzessin«, widersprach ich, etwas erleichtert. »Eure Schwester Beatrix hat etwas getan.«

»Bea? Was konnte sie denn schon tun?«

»Vor etwa acht Tagen hat König Otto –«

»Der Welfe? Was hat denn der –«

»Er ist jetzt König von ganz Deutschland, weil viele Fürsten ihn anerkannt haben. Jetzt hat er seinen ersten Reichstag abgehalten, in Frankfurt. Und dort ist Eure Schwester Beatrix aufgetreten, vor der versammelten Schar der Fürsten, und hat Rache für den Mord an Eurem Vater gefordert. Und König Otto hat den Pfalzgrafen, diesen mörderischen Satan, in die Reichsacht getan und Heinz von Kalden den Befehl gegeben, ihn aufzuspüren.«

»Woher weißt du denn das alles?«

»Bischof Ekbert hatte einen Boten beim Reichstag, der uns die Nachricht gebracht hat. Der König glaubt nämlich, dass unser Herr mitschuldig sei an dem Mord, und hat ihn deshalb ebenfalls gebannt.«

»Aha, darum seid ihr hier«, sagte Konstanze. Sie lächelte. »Ich mich schon gewundert.«

Ich stöhnte innerlich: Warum, warum, warum nur konnte ich meinen Mund nicht halten?

»Und, ist er es?«, fragte Kunigunde, ohne sich um Konstanze zu kümmern.

»Wer? Was?«, fragte ich verwirrt.

»Bischof Ekbert. Ist er mitschuldig am Tod meines Vaters?«

»Nein, ganz und gar nicht. Das weiß ich absolut sicher.«

Sie sah mich lange prüfend an, mit einem eigenartigen Ausdruck in den großen braunen Augen, die sie von ihrer Mutter geerbt hatte. »Nun, das ist gut«, sagte sie schließlich und nickte. »Sonst hätte ich ihn töten müssen.«

Ich erschrak über ihre Worte und den Ernst in ihrer Stimme. Und ich glaubte ihr, denn in dem schmalen Kindergesicht sah ich – vielleicht in der Linie des Kinns, vielleicht in dem stolzen Schwung der Brauen – die Hartnäckigkeit und die Stärke der Staufer, sah eine künftige Königin. Sie lächelte mir zu, als Konstanze mir erlaubte zu gehen.

Wir blieben vier Tage in Prag, bevor wir nach Wien aufbrachen. Zunächst war es schwierig, jetzt im Winter Schiffer aufzutreiben, die bereit waren, uns die Moldau hinaufzutreideln, zumal es heftig zu regnen begonnen hatte. Erst ein Machtwort von König Otokar sorgte für genügend Schiffe für die Reise in Richtung Süden. Und dann mussten wir noch die Feierlichkeiten zu Ehren der Überführung der Kunigundenreliquie in den Veitsdom über uns ergehen lassen.

In aller Eile war eine feierliche Zeremonie zusammengestellt worden, ein großes Hochamt für den Abend vor unserer Abreise. Von überallher strömten Menschen durch den starken Regen zum erleuchteten Veitsdom.

Die Damen der Königin und ich beobachteten sie vom Palas aus, ehe auch wir durch den Regen hinüber zum Seiteneingang der Kirche rannten. Dort im Windfang richteten wir unsere Kleider, um dann so anmutig und würdevoll wie möglich zu unseren Ehrenplätzen im Querschiff in der Nähe des Wenzelgrabes zu schreiten. Der Sessel der Königin blieb leer, denn sie lag mit Leibschmerzen im Bett, aber der Platz daneben war für mich reserviert worden, weil ich das einzige weibliche Mitglied der Bamberger Delegation war. Ich fühlte mich sehr geehrt.

Mein Vater saß mir schräg gegenüber, fünf Stühle links neben dem Thron von König Otokar; er zwinkerte mir zu und hob ganz leicht ein paar Finger zum Gruß. Nur Richard konnte ich unter denjenigen, die hinter dem Thronsessel Aufstellung genommen hatten, nicht entdecken, und auch in der dicht gedrängten Menschenmenge im Kirchenschiff suchte ich seinen braunen Lockenschopf vergebens.

Plötzlich wichen das Gemurmel und Gescharre einer erwartungsvollen Stille. Alle Köpfe drehten sich, als sich die Tür zur Sakristei öffnete und die Teilnehmer der Prozession, die die Reliquie der heiligen Kunigunde begleiteten, singend das Kirchenschiff betraten. Vorneweg gingen glöckchenklingelnd die Messdiener, die alles mit Weihrauch einnebelten. Ihnen folgte das gesamte Domkapitel in leuchtend roten Mänteln. In gebotenem Abstand und umgeben von Kreuz- und Kerzenträgern schritten hinter ihnen der Bischof von Prag und Bischof Ekbert, die gemeinsam auf einem großen purpurroten Samtkissen das Kästchen mit der Kunigundenreliquie trugen. Ihre Messgewänder, durchzogen von unzähligen Goldfäden, schimmerten wie vom Himmel gefallen. Den Schluss bildeten singend die Mönche vom Mons Sion in ihren strahlend weißen Kutten, ihre gut geschulten Stimmen durchdrangen den ganzen weiten Raum bis hinauf zum dunklen Gewölbe.

Die Prozession zog durch das Seitenschiff hinunter und das Mittelschiff herauf und bog dann vor dem Hochaltar ab ins Querschiff, zum Grab des heiligen Wenzel, den jeder Böhme glühend verehrt. Dort wurde das Kissen mit dem Kunigundenreliquiar feierlich auf einem Ständer deponiert, wo es einige Tage ruhen würde, damit die beiden Heiligen sich aneinander gewöhnen konnten. Die Menge der Menschen jauchzte zum Herrn, und auch ich war vor Ergriffenheit den Tränen nahe.

Doch während der ewig langen Messe, die sich nun anschloss, verblasste das erhabene Gefühl allmählich. Das kleine Teufelchen meiner Neugier ließ den goldenen Mantel der Rührung durchsichtig werden. Plötzlich nahm ich Dinge wahr, die meiner feierlichen Stimmung nicht guttaten. Bischof Ekbert hatte sich seine prächtige Kasel vom Prager Bischof leihen müssen, denn ein so kostbares Messgewand hatte er nicht im Fluchtgepäck dabei. Die Leihkasel war ihm zu eng und zu kurz, seine Bewegungen wirkten nicht so schwungvoll und elegant wie sonst. Die Mönche vom Mons Sion sahen in ihren durchweichten Kutten aus wie nass gewordene Katzen und froren sichtlich, auch wenn sie tapfer weitersangen. Einer der Messdiener bohrte in der Nase, und der dickste Domkapitular kratzte sich am Hintern. Es roch nach Wachs und feuchter Wolle, und die Litanei nahm und nahm kein Ende. Mir fielen allmählich die Augen zu.

Nur ein Gedanke beunruhigte mich: Wo war Richard? Ich begann zu frösteln.

IM KLOSTER INSULA

Es sollte einige Tage dauern, bis Richard mir erzählen konnte, warum er nicht in der Kathedrale gewesen war, denn in dieser Nacht wurde ich krank. Am nächsten Morgen brachte ich keinen Ton mehr heraus, die Nase lief, und mir war, als müsste mir der Kopf platzen. Im Trubel des Aufbruchs bemerkte nur Ebo, wie schlecht es mir ging; er trug meinen Reisesack hinunter zum Boot und half mir beim Einsteigen. Die nächsten Stunden saß ich an meinen Vater gelehnt und schlief die meiste Zeit, bis wir gegen Abend an der Insel St. Kilian mitten in der Moldau anlegten. Im Kloster Insula wollten wir übernachten.

Was für eine Erleichterung, als ich mich in der Krankenstube aufs Bett fallen lassen konnte! Bruder Irenäus, der Krankenpfleger des Klosters, half mir aus den Stiefeln, hängte meinen feuchten Mantel auf und deckte mich sorgsam zu. Mit einem kurzen Nicken verließ er die Stube. In dem dämmrigen Raum mit der dunklen Decke kam ich mir seltsam verloren vor, war aber fast schon wieder eingeschlafen, als er zurückkam. Er flößte mir ein paar Löffel Suppe ein und einen Becher mit heißem Kräutertee. Davon wurde mir endlich warm, und als ich wegdämmerte, kam der Schlaf als Freund.

Mitten in der Nacht erwachte ich. Der Frater saß neben meinem Bett und betrachtete mich, schaute aber schnell weg, als er meinem Blick begegnete. In einer Wandnische brannte eine kleine Tonlampe und im Kamin ein Feuer. Ich fühlte mich fast wohl, das Kopfweh war verschwunden. Es ist doch erstaunlich, wie angenehm ein Körperteil ist, den man nicht spürt. Ich lächelte Bruder Irenäus an und sagte, stolz auf das bisschen Böhmisch, das ich in den vergangenen Tagen gelernt hatte: »*Děkuji*, danke!« Gleichzeitig überlegte ich intensiv, wie ich ihm klarmachen sollte, dass ich dringend austreten musste.

Zu meinem Erstaunen antwortete er auf Deutsch mit deutlichem Bamberger Akzent: »Aber gern. Es ist mir eine Freude.«

Er half mir zum Abort neben dem Krankenzimmer und zurück ins Bett.

Auf meine Frage hin erzählte er, dass er in Rattelsdorf, ganz in der Nähe von Bamberg, geboren sei: Seine Eltern waren Hörige des Klosters Michelsberg in Bamberg gewesen, und dessen Abt hatte sie dem Abt Adalbert des Klosters Insula geschenkt, als der einmal den Michelsberg besuchte. So war seine Familie nach Böhmen gekommen und rodete seither im Auftrag Adalberts den Wald und bestellte die Felder. Als jüngster Sohn war Irenäus mit sieben Jahren ins Kloster gekommen und zusammen mit den anderen Kindern, die den Mönchen übergeben worden waren, dort aufgewachsen. Später wurde er dem Pater Medicus als Gehilfe zugeteilt.

Doch der sei, sagte Irenäus mit bitterem Unterton, alles andere als ein Arzt gewesen; er habe seinen Lehrling oft geschlagen, aber ihm kaum etwas beigebracht. »Das Einzige, was er konnte, war, die Patienten zur Ader zu lassen«, sagte Irenäus verächtlich. »Ich glaube, daran sind mehr Mönche gestorben als an ihrer eigentlichen Krankheit.« Erst allmählich habe er, Irenäus, aufgrund eigener Beobachtungen gelernt, verschiedene Heilmittel herzustellen. Jetzt sei der Alte, Gott sei Dank, seit ein paar Jahren tot und er selbst der Heiler des Klosters. Irenäus sah mich nicht an, aber er redete lange mit leiser Stimme. Er sei so froh, einmal wieder mit jemandem in seinem Heimatdialekt sprechen zu können, murmelte er.

Ich versuchte, hin und wieder ein passendes »Hm« einzuflechten, aber irgendwann war ich wieder eingeschlafen.

Am nächsten Morgen ging es mir viel besser. Ich konnte mich selbstständig aufsetzen und meine Suppe löffeln, auch wenn mir Irenäus noch die Suppenschale hielt. Er brachte die Nachricht mit, dass wir noch einen Tag im Kloster Insula bleiben würden. Bischof Ekbert sei sehr besorgt um meine Gesundheit, und außerdem regne es so heftig, dass an eine Weiterreise ohnehin nicht zu denken sei. Wir sprachen über verschiedene Heilkräuter, und ich gab ein bisschen an mit dem Wissen, das ich bei Schwester Heilika erworben hatte. Irenäus hörte aufmerksam zu und sprach die Rezepte, die ich genannt hatte, leise ein paarmal vor sich hin.

»Wenn du mir etwas Pergament und eine Feder bringst, schreibe ich sie dir auf«, schlug ich vor.

Erstaunt sah Irenäus mich an. »Aber ich kann nicht lesen! Ich bin doch nur ein einfacher Laienbruder, uns hat man das Schreiben nicht beigebracht. Aber das macht nichts!« Spontan erfand er einige Merkverse, die so komisch waren, dass sie mir seither immer einfallen, wenn ich das entsprechende Kraut benutze. So wurden wir Freunde.

Später kam mein Vater mich besuchen und berichtete, dass alle mir sehr dankbar seien, weil sie meinetwegen nicht hinausmussten in die nasse Kälte; ich sei inzwischen so eine Art Maskottchen der Truppe geworden. Vater sah mich liebevoll an und streichelte mir kurz übers Haar, wurde aber schon bald von einem Boten des Abtes weggerufen.

Kaum war er gegangen, schlich sich heimlich Richard in die Krankenstube und lächelte, als er mich sah. Das trug erheblich zu meiner Heilung bei. »Heja, Sophie«, sagte er verlegen.

»Oh, Richard«, erwiderte ich selig. »Komm, setz dich.« Ich klopfte auf den Bettrand. »Ist das gut, dich zu sehen. Ich habe mir schon Sorgen gemacht. Wo warst du denn? Ich habe dich in der Kathedrale bei der Kunigundenfeier nicht entdecken können.«

Richards glückliches Gesicht verfinsterte sich. »Waldo!«, stieß er erbittert hervor. »Er hatte mich zum Wachdienst auf den Schiffen eingeteilt, bei den Pferden.«

»Der hat es ja wirklich auf dich abgesehen. Warum kann er dich eigentlich nicht leiden?«

»Ich … ich weiß es nicht. Ich habe ihm bestimmt nichts getan.« Er hob hilflos die Hände.

»Aber irgendetwas …« Mir fiel etwas ein. »Damals am Abend vor dem Mord an König Philipp«, sagte ich nachdenklich, »wie ist es da eigentlich weitergegangen, nachdem du Waldo daran gehindert hattest, Grit zu … Grit ein Leid anzutun? Bischof Ekbert hatte dich doch nicht wirklich geschickt, ihn zu holen, oder?«

»Nein, äh … das nicht.«

»Wieso warst du dann dort im Laubengang?«

Richard wurde rot und starrte auf seine Hände. »Ich … ich war dir gefolgt und, nun ja … Es ist mir in dem Moment nichts Besseres eingefallen.«

»Das war aber ganz schön mutig. Es ist doch sicher aufgeflogen, sobald ihr zu Bischof Ekbert –«

»Ach, na ja«, wiegelte er ab, »ich hatte Bischof Ekbert im Saal beobachtet. Er hatte schon … also, ihm hat der Wein sehr gut geschmeckt, und ich hoffte, er würde sich nicht mehr so genau an die letzte Stunde erinnern. Und so war es dann auch.«

»Ja? Was hat er denn gesagt?«

»Nun, als Waldo ihn fragte: ›Ihr habt nach mir geschickt, Herr?‹, antwortete er: ›Habe ich das? Soso. Aber gut, dass du da bist, Waldo. Du musst den Herzog von Österreich hinunter zu den Rosenmädchen begleiten, ins gute Haus. Und sag Ada, sie soll ihm eine Jungfrau geben oder eine der anderen, die bestimmt gesund ist.‹«

»Waldo sollte Herzog Leopold ins Bordell bringen? Und hat nichts gemerkt? Holla, da hast du aber Glück gehabt.«

»Ja, das dachte ich damals auch. Aber jetzt, wo du mich daran erinnerst, fällt mir ein, dass mir Waldo, bevor er sich umdrehte und ging, einen bitterbösen Blick zuwarf. Vielleicht –«

»Und seitdem piesackt er dich? Aber eigentlich hat er dir doch gar nichts zu sagen!«

»Leider doch. Mein Vater hat mich ihm zur Ausbildung übergeben.« Richard presste die Lippen zusammen.

»Oh nein, ausgerechnet! Aber letzthin, da vor der Höhle, als Waldo dich nach hinten schickte, hat dein Vater dich doch in Schutz genommen?«

»Ja, damals schon, weil das ja auch wirklich gefährlich war. Aber meistens meint er, ein bisschen Schliff würde mir ganz guttun.«

»Väter!«, schnaufte ich und legte meine Hand voller Mitleid auf seine. Sofort erstarrte er. Er zog die Hand nicht weg, aber er hielt sie so steif wie ein Stück Holz, als gehörte sie nicht zu ihm.

Mir wurde ganz warm ums Herz, ich lächelte ihn an. Da hob er nach einer Weile seine Rechte und strich mit dem Zeigefinger ganz, ganz sacht über meinen Handrücken. Dann stand er auf und ging leise aus dem Zimmer.

Abends berichtete Bruder Irenäus, dass unsere Gruppe am nächsten Tag weiterreisen würde, denn das Wetter habe sich gebessert.

»Morgen werdet ihr auf der Burg Krumau übernachten, bei den Herren der grünen Rose«, sagte er mit bewunderndem Unterton. Und dann erzählte er mir die Geschichte von Witiko und seinen vier Söhnen, die in der Gegend angeblich jedes Kind kannte. Witiko war ein Ritter aus Bayern, der sich im Wald am Oberlauf der Moldau ansiedelte. Als er seine spätere Frau das erste Mal sah, habe sie einen Kranz aus wilden Rosen im Haar getragen, und er habe sich sofort in sie verliebt. Deshalb nahm er die fünfblättrige Rose als Wappenzeichen, und als seine vier Söhne in ganz Südböhmen ihre Burgen bauten, trug ein jeder die Rose in einer anderen Farbe: Grün, Rot, Silber und Gold. Aber Krumau sei die schönste und größte der Burgen. Er berichtete solche Wunderdinge von ihr, dass ich es kaum erwarten konnte, sie zu sehen.

AUF BURG DÜRNSTEIN

Doch dann bekam ich von der berühmten Burg nur wenig mit, denn unterwegs kehrte das Fieber zurück, schlimmer als zuvor. Die Wetterbesserung hatte nur wenige Stunden angehalten, dann war der Regen wieder über uns hereingebrochen. Jeder im Boot hatte einen Becher oder Eimer zur Hand und musste fast unablässig Wasser schöpfen. Die Pferde, die uns die Moldau hinauftreidelten – schwere Rösser mit dicken Fesseln –, troffen vor Nässe; ihr Atem dampfte in der kalten Luft. Trotz unserer gewachsten und gewalkten Umhänge war jeder Faden, den wir am Leib trugen, klamm und kratzig und stank nach nasser Wolle.

Auch durch das Zeltdach über dem hinteren Teil des Bootes tropfte es. Dort lag ich in der Nähe von Bischof Ekbert auf der Bank und hoffte nur, dass es bald vorbei wäre.

Aber es wurde noch schlimmer, denn nach der Nacht in Krumau mussten wir reiten, durch endlose, triefende und manchmal verschneite Wälder. Irgendwie schaffte ich es, mich an Ala festzuklammern, die brav und geduldig hinter den Pferden der anderen hertrottete. Vater war sehr besorgt um mich. Er ritt neben mir, zurrte immer wieder die Decken fest, in die ich gehüllt war, und passte auf, dass ich genügend trank.

Ich nahm alles wie durch einen dichten Schleier wahr und kann mich kaum noch an diese Tage erinnern. Im Kloster Zwettl legten wir dann nochmals einen Ruhetag ein, danach ging es mir besser.

Irgendwann erreichten wir die Donau. Wir hielten auf einer Anhöhe, da lag tief unten vor uns der gewaltige Strom. In diesem Moment rissen die Wolken auf, Sonnenspeere stachen in die Wellen und brachten sie zum Leuchten. Der Anblick war fast beängstigend schön; es schien, als könnte man durch den Himmel bis hinauf in Gottes Reich sehen. Die meisten von uns bekreuzigten sich, einige stiegen sogar vom Pferd und knieten nieder.

Einige Stunden später näherten wir uns der Burg Dürnstein. Sie thront auf einem abenteuerlich steilen Felsklotz über der Donau, von dort aus beherrscht die Familie der Kuenringer das ganze Tal. Auf Dürnstein war sechzehn Jahre vor unserer Ankunft König Richard Löwenherz gefangen gehalten worden. Das war das Erste, was uns der Truchsess erzählte, der uns am Burgtor empfing und uns durch das Gewimmel von Mägden und Knechten, Tieren und Karren über den Hof zum imposanten Wohnturm führte.

Abends beim Festmahl bekamen wir die Geschichte von Richards Gefangennahme vom Burgherrn Hadamar dann erneut und in allen Einzelheiten vorgesetzt. Hadamar war ein stattlicher älterer Mann mit dickem grauem Vollbart und einer dröhnenden Stimme, der gern betonte, wie wichtig seine Dienste für den Herzog von Österreich seien. Dennoch wirkte er nicht unsympathisch, im Gegensatz zu seinen beiden Söhnen, Heinrich und Hadamar dem Jüngeren, die herausgeputzt und selbstverliebt neben ihm am Ehrentisch saßen. Ihre Mutter auf dem Platz zwischen den beiden himmelte sie an und schien ihnen jedes Wort von den Lippen abzulesen. Während ihr Vater sprach, schauten die beiden Söhne betont gelangweilt im Saal umher, der junge Hadamar verdrehte sogar die Augen zur Decke, um zu demonstrieren, dass er die Geschichte schon hundert Mal gehört hatte.

Als sein Blick sich zufällig mit meinem traf, hob er erstaunt die Augenbrauen, als hätte er etwas Unerwartetes entdeckt. Von da an versuchte er, meine Aufmerksamkeit auf sich zu ziehen. Das wunderte mich etwas, denn so hübsch, wie er war, hätte er wahrscheinlich jede der Frauen in der Burg haben können. Aber vielleicht kannte er sie bereits alle zu gut, und ich war einfach das einzige neue weibliche Gesicht. Als die Tafeln aufgehoben wurden, drängte er sich durch die Herumstehenden zu mir durch. Ich stellte mich schnell neben meinen Vater und nahm seinen Arm.

»Seid willkommen, Kämmerer Erkenbert. Was habt Ihr für eine reizende Tochter«, sagte der junge Hadamar mit einer sehr knappen Verbeugung.

Vater sah mich an, als wäre ihm das bisher noch nicht aufgefallen, und antwortete vergnügt: »Ja, das stimmt. Gott sei Dank kommt sie nach ihrer Mutter.«

Hadamar lachte höflich, wie über einen guten Witz, und setzte zu einer neuen Rede an. Aber da rief ihn sein Vater wieder zu sich, weil die Vorführungen begannen.

Als die Gaukler ein besonders spannendes Kunststück vollführten, das, wie ich hoffte, die Aufmerksamkeit aller Anwesenden fesseln würde, schlich ich mich heimlich aus dem Saal. Ich legte keinerlei Wert darauf, Hadamar nochmals zu begegnen. Über den Burghof lief ich hinüber zur Kapelle, weil ich der Jungfrau Maria für meine Genesung danken wollte – das war jedenfalls der Grund, den ich mir zurechtgelegt hatte. In der Kapelle war es dunkel und kalt, nur vor der Statue der Gottesmutter brannte eine Kerze. Ich kniete mich auf die Stufen vor dem Altar, konnte mich aber nicht auf mein Gebet konzentrieren.

Eigentlich war ich nur fortgelaufen, weil mir die Gegenwart all dieser Menschen zu viel geworden war. Ich war traurig, denn es war der Abend meines Geburtstags, und niemand hatte daran gedacht. Nicht einmal Vater, und das kränkte mich ganz besonders. In all den Jahren hatten meine Eltern mir auch an diesem Tag und nicht nur an meinem Namenstag stets eine kleine Freude bereitet, aber heuer hatte Vater ihn vergessen. Auch Hadamars lüsterne Blicke gingen mir nicht aus dem Kopf. Ich fröstelte und zog mein Tuch enger um die Schultern.

Plötzlich spürte ich, dass ich nicht mehr allein war. Jemand berührte mich ganz sanft am Arm, es war Richard. Mein Herz schickte ein Strahlen bis in meine Augen. Von diesem Moment an war mir nicht mehr kalt, die halbdunkle Kapelle schien mir von Geborgenheit und Wärme erfüllt. Ich stand auf und drehte mich zu ihm um.

»Wieso wusstest du, wo ich bin?«, fragte ich. »Ich dachte, niemand hätte mich gesehen, als ich den Saal verließ.«

»Ich sehe dich immer, Prinzessin«, sagte Richard und wurde sehr rot. Als er mein fragendes Stirnrunzeln bemerkte, erklärte er zögernd: »Wenn ich in meinem Innern mit dir rede, sage ich immer ›Prinzessin‹. Darf ich das?«

Ich lachte. »Ich bitte darum, mein Herr!«

Er lächelte dieses ein wenig spitzbübische Lächeln, von dem ich so oft träumte, und sagte zu meinem Erstaunen: »Alles Gute und Gottes Segen zum Geburtstag, Prinzessin.« Damit griff er nach meiner Hand und drehte sie mit dem Handteller nach oben. »Auf dem Markt in Krumau habe ich eine Kleinigkeit für dich gefunden. Ich hoffe, sie gefällt dir.«

Aus seiner Gürteltasche holte er einen kleinen Rosenquarz und legte ihn mir in die Hand. Er war ganz rund geschliffen, fühlte sich glatt und warm an, und als ich ihn gegen das Kerzenlicht hielt, schienen weiße Schleier durch das rosige Rund zu schweben.

»Danke … ach«, stammelte ich, »er ist wunderschön.« Plötzlich kämpfte ich mit den Tränen. »Dass du daran gedacht hast!«

»Ich denke ziemlich viel an dich, Prinzessin.« Richards Stimme klang so atemlos, als hätte er einen steilen Berg erklommen. Mich durchströmte eine große Zärtlichkeit. Dieser lange Kerl war auf dem besten Weg zum Ritter – und es kostete ihn so viel Mut, mir zu sagen, dass er mich mochte! Ich legte die Hände auf seine Brust und spürte sein Herz schlagen. Sein rauer Umhang roch ein bisschen nach feuchter Wolle und Pferd.

Ich schaute zu ihm auf und verliebte mich noch mehr in jede kleine Besonderheit dieses Gesichts: die widerspenstige dunkle Locke, die ihm immer wieder in die Stirn fiel, die wilden Augenbrauen, die schmale Nase mit dem ganz kleinen Knick in der Mitte, der schüchterne erste Flaum auf seiner Oberlippe, der weiche Mund, vor allem aber der tiefe Glanz seiner Augen. Ich schob meine Hände zu seinem Hals hinauf und zog ihn noch enger zu mir. Ach, wäre die Zeit doch bloß stehen geblieben!

In dem Moment, als sich sein Mund langsam dem meinen näherte, knarrte die Kapellentür. Wir fuhren auseinander. Harte Schritte verrieten, wer kam. Es war Waldo, der mit finsterem Blick in den Lichtkreis der Kerze trat.

»Was tut ihr denn hier?«, fuhr er uns an.

So kühl und hoheitsvoll wie möglich antwortete ich: »Beten, wie man das häufig in einer Kirche tut! Ich kam hierher, um der Jungfrau für meine Genesung zu danken.«

Waldo schnaubte und fragte höhnisch, an Richard gewandt: »Und du, hast du auch gebetet und für Sophies Genesung gedankt?«

Bevor Richard antworten konnte, sagte ich schnell: »Ich habe ihn um seine Begleitung gebeten. Ich gehe nicht gern allein in der Dunkelheit über einen Burghof. Man weiß nie, was einem da begegnet.«

Ich weiß nicht, ob Waldo die Anspielung auf die Nacht im Bamberger Burghof verstand. Jedenfalls ging er nicht darauf ein, stieß nur nochmals verächtlich die Luft aus und knurrte: »Ich habe dich schon überall gesucht. Dein Vater will dich sehen.«

»Jetzt?«, fragte ich erstaunt.

»Ja, sofort, er wartet schon.«

Waldo packte mich am Arm, aber ich machte mich los und ging vor ihm her, wobei er mich mehrmals in den Rücken stupste, um mich zur Eile anzutreiben. Beim Verlassen der Kapelle hörte ich, wie er Richard anzischte: »Das wirst du büßen, Freundchen. Hast du das Verbot unseres Herrn vergessen? Keiner rührt sie an!« Waldos Stimme klang so böse, dass sich mir der Magen zusammenkrampfte.

Im Saal stand Vater mit Christian und einigen Rittern aus unserer Gruppe in der Nähe des Eingangs und nahm mich fröhlich in die Arme. »Alles Gute zum Geburtstag, meine Kleine!« Dann hielt er mich ein Stück von sich fort und schaute mich prüfend an. »Eigentlich müsste ich ja sagen ›meine Große‹, denn das ist ja heute ein ganz besonderer Tag für dich. Du bist jetzt heiratsfähig, und ich werde mich bald nach einem guten Mann für dich umschauen müssen.«

Ich lächelte und hoffte, dass man mir mein Erschrecken nicht ansah, denn ich wollte ganz und gar nicht, dass Vater sich »nach einem guten Mann für mich umsah«. Bei seiner Feindschaft mit den Marschalls würde das sicher nicht Richard sein. Allerdings wusste ich, was er hören wollte. »Ach, ich will noch gar nicht heiraten, Vater, ich will lieber noch eine Weile bei dir bleiben.«

Es wirkte, Vater sah sehr zufrieden aus. Er nahm von einem der Tische einen kleinen Kranz aus Stoffblumen und setzte ihn mir mit einer liebevollen Geste auf. »Für meine schöne Tochter!« Dann drehte er mich zu den anderen herum und flüsterte: »Christian hat etwas für dich vorbereitet.«

Christian gab mir einen Klaps auf die Schulter. »Ich weiß doch, dass du gern tanzt. Ich habe eine Basse Danse und einen Reigen für dich bestellt!« Mit einer ironisch-feierlichen Verbeugung reichte er mir die Hand und führte mich in die Mitte des Saales. Dann gab er den Musikern ein Zeichen, die daraufhin mit einer leichten, nicht allzu schnellen Tanzmusik begannen.

Ich hatte keine Mühe, Christians Schritten zu folgen, denn zu Hause hatte ich schon heimlich geübt. Zwar wurde an einem Bischofshof nicht ganz so oft getanzt wie an den Höfen der weltlichen Fürsten, aber wenn adelige Gäste zu einem größeren Fest kamen, war auch bei uns zum Tanz aufgespielt worden. Ich hatte mir die Schrittfolgen gemerkt und sie später fleißig wiederholt. Mutter hatte mich dabei unterstützt, denn die Tanzkunst gehörte zu einer guten Erziehung, und darauf legte sie ja großen Wert. Außerdem hatte Christian recht: Ich liebte den Tanz, ich genoss es, die Musik in mich einströmen zu lassen und sie in Bewegung umzusetzen.

Aber an diesem Abend war ich nicht recht bei der Sache, mir ging Waldos Drohung gegen Richard nicht aus dem Kopf. Hatte er beim Öffnen der Kapellentür etwas gesehen? Was würde er Richard antun? Konnte ich das irgendwie verhindern?

Und dann war da noch Hadamar. Er hatte sich im Rundtanz den Platz neben mir gesichert, und immer wenn ihm der Tanz eine Annäherung erlaubte, streifte er wie zufällig meine Brüste, obwohl die wirklich noch nicht viel hermachten, mehr als zwei kleine Äpfelchen waren es nicht. Aber vielleicht war er ja ein Liebhaber kleiner Äpfelchen. Ich versuchte jedes Mal, mich unauffällig wegzudrehen, aber es war mir überaus lästig. Sobald es der Anstand erlaubte, bat ich Vater, mich zur Kemenate zu begleiten, ich sei durch meine Krankheit doch noch ziemlich geschwächt.

Gott sei Dank hielten sich in der Schlafkammer bereits ein paar der jüngeren Kuenringer-Mädchen mit ihren Dienerinnen auf, sodass ich mich dort sicher fühlte. Denn es hätte mich nicht gewundert, wenn die Burgherrin mich ihrem vergötterten Söhnchen Hadamar ohne Weiteres zum Fraß vorgeworfen hätte, falls er das wünschte.

Ich war sehr erleichtert, als wir am nächsten Morgen die Schiffe nach Wien bestiegen und Hadamar nicht mitkommen konnte, da er für seinen Vater mit einem Auftrag nach Kloster Zwettl reiten sollte. Er saß auf seinem Pferd am Ufer und schaute uns missvergnügt hinterdrein. Ich lachte.

Bamberg, im Januar 1250
An Frau Elisabeth, Burg Grünstetten

Liebe Ela,
dein Bote kam heute früh und brachte mir deine Nachricht, dass du schwanger bist. So eine Freude! Ich werde der heiligen Elisabeth eine große Kerze stiften, damit auch alles gut geht. Und der heiligen Kunigunde vorsichtshalber ebenso. Es tut mir so leid, dass deine Füße so geschwollen sind und du kaum gehen kannst und dich deshalb schrecklich langweilst. Vielleicht kann ich beidem abhelfen: Gegen die geschwollenen Füße schicke ich dir eine Salbe aus Arnika und Schlehenblüten und gegen die Langeweile die Abschrift meines Buches einschließlich der zuletzt entstandenen Kapitel.

Stell dir vor, ich habe einen Schreiber gefunden, den jungen Willibald, der gegen ein geringes Entgelt alle meine Aufzeichnungen abgeschrieben hat. Er arbeitet in der Kanzlei bei deinem Vater und ist froh, sich etwas dazuverdienen zu können. So ist es jetzt ein ganz schön dicker Stapel Pergament, den der Bote mitschleppen muss, aber das dürfte dir die Langeweile wohl für eine Zeit lang vertreiben.

Ich konnte in den letzten Wochen leider nicht so viel schreiben, wie ich wollte, weil ich vor Weihnachten auf dem Eis ausgerutscht bin und mir die Hand verstaucht habe. Aber inzwischen kann ich sie wieder ganz gut bewegen. Ich habe zunächst versucht, Willibald den Text direkt in die Feder zu diktieren, dies aber bald wieder aufgegeben. Denn offenbar brauche ich zum Formen der Wörter und Sätze den Weg vom Kopf über die Hand aufs Pergament; beim lauten Sprechen verhasple ich mich dauernd und muss immer wieder von vorn anfangen. Also muss es dabei bleiben, dass ich den Text erst notiere und Willibald ihn dann abschreibt.

Deine Tante Katharina ist gerade für ein paar Wochen bei mir zu Besuch. Sie will ihren Sohn Rudo hier in der Schule von St. Gangolf unterbringen und hofft, dass dein Vater das möglich machen kann, weil er mit dem jungen Lehrer Hugo dort gut befreundet ist. Der Junge soll, ihrer Meinung nach, unbedingt Priester werden, dabei ist er so unbegabt zum Lernen wie ein kleines Kalb. Seine plumpen Finger eignen sich wirklich nicht zum Schreiben, er bringt noch nicht einmal ein richtiges O zustande. In einer stillen Stunde hat mir Rudo einmal gestanden, dass er am liebsten mit Tieren spielt. Und ich habe gesehen, wie er mit meiner Katze umgeht, so etwas kann er. Und da ist mir eine Idee gekommen. Sein Vater hat doch vor einiger Zeit einen großen Hof in der Nähe von Nürnberg gekauft. Vielleicht kann ich Katharina überreden, ihre Pläne zu ändern und Rudo dem Hofverwalter in die Lehre zu geben? Du siehst also, es wird mir nicht langweilig.

Aber am liebsten wäre ich jetzt doch bei dir und würde deine schmerzenden Füße massieren.

Deine sehnsüchtige Großmutter Sophie

WIEN

Wien war damals eine einzige große Baustelle. Schon als der Hafen der Stadt noch ziemlich weit entfernt war, vernahmen wir infernalischen Lärm: das Klopfen und Meißeln der Steinmetze, das Kreischen der Sägen, das Geschrei der Esel, die die Hebekräne bewegten. Man konnte schon ein gutes Stück der gewaltigen neuen Stadtmauer erkennen, die sich von der Donau nach Norden zog.

Im Hafen selbst herrschte ein unbeschreibliches Chaos. Mit unserem waren mehrere Schiffe aus Ungarn angekommen, und die Hafenwächter schienen heillos überfordert. Für unser Schiff fand sich kein Liegeplatz, so mussten wir Anker werfen und, um an Land zu kommen, über mehrere andere Boote hinwegsteigen. Auf dem schmalen Uferstreifen drängten sich Menschen aus den unterschiedlichsten Ländern. Ich vernahm deutsche, böhmische und ungarische Sprachfetzen, aber auch viele Sprachen, die ich nicht kannte. Wir versuchten, uns zu dem Boot mit unseren Reittieren durchzukämpfen, das am anderen Ende des Hafens festgemacht hatte. In dem Gewimmel hatte ich bald die Unseren verloren.

Schließlich sah ich Ala. Mein geliebtes Maultier war bereits an Land geführt worden und stand wartend da; sie hob den Kopf und sah zu mir herüber. In dem Moment kam eines der großen Schlachtrösser vom Boot herunter und drängte Ala beiseite. Dabei trat es sie wohl, denn sie schrie plötzlich auf und warf den Kopf hoch.

Ich drängte mich durch die Menge zu ihr hin, umarmte ihren Hals und sprach beruhigend auf sie ein. Dann bückte ich mich, um nachzusehen, was passiert war. Sie blutete am rechten Vorderlauf. Oh Gott, wenn das Bein gebrochen war, würde man sie töten müssen! Schluchzend versuchte ich, das Bein vorsichtig abzutasten, aber sobald ich Ala berührte, zuckte sie zurück.

Da sagte eine freundliche Stimme mit ungarischem Akzent: »Warte mal, lass machen mich.« Eine Frau kauerte sich neben mir nieder, unter deren buntem Kopftuch dicke schwarze, schon etwas grau gesprenkelte Zöpfe hervorquollen. Mit kundigem, energischem Griff hielt sie Alas Bein fest und tastete es ab. Ihren großen Händen sah man an, dass sie harte Arbeit gewohnt waren. Und Ala hielt still, als wüsste sie, worum es ging.

Die Frau sagte: »Du kannst aufhören weinen. Ist nur Fleischwunde.« Sie stand auf und kramte in ihrer umfangreichen Gürteltasche, schließlich holte sie ein ganz kleines Tontöpfchen hervor. Sie entfernte die Lederhaut, mit der es zugeschnürt war, entnahm ein haselnussgroßes Stückchen einer fettigen Paste und verrieb es auf Alas Bein. Dann gab sie mir das Töpfchen. »Nimm das, gib auf Bein heute Abend noch mal. Und morgen dann wieder gut.«

»Danke!«, sagte ich eifrig. »Doch wie …?«

Aber die Frau war noch nicht fertig. Aus ihrer Tasche fischte sie noch einen langen Stoffstreifen, den sie um Alas Wunde band. »Besser so, kommt kein Schmutz hinein. Bis heut Abend gut. Kannst mir morgen früh zurückbringen.«

Erst jetzt schaute ich die Frau richtig an. Sie trug ein besticktes Mieder und viele bunte Röcke übereinander und sah nicht wie eine Bäuerin, aber auch nicht wie eine Bürgersfrau aus. »Natürlich gebe ich Euch den Stoff zurück. Aber wie soll ich Euch finden? Wer seid Ihr denn?«

»Kannst du fragen nach Awa. Kennt mich jeder hier im Hafen.«

»Vielen, vielen Dank, Awa. Wieso weißt du so gut, wie man so eine Wunde behandeln muss?«

»*No*, bin ich Pferdehändlerin. Hab gebracht Pferde aus Ungarn für Herzogshof. Morgen früh nach Frühmesse fahr ich zurück mit Schiff nach Gran. Also komm nicht zu spät mit Tuch. Salbe kannst du behalten. Vielleicht brauchst du noch.«

»Ach, Awa, ich weiß gar nicht, wie ich dir danken soll. Ich … ich habe nichts, was ich dir schenken kann.« Nur meinen Rosenquarz, und den würde ich nicht hergeben, niemals.

»Ach, ist nicht nötig«, sagte Awa, verschmitzt lächelnd. »Oft man sieht zweimal im Leben. Vielleicht ich brauche dann deine Hilfe.« Damit drehte sie sich um, winkte mir kurz zu und verschwand in einer der Hafenkneipen.

Ich ergriff Ala am Zügel und schaute mich um, ob einer der Unseren in der Nähe war, denn ich wusste ja nicht, wohin ich gehen sollte. Auf der anderen Seite des Platzes bei den Pferden erspähte ich nicht nur meinen Vater, sondern auch Waldo und Richard. Richard sah aus, als könnte er nur mit Mühe seinen Zorn im Zaum halten, und Waldos finstere Miene verhieß auch nichts Gutes. Dann wurden die zwei von der Menge verschluckt.

Vater aber kam, sein Pferd hinter sich herziehend, auf mich zu. Er führte mich bis zu einer Stelle, wo das Gedränge weniger dicht war. Er kannte sich gut aus, denn er war schon einmal hier gewesen, als er Bischof Ekbert zur Taufe seines Neffen nach Ungarn begleitet hatte. »Zwei Jahre ist das erst her, aber die Stadt ist kaum wiederzuerkennen«, sagte er. »Schau dir an, was Herzog Leopold mit dem Lösegeld für Richard Löwenherz gemacht hat. All diese Bauten, die den Handel sichern werden! Damit gewinnt er auf die Dauer viel mehr Geld, als wenn er es in Kriege gesteckt hätte.« Er betrachtete bewundernd die neuen Hafenanlagen.

Wir stiegen auf und ritten bedächtig auf das große Tor zu, das hier, zur Donau hin, in die alte Mauer des römischen Lagers eingefügt worden war, die noch immer Teile der Stadt umgab. Vater erzählte mir, dass dieses Lager einmal Vindobona geheißen habe, und zeigte mir die Stellen, wo die römische Ziegelmauer mit Bruchsteinen repariert und erhöht worden war. Vater genoss es, solche Beobachtungen zu machen und die Hintergründe dafür herauszufinden, und ich fragte mich, wie ihm das immer gelang.

Innerhalb der Stadtmauern war das Gewimmel nicht mehr ganz so schlimm wie unten am Hafen, dafür standen immer wieder Fuhrwerke mit Holz oder Steinen im Weg, denn überall wurde gebaut. Am Marktplatz jedoch wurde das Menschengewühl wieder fast undurchdringlich, wir saßen ab und führten unsere Tiere am Zügel zwischen den vielen Ständen hindurch.

Bewundernd und ein bisschen sehnsüchtig betrachtete ich all die unbekannten Waren, die von ihren Verkäufern lauthals angepriesen wurden: bunt bemalte Töpfe aus Ungarn, Seidentücher aus Byzanz, Bernsteinschmuck von der Ostsee, aufwendig verzierte Ledergürtel und Kämme und Spiegel mit kunstvoll durchbrochenen Griffen. Vater schenkte mir einen hübsch bestickten Almosenbeutel für meinen Gürtel, weil mein alter schon ziemlich schäbig war. Es gab auch einen Stand mit Büchern, bei dem wäre ich am liebsten länger stehen geblieben. Doch Vater drängte weiter.

Schließlich erreichten wir die Herzogspfalz. Wir ritten nacheinander durch ein kleines Tor in einen schmalen Gang zwischen einer Kapelle und dem Palas. Als wir aus dem schattigen Durchgang in den Hof kamen, war ich fast geblendet von der riesigen freien Fläche, die sich in der kühlen Wintersonne vor uns ausbreitete.

»Wundere dich nicht.« Vater hatte mein Staunen bemerkt. »Die österreichischen Herzöge lieben es, Tjoste und Turniere abzuhalten.« Dafür waren wohl auch die hölzernen Galerien gedacht, die sich an der Südmauer entlangzogen, von dort aus konnte man die Veranstaltungen beobachten. Uns gegenüber lagen Stallungen und Scheunen, die durch einen großen Torbau mit der prächtigen Pfalz verbunden waren.

Im Hof herrschte geschäftiges Treiben, viele Leute eilten hin und her. Mägde mit Wassereimern oder Wäschekörben, Bauern mit Schubkarren voller Holz, andere, die ein Schwein vor sich hertrieben, und jede Menge Knechte, die Pferde striegelten, zur Tränke führten oder ihnen die Hufe auskratzten. Wir standen zunächst etwas verloren herum, bis es Vater gelang, einen Stallburschen herbeizuwinken, der uns die Reittiere abnahm und sie zu den Ställen führen wollte.

Ich hielt ihn am Arm fest. »Mein Maultier ist verletzt, und ich muss es heute Abend noch einmal verbinden. Zeig mir, in welchem Stall du es unterbringst.«

»Aber das kann ich doch machen, Herrin«, antwortete der Junge. Herrin – oh, ich war geschmeichelt, wollte aber mein wertvolles Salbentöpfchen nicht aus der Hand geben. Außerdem brauchte ich ja den Tuchstreifen, um ihn Awa zurückzugeben.

»Nein, danke, das muss ich selbst erledigen. Zeig mir nur, wohin ich kommen muss.«

Der Bursche wies auf einen der Ställe und stapfte los, die beiden Tiere im Schlepptau.

In dem Moment trat ein vornehm gekleideter, hagerer alter Mann mit einer roten Kappe auf uns zu und fragte förmlich nach unserem Begehr. Als Vater erklärt hatte, wer wir waren, erbot er sich, uns zu den Gästeräumen zu begleiten. Er sei der Protonotarius Nikolaos und im Gefolge der Herzogin Theodora Angela nach Wien gekommen, eröffnete er uns in einer seltsam gestelzten Sprechweise, die, wie ich später erfuhr, für Byzantiner typisch war.

Schon als wir auf den Palas zugingen, fielen mir die reich geschmückten Fensterumrahmungen und die wechselnden Farben der Steine an der Fassade auf, aber in der Eingangshalle der Pfalz blieb mir vor Staunen der Mund offen. So etwas hatte ich noch nie gesehen. Die Wände waren mit glitzernden Mosaiken überzogen, auf denen sich Abbildungen von Menschen in steifen, üppig mit Edelsteinen besetzten Kleidern aneinanderreihten. Da Nikolaos uns gebeten hatte, zu warten, bis er herausgefunden hatte, wo wir untergebracht waren, blieb mir genug Muße, mir diese Figuren mit den großen Augen und den langen Ohrgehängen ehrfürchtig zu betrachten.

»Beeindruckend, nicht wahr?«, sagte Vater, etwas belustigt über mein Staunen. »Als ich mit Bischof Ekbert in Italien war, haben wir ganz ähnliche Mosaiken in Ravenna gesehen. Auch dort haben Künstler aus Byzanz gearbeitet.«

Er erklärte mir gerade, dass die Großmutter des jetzigen Herzogs, eine byzantinische Prinzessin, die Handwerker aus ihrer Heimat zum Bau des Palas nach Wien geholt habe, da kam Nikolaos zurück. Er führte Vater zu den Räumen, in denen

Bischof Ekbert untergebracht war, und brachte mich dann über Treppen und Gänge und um viele Ecken zu den Zimmern der Dienerinnen der Herzogin. Ich teilte das Bett mit einer kleinen, eifrig auf mich einredenden Zofe, die, soweit ich sie verstand, von irgendeiner Burg in der Nähe Wiens stammte. Aber sie sprach einen so ausgeprägt österreichischen Dialekt, dass ich nur jedes dritte Wort erraten konnte.

Es gab in dem Raum, in dem in Wandnischen mit Vorhängen zahlreiche Betten untergebracht waren, eine Art Oberaufseherin, eine Hofdame der Herzogin namens Hiltrud, ein großes Mädchen, das sich die blonden Zöpfe wie eine Krone um den Kopf gewunden hatte. Sie zeigte mir, wo ich meinen Reisesack unterbringen konnte, und ging dann ins Nebenzimmer, um mich bei der Herzogin anzumelden. Sie ließ die Tür angelehnt, und ich blieb davor stehen, da ich erwartete, hineingerufen zu werden. So konnte ich hören, wie Herzogin Theodora Angela ihr befahl: »Horch sie aus! Ich will wissen, was der Bischof im Schilde führt.«

Die Bemerkung brachte mich gehörig in Bedrängnis. Was durfte ich sagen? Mir war keine entsprechende Sprachregelung aufgetragen worden. In Prag hatte es geheißen, niemand solle merken, dass wir auf der Flucht waren, aber dann hatte Bischof Ekbert selbst dem König Otokar des Langen und Breiten von den Schändlichkeiten berichtet, die ihm angetan worden waren. Ich beschloss, möglichst nur das preiszugeben, was sowieso bekannt werden würde.

Als Hiltrud aus dem Zimmer der Herzogin kam, lehnte ich in einer der Fensternischen, die jetzt im Winter mit Läden verschlossen und mit dicken Vorhängen behängt waren. Hiltrud setzte sich auf eines der Nischenbänkchen und forderte mich auf, ihr gegenüber Platz zu nehmen.

»Erzähl mir ein bisschen was von dir«, sagte sie einleitend. »Wie heißt du denn?«

»Sophie.«

»Du bist mit Bischof Ekbert gekommen?«

»Ja.«

»Aus Bamberg?«

»Ja.«

»Aber warum hat er dich mitgenommen? Ich habe sonst nur Ritter bei ihm gesehen.«

»Ich begleite meinen Vater, den Kämmerer des Bischofs.«

»Und deine Mutter ist nicht dabei?«

Ein bisschen lügen war jetzt wohl notwendig. »Sie wollte mitkommen, aber dann ging es meiner Großmutter nicht so gut.«

»Und du bist nicht bei deiner Mutter geblieben? Ein Mädchen wie du auf so einer Reise?«

Ich dachte, es wäre an der Zeit, etwas auskunftsfreudiger zu werden, um sie auf eine andere Spur zu locken. »Ich habe Vater so lange bearbeitet«, ich zwinkerte ihr zu, »bis er mich mitgenommen hat. Ich wollte so gern den Wiener Hof sehen, von dem ich schon so viel gehört habe. Und die Mosaiken unten in der Halle … also, so etwas hätte ich mir nie … Ich bin total überwältigt. So etwas Schönes habe ich noch nie gesehen! Wir haben bei uns im Dom auch einen Mosaikfußboden, aber das ist kein Vergleich zu dem hier.«

Hiltrud lächelte etwas geschmeichelt und erzählte mir ebenfalls die Geschichte von der byzantinischen Großmutter Herzog Leopolds. Ich unterbrach sie nicht.

»Aber noch viel schöner ist der große Saal, den meine Herrin vor Kurzem ausgestaltet hat. Dort arbeiten französische und byzantinische Handwerker aus Kloster Heiligenkreuz zusammen. Das macht sich wirklich gut. Du wirst es ja später beim Abendessen sehen.« Mein Lob für die Mosaiken hatte sie offenbar für mich eingenommen, sie war jetzt viel freundlicher als zu Beginn unseres Gesprächs. Aber sie ließ nicht locker. »Und was habt ihr weiter vor, wohin wollt ihr denn?«

»Bischof Ekbert will in Ungarn seine Schwester, Königin Gertrud, besuchen.«

»Ach ja, die kenne ich«, sagte Hiltrud. »Die war schon ein paarmal hier zu Besuch. Eine schwierige Frau.« Sie schaute mich etwas erschrocken an: »Oh! Entschuldige, ich weiß ja nicht, ob du …«

»Nein, nein«, beruhigte ich sie, »du hast völlig recht. Sie war im letzten Sommer in Bamberg, da durfte ich sie auch genießen!«

Gott sei Dank gab sich Hiltrud damit endlich zufrieden und bohrte nicht weiter nach. Sie wechselte das Thema. »Ich sehe, du hast dein Kleid für heute Abend schon an den Haken gehängt. Ich lass dir eine Schüssel Wasser bringen, damit du dich noch waschen kannst. Und ein bisschen Anissamen für einen guten Atem. Wir haben viele hübsche junge Ritter hier.« Sie grinste. »Ich hole dich nachher ab und bringe dich hinunter.«

Sie wollte aufstehen, aber ich hielt sie am Arm fest: »Hiltrud, ich habe noch eine Bitte. Mein Maultier hat sich verletzt und muss noch einmal verbunden werden.« Ich erzählte ihr die Geschichte von Awa und fragte sie, ob sie mich vor dem Abendessen zu den Ställen bringen könne, denn ich fürchtete, den Weg durch die verwinkelten Gebäude allein nicht zu finden.

»Zu den Ställen?«, fragte Hiltrud entsetzt und schaute ihre feinen Schuhe an – die Hofdamen der Herzogin waren sehr elegant gekleidet. »Da wird man ja schmutzig. Das geht keinesfalls!«

»Aber ich muss zu Ala! Ich will nicht, dass sich die Wunde entzündet und sie vielleicht getötet werden muss. Bitte!«

Hiltrud schüttelte den Kopf. Sie verstand offensichtlich nicht, warum jemand wegen eines Tieres so ein Getue machte, konnte aber meinem bittenden Blick nicht widerstehen: »Gut, ich schicke eine Magd. Der Stallbursche soll dein Maultier in den Hof führen. Dort kannst du es versorgen, ohne hinterher wie eine Stallmagd zu riechen.«

»Danke, Hiltrud!« Ich ergriff ihre Hände und drückte sie.

»Mir gefällt dein Kleid«, sagte sie, offenbar bemüht, freundlich zu sein, nachdem sie es abgelehnt hatte, mir persönlich zu helfen.

»Ach, das ist nur ein Reisekleid«, antwortete ich, abwehrend wie alle Mädchen, denen etwas Lobendes über ihr Aussehen gesagt wird. »Neben dir werde ich aussehen wie eine Vogelscheuche.«

»Du kannst ja etwas Stroh aus dem Stall mitbringen und es dir in die Haare stecken, damit man dir das glaubt.«

Wir lächelten uns an, und trotz des anfänglichen Misstrauens war das der Beginn einer Freundschaft, die mir später in einer schweren Zeit ein großer Trost wurde und die ich nie vergessen habe.

DER PLAN

Alas Wunde sah tatsächlich schon viel besser aus, und nachdem ich Awas Tuchstreifen notdürftig gereinigt und in meine Gürteltasche gesteckt hatte, brachte die Magd mich durch die phantastische Eingangshalle hinauf in den großen Saal. Er wirkte ebenfalls überwältigend, mit zwei riesigen Kaminen an den mosaikgeschmückten Stirnseiten, mit durchbrochenen und verzierten Fensterverkleidungen und großen bunten Teppichen an der gegenüberliegenden Wand. Am hohen Ehrentisch saß Bischof Ekbert zwischen Herzogin Theodora Angela und Herzog Leopold. Den kannte ich schon von unserem Hochzeitsfest im Sommer, und er war inzwischen nicht schöner geworden – er schielte noch immer, und die Haare fielen ihm strähnig auf die Schultern. Die Herzogin war im Sommer hochschwanger gewesen, deshalb konnte sie damals nicht mit nach Bamberg reisen. Inzwischen war das Kind, ein Bub namens Heinrich, schon ein paar Monate alt, »ein strammer kleiner Bursch«, wie mir Hiltrud begeistert erzählt hatte, der von seinen zwei älteren Schwestern gehätschelt wurde. »Aber der Liebling der Herzogin ist der kleine Leopold, ihr Erstgeborener. Den hat sie sogar selbst gestillt.« Das war schwer vorstellbar, wenn man Theodora Angela jetzt da oben auf dem Podest thronen sah, sehr aufrecht, mit einem hochmütigen Gesicht unter einem edelsteinbesetzten Goldreif, der einen reich bestickten Schleier festhielt. Sie blickte prüfend über die Menge zu ihren Füßen.

Der Saal war voller Leute, an mehr als zehn langen Tischen. Männer und Frauen saßen getrennt: links die Damen, rechts die Herren. Ich schaute mich um, und schließlich entdeckte ich Richard, auf einem Platz in der Nähe seines und meines Vaters, zwei Tische von mir entfernt. Weiter unten sah ich Waldo, der seinem Nachbarn offenbar gerade einen Witz erzählte, denn beide lachten dieses Männerlachen, das mir so zuwider war.

Während ich ihn anstarrte, hatte ich plötzlich eine Idee,

wie Richard Waldos »Obhut« zumindest für eine Zeit lang entwischen konnte. Das wollte ich unbedingt schnellstens mit Vater und auch mit Richard besprechen. Aber wie sollte ich an die beiden herankommen? Ich konnte unmöglich aufstehen und zu ihnen hinübergehen. Es gab nur eine, die mir helfen konnte.

»Du, Hiltrud«, begann ich zaghaft. »Gibt es hier irgendwo einen Raum, wo ich mit jemandem allein sein kann? Würdest du mir den zeigen?«

Sie lächelte mutwillig: »Würde ich schon, wenn du mir verrätst, was du dort willst!«

»Ich muss nur kurz mit jemandem reden.«

»Ach, reden heißt das neuerdings. Du bist mir vielleicht eine! Wer ist denn dieser ominöse Jemand?«

»Schau jetzt bitte nicht gleich hin. Es darf niemand merken, dass wir über ihn sprechen. Es ist der Junge mit den braunen Locken und dem blauen Surcot da in der Mitte am übernächsten Tisch. Könntest du ihm bitte später sagen, dass ich ihn unbedingt sprechen muss? Aber so, dass es niemandem auffällt, bitte. Vor allem nicht diesem großen Ritter dort. Vor dem musst du dich in Acht nehmen.«

Nach einer Weile sah Hiltrud sich unauffällig um und kicherte: »Wie kannst du denn bloß den Buam dem großen Ritter vorzieng? So a fescher Mann! Mogst den ned?«

»Naa, ich mog den ned!«, ahmte ich ihren österreichischen Tonfall nach. Wir lachten, und ich wandte mich wieder meiner Mahlzeit zu. Doch ich konnte kaum noch still sitzen, bis schließlich die Tafeln aufgehoben wurden und ich in dem allgemeinen Durcheinander Vater am Ärmel zupfen und nach draußen lotsen konnte.

»Nanu, was ist denn so dringend, Sophie? Du bist ja ganz aufgeregt.«

»Also, da war doch diese Frau, und morgen geht ein Schiff nach Gran, gleich nach der Frühmesse, und weil doch die Koppeln … und da könnten doch Richard und sein Vater gleich mitfahren und …«

»Halt, halt, halt!« Vater legte mir die Hand auf die Schulter. »Ich verstehe gar nichts. Was für eine Frau?«

»Na, die Frau, die Ala behandelt hat!« Ich hatte ihm, gleich als wir uns am Hafen getroffen hatten, begeistert von Awas Freundlichkeit berichtet, hatte aber da schon das Gefühl gehabt, er nähme, überwältigt von seinen Erinnerungen, meine Worte gar nicht richtig wahr. Ungeduldig erinnerte ich ihn deshalb: »Ich hab dir doch von ihr erzählt. Weißt du noch?«

»Ja, stimmt. Aber was ist mit dieser Frau?«

»Na, sie hat mir gesagt, dass sie morgen früh mit einem Schiff nach Gran zurückfährt. Und da müssen wir doch auch hin.«

»Ja, und?«

»Da könnten doch Marschall Kuno und Richard gleich morgen mitfahren und schon alles für die Pferde vorbereiten.«

Vaters Miene wurde plötzlich eisig. »Warum willst du sie denn wegschicken? Hat einer von ihnen dich belästigt? Oh, diese Marschalls! Ich werde –«

»Nein, nein!«, rief ich entsetzt. Dass Vater meine Bitte so missverstehen könnte, hatte ich nicht bedacht. Außerdem hatte ich den Eindruck gehabt, dass während unserer Reise die Konkurrenz um die Gunst Bischof Ekberts zwischen ihm und Marschall Kuno geringer geworden sei. Oder hatte ich bloß nichts bemerkt, weil ich zu sehr mit meinen eigenen Gedanken beschäftigt war? »Nein, gar nicht!«, wiederholte ich. »Niemand hat mich belästigt.«

»Das möchte ich auch niemandem geraten haben«, knurrte Vater drohend. »Aber wie kommst du denn bloß auf diese Idee?«

»Na ja, äh …« Ich schluckte und starrte auf meine Fingerspitzen. »Ich meine ja bloß …«

Aber Vater schien mir schon nicht mehr zuzuhören. Er nickte nachdenklich. »Vielleicht ist das gar kein so schlechter Gedanke. Es ist ja oft wirklich schwieriger, die Pferde unterzubringen als die Menschen. Ich muss das mit Bischof Ekbert besprechen. Aber der Marschall muss bei uns bleiben, falls unterwegs irgendetwas mit den Tieren passiert. Vielleicht könnte ja Waldo Richard begleiten.«

»Nein, nicht Waldo!« Ich schrie beinahe. »Waldo muss … Nein, du kannst Richard doch Ebo mitgeben!«

»Aha!« Vater lächelte. »Waldo soll also in unserer Nähe bleiben. So ist das!« Er wirkte amüsiert und irgendwie erleichtert.

Wir gingen zurück in den Saal, wo die Mägde immer noch aufräumten, und ich gab Hiltrud ein Zeichen. Wie bei uns in Bamberg gab es auch hier neben dem Saal eine Kammer, in der Scheuersand, Besen und Ähnliches aufbewahrt wurden. Dorthin brachte mich Hiltrud und schloss die Tür hinter mir. Es war stockdunkel in dem Raum, und die Zeit des Wartens kam mir unendlich lang vor, bis sich an der Tür schließlich ein Lichtschein zeigte.

»Sophie?«, flüsterte Richard. Im nächsten Moment lagen wir uns in den Armen, und jetzt war mir die Dunkelheit sehr willkommen. Wir küssten uns, ein bisschen ungeschickt, denn irgendwie waren immer die Nasen im Weg, aber trotzdem hörte ich alle Seraphim und Cherubim und auch noch den Erzengel Gabriel singen, so glücklich war ich.

»Ach, Prinzessin«, seufzte Richard, »ich hab mich schon den ganzen Tag so nach dir gesehnt und dauernd überlegt, wie wir uns sehen könnten.«

Er versuchte, mich wieder zu küssen, aber ich schob ihn weg. »Warte, Richard. Wir haben nur ganz kurz Zeit, damit nicht auffällt, dass wir beide weg sind.«

»Hm«, machte Richard und knabberte an meinem Ohrläppchen.

»Hör zu, Richard, ich muss etwas mit dir besprechen.«

»Ich hör dir immer zu, Prinzessin!«

Ich spürte sein Lächeln. »Ernsthaft, Richard. Mir ist etwas eingefallen, wie du Waldo aus dem Weg gehen kannst, zumindest so lange, bis er sich wieder beruhigt hat.«

»Ach, das«, murmelte er, während seine Hände über meinen Rücken wanderten. »Das schaff ich schon.«

»Hör zu«, wiederholte ich, »ich habe Angst um dich, Richard. Glaub mir, seit er uns aus der Kapelle geholt hat, ist

Waldo derart gereizt – er erinnert mich an einen wütenden Stier, der mit den Hufen scharrt.«

»Na ja, er ist schon etwas missgelaunt«, gab Richard zu. »Und was schlägst du vor?«

»Ich habe es schon mit Vater besprochen. Morgen früh geht ein Schiff nach Gran. Das nimmst du, zusammen mit Ebo, um am Königshof in Ungarn schon alles für die Unterbringung der Pferde vorzubereiten. Das ist die offizielle Version und –«

»Aber dann sehe ich dich ja tagelang nicht!«, protestierte Richard. »Das halte ich nicht aus.«

»Besser, als wenn Waldo dir etwas antut. Bitte!«

»Du hast mich offenbar schon über und willst mich bloß loswerden!«

»Natürlich, du Dummkopf!« Ich küsste ihn. Das beschäftigte uns ein Weilchen, bis mir noch etwas einfiel. »Wenn du morgen früh am Hafen bist, musst du nach der Pferdehändlerin Awa fragen. Sie sagt, dort würden sie alle kennen. Der gib bitte dieses Tuch zurück und richte ihr meinen aufrichtigen Dank aus.« Ich nestelte es aus meiner Tasche und drückte es ihm in die Hand. »Und jetzt geh, bevor noch jemand auf den Gedanken kommt, nach uns zu suchen.«

»Ach, Prinzessin«, flüsterte Richard und zog mich noch einmal fest an sich. »Ich werde in Gran ein Versteck ausfindig machen, wo wir ungestört beieinander sein können.«

Ich lachte. »Oh, du mein Held! Wahrscheinlich ist das im Stall, wo es wunderbar nach Pferdeäpfeln riecht.« Ich stupste ihn zärtlich an. »Los jetzt. Wir sehen uns in ein paar Tagen.«

In Wien blieben wir vier Tage, genau wie in Prag. Ich sah viel in dieser Zeit. Vater streifte ständig durch die Stadt, unterhielt sich mit Bauarbeitern und Handwerkern, und oft durfte ich ihn begleiten. Da ich dringend ein wenig Ablenkung brauchte, ging ich gern mit, trotz des eisigen Winds, der durch die Stadt pfiff.

Die neue Stadtmauer war noch nicht ganz fertig, aber man konnte schon deutlich erkennen, wo sie sich schließen würde. Sie umfasste ein riesiges Areal, in dem außerhalb der Altstadt noch viele Felder und Wiesen lagen. Doch überall dazwischen wurde gebaut, es entstanden neue Wege und Plätze. Hier war Raum für Tausende von Menschen. Wir besuchten die Kirchen Wiens, das großartige neue Gotteshaus St. Stephan und die uralten Kirchlein St. Ruprecht und St. Peter. Einmal heftete sich Waldo an unsere Fersen, und er und Vater diskutierten angeregt über die Sinnhaftigkeit von Wehranlagen und wie man die Feinde am besten verbrennen, verstümmeln oder töten konnte.

Mit Hiltrud erkundete ich die weitläufige Pfalz mit ihren elfenbeinverzierten Truhen und Sesseln, den seidenen Wandbehängen und orientalischen Teppichen. Sie erklärte mir auch die Mosaiken in der Palastkapelle St. Johannis, die mir wie ein schimmerndes Kleinod vorkam. Ich spielte mit den Herzogskindern, vor allem die beiden lebhaften kleinen Mädchen fand ich allerliebst, obwohl das ältere wie ihr Vater ein wenig schielte und das jüngere die lange Nase ihrer Mutter geerbt hatte. Die Herzogin selbst allerdings geruhte nicht, das Wort an mich zu richten, eine byzantinische Prinzessin bemerkte eine Ministerialentochter einfach nicht (es sei denn, sie wollte sie aushorchen lassen).

Am zweiten Abend erlebten wir sogar einen Auftritt von Walther von der Vogelweide, dem berühmten Sänger. Er war auf einer seiner vielen Reisen auch wieder einmal nach Wien gekommen, und den ganzen Tag hörte man von den Hofdamen, in den Küchen und Ställen und in der Stadt nichts als: »Habt ihr schon gehört? Herr Walther ist wieder da!«

Am Abend war der große Saal gesteckt voll, und vor den Türen staute sich die Dienerschaft. Herr Walther erwies sich als beeindruckender Mann – er sah gut aus, auch wenn er nicht allzu groß war, mit feingliedrigen, sanften Händen und den ersten grauen Strähnen in seinen dunklen langen Haaren, auch wenn er nicht viel älter als Bischof Ekbert gewesen sein dürfte. Er strahlte eine vibrierende Energie aus, eine Aura, die fast sichtbar war, und alle Mädchen himmelten ihn an.

Er stellte sich vor den hohen Tisch, strich ein paarmal über die Saiten seiner Laute, und schon hatte er mit seinem charmanten Lächeln alle in der Hand. Mit wenigen witzigen Worten brachte er den ganzen Saal zum Lachen. Seine Stimme und seine Melodien schlichen sich ins Herz eines jeden und setzten sich dort fest. Am nächsten Tag sangen alle seine Lieder; die Hofdamen sagten sich gegenseitig seine Texte vor und kreischten, wenn die eine oder andere zwischendurch einen Vers nicht wusste oder ihn auf anstößige Weise veränderte.

Alle liebten »Unter der Linden an der Heide, wo unser zweier Bette was«, das war so schön schlüpfrig, aber noch annehmbar. Ich hingegen mochte am liebsten ein anderes Gedicht, eines, das erzählt, wie die Liebe ihn zum Singen bringt. Ich kann es heute noch auswendig:

Ganz voll Freude war mir nie so wohl zumute:
Ich fühle einfach, dass ich singen muss.
Hoffentlich hält sie mir das zugute!
Mich macht singen ihr geliebter Gruß.
Denn sie hält mich ganz in Schach,
kann mein Leid beenden
und mir senden
Freude mannigfach.

Insgesamt waren es erlebnisreiche und bunte Tage, aber ich nahm alle Farben gedämpft wahr, lebte wie hinter einem Schleier, denn ich dachte unentwegt an Richard. Was er jetzt wohl gerade machte, ob er an mich dachte, wie er in Zukunft Waldos Nachstellungen entgehen konnte, wo ich ihn treffen würde, ob wir eines Tages die Feindschaft unserer Väter überwinden und heiraten könnten. Ich war mir so sicher, dass ich mir nichts Schöneres vorstellen konnte. Und ich sehnte den Augenblick herbei, da unser Schiff nach Gran ablegen würde.

ZEIT DES GLÜCKS

Ungarn, Dezember 1208

Unterwegs saß ich neben Vater, und während wir die Donau hinabfuhren, befragte ich ihn nach der Stadt Gran, von der jetzt schon so oft die Rede gewesen war. Denn ich wusste ja, dass ich Vater kaum eine größere Freude machen konnte, als ihm Gelegenheit zu geben, sein Wissen vor mir auszubreiten. Inzwischen war mir sehr daran gelegen, Vater in gute Stimmung zu versetzen in der Hoffnung, ihm in einer glücklichen Stunde einmal von Richard und mir erzählen zu können.

»Gran ist der deutsche Name, die Ungarn nennen es Esztergom«, begann Vater und lehnte sich zufrieden zurück. »Es ist die wichtigste Residenz der ungarischen Könige und außerdem der Sitz des Erzbistums für ganz Ungarn. Beide Paläste, der des Königs und der des Erzbischofs, liegen hinter der Burgmauer oben auf einem steil abfallenden Hügel über der Donau. Man hat von dort einen großartigen Blick weit übers Land.« Er erzählte dann noch von der Stadt zu Füßen der Burg und von Kaiser Otto III., der das Bistum gegründet hat; aber da hörte ich schon nicht mehr genau hin, denn ich träumte von meinem Wiedersehen mit Richard.

In Gran wurde uns ein fürstlicher Empfang zuteil. Obwohl es schneite und ein unangenehm kalter Wind pfiff, waren sogar König Andreas und Königin Gertrud persönlich zur Mole gekommen, um uns willkommen zu heißen. Hinter ihnen standen der Erzbischof von Gran, das gesamte Domkapitel und viele Ritter und Adelige. Nur Richard konnte ich nirgends entdecken, sooft ich auch meine Augen suchend über die Menge schweifen ließ.

Als wir den Burgberg hinaufritten, schritten Trommler und Trompeter dem Zug voran. Die Bläser mussten ihre Bemühungen aber bald einstellen, da ihnen die Töne in den Instrumenten erfroren. Alle Leute waren in dicke Pelze gehüllt, auch die Zuschauer am Wegesrand. Viele hatten eigenartig spitze, hohe Fellmützen mit Ohrenklappen auf, und die Männer zeigten sich mit gewaltigen Schnurrbärten.

»Stell dir mal vor, wie das beim Küssen kitzelt!«, meinte Hiltrud kichernd. Sie war im Auftrag von Herzogin Theodora Angela mit uns nach Gran gereist, weil sie Königin Gertrud ein Geschenk und einen Brief der Herzogin überbringen sollte. Sie ritt neben mir und beugte sich zu mir herüber, um mir zuzuraunen: »Ich kann mir gar nicht vorstellen, wie die Frauen vor lauter Niesen überhaupt jemals zu Kindern kommen.«

»Na ja, sehr wirkungsvoll scheint diese Verhütungsmethode allerdings nicht zu sein«, antwortete ich, denn da neben der Straße wuselten auch zahlreiche kleine Wesen mit Pelzmützchen herum.

Oben auf dem Burgplateau sah ich mich verwundert um. Von unten hatte die Festung sehr gewaltig gewirkt, aber der Palas neben der tatsächlich bemerkenswert großen Kirche war so – nun sagen wir mal – übersichtlich, dass ich mich fragte, wo denn der Truchsess uns alle unterbringen sollte. Es gab zwar auf dem Burgberg noch eine Reihe größerer Steingebäude, aber die gehörten, wie ich später erfuhr, überwiegend dem Erzbischof.

Hiltrud und ich kamen allerdings gar nicht in den Palas, sondern teilten uns mit einigen Dienerinnen einen Raum über den Ställen. Dadurch roch man zwar unentwegt etwas nach Pferd – wie übrigens die meisten Leute hier –, aber es hatte den Vorteil, dass es dort halbwegs warm war.

Ich war froh, Hiltrud an meiner Seite zu haben, denn sie konnte etwas Ungarisch und war in der Lage, sich mit den Mädchen in unserem Zimmer zu verständigen. Doch meine Befürchtung, jetzt ständig auf sie angewiesen und selbst zur Sprachlosigkeit verdammt zu sein, löste sich in Luft auf, sobald wir die Kemenate von Königin Gertrud betraten.

Sie hatte nämlich bei ihrer Hochzeit jede Menge Personal aus Deutschland mitgebracht, darunter über zwanzig Hofdamen, die mich nun alle umringten, begierig auf Nachrichten aus der Heimat und Berichte von unserer Reise.

Besonders herzlich begrüßte mich Gunda. Sie war einst auf der Plassenburg Gertruds Erzieherin gewesen, ehe sie einen der meranischen Ritter geheiratet und mit ihm an den Bamberger Hof gekommen war. Aber als Gertrud nach Ungarn verheiratet wurde, hatte sie darauf bestanden, dass ihre alte Erzieherin mit ihr kam. Gunda erzählte mir, wie traurig sie damals gewesen war, als sie ihre Kinder und Verwandten verlassen musste, um mit ihrer Herrin in die Fremde zu ziehen. Seit unser Bote mit der Nachricht von unserem Besuch in Gran angekommen sei, habe sie Tag für Tag darauf gewartet, endlich von ihren Kindern zu hören.

Glücklicherweise hatte Mutter, die Gunda gut gekannt hatte, noch daran gedacht, mir beim Packen vor der Abreise die wichtigsten Neuigkeiten aus dem Leben von Gundas Familie mitzugeben, neben ihren hunderttausend Ermahnungen und Ratschlägen. Damals hatte mich das gelangweilt, jetzt war ich froh darum, denn Gundas Gesicht strahlte, als ich ihr erzählte, dass ihr Sohn auf dem besten Weg sei, ein Ritter zu werden, und dass ihre Tochter einen guten Mann gefunden habe.

Nur als ich hinzufügte, dass diese Tochter vor einem halben Jahr ein Kind bekommen hatte, ein kleines Mädchen, stiegen Gunda Tränen in die Augen. »Wie gern, ach, wie gerne würde ich die Kleine sehen. Aber Gertrud will mich ja nicht fortlassen. Ich habe sie schon ein paarmal darum gebeten, aber sie sagt, sie käme ohne mich nicht zurecht. Niemand würde ihr die Haare so kunstvoll frisieren wie ich.« Der letzte Satz klang so bitter, dass ich schlucken musste.

Ich war froh über die Vertrautheit, die zwischen uns entstanden war, denn so wagte ich es am nächsten Tag, sie nach Richard zu fragen, der immer noch nicht aufgetaucht war. Die ganze Nacht hatte ich vor Sorge und Sehnsucht kaum schlafen können. Mein Entsetzen war groß, als Gunda sagte, sie habe noch nie von einem Jungen namens Richard gehört. Aber sie versprach, sich umzuhören. »Unauffällig«, mahnte ich. »Unauffällig!« Sie kicherte und zwinkerte mir verschwörerisch zu.

In meiner Ungeduld fragte ich aber auch Christian, dem ich von allen noch am meisten vertraute. Der kam kurze Zeit später mit der erwünschten Nachricht zurück. Er hatte einfach Richards Vater gefragt. Die Antwort lautete, Richard sei von Königin Gertrud mit der Pferdehändlerin Awa auf deren Gestüt geschickt worden, um dort einige Pferde zu holen, die das Königspaar Bischof Ekbert zu Weihnachten schenken wollte. Er werde in Kürze zurückerwartet. Es fiel mir schwer, mir meine Erleichterung nicht allzu sehr anmerken zu lassen.

Zwei Tage später waren Hiltrud und ich gerade auf dem Weg zur Andacht in der Basilika, als Richard durchs Tor hereinritt, hinter sich zehn prächtige Pferde. Am liebsten wäre ich sofort zu ihm hingestürzt, um ihn zu umarmen, stattdessen umklammerte ich Hiltruds Arm.

»Da ist er«, sagte ich mit rauer Stimme.

»Heja, du zitterst ja. Gib acht, dass du nicht auseinanderfällst vor Freude.«

An diesem Abend konnte ich Richard in der Messe und beim Abendessen nur von ferne sehen, aber ich war trotzdem überglücklich, zumal ich erfuhr, dass Waldo am nächsten Tag abreisen würde. Vater erzählte mir, es hätten inzwischen intensive Beratungen stattgefunden, wie man in Bischof Ekberts Fall weiter verfahren sollte. Man hatte beschlossen, Propst Adolf, einen der Vertrauten von Königin Gertrud, mit einem Brief von König Andreas nach Rom zu schicken. Darin bat der König den Papst, Ekbert die Möglichkeit zu geben, in einem förmlichen Prozess seine Unschuld zu beweisen.

»Das Ganze kann auch schiefgehen«, sagte Vater, »denn Papst Innozenz hat ja bisher immer König Otto bevorzugt. Aber es wird ihm nicht gefallen, dass sich Otto den Bamberger Kirchenbesitz unter den Nagel gerissen hat. Ich habe dem Bischof geraten, diesen Punkt ganz besonders zu betonen.« Vater sah sehr selbstzufrieden aus.

Gleich am nächsten Morgen sollte Propst Adolf aufbrechen, und Waldo gehörte zu der bewaffneten Mannschaft, die ihn nach Rom begleiten sollte. Sie wurden erst Anfang Februar zurückerwartet. Was für ein Glück!

Weihnachten kam mit zahlreichen Festmessen und Festessen, mit Liedern, Tänzen und Spielen. In der Nähe der Burg gab es einen kleinen zugefrorenen See, auf dem wir Wettbewerbe veranstalteten, wer mit seinem »Stock«, einem glatt geschliffenen Holzklotz, dem Zielstein am nächsten kam. Einmal traten die Hofdamen gegen die Ritter an, die uns zunächst auslachten in der Überzeugung, dass wir gegen sie keine Chance hätten. Aber dann stellte sich heraus, dass es eben nicht nur auf Kraft ankam, und ich jubelte, wenn wir wieder einmal gewonnen hatten.

Inzwischen hatte sich das Wetter gebessert. Fast jeden Tag schien die Sonne, und die Welt glitzerte in der klaren kalten Luft. Die Herrschaften des Hofes gingen häufig auf die Jagd, und meist musste Vater Bischof Ekbert begleiten. Ich genoss meine Freiheit.

Richard und ich unternahmen lange Spaziergänge, oder wir ritten gemeinsam aus. Dabei waren wir zwar immer in Begleitung von Hiltrud, die aber diskret zurückblieb, sobald wir aus dem Sichtfeld der Burg waren. Schon hinter dem ersten Busch küssten wir uns; wir rannten lachend um die Wette und bewarfen uns mit Schneebällen. Und wir redeten und redeten. Ich wundere mich noch heute, was uns alles einfiel und dass uns der Gesprächsstoff nie ausging.

Richard war voller Zukunftspläne. »Am Anfang war ich ja betrübt über den Auftrag, die Pferde für Bischof Ekbert bei Awa zu holen, weil ich dich umso länger nicht sehen würde. Aber jetzt bin ich froh. Ich habe von Awa eine Menge gelernt – sie weiß wirklich alles über Pferde. Und außerdem bin ich auf diese Weise König Andreas aufgefallen, er hat mich sehr gelobt. Vielleicht nimmt er mich ja in seine Dienste.«

»Na, da wird aber Bischof Ekbert etwas dagegen haben, du gehörst doch ihm.«

»Vielleicht schenkt er mich ja seiner Schwester, der Königin, wenn wir sie darum bitten. Dann könnte ich auf einem der königlichen Gestüte arbeiten und Pferde züchten, und wir könnten heiraten. Und unsere Väter können uns gestohlen bleiben.«

Doch zunächst waren die Väter noch sehr gegenwärtig. Und ihre gegenseitige Abneigung brodelte heftiger denn je. In einem pferdeverrückten Land wie Ungarn war Marschall Kuno ein gefragter Mann, während Vater am Königshof kaum etwas zu tun hatte. Das machte ihn ungeduldig und reizbar. Bei jeder sich bietenden Gelegenheit gerieten die beiden aneinander. Solange sie am Hof waren, mussten Richard und ich doppelt aufpassen, nicht zusammen gesehen zu werden.

Deswegen waren wir so froh, als Richard endlich ein Versteck für uns fand, eine kleine Rumpelkammer im Dachboden von einem der Ställe. Es war … ach …

Sophies Notizen
Bamberg, im März 1250

Es fällt mir immer schwerer, weiterzuschreiben. Bisher sprudelten die Erinnerungen oft klar wie ein Gebirgsbach, jetzt jedoch wird meine Feder langsamer und langsamer. Es fühlt sich an, als müsste ich durch knietiefen Morast waten, so wie es uns oft in Alpträumen geht, wenn man trotz allen Bemühens kaum vorwärtskommt. Doch ich versuche, dagegen anzukämpfen, in der Hoffnung, meiner Dämonen Herr zu werden. Mir ist, als müsste ich eine lang verborgene, verstaubte und verrostete Truhe öffnen, die ich eigentlich nie mehr anrühren wollte. Aber die bösen Geister sind ja schon da. Habe ich sie gerufen?

Wie auch immer, auch die folgenden Wochen und Monate gehören zu meiner Geschichte, und ich werde mich bemühen, nun, ich werde mich bemühen …

ZEIT DES ELENDS

Ungarn, Januar 1209

Wir waren glücklich in unserem Versteck, Richard und ich. Immer wieder gelang es uns, uns für ein Stündchen wegzuschleichen. Wir umarmten und streichelten uns, aber er hat mich niemals zur Frau gemacht; wir wussten ja, dass das vor der Ehe eine Todsünde gewesen wäre. Einmal, ein einziges Mal, hat Richard … hat er seine Bruche heruntergezogen, und ich habe ihn … es schüchtern in die Hand genommen.

In diesem Moment stand Waldo in der Tür. Mit einem Wutschrei riss er Richard auf die Beine, zerrte ihn, so wie er war, nach draußen, stieß mich in die Kammer zurück und verriegelte die Tür.

Ich schrie und heulte und trommelte gegen das Holz, bis meine Hände bluteten. Als Hiltrud Stunden später kam und mich befreite, war es schon zu spät. Sie erzählte mir, was geschehen war, oder eher, was man ihr davon berichtet hatte, denn sie war an diesem grauenvollen Nachmittag unterwegs gewesen.

Waldo hatte Richard zu Bischof Ekbert geschleppt, den er an sein striktes Gebot vom Anfang unserer Reise erinnerte. »Wer sie anrührt, verliert seine Hand oder seinen Kopf.«

Bischof Ekbert hielt eine Gerichtssitzung ab, zusammen mit Königin Gertrud, die ihm zuredete, dass er sich durchsetzen und ein Exempel statuieren müsse, und mit dem Erzbischof von Gran, der von Sünde und Teufel sprach. Weil Richard beteuerte, dass wir hätten heiraten wollen, sprach der Bischof ein mildes Urteil. Sie … sie hieben ihm nur die linke Hand ab.

Zwei Stunden später starb er in meinen Armen.

Mehr kann ich nicht … ich kann nicht …

Acht Tage war ich nach Richards … nach seinem … nach dem Unglück nicht in der Lage, das Bett zu verlassen. Vater kam immer wieder. Er versuchte es mit Erklärungen: Bischof Ekbert habe so handeln müssen, sonst hätte er sein Gesicht verloren, selbst Marschall Kuno habe eingesehen, dass die Strafe unvermeidbar gewesen sei. Er versuchte es mit Vorwürfen: Wie ich so etwas hätte tun können, ich hätte Schande über die ganze Familie gebracht, so besudelt wolle mich kein Mann mehr haben, und ich solle bloß froh sein, dass es mir nicht auch noch an den Kragen gegangen sei, weil mich der Bischof als Zeugin brauche. Er versuchte es auch mit Versprechungen: König Andreas habe Bischof Ekbert eine ganze Region geschenkt, die Zips im Norden seines Reiches. Alle sagten, dort sei es wunderschön, und im Frühjahr würden wir dorthin aufbrechen, und der Bischof wolle ihm, seinem Kämmerer, dort ein eigenes Lehen geben. Dort könnten wir ein festes Haus bauen, das ich ganz nach meinem Geschmack einrichten dürfe, und er werde einen guten Mann für mich finden, denn dort wisse ja niemand von meiner Schande.

Ich drehte mich nicht einmal zu ihm um. Ich weiß nicht mehr, ob ich ihn überhaupt hörte oder ob ich seine Worte nur aus Hiltruds Berichten kenne. Das Loch, in das ich gefallen war, schien bodenlos. Ich hatte alle meine Helden verloren, nicht nur Richard, sondern auch Vater und Bischof Ekbert. Manchmal dachte ich, der Teufel sei aus seiner Hölle gekrochen und habe die beiden in bösartige Dämonen verwandelt, manchmal dachte ich, Gott sei verschwunden; meistens dachte ich aber überhaupt nichts und irrte nur trostlos in meiner düsteren inneren Einsamkeit umher. Ich fühlte mich unfassbar allein.

Ohne Hiltrud wäre ich damals wahrscheinlich gestorben. Sie zwang mich, zu trinken, flößte mir hin und wieder etwas Suppe ein, brachte mir den Eimer, legte mir warme Ziegelsteine an die Füße, deckte mich sorgfältig zu. Ich weiß gar nicht mehr, ob ich ihr je gebührend gedankt habe.

Nach acht Tagen musste ich aufstehen, denn der gesamte Hof zog um in die zweite Residenz der ungarischen Könige, nach Stuhlweißenburg. Es war Ala, die mir die drei Tage der Reise erträglich machte, sie spürte offenbar, was mit mir los war. Sie begrüßte mich mit Hufscharren, blies mir ins Ohr, nahm mir mit unendlich sanften Lippen das Brot, das ich ihr reichte, aus der Hand, und ihre traurigen, zärtlichen Augen mit den langen Wimpern schafften es, dass ich endlich weinen konnte. Ich glaube, ich weinte auf dem ganzen Weg von Gran bis Stuhlweißenburg. Ich hatte mir einen Schleier vors Gesicht gezogen, aber ganz verbergen konnte ich meine Trauer doch nicht. Christian und Ebo ritten, wann immer es ihnen möglich war, neben mir.

Christian versuchte, mich aufzuheitern, indem er mir Geschichten und Witze erzählte. Und ich versuchte, ihm mit einem schiefen Lächeln zu danken. Ebo war einfach nur da, half mir beim Auf- und Absteigen und trug meinen Reisesack. Dafür war ich dankbar, denn ich war so dünn und zittrig geworden, dass ich ihn nicht hätte tragen, sondern nur hinter mir herschleifen können.

Hiltrud war nicht mehr bei mir, sie hatte nach Wien zurückreisen müssen. Die anderen Hofdamen, auch Gunda, hielten Abstand zu mir, denn meine Schande umgab mich wie eine ansteckende Krankheit. Alles Heuchlerinnen – die meisten von ihnen hatten Liebschaften mit irgendwelchen Rittern, man durfte sich halt nicht erwischen lassen.

Der Königspalast in Stuhlweißenburg war viel größer als der Palas in Gran. Hier gab es sogar einen eigenen Gästetrakt, in dem Bischof Ekbert und seine engere Entourage untergebracht wurden. Ich bekam eine hölzerne Stube neben den Räumen der Männer, nur für mich. So war ich allein in den grauenvollen Nächten, und auch während der düsteren Tage fühlte ich mich unter all diesen Menschen bei Hof weiterhin grenzenlos einsam.

Dann kam eines Tages Vater freudestrahlend zu mir. »Ach, Sophie«, seufzte er und nahm meine Hände. »Stell dir vor, ein Mann will dich heiraten, trotz allem. Und ein sehr ehrenwerter und erwünschter noch dazu! Ritter Waldo hat um deine Hand angehalten. Ritter Waldo, ist das nicht wunderbar? Was sagst du dazu?«

Das durchbrach meine erstarrte Sprachlosigkeit. »Nein, nicht Ritter Waldo!«, krächzte ich.

Vater sah mich völlig verblüfft an.

»Bitte, Vater, nicht Ritter Waldo.« Nicht ausgerechnet Richards Mörder, nicht ausgerechnet dieses Scheusal, dachte ich.

Jetzt wurde Vater richtig wütend: »Was soll denn das heißen, Jungfer Launenhaft?«, rief er mit geballten Fäusten. »Du hast mir doch selbst gesagt, dass du ihn willst!«

»Ich? Ich soll gesagt haben, dass ich Waldo will?«

»Ja, damals in Wien, als du mich gebeten hast, Richard nach Gran vorauszuschicken. Das kannst du doch nicht vergessen haben!«

Wie blind und dumm kann denn ein Mann nur sein? Ganz begreife ich es bis heute nicht.

Vater trat einen Schritt zurück und strich sich die Ärmel glatt. »Außerdem ist alles schon abgemacht mit Bischof Ekbert. Morgen wird er euch trauen. Und er hat Waldo ein schönes Lehen versprochen. Wenn ihr zurück in Bamberg seid, wirst du eine Burgherrin.«

Seine Stimme wurde zärtlich, und er strich mir übers Haar. »Also gräme dich nicht mehr über deine Schande und lächle wieder. Alle werden der Frau eines Ritters die angemessene Ehre erweisen.« Sichtlich zufrieden verließ er das Zimmer. Er hatte tatsächlich geglaubt, ich sei wegen meiner verlorenen Ehre krank geworden.

Ich weiß nicht, wie ich die folgenden Monate überlebte. Wahrscheinlich gelang es mir, weil meine Seele sich zu einem winzigen, harten, kaum mehr auffindbaren Knoten zusammenzog. Zurück blieb lediglich eine Strohpuppe.

Waldo heiratete eine von den Hofdamen reich geschmückte Strohpuppe, führte eine Strohpuppe zum Festmahl und in sein Bett. Was dort in diesem Bett geschah, kann man fast nicht als Notzucht bezeichnen, denn ich spürte nichts, absolut nichts. Die Strohpuppe tat die Arbeit, die getan werden musste, sie putzte Waldos Stiefel, wusch und flickte seine Kleider, ging mit ihm zu den Mahlzeiten und zur Kirche, aber sie sprach nicht und sah ihn nicht an. Sie sah niemanden an. Wenn sie nichts zu tun hatte, saß sie irgendwo herum und starrte ins Leere. Sie aß kaum noch etwas und wurde dünn wie ein Gespenst.

Damals lernte ich die Macht des Schweigens – des verächtlichen Schweigens – und des gesenkten Blicks kennen. Vater gab nach vier oder fünf Besuchen auf, Waldo dagegen begann, mich zu schlagen.

Eines Spätnachmittags hielt er es nicht mehr aus. Er packte mich bei den Schultern, schüttelte mich und schrie: »Verdammt, Mädchen, sprich mit mir! Und schau mich an!«

Da hob ich den Kopf, sah ihn an und packte meinen ganzen Hass in diesen Blick. Er fuhr zurück, dann ohrfeigte er mich mit solcher Wucht, dass ich gegen die Wand taumelte. Er riss die Tür auf und stürzte davon. Spät in der Nacht kam er zurück, schwer betrunken, und vergewaltigte mich.

Das spielte sich ein. Er trank immer mehr, er schlug mich immer öfter und ritt mich fast zuschanden. Ich aß fast gar nichts mehr.

Sophies Notizen
Bamberg, im April 1250

Manchmal tut es nicht gut, alte Truhen zu öffnen. Die Erinnerung an Richards … ja, die Erinnerung an Richard hat den Dämon in meinem Inneren ermutigt, besonders bösartig zu werden. Alle dachten, ich würde sterben. Sie schickten nach Ela, weil sie wussten, dass niemand mich so pflegen kann wie sie. Und ich bin so dankbar, dass sie gekommen ist, obwohl das Reisen in ihrem Zustand besonders mühsam und gefährlich ist. Wie schön wäre es, wenn ich meinem ersten Urenkelkind helfen dürfte, auf diese Welt zu kommen, denn jetzt muss Ela ja eine Zeit lang hier in Bamberg bleiben. Ich gestehe, dass ich (fast) kein schlechtes Gewissen habe, sie von ihren Pflichten als Burg-

herrin abzuhalten. Sie tut mir so gut. Ihre Base Uta gibt sich ja auch alle Mühe, aber sie hat nicht ihre Hände und vor allem nicht ihre wachen Augen. Ela hat etwas gesehen, das sonst keiner bemerkt hat: Sie hat mich ermutigt, ja fast gezwungen, weiterzuschreiben, obwohl die gesamte Verwandtschaft meinte, ich müsse mich schonen.

Nun also! Ich will es versuchen, oh ja, denn es erfüllt mich mit Zuversicht.

DER ENGEL

Ungarn, März 1209

Eines Tages kam Christian auf unsere Stube. Er setzte sich in der Fensternische mir gegenüber und nahm meine Hände in die seinen, die erste sanfte Berührung, die ich seit Langem erfuhr. »Sophie«, sagte er nach einer Weile, »kannst du nicht versuchen, etwas weniger hart zu sein?«

Ich hob den Kopf und starrte ihn fassungslos an. »Ich?«, stieß ich hervor. »Ich bin hart?«

»Ja, das bist du, und das weißt du auch. Du bist gerade dabei, zwei Männer zugrunde zu richten. Dein Vater ist völlig verzweifelt, er lacht nicht mehr und taugt im Rat fast nichts. Ich weiß, was mit dir los war, ich weiß von deiner Liebe zu Richard, aber dein Vater und der Bischof wussten es nicht, und sie wissen es bis heute nicht. Sie dachten wirklich, Waldo wäre die beste Lösung und würde dich glücklich machen. Waldo hat seine Macken, ich weiß, und ist manchmal schwer erträglich. Aber er ist kein ganz schlechter Mann, glaub mir. Außerdem ist er verrückt nach dir. Er wollte dich schon, als wir noch in Bamberg waren, du hast es nur nie bemerkt. Wenn du nur ein bisschen freundlich zu ihm wärest, könntest du ihn um jeden deiner hübschen kleinen Finger wickeln.«

Christians Worte entzündeten ein Flämmchen in mir, einen hässlichen kleinen Funken, der wuchs und wuchs und schließlich die Strohpuppe in Flammen aufgehen ließ. Die Priester sagen immer, Leid sei etwas Gutes, es läutere den Menschen. Das stimmt nicht. Leid macht hart und böse.

Nachdem Christian gegangen war, saß ich noch lange in meiner Fensternische. Ich war so wütend, so wütend. Es war, als würde dieser kleine, harte Seelenklumpen in mir auf einmal auseinanderbrechen, sich aufblähen und eine neue Person gebären: berechnend, ichbezogen, habgierig und falsch. Ich hasste sie, alle, dieses ganze Pack um mich herum. Am liebsten hätte ich die Burg angezündet. Aber ich würde es allen zeigen! Jetzt sollten die anderen bezahlen. Die Männer wollten um den Finger gewickelt werden? Das konnten sie haben. Ich würde mir holen, was mir zustand, ich würde ihnen nie mehr hilflos ausgeliefert sein.

Langsam wurde ich ein wenig ruhiger und begann zu überlegen. Als Erstes würde ich die Voraussetzungen verändern. Ich sah an mir herunter, sah mein verdrecktes graues Kleid, das formlos um mich herumhing. Dann ging ich zu meiner Truhe, holte ein frisches Hemd, mein bestes Übergewand und die silbernen Haarbänder, die dort seit meiner Hochzeit unbeachtet lagen, und begab mich damit zur Badestube.

Sechs Hofdamen, ihre Mägde und auch Gunda waren dort. Sie starrten mich erstaunt und neugierig an, als ich den feuchtwarmen Raum betrat. Kein Wunder, war ich doch seit Richards … seit Monaten nicht im Bad gewesen.

Gunda kam auf mich zu und streckte mir abwartend, aber erfreut die Hände entgegen. »Sophie, du?«, rief sie. »Ist etwas geschehen?«

In dem Moment kam mir ein Gedanke. Ich zog Gunda in eine unbesetzte Nische und flüsterte: »Ja, es ist etwas geschehen.« Und weil ich wollte, dass es der ganze Hof erfuhr, fügte ich hinzu: »Aber du darfst es niemandem sagen.«

»Aber ganz bestimmt!«, erwiderte Gunda aufgeregt, sie platzte fast vor Neugier.

»Stell dir vor, Gunda …« Ich zögerte etwas, denn ich wollte die Spannung noch steigern. Dann schlug ich bescheiden die Augen nieder und raunte ihr ins Ohr: »Mir ist heute ein Engel erschienen.«

Gunda schlug sich die Hand vor den Mund und sah mich mit großen Augen an: »Ein Engel?« Sie zweifelte keinen Augenblick.

Ich gab meinem Gesicht einen schwärmerischen Ausdruck. »Er trug ein weißes Gewand mit goldenen Borten und hatte zwei riesige weiße Flügel. Und Licht strahlte von ihm aus.«

Die Bewunderung in Gundas Blick stachelte meine Phantasie an.

»Er war sehr groß und leuchtete so sehr, als stünde hinter ihm die Sonne –«

»Und, hat er etwas verkündet?«, unterbrach mich Gunda ungeduldig. »Was hat er denn gesagt?«

Puh, was hatte der Engel denn gesagt? Mir fiel absolut nichts Engelhaftes ein.

»Ich, äh … Das darf ich noch nicht sagen.«

Offenbar erhöhte mein geheimes Wissen mein Ansehen noch, Gundas Miene war jetzt geradezu ehrfürchtig. Dann ging ich ganz bewusst ein Risiko ein. Ich fragte Gunda, ob sie mir beim Haarewaschen helfen würde.

Gunda stand weit über allen anderen Dienerinnen. Ihre Dienste standen ausschließlich der Königin zur Verfügung. Wenn sie jetzt auf meine Bitte einging und die Aufgabe nicht an eine der Bademägde weitergab, war das ein Zeichen dafür, dass sie mich als etwas Besonderes ansah, als jemanden, der aus der Hierarchie gefallen war und Ehre verdiente.

Und siehe, sie sagte Ja. Ich hatte gewonnen. Gunda half mir sogar beim Auskleiden, zeigte sich entsetzt darüber, wie dünn ich war, und herrschte eine Magd an, den Badezuber ordentlich aufzufüllen. Ich glitt in das warme Wasser, als wäre es eine Erlösung. Es wusch mir nicht nur den Schmutz vom Körper, sondern leckte auch feine Risse in die Kruste um meine Seele. Ich schloss die Augen und fühlte das erste Mal seit Langem wieder, wer ich war.

Mit geübten Händen wusch mir Gunda den Kopf, gab zwei Bademägden den Befehl, mit über dem Ofen gewärmten Tüchern meine Haare zu trocknen, kämmte sie mit dem Läusekamm sorgfältig aus und schickte mich dann in den Garten, wo die Sonne die letzte Feuchtigkeit aus ihnen verjagen sollte. In meinen sauberen, schönen Kleidern hatte ich das Gefühl, endlich wieder durchatmen zu können.

Ich hatte gar nicht bemerkt, dass der Frühling gekommen war. Im Garten blühten zahlreiche gelbe und blaue Blümchen, die ich nicht kannte. Ich ging bis zur Burgmauer am Ende des Gartens, stieg hinauf auf den Wehrgang und nahm das erste Mal das Land wahr, in dem wir jetzt lebten. Jenseits des Flusses unterhalb der Burg sah ich das Moor, das weite Teile der Stadt umschloss, den weißen Flaum der Wollgräser und das zarte Grün vereinzelter Birken. Und meine Neugierde schlug endlich einmal wieder die Augen auf. Ich wollte die Namen der kleinen Blumen erfahren, wollte wissen, wie der Fluss hieß, wie es dazu gekommen war, dass man eine Stadt im Moor errichtet hatte, und welche Menschen hier lebten. Ich hatte allerlei nachzuholen.

DIE ZÄHMUNG

Aber zunächst musste die Sache mit Waldo erledigt werden. Mein Hass und meine Trauer verdichteten sich zu einer harten Entschlossenheit, die mich selbst erstaunte. Ich legte meine Hand auf einen der glatten, geäderten Kiesel der Mauerbrüstung und schwor mir bei diesem Stein, dass in Zukunft ich den Weg bestimmen würde, dass ich mich nicht mehr unterwerfen, sondern mir diesen Mann gefügig machen würde.

Gunda war wirklich eine Meisterin im Frisieren. Sie flocht mir die Haare auf meine Bitte hin zu einer Art Krone, durchwirkt mit den silbernen Bändern. An ihnen befestigte ich dann Irene-Marias zarten Schleier. Heute wundere ich mich über den Hochmut, der mich bewog, den Schleier einer toten Königin zu tragen. Aber … nun ja, ich will es nicht entschuldigen, ich tat es eben. Es war ein Teil meines Plans.

Ich schickte eine der Mägde auf die Suche nach Waldo, er solle auf unsere Stube kommen. Dort stellte ich mich so vor das Fenster, dass die warme Nachmittagssonne mich von hinten beschien und mich mit einer hellen Aura umgab. Und wartete auf ihn.

Er hatte die Engelsbotschaft schon vernommen, das merkte ich an der unsicheren Art, mit der er den Raum betrat. Dann sah er mich, und ich beobachtete mit Genugtuung, wie mühsam er um Fassung rang.

»Du … du hast mich rufen lassen?«, stotterte er.

Mein Herz schlug schneller. »Du hast mich rufen lassen«, das klang, als wäre ich die Königin. Es war mehr, als ich erwartet hatte. In mir breitete sich ein seltsames Gefühl aus und kroch mir wie gelber Rauch bis in die Fingerspitzen. Macht – ich fühlte plötzlich, was Macht bedeutete. »Ja«, sagte ich mit unbewegt kühler Stimme. »Ich habe dir etwas zu sagen!«

Waldos Frage half mir weiter. »Was hat denn der Engel gesagt?«, wollte er wissen.

Ich beschloss, ihm etwas Honig zu geben. »Er hat mich gerügt. Ich sei dir keine gute Ehefrau gewesen.« Waldos Schultern hoben sich ein wenig, bis ich die Peitsche herausholte: »Und er war entsetzt über deine Sünden. Wenn du dich nicht änderst, wirst du direkt in die Hölle fahren. Die Teufel warten schon.« Ich frohlockte innerlich über Waldos geweitete Augen, blieb aber bei meinem kühlen Ton. »Da ich das nicht möchte, werden wir das ändern, und zwar gemeinsam.« Ich deutete mit dem Kinn auf eine Stelle vor meinen Füßen. »Knie dich hin.«

Er zögerte kurz, dann sank er tatsächlich vor mir auf die Knie. Endlich einmal konnte ich von oben auf ihn herabschauen, auch wenn seine Augen bei seiner Größe noch immer in Höhe meiner Halskuhle waren. Ich sah ihn streng an, und er senkte den Blick.

»Ich möchte, dass wir in Zukunft eine gottgefällige Ehe führen nach den Regeln der Kirche«, begann ich. Dann streckte ich feierlich meine Hand aus. »Leg deine Schwurhand in meine Rechte und sprich mir nach.« Mit der Linken hob ich sein Kinn an und sprach ihm vor: »Ich schwöre, dass wir die kirchlichen Fastentage halten werden.«

Waldo murmelte: »Ich schwöre.« Seine drei Schwurfinger fühlten sich feucht und klebrig an in meiner Handfläche.

»Sag den ganzen Satz, damit du ihn nicht vergisst«, befahl ich. »Ich schwöre, dass wir die kirchlichen Fastentage halten werden.«

»Ich schwöre, dass wir die kirchlichen Fastentage halten werden.«

»Ich schwöre, dass ich dich nie mehr schlagen werde!«

»Ich schwöre, dass ich dich nie mehr schlagen werde.«

»Ich schwöre, dass ich dich nie mehr gegen deinen Willen nehmen werde!«

Er stockte kaum merklich und wiederholte dann: »Ich schwöre, dass ich dich nie mehr gegen deinen Willen nehmen werde!«

»Gut«, sagte ich und ließ sein Kinn los. »Dann ist da noch etwas. Aber das will ich dich nicht schwören lassen, weil ich mir nicht sicher bin, ob du es halten kannst. Aber versprechen sollst du es mir. Versprich mir, dass du weniger trinken wirst.«

Waldo sah mich kurz an, dann nickte er. »Ich werde es versuchen.«

»Gut!« Ich war erstaunt, dass das alles so leicht gegangen war. Ich hatte mit Widerstand, Wortgefechten, ja Wut gerechnet. Und jetzt? Wieso hatte Waldo so geschmeidig nachgegeben? War das ein Trick? Da bemerkte ich etwas, das mir fast die Luft nahm – Waldo war erregt. Die Anzeichen kannte ich inzwischen gut genug: kleine Schweißtropfen auf der Oberlippe und eine bestimmte Art, zu atmen. Diese Zeremonie der Unterwerfung hatte ihn erregt! Wie Wasserbläschen in einem sumpfigen Teich stieg ein Gefühl von Triumph in mir auf. Diese Chance würde ich nicht ungenutzt lassen.

»Gut!«, wiederholte ich. »Dann geh jetzt in die Badestube.« Das war nötig, denn Waldo stank ziemlich, wie meistens. »Ich habe dir frische Kleider herausgelegt. Wenn du zurückkommst, werden wir in die Kirche gehen und für unsere Zukunft beten.«

Waldo stand auf, schaute mich verlegen an, nahm sein Kleiderbündel und trottete davon.

Bei der Abendmahlzeit waren wir die Sensation – Waldo frisch rasiert und frisiert in einem blau-silbernen Surcot über dem dunklen Unterkleid und ich in meinem guten Kleid mit den silbernen Bändern im Haar und dem schönen Schleier. Rund um uns herum wurde getuschelt, man warf uns versteckt oder offen neugierige Blicke zu. Der Diener führte uns zum oberen Drittel der rechten Tafel, von wo aus wir den hohen Ehrentisch gut sehen konnten. Dort saßen neben dem König und der Königin auch Bischof Ekbert und andere Adelige. Sie sahen sehr vornehm aus, aber plötzlich waren sie mir alle zuwider – die da oben, die sich für etwas Besseres hielten, bloß weil sie in eine bestimmte Familie hineingeboren worden waren.

Um mich abzulenken, sah ich mich im Saal um. Obwohl ich doch seit Wochen jeden Abend zum Essen hierhergekommen war, nahm ich ihn das erste Mal bewusst wahr. Es war ein großer, nicht allzu hoher Raum, dessen Decke von schweren Unterzügen getragen wurde. In manchem erinnerte er mich an den Festsaal in Prag. Aber die Stimmung dort war eine ganz andere gewesen. Auch der König von Böhmen hatte ja viele Deutsche ins Land geholt, sie wurden geschätzt und vielfach nachgeahmt. Dort saßen bei den Mahlzeiten die Böhmen und die Deutschen quer durcheinander, man unterhielt sich mit Händen und Füßen, es wurde viel gelacht und manchmal gemeinsam gesungen.

Hier jedoch schien eine dunkle Wolke über den Köpfen zu hängen, es herrschte eine flirrende, unfreundliche Stimmung. An der linken Tafel vor der Wand saßen die ungarischen Adeligen, ausschließlich Männer, alle in ihrer traditionellen bunt bestickten Tracht mit langen wattierten Mänteln über pludrigen Hosen in hohen Stiefeln. Sie behielten auch beim Essen ihre eigenartigen spitzen Hüte auf. In ihren Schnauzbartzipfeln nistete Unmut.

Mit dem Rücken zu ihnen saßen am mittleren Tisch die deutschen Ritter, die mit Königin Gertrud ins Land gekommen waren, und ihnen gegenüber die Hofdamen, alle bemüht, sich nach der neuesten französisch-deutschen Mode zu kleiden. Man sah viel Samt und Seide, Goldstickerei und reichen Schmuck.

Auf diese Weise hatten sich auch König Andreas und Königin Gertrud herausgeputzt. Sie unterhielten sich meist auf Französisch miteinander, in der Sprache von Andreas' Mutter, obwohl Andreas auch das Deutsche einigermaßen beherrschte. Aber Französisch galt als eleganter und mehr, *comme il faut*. Ungarisch hatte Gertrud nie gelernt.

Während des Essens kam ein Bote an unseren Tisch, an dem vor allem die Gäste versammelt waren, und teilte mir mit, dass Bischof Ekbert mich später in seinen Gemächern erwarte. Also ging ich nach dem Essen zum Gästetrakt hinüber. Als ich bei Ekbert eintrat, waren nur mein Vater und des Bischofs farbloser Kaplan Burchard bei ihm. Ekbert fläzte in seinem Sessel, in der einen Hand ein Weinglas.

»Gott grüße dich, Sophie. Komm etwas näher, mein Kind.« Seine Aussprache war bereits ein klein wenig verwaschen.

Ich blieb mit einem angedeuteten Knicks in gehörigem Abstand vor ihm stehen.

Er sah mich intensiv und offenbar leicht belustigt an. »So, du hast also einen Engel gesehen.« Der Spott in seiner Stimme war nicht zu überhören.

Ich schluckte und atmete tief durch. »Ja«, erwiderte ich dann ruhig.

Er runzelte die Stirn und trank einen Schluck Wein. »Hast du mit dem Engel gesprochen? Was hat er denn gesagt?«

Ich starrte ihn an, und die Selbstgefälligkeit, die aus seinem Blick und seiner Haltung sprach, erfüllte mich plötzlich mit einem solch lodernden Widerwillen, dass ich im Schutz meiner langen Ärmel die Fäuste ballte und meine Fingernägel sich tief in die Handflächen gruben. Wieso verlangt dieser Bastard, dass ich ihm einfach so meine Trümpfe ausliefern soll?, dachte ich und vergaß dabei völlig, dass ich eigentlich gar keine Trümpfe in der Hand hatte.

Ich hob den Kopf, so hoch ich konnte, und antwortete mit kalter Stimme: »Mir wurde aufgetragen, Euch das zu gegebener Zeit mitzuteilen.« Damit knickste ich, drehte mich um und ging, ohne dass er mir dazu die Erlaubnis erteilt hatte.

Der Weg zur Tür erschien mir sehr weit. Mir war, als bohrte sein Blick sich wie ein Dolch in meinen Rücken. Er kann dir nichts tun, beruhigte ich mich selbst, er braucht dich noch als Zeugin. Doch selbst wenn er mich bestrafen würde – das triumphierende Hochgefühl, das jede Faser meines Körpers überschwemmte, schien mir fast jeden Preis wert zu sein. Ich hatte es ihm gezeigt, Richards Mörder, ich hatte ihn abblitzen lassen, ja gedemütigt. Ich fühlte mich so stark wie noch nie.

Mit mir gemeinsam schlüpfte Christian durch die Tür, neben der er offenbar unauffällig gestanden hatte. »Du spielst ein gewagtes Spiel, Sophie«, flüsterte er, »aber du spielst es nicht schlecht!«

In diesem Moment stürzte mein Vater aus dem Zimmer. Ich hatte vorhin, als ich mich umdrehte, aus dem Augenwinkel sein fassungslos-entsetztes Gesicht gesehen. »Aber Sophie!«

Er schluchzte fast. »Wie kannst du es wagen! Wie kannst du so mit deinem Herrn sprechen!« Seine flehende Stimme löste eine seltsame Reaktion in mir aus. Mein Zorn, meine Wut, meine Enttäuschung schienen in dem Triumph über Bischof Ekbert verbrannt zu sein. Zurück blieb so etwas Ähnliches wie Mitleid, gemischt mit leiser Verachtung. Deshalb war die süße Weichheit in meiner Stimme nicht nur Berechnung. »Aber Väterchen, ich kann doch nichts dafür. Es ist mir so befohlen worden.« Ich legte meine Hand auf seinen Arm. »Glaubst du mir etwa nicht?«

Er hielt meinen großen Augenaufschlag nicht aus, senkte den Blick und murmelte: »Doch! Gewiss glaube ich dir. Aber du –«

»Freu dich doch lieber, dass dein Schwiegersohn beschlossen hat, von jetzt an ein gottgefälliges Leben zu führen.« Ich trat zu Waldo, der vor Bischof Ekberts Tür auf mich gewartet hatte, ergriff seine Hand und ging mit ihm weg.

Diese Nacht war die erste Nacht der Qual für Waldo. Sie begann mit einem langen Abendgebet im Knien; er tat sich damit viel schwerer als ich, weil er, im Gegensatz zu mir, bei den Gottesdiensten als Wächter meistens stand, um jede Unruhe in der Gemeinde erfassen zu können. Aber dann ... der Frühling hatte die Lebensgeister geweckt, ein lauer Wind brachte Blütenduft und Nachtigallenschlag ins Zimmer, und wir lagen nackt nebeneinander im Bett. Aber es war Fastenzeit, vierzehn Tage vor Ostern, und die Kirche hatte ja für diese Zeit jedes Liebestun verboten. Ich wusste genau, warum ich ihn auf die Einhaltung der Fastenzeiten hatte schwören lassen. Jetzt schuf das Versprechen den Freiraum, in dem die Wunden, die er meinem Körper zugefügt hatte, heilen konnten. Irgendwann in der Nacht stand Waldo auf, zog sich an und legte sich in einer Ecke des Zimmers auf den Boden. Ich schlief sehr zufrieden wieder ein.

UNGARISCHE VERHÄLTNISSE

Am nächsten Morgen suchte ich nach Gunda. Ich wollte sie über das sonderbare Verhalten der ungarischen Adeligen ausfragen, das ich bei der Abendmahlzeit beobachtet hatte. Ich fand sie im Garten. Sie stand am Brunnen und kämmte ihr Haar. Die Herrschaften waren in aller Frühe auf die Jagd geritten, sodass sie ein paar Stunden freihatte. Sie freute sich sichtlich, mich zu sehen, und wir plauderten ein bisschen über dies und das, bis ich sie auf die unfreundlichen ungarischen Herren ansprach.

Da explodierte sie fast. »Diese Bauerntölpel! Diese Holzköpfe! Von Anfang an haben sie meine arme kleine Gertrud nicht leiden können.«

Ich musste ein Kichern unterdrücken – trotz Gundas Verbitterung darüber, dass Gertrud ihr nicht erlaubte, ihre Familie zu besuchen, war die Königin bei Kritik von anderen sofort wieder »ihre arme kleine Gertrud«. Ich wollte einen kleinen Witz dazu machen, aber ich kam nicht mehr zu Wort.

»Gertrud war doch erst vierzehn Jahre alt, als sie hierherkam, und sie hat sich solche Mühe gegeben, freundlich zu sein. Aber sie stieß bei diesen Sturschädeln immer nur auf Ablehnung. Die hatten gedacht, Andreas würde eine von ihren hässlichen Töchtern heiraten, dann hätte sich deren Familie hier am Hof breitmachen können.« Gunda schlug sich mit dem Kamm in die Handfläche und holte kurz Luft. Dann fuhr sie fort: »Nun ja – viele von den ungarischen Frauen sehen eigentlich ganz gut aus, wenn man sie denn mal zu Gesicht bekommt. Und auch die Männer, da sind schon welche dabei, die würde ich nicht von der Bettkante stoßen. Aber in den Köpfen haben sie nichts als Stroh, nichts als Vorurteile und Eigendünkel, so platt wie dieses Moor dort draußen.«

Mutter hatte mich schon gewarnt, dass Gunda gern und viel redete, aber so wie jetzt hatte ich sie noch nie erlebt. Bevor ich irgendetwas äußern konnte, sprach sie schon weiter.

»Das war das einzig Gute, als Emmerich, dieses Rabenaas, uns wieder nach Hause schickte – endlich wieder grüne Hügel und weite Wälder zu sehen. Aber diese Schande, diese Schmach!«

Ich war damals erst sechs Jahre alt gewesen, aber ich konnte mich noch genau an die Aufregung erinnern. Wochenlang hatte man am Bamberger Hof von nichts anderem gesprochen: Die beiden ungarischen Königssöhne Emmerich und Andreas hatten wieder einmal Krieg gegeneinander geführt, und Emmerich war es gelungen, seinen Bruder gefangen zu nehmen. Dann hatte er dessen junge Frau Gertrud zu ihrem Vater zurückgeschickt.

»Du kannst dir nicht vorstellen, was für ein Aufstand das war, als wir ankamen. Der alte Herzog hat getobt!« Der alte Herzog ... Auch mein Großvater hatte Ekberts Vater Berthold ja immer »den alten Herzog« genannt. Das hätte ich Gunda gern erzählt, aber ihr Redefluss war nicht zu bremsen. »Und dann ist dieses Rabenaas Emmerich gestorben, obwohl niemand weiß, wie ... und wer ...« Mit einer Geste des Zweifels hob sie die Hände.

»Du meinst, er ist ermordet worden?«, gelang es mir zu fragen.

»Nun ja, seine Witwe scheint es geglaubt zu haben, sonst wäre sie nicht Hals über Kopf nach Wien geflohen. Die Ärmste, sie tut mir trotz allem leid, wo doch bald danach auch ihr Söhnchen gestorben ist. Jedenfalls war nun der Weg für Andreas frei, und als Erstes hat er Gertrud wieder zu sich geholt. Ha, dann haben wir es ihnen aber gezeigt. Du kannst dir nicht vorstellen, wie prächtig das Krönungsfest war. Diese Stoffe, die Edelsteine! Gertrud hat geglänzt wie die Sonne.«

Übergangslos griff sie nach meinem Arm. »Sophie, wir müssen unbedingt etwas mit deiner Kleidung machen, so kannst du nicht länger herumlaufen! Ich habe ein paar Ärmel, die gut zu deinem Kleid passen würden. Gertrud überlässt mir immer ihre Ärmel, wenn sie sie ein paarmal getragen hat. Die arbeite ich dann um. Wir hier am Hof müssen doch ein Vorbild sein, wir müssen ihnen zeigen, was Lebensart ist, diesen sauertöpfischen ungarischen ›Vornehmen‹ mit ihrem altmodisch bestickten Zeug, auf das sie sich Wunder was einbilden. Diese Tölpel, diese Viehhirten! Manchmal habe ich richtig Angst vor ihnen.«

Gunda ließ sich auf den Brunnenrand sinken und schlug die Hände vors Gesicht. »Sie hassen Gertrud. Sie lehnen sie nicht nur ab, sie hassen sie richtig.« Wieder griff sie nach meiner Hand. »Weil sie sich von ihnen nicht auf der Nase herumtanzen lässt. Sie nehmen ihr übel, dass sie das Land beherrscht. Aber was soll sie denn machen, wenn Andreas immer meint, Krieg spielen zu müssen, mit seinen Soldaten verschwindet und ihr hier das Regieren überlässt? Das geht nur, wenn sie die Zügel fest in der Hand hält.«

Plötzlich brach Gunda in Schluchzen aus. »Irgendwann geht das nicht mehr gut! Ich habe oft eine solche Angst, dass ich nächtelang wach liege.«

Ich umarmte sie. Das also steckte hinter dieser Flut von Worten – Angst. Angst, die sich einen Weg bahnen musste. Die sie bei mir abgeladen hatte, weil ich zu keiner der gegnerischen Parteien am Hof gehörte. Und weil mich der Engel zu einer »Gesegneten« gemacht hatte.

Ich versuchte, meiner Rolle gerecht zu werden und Gunda Trost zu spenden, obwohl ich so viel jünger war als sie. »Aber Gertrud ist doch nicht allein«, sagte ich. »Sie hat doch dich und sicherlich viele Helfer.« Ich streichelte Gundas Hand.

»Ja, das schon. Sie hat auch alle wichtigen Posten mit ihren Leuten besetzt. Sonst ginge es gar nicht.« Gunda fuhr sich mit der Innenseite ihres weiten Ärmels unter der Nase entlang.

Mir fiel etwas ein. »Wo ist denn eigentlich Gertruds Bruder Berthold? Der steht ihr doch am nächsten, oder? Ich habe ihn bisher noch nicht bei Hofe gesehen. Hat er so viel zu tun in seinem Erzbistum?«

Erstaunlicherweise schien Gunda mit einem Mal um Worte verlegen. »Ach, Berthold!«, sagte sie. »Das war wohl doch ein Fehler.«

»Was war ein Fehler?«

»Ihn zum Erzbischof von Kollotschau zu machen. Der Papst war so wütend!«

»Der Papst? Warum?«

»Weil Berthold viel zu jung ist, um Bischof zu sein. Erst dreiundzwanzig statt der vorgeschriebenen dreißig Jahre. Und dann diese elende Prüfung!« Papst Innozenz habe eigens den Bischof von Salzburg nach Ungarn geschickt, der untersuchen sollte, ob Berthold das für dieses Amt erforderliche Wissen habe. Aber obwohl genügend Zeit für die Vorbereitung gewesen sei, sei Berthold lieber auf die Jagd gegangen und habe mit Weibern herumgemacht, anstatt zu lernen. »Und Gertrud hat nur gelacht! Wenn es um Berthold geht, ist sie auf beiden Augen blind. Das war schon immer so. Bereits als Kind hat sie ihn nach Strich und Faden verwöhnt. Sie ist schuld daran, dass er heute so ist, wie er ist!«

Zurück in unserer Stube, setzte ich mich in die Fensternische und dachte darüber nach, wie ich Gundas Geschichten für mich nutzen könnte. Denn ich war finster entschlossen, mein neues Ziel zu erreichen – niemand sollte mehr über mich verfügen können. Nie mehr wollte ich so etwas sein wie eine Sache, mit der man machen konnte, was einem gerade einfiel.

Aber die kleine Tochter eines Dienstmanns konnten viele herumschubsen. Um das zu ändern, musste ich Einfluss gewinnen, Macht und wohl auch Geld. Aber wie? Was konnte ich denn schon? Alles, was ich bei Mutter am Bamberger Hof gelernt hatte, war hier nutzlos, denn es gab genügend Dienstpersonal. Auch an Schreibern herrschte kein Mangel. Gab es irgendetwas, das ich besser konnte als andere?

Ja, eine besondere Fähigkeit hatte ich – ich konnte Menschen zum Reden bringen. Ich lächelte und spürte plötzlich die Sonne, die meine Fensterbank wärmte: Das war es, das war meine Währung. Mein Eintrittsgeld würden Informationen sein.

Nach Gundas Worten gab es Ärger zwischen dem Königspaar und den ungarischen Adeligen, gefährlichen Ärger. In so einer Situation müsste es für Gertrud überaus wertvoll sein, zu wissen, was im Volk vor sich ging und welche Intrigen hinter den Kulissen gesponnen wurden. Mit mir würden die Leute sprechen, wenn sie glaubten, ich sei ein unbeteiligter Gast in diesem Land. Und das würde ich sein. Ich würde ein Mädchen spielen, das der Königin fremd und ihr nicht besonders sympathisch war. Und auf diese Weise versuchen, Gertruds Spionin zu werden.

Aber dafür musste ich Ungarisch lernen, und zwar so schnell wie möglich. Am besten von jemandem, den ich ständig um mich hatte – einer Magd. Ich würde Gunda bitten, ein geeignetes Mädchen für mich zu suchen. Und Waldo musste ich überzeugen, dass es seinem Ansehen sehr förderlich wäre, wenn seine Frau ihre eigene Magd hätte.

Inzwischen war Ostern herangekommen und die Nacht, in der die Fastenzeit vorüber war. Ich will nicht auf die Einzelheiten eingehen, nur so viel: Es gelang mir, Waldo völlig in die Hand zu bekommen. Ich reizte ihn und ließ ihn so lange darben, bis er bettelte, auch darum, mir einen Gefallen tun zu dürfen.

Fünf Tage später fing Zsuzsanna bei mir an. Sie war ein wenig jünger als ich, Tochter eines ungarischen Flickschusters und war bisher dafür zuständig gewesen, die Nachttöpfe der Hofdamen auszuleeren und ihre Schuhe zu putzen. Der Dienst bei mir war ein Aufstieg für sie. Ich war freundlich zu ihr, denn Freundlichkeit ist bekanntlich ein guter Türöffner. Sie war recht gescheit und hatte trotz ihrer niederen Arbeit sogar ein paar Brocken Deutsch gelernt. Das half am Anfang. Wir unterhielten uns mit Händen und Füßen, lachten viel und alberten herum, wie es Mädchen in diesem Alter eben gerne tun.

Glücklicherweise habe ich ein gutes Ohr für Sprachen, und schon nach drei, vier Wochen konnte ich die Gespräche der ungarischen Hofdamen im Großen und Ganzen verstehen, was ich natürlich zunächst niemandem verriet. Ich hörte zu und saugte alles, was es zu wissen gab, auf wie ein Schwamm.

Begierig auf Gespräche, die ich belauschen konnte, streifte ich tagelang durch den Königspalast. Dabei entdeckte ich eines Tages unter einer Treppe eine kleine Tür, die in eine Rumpelkammer führte. Ich schlüpfte hinein. Darin standen lediglich zerbrochene Bänke und ein paar alte Truhen herum. Um ein Haar hätte ich das Wichtigste übersehen: ein vergittertes Fensterchen, durch das man in den Festsaal hinunterblicken konnte.

Dort fand gerade eine Beratung statt. An einem Tisch saßen König Andreas und Königin Gertrud, hinter ihnen standen ihre Berater. Dem Königspaar gegenüber hatten die Gesandten des Landgrafen von Thüringen Platz genommen. Die lebhafte Diskussion wurde zumeist auf Deutsch geführt. Trotzdem konnte ich nur Bruchstücke verstehen, da der Beratungstisch am gegenüberliegenden Ende des Saales stand. Es ging wohl um Pferde, die die Thüringer haben wollten, und man feilschte um deren Anzahl. Einmal fiel der Name Elisabeth, so hieß die jüngste Tochter des Königspaares, die damals gerade ein Jahr alt war. Bischof Ekbert und mein Vater, die hinter Gertrud standen, tuschelten miteinander, dann beugte sich Ekbert zu seiner Schwester hinunter und flüsterte ihr etwas ins Ohr. Ihre folgenden Worte klangen sehr bestimmt, und jetzt erst verstand ich, was da gerade ablief – man verhandelte über Elisabeths Verlobung mit einem der Söhne des thüringischen Landgrafen und sprach über die Höhe der Mitgift.

Und plötzlich kam mir eine Idee: Ich würde Vater überreden, die benötigten Pferde von Awa zu kaufen, der Pferdehändlerin, die mir mit Ala so geholfen hatte, und mich zu ihr mitzunehmen. Richard war ja fast vierzehn Tage lang auf ihrem Gestüt gewesen, dann hätte ich endlich jemanden, mit dem ich über ihn reden könnte. Denn darunter litt ich sehr – dass ich das Geheimnis meiner Liebe und meines Unglücks ständig allein mit mir herumtragen musste.

Doch mit dem, was mich bei Awa erwartete, hätte ich nie gerechnet.

EINE UNGEHEUERLICHE ENTDECKUNG

Ungarn, Anfang Mai 1209

Einige Tage später ritten wir zu Awas Gestüt, das eine knappe Tagesreise weit nordwestlich von Stuhlweißenburg am Rand einer bewaldeten Hügelkette lag. Zu unserer Gruppe gehörten neben Vater und mir auch Christian und Marschall Kuno. Der Marschall sprach nicht mit mir und sah mich nicht an; er tat, als wäre ich nicht vorhanden. Noch immer gab er mir die Schuld am Tod seines Sohnes.

Das machte mich so ungeheuer wütend, dass ich meinem armen Maultier beim Anreiten beinahe wehgetan hätte. Mit zusammengebissenen Zähnen ritt ich hinter den drei Männern her, grollend und angespannt, bis Christian sich neben mir einordnete und mich in eine leichte Unterhaltung zu ziehen versuchte. Das gelang ihm nur sehr unvollkommen, denn beim Anblick von Vater und Marschall Kuno, einträchtig nebeneinander trabend, verwandelte sich meine Wut in Traurigkeit. Wenn die beiden Sturköpfe nicht ihre lächerliche Feindschaft gepflegt hätten, wäre alles ganz anders gekommen! Wieder einmal versuchte ich, meine Tränen hinter dem Schleier zu verbergen. Nicht einmal das neue Reitkleid mit den grünen Ärmeln, das Waldo mir geschenkt hatte, konnte mich trösten.

Gegen Abend hielten wir auf einer kleinen Anhöhe und sahen hinunter in ein weites, von Felswänden gesäumtes Tal, das sich in Richtung der Berge erstreckte. Inmitten saftiger Wiesen lag Awas Gestüt – im Zentrum das große, weiß gekalkte Haupthaus mit einem grünen Giebel über der Eingangstür, im Karree daneben die Stallungen mit den Koppeln dahinter, das Ganze umgeben von einem hohen, dichten Weidenzaun. Man hatte unsere Ankunft augenscheinlich bemerkt, denn als wir näher kamen, öffnete ein Stalljunge das hohe, schwere Holztor im Zaun. Awa stand unter der Haustür und erwartete uns.

Sie grüßte die Herren höflich, dann wandte sie sich lächelnd zu mir und umarmte mich. Sie bat uns ins Haus, wo ein kleiner Imbiss und Krüge mit Wein und Wasser auf uns warteten. Während wir aßen und tranken, erläuterte Marschall Kuno in seiner umständlichen und steifen Art den Grund unseres Kommens: Der König benötige als Geschenk für den Landgrafen von Thüringen fünfundzwanzig Pferde. Sie sollten von stattlichem Aussehen sein, weil man den Thüringern die hohe Kunst der ungarischen Pferdezucht zeigen wolle, aber auch so robust, dass sie die lange Reise nach Mitteldeutschland ohne Schaden überstünden.

Awa nickte. »Habt Ihr Glück, weil ich habe genau, was Ihr braucht.« Ihr Mann habe vom Kreuzzug mit Friedrich Barbarossa einen Hengst mitgebracht, den er in Syrien direkt bei den Beduinen erworben habe, und dessen Sohn Atar sei jetzt der Deckhengst auf dem Gestüt für ihre ungarischen Stuten. Die Nachkommen hätten das edle Aussehen des Vaters und die Genügsamkeit der Mütter.

Voller Stolz führte sie uns auf dem Gut herum und zeigte uns die Pferde in den Ställen und auf den Reitbahnen im großen Innenhof. Marschall Kuno begann, die Pferde, die er für geeignet hielt, intensiv zu prüfen. Mir wurde bald langweilig, ich entfernte mich von den anderen und schlenderte ein bisschen herum. Da sah ich auf einer der Koppeln eine zierliche schwarze Stute mit einem weißen Fleck auf der Stirn. Es war so etwas wie Liebe auf den ersten Blick – die Stute sah mich mit einem großen schimmernden Auge aufmerksam an, schnaubte leise, kam auf mich zu und schnupperte an meinem Hals. Ich hatte von unserem Imbiss einen Apfel mitgenommen, den ich ihr jetzt hinhielt. Sie nahm ihn ganz vorsichtig von meiner Hand und scharrte mit dem rechten Vorderhuf im Sand. Ich streichelte ihren Hals und sagte ihr leise, welch schönes Tier sie sei und dass ich sie unbedingt haben wolle.

Ich bettelte so lange, bis Vater mir das Pferd schenkte. Im Grunde hatte ich das von Anfang an vorgehabt, ein Pferd machte einfach einen edleren Eindruck als ein simples Maultier. Wenn ich etwas aus mir machen wollte, so dachte ich, brauchte ich Dinge, denen Aufmerksamkeit und Respekt gezollt wurden. Ein schönes Pferd wie dieses würde diesen Zweck genau erfüllen. Ich war sehr zufrieden mit mir und stolz. Und der Hochmut lauerte schon in meinen Augen.

Marschall Kuno hatte schließlich seine Auswahl getroffen und forderte Awa auf, die Pferde und ihre Ausrüstung reisefertig zu machen und in drei Tagen nach Stuhlweißenburg zu bringen. Ich bat Vater, ob ich diese drei Tage bei Awa bleiben dürfe, um die Stute an mich zu gewöhnen. Als Awa ihm versicherte, sie freue sich über meinen Besuch und es sei tatsächlich sinnvoll, das Vertrauen des Pferdes langsam zu gewinnen, denn Amira sei etwas nervös, stimmte er zögernd zu.

Amira, die Prinzessin – welch passender Name für meinen Ehrgeiz und meine Erinnerung an Richard! Mit Awa ging ich hinaus zur Koppel, und sie zeigte mir, wie ich Amira zunächst an der langen Leine herumführen sollte, damit sie meinen Schritt und meine Stimme kennenlernte. Eine Stunde übte ich mit meiner Prinzessin, bis mich Awa zum Abendessen rief, das wir an einem langen Tisch zusammen mit dem Gesinde einnahmen.

Am nächsten Tag kehrten Vater, Christian und Marschall Kuno nach Stuhlweißenburg zurück, und ich konnte mich ausschließlich mit Amira beschäftigen. Ich striegelte sie, sprach mit ihr und verwöhnte sie mit Äpfeln. Am Nachmittag sattelte ich sie mit Hilfe eines Stalljungen und wagte erstmals, ein Stückchen auf ihr zu reiten. Schon nach kurzer Zeit entstand ein gutes Vertrauen zwischen uns, ein Gleichklang, der die Kälte meiner Einsamkeit ein wenig schwinden ließ.

Abends saßen Awa und ich auf der Vorderseite des Hauses unter einer Geißblattlaube zusammen. Ich präsentierte ihr mein bisschen Ungarisch, und sie lobte mich sehr dafür. Von da an radebrechten wir in einer wilden deutsch-ungarischen Sprachmischung, je nachdem, wem gerade etwas einfiel. Wir sprachen lange über Richard, was für ein gescheiter, hübscher Junge er gewesen war und wie er sich darauf gefreut hatte, auf dem Gestüt arbeiten und lernen zu dürfen.

»Hat er gesagt so viel von dir und euer Liebe und hatte so große Pläne, der Arme! Ist so ein Unglück!« Sie nahm mich in den Arm, bis meine Tränen endlich versiegten.

Um mich abzulenken, erzählte Awa mir von ihrem Mann, der vor vier Jahren gestorben war und ihr das Gut vererbt hatte, von ihren fünf kleinen Kindern, die alle im Kindesalter verstorben waren, und wie ihre Liebe zu den Pferden und den drei großen Hunden, die neben der Bank lagen und sich an ihre Füße schmiegten, ihr über den Schmerz hinweggeholfen hatte. »Weißt du, kann man immer wieder anfangen zu leben, muss man, auch wenn alles sehr schlimm. Bleibt so viel zu tun. Schau herum. Gibt nicht nur dich, gibt auch andere Leute.«

Was gehen mich die anderen Leute an?, dachte ich unwirsch. Zuerst einmal wollte ich mein eigenes Leben verbessern. Aber dafür musste ich etwas tun. Also riss ich mich zusammen und fragte Awa nach dem seltsamen Verhalten der ungarischen Adeligen bei Hof. Vielleicht würde ich ja etwas erfahren, das ich Königin Gertrud berichten konnte.

Es zeigte sich, dass ich mit meiner Frage ins Schwarze getroffen hatte. Awa liebte ihre Landsleute und die Geschichte ihres Volkes, und ich kann nur versuchen, hier zusammenzufassen, was sie mir erzählte.

»Wir Ungarn sind ein stolzes Volk, das Volk des Turulfalken. Mit unserem Blut und unserem Mut haben wir dieses Land hier erobert. Die Götter waren mit uns. Wir wurden zum Schrecken Europas. Ach, was haben sie uns gefürchtet! Aber dann hat Großfürst Vajk Frieden mit dem Westen beschlossen. Er lässt sich taufen, nennt sich István – Stephan – und heiratet eine bayerische Prinzessin. Mit ihr kamen die Missionare, und alle Ungarn müssen Christen werden. Na gut, haben wir gemacht. Dann kamen die deutschen Ritter. Na gut, viele wurden gute Ungarn, nannten ihre Söhne nicht mehr Hans, sondern Janos. Dann kamen die deutschen Bauern, gründeten Dörfer, wurden reich auf unserem Land. Na gut, haben wir hingenommen. Aber jetzt ist genug, wir brauchen keine Fremden mehr. Und schon gar nicht die neue Königin, diese Hexe. Alles hat sie uns weggenommen, alle wichtigen Posten. Sie mag uns Ungarn nicht, verachtet uns, unsere Traditionen, unseren Mut. Spricht nicht Ungarisch, hat es nie auch nur versucht. Und dann hat sie ihrem gierigen kleinen Bruder Berthold das Erzbistum Kalocsa gegeben. Sogar der Papst ist böse, weil Berthold so dumm ist. Kein Weiberrock ist vor ihm sicher, ihm geht es nur um Geld, damit er noch ein edles Gewand, noch ein teures Pferd oder ein neues Schwert kaufen kann. Viele Ungarn sind sehr wütend. Aber weißt du, noch sind die alten Götter nicht tot, noch lodert das Feuer. Wir werden sehen.«

Das war so in etwa das, was Awa ärgerlich hervorstieß. Mir schien die Sichtweise etwas einseitig, denn selbst ich, die sich mit der ungarischen Geschichte nicht auskannte, bemerkte, dass da einiges nicht stimmen konnte. Hatte man uns Kindern nicht von Kaiser Otto dem Großen erzählt und von einer berühmten Schlacht auf dem Lechfeld, in der die Ungarn vernichtend geschlagen worden waren? Und ich wusste auch, dass die Missionare, Ritter und Bauern von den ungarischen Königen gerufen worden waren, sie waren nicht von selbst gekommen. Aber das war unerheblich, wichtig war, was Awa über die Gefühle in der ungarischen Bevölkerung gesagt hatte. Und das würde Königin Gertrud interessieren.

In der nächsten Nacht allerdings erfuhr ich etwas viel Gefährlicheres. Irgendwann wachte ich von einem beunruhigenden Geräusch auf: Hufgetrappel. Das ist nun auf einem Gestüt nichts gerade Ungewöhnliches; auffallend aber war die gleichmäßige Tonfolge. Es waren mehrere Tiere, und sie kamen schnell näher. Ich stand auf und ging zum Fenster. Im Hof sprangen drei Männer von ihren Pferden und betraten das Haus durch die Tür, die ihnen leise geöffnet worden war. Meine Neugierde erwachte.

Schnell schlüpfte ich in mein Kleid und schlich durch den Gang bis zur großen Wohnstube. Die Tür war nicht ganz geschlossen, und durch den Spalt sah ich Awa und die drei Männer am Tisch in erregter Diskussion. Zwei der Besucher hatte ich schon am Hof in Stuhlweißenburg unter den mürrischen ungarischen Adeligen gesehen. Einer, ein großer, hagerer Mann mit einer markanten Hakennase, sprang beim Sprechen immer wieder auf und unterstrich seine Rede mit heftigen Gesten. Ich verstand allerdings nur Bruchstücke der rasend schnell gesprochenen ungarischen Sätze. Es ging um König Andreas und einen Kriegszug und um Königin Gertrud und einen Jagdausflug und um so etwas wie ein Malheur oder ein Unglück oder einen Unfall. Awa war offensichtlich nicht einverstanden mit den Vorschlägen der Männer und schüttelte immer wieder ärgerlich den Kopf. Ganz allmählich wurde mir klar, was hier geplant wurde: ein Mordkomplott. Ein Mord an der Königin! Königin Gertrud sollte beseitigt werden.

Als Awa sich mit finsterer Miene erhob und auch die Männer aufstanden, huschte ich in die Kammer zurück, die ich mir mit Awa teilte, und stellte mich schlafend. Aber ich schlief nicht viel in dieser Nacht. Mir klopfte das Herz bis zum Hals, und meine Handflächen waren feucht. Eine Verschwörung, ein Mordanschlag auf Königin Gertrud! Für diese Nachricht würde mich die Königin teuer bezahlen … müssen. Ich konnte in den Fingerspitzen schon die kühle Glätte der Silbermünzen fühlen. Eigenes Geld, welch ein Traum!

Doch als Awa zurückkam und sich leise neben mir ins Bett legte, wurde mir plötzlich bewusst, dass ich sie ins Unglück stürzen würde, wenn ich die Sache so weitergab, wie ich sie mitgehört hatte. Ich würde sie einem schrecklichen Tod ausliefern, denn ich wusste, auf welch grauenvolle Weise Hochverräter hingerichtet wurden, in Ungarn genauso wie im Deutschen Reich. Das konnte ich nicht tun, Awa war immer freundlich zu mir gewesen. Und so dachte ich mir einen Plan aus.

EIN HINTERHALT UND EIN KLARTRAUM

Doch zunächst war noch etwas anderes zu erledigen. Bevor wir mit den Pferden nach Stuhlweißenburg aufbrachen, bat ich Awa, mein Maultier für mich zu verkaufen.

Awa sah mich seltsam an. »Du willst Ala verkaufen? Deine Ala?«

Meine Ala! Ich schluckte. »Was soll ich noch mit ihr?«, sagte ich so kalt wie möglich. »Ich brauche keine zwei Reittiere. Und ich glaube nicht, dass man mir in den königlichen Ställen zwei Plätze zur Verfügung stellen wird.«

»Du kannst sie lassen hier. Ich versorge umsonst.«

»Ach, Awa, das musst du nicht tun. Außerdem brauche ich das Geld.«

»Und dafür du verkaufst einen Freund?«

Ich wurde richtig wütend: »Du hast leicht reden! Du bist hier die Herrin und kannst tun und lassen, was du willst. Ich muss für jeden Knopf und jedes Tuch meinen Vater oder meinen widerlichen Ehemann fragen. Ich will ...« Jetzt kamen mir fast die Tränen.

Awa presste die Lippen zusammen und ging zu einer Truhe, aus der sie eine Kassette nahm. Sie legte mir eine Reihe Silbermünzen auf den Tisch. »Zehn Denar. Ist guter Preis für altes Maultier.« Dann drehte sie sich um und ging wortlos aus der Stube.

Ich nahm die Münzen und tat, als ob ich glücklich wäre.

Zurück in Stuhlweißenburg traf ich Vater wieder einmal bei Reisevorbereitungen an. Bischof Ekberts Bruder Berthold war aus Italien zurückgekommen und hatte einen Brief von Papst Innozenz mitgebracht. Darin kündigte der Heilige Vater an, dass die päpstlichen Gesandten, denen er Bischof Ekberts Fall anvertraut hatte, Ende Mai nach Würzburg kämen. Ekbert hatte beschlossen, sich dort ihren Fragen zu stellen, um endlich seine Unschuld zu beweisen. Schon in zwei Tagen wollte er aufbrechen. Ich musste mich also beeilen, wenn ich meinen Plan durchführen und Königin Gertrud die brisanten Informationen zukommen lassen wollte.

Als Erstes fragte ich Gunda nach dem Anführer der drei Männer, die ich in Awas Haus gesehen hatte, dem großen Mann mit der Hakennase und den aufgeregten Bewegungen. Gunda wusste tatsächlich gleich, um wen es sich handelte. Ich glaube, mich zu erinnern, dass er Peter hieß. Er sei aber momentan nicht bei Hof, sagte Gunda, sondern auf seinen Gütern. Das war genau das, was ich hören wollte, also bat ich sie, mir so bald wie möglich eine Audienz bei Königin Gertrud zu verschaffen.

Als Nächstes schickte ich Ebo zu Awa, er sollte ihr von mir wortwörtlich Folgendes ausrichten: »Eure Pläne sind verraten. Sag deinen Freunden, dass sie sofort fliehen müssen. Dein Name wurde nicht genannt.« So hoffte ich, Awa aus der ganzen Sache heraushalten zu können. Die Verräter sollten nicht gefasst werden, damit sie nicht etwa unter der Folter Awas Namen preisgaben.

Zwei Stunden später empfing mich die Königin. Sie saß in ihrem kleinen Beratungssaal auf einem erhöhten Sessel, ihr zu Füßen ihr Bruder Berthold, an ihr Knie gelehnt und hochelegant gekleidet. Über einer gelben Untertunika trug er einen lavendelfarbenen Bliaut, am Saum und am Halsausschnitt mit Silberfäden bestickt, die weiten Ärmel mit Brokat gefüttert. Die vielen Ringe an seinen beiden Händen stellten beinahe den reichen Schmuck der Königin in den Schatten. Er sah mich abschätzend an, als ich hereinkam und vor dem Podest niederkniete. Sein Blick war mir unangenehm; es war, als prüfte er, was man mit mir anfangen könne. Aber dann half er mir unverhofft aus einer Verlegenheit.

Ich begann meine Rede an die Königin mit dem Satz, ich hätte eine sehr wichtige Information für sie, es gehe um Leben und Tod. Dann aber zögerte ich, weil ich nicht wusste, wie ich meinen Wunsch nach Bezahlung anbringen sollte.

Berthold schien mein Dilemma erraten zu haben; er stupste

seine Schwester an und sagte: »Siehst du nicht, dass sie belohnt werden will? Wenn die Information wirklich wichtig ist, sei großzügig.«

Gertrud protestierte. Das komme gar nicht in Frage, ich sei verpflichtet, alles mitzuteilen, was das geheiligte Leben der Königin betraf, sonst würde sie es schon aus mir herausholen lassen.

»Nein, Schwesterherz«, erwiderte Berthold, »sie ist zu gar nichts verpflichtet. Sie gehört zu Ekbert, und ich bin mir sicher, dass er etwas dagegen hätte, wenn du sie foltern lässt. Wie er mir gestern Abend erzählte, ist sie die wichtigste Zeugin für seinen Prozess. Und du weißt, welch ein Getue er darum macht.«

Ich biss die Zähne zusammen. Schon wieder war ich in einer Situation, in der ich wie eine Sache behandelt wurde; die beiden unterhielten sich, als hätte ich keine Ohren. Ich schwor mir, es ihnen irgendwann heimzuzahlen.

Aber für den Moment schluckte ich meinen Zorn hinunter und erzählte der Königin mit gespielter Schüchternheit, was ich mir ausgedacht hatte: Auf dem Rückweg von Awas Gestüt hätte ich in einem Wäldchen haltgemacht, um mich zu erleichtern, und dabei unabsichtlich ein Gespräch belauscht. Hinter einer Hecke hätten drei Männer besprochen, sie, die Königin, bei einem Jagdausflug zu töten. Ich hätte nur einen der Männer sehen können, den Mann mit der Hakennase, den ich ihr genau beschrieb.

Gertrud erschrak sichtlich, auch sie wusste sofort, wer dieser Mann war. Berthold zwinkerte mir zu, als sie dem Kämmerer den Befehl gab, mir siebzig Denare auszuzahlen – ein kleines Vermögen. Dann war ich entlassen.

Ich ging zu dem Juden Simon, der die Geldgeschäfte am Hof erledigte. Ich hatte ihn während meiner Wanderungen durch den Palast kennengelernt, ein freundlicher älterer Herr mit langen Schläfenlocken. Ich übergab ihm fünfundsechzig meiner Denare mit der Bitte, sie für mich aufzubewahren und – das flüsterte ich – sie womöglich etwas zu vermehren. Dabei sah ich mich nach allen Seiten um, denn eigentlich hatte die Kirche ja verboten, Zinsen zu nehmen. Simon lächelte. »Wird schon werden«, sagte er und tätschelte mir den Arm.

Anfang Mai brachen wir nach Würzburg auf. Zunächst entsprach unser Weg dem unserer Hinreise vor einem halben Jahr. Aber welch ein Unterschied zu der grässlichen Plackerei im Winter! Jetzt war die Luft lau, die Vögel sangen, und die Wälder standen in hellem Grün. Es war eine Lust, unterwegs zu sein.

Wir waren diesmal nur eine kleine Gruppe: Bischof Ekbert, Vater, ich, zwei Ritter, zwei Knechte und Propst Adolf, den Ekbert statt seines langweiligen Kaplans für alle schriftlichen Geschäfte mitgenommen hatte. Adolf war einer der Dienstleute von Königin Gertrud, einer jener tüchtigen, aufrechten und zuverlässigen Männer, wie Vater einer war. Ich hatte ihn zwar nicht in mein Herz geschlossen – das gelang mir damals mit niemandem –, aber ich hätte ihm jederzeit mein Leben anvertraut.

Waldo war nicht bei uns. Bischof Ekbert hatte ihn in die Zips geschickt, das Gebiet, das der ungarische König ihm gegeben hatte. Das Geschenk hatte Ekbert mit großer Erleichterung angenommen, weil er ja seit der Verhängung der Reichsacht ohne Einkommen war. Waldo hatte den Auftrag, mit seinen Truppen in der Zips die Herrschaft des Bischofs zu verkünden und mit dem Bau einer Burg zu beginnen. Auf dieser Burg sollten mein Mann und ich in Zukunft leben, und mir graute davor.

Wir kamen ziemlich schnell voran. In Wien überreichte Bischof Ekbert dem Herzog Briefe und Geschenke des ungarischen Königspaares, aber schon am nächsten Tag stiegen wir wieder auf die Pferde. Ab Krumau verließen wir unsere alte Route und bogen nach Westen ab, da wir Bamberg ja leider in einem großen Bogen umgehen mussten. Bei der Vorstellung, wie nahe wir unserem Zuhause waren, schüttelte mich das Heimweh. Ich hätte Mutter sehr gern wiedergesehen, ich sehnte mich so nach ihr. Aber in Bamberg saßen die Beamten und Soldaten von König Otto, die den geächteten Bischof und wohl auch sein Gefolge sofort gefangen gesetzt hätten.

Schon vier Tage später erreichten wir Kitzingen, unsere letzte Etappe vor Würzburg. Dort übernachteten wir im Kloster der Benediktinerinnen, das dem Bistum Bamberg gehörte. Bischof Ekbert kannte die Äbtissin gut, denn seine älteste Schwester Hedwig war hier zur Schule gegangen, bevor sie Herzogin von Schlesien wurde. Also wurden wir freundlich aufgenommen und versorgt. Der Bischof schickte gleich nach unserer Ankunft einen Boten nach Würzburg, um den päpstlichen Gesandten unser Kommen anzukündigen.

In dieser Nacht hatte ich tatsächlich so etwas wie eine Vision, einen grauenvollen Klartraum. Ich sah einen violettschwarzen Himmel, durchzuckt von Blitzen, über einem dunklen Wald, aus dem geharnischte Reiter wie Ameisen hervorströmten. In teuflischer Geschwindigkeit rasten sie auf Bischof Ekbert zu, der an der Spitze unserer kleinen Schar ritt, umkreisten ihn und hieben ihn in tausend Stücke. Ich wachte mit einem Schrei auf und wusste plötzlich ganz deutlich, dass ich eine reale Gefahr erspürt hatte. Eilig weckte ich meinen Vater, der in der Zelle neben meiner schlief, und überzeugte ihn mühsam, dass wir sofort den Bischof warnen mussten.

Ekbert war wütend, dass er mitten in der Nacht geweckt wurde. Verschlafen schnauzte er uns an, wir sollten zu Gott beten, dass unser Anliegen wichtig genug sei, um ihn im Schlaf zu stören. Er war nahe daran, in zorniges Gelächter auszubrechen, als ich ihm sagte, mein Engel habe mir nun erlaubt zu sprechen: Er sei in großer Gefahr, dürfe unter keinen Umständen nach Würzburg reiten und müsse so schnell wie möglich fliehen.

»Dein Engel? Pah!«, schnaubte er mit hochgezogenen Augenbrauen. »Kommt gar nicht in Frage. Wir müssen nach Würzburg, die Legaten warten schon. Ich will endlich zurück in mein Bistum, herrje! Lass mich also in Ruhe mit diesem Unsinn von Engelserscheinungen.«

In dem Moment klopfte es an der Tür, und die Wache führte einen zitternden Hirten des Klosters in den Raum. Er trug einen blutigen Sack in der Hand, aus dem er, auf ein gebieterisches Nicken von Bischof Ekbert hin, einen abgeschlagenen Kopf hervorholte. Der alte Mann stotterte, er habe im Wald viele Rüstungen klirren hören, gesehen habe er aber niemanden. Und dann habe er auf dem Feld diesen Kopf gefunden.

Alle starrten entsetzt und sprachlos auf das grauenvolle Etwas, das der Hirte an den Haaren hielt und aus dem es dunkel ins Bodenstroh tropfte. Es war der Kopf des Boten, der nach Würzburg geschickt worden war.

Da öffnete sich die Tür erneut, und Propst Adolf stürzte herein. Er war von oben bis unten mit Blut besudelt. »Schnell, Herr«, rief er atemlos, »ich habe einen von ihnen erwischt. Er war ein Mann von Heinz von Kalden. Wenn die anderen merken, dass ihr Späher nicht zurückkommt, werden sie binnen Kurzem hier sein.«

Ekbert sah mich an, und in seinem Blick erkannte ich in rascher Abfolge Fassungslosigkeit, widerwillige Anerkennung und Entschlossenheit.

Bereits eine knappe halbe Stunde später waren wir auf dem Weg nach Thüringen. Wir ritten, bis unsere Pferde fast unter uns zusammenbrachen, und erreichten gegen Abend des dritten Tages die Wartburg. Ich wäre vor Erschöpfung vom Pferd gefallen, wenn Christian mich nicht aufgefangen und bis zur Kemenate getragen hätte. Bei den Damen der Landgräfin bekam ich ein Bett und zog mir nur noch die Schuhe aus, dann war ich schon eingeschlafen.

Irgendwann in der Nacht wachte ich auf. In der Ecke der Kemenate, in der die Kinder mit den Ammen und Kinderfrauen schliefen, schrie eines der Kleinen wie am Spieß. Ein fahles Mondlicht erhellte den großen Raum ein wenig. Neben mir schlief eine der älteren Hofdamen und schnarchte leise mit offenem Mund. Mir tat jeder Knochen weh, und ich hatte fürchterlichen Hunger und Durst. Außerdem musste ich mich dringend erleichtern. Ich weckte also meine Bettnachbarin, und sie deutete auf eine Tür in der linken Ecke der Kemenate; dort sei der Abort. Wie ich am nächsten Tag erfuhr, hatte jeder der Schlafsäle der Wartburg seinen eigenen Abort – eine ungeheuer luxuriöse Neuerung. Bei uns zu Hause musste man dafür immer über den Hof gehen oder den Nachttopf benutzen.

Als ich zurückkam, hatte die Hofdame ihr Kleid übergestreift und flüsterte mir zu, sie heiße Hildegard und sei von der Landgräfin angewiesen worden, mir zu helfen.

Während wir zur Tür gingen, fiel mir auf, dass fast alle anderen Betten leer waren. »Sie sind im Festsaal«, antwortete Hildegard leise auf meine Frage. »Herr Wolfram, der Sänger, ist mal wieder da, den lässt sich niemand gern entgehen.« Ich hörte den unterschwelligen Vorwurf in ihrer Stimme und ärgerte mich über sie; ich konnte schließlich nichts dafür, dass sie ihn verpasst hatte.

Hildegard begleitete mich hinaus auf den Gang, durch dessen Arkadenreihe fast märchenhaft das volle Mondlicht fiel und kunstvolle Muster auf den Boden malte, eine Feenleiter. Mein Ärger verflog. Wir stiegen die Treppe hinunter zur Küche. Unter den mächtigen Gewölben saßen neben dem einzigen Kamin, in dem ein Feuer brannte, etwa zehn Mägde um Christian herum, der sie, wie ich das schon so oft erlebt hatte, mit seinen Geschichten zum Lachen brachte. Eine der Mägde überließ mir ihren Platz, sie brachte mir Brot und Schinken und einen Becher Wein.

Bamberg, im September 1250
An Frau Elisabeth, Burg Grünstetten

Liebe Ela,
jetzt seid ihr schon wieder drei Monate zurück in Grünstetten, du und deine kleine Sophia. Ich bin immer noch erfüllt von goldenem Glück, weil ich dir bei der Geburt beistehen konnte und du mich zur Taufpatin gewählt hast. Was waren das für fröhliche Tage!

Leider kann man Glück nicht in ein Fläschchen füllen und als Medizin für schlimmere Zeiten aufbewahren. Jetzt habe ich so viele Jahre als Heilerin gearbeitet, aber dieses Übel in mir kann ich nicht bezwingen. Der Anfall war so arg, dass dein Vater schon den Priester für die letzte Ölung gerufen hat. Ich werde mich beeilen müssen, denn ich habe noch so viel zu sagen! Aber mir zittern die Hände, und ich kann immer nur kurze Zeit schreiben. Dabei hätte ich dir so gern ausführlich die Wartburg beschrieben, die so prächtig ist wie keine andere Burg, die ich je gesehen habe. Ich wollte dir erzählen von der Freundlichkeit der Markgräfin, die mich in ihren wundervollen Psalterien blättern ließ, und von ihren kleinen Kindern, mit denen ich stundenlang spielte, und auch von Wolfram, der mich zu meinem Erstaunen wiedererkannte und sofort unverschämt mit mir zu tändeln anfing, der alte Schwerenöter. Aber ich muss mich wohl auf das Wichtigste beschränken.

Draußen wird es schon wieder Herbst. Ich liebe diese Jahreszeit: Die Luft ist so klar und so still, wie reife Früchte fallen die Glockenklänge vom Dom in diese Lautlosigkeit. Der Himmel ist sehr hoch und von einem zarten, müden Blau. Tagsüber wärmt die Sonne noch; auf meiner Bank im Garten hülle ich mich in diese Wärme, als könnte ich sie für den Winter speichern. Dein Vater hat mir ein Stehpult schreinern lassen, weil mir das Schreiben im Stehen oft leichterfällt als im Sitzen. Das trägt mir Grit dann hinaus neben den Kirschbaum und …

Ja, Grit, meine gute alte Magd, ist wieder bei mir. Ihr Mann ist vor ein paar Monaten gestorben, und sie klopfte an und fragte, ob sie wieder zu mir kommen könne. Sie ist inzwischen ein bisschen schusselig, hat nur noch einen Zahn, und manchmal ist sie schon eine rechte Plage, vor allem wenn sie mit Euphemia streitet, aber ich bin trotzdem froh, dass sie hier ist, weil mit ihr die Erinnerungen wieder lebendiger werden.

Deine Großmutter Sophie

ZURÜCK IN UNGARN

Juni 1209

Wir blieben etwa acht Tage auf der Wartburg und trafen dort auch Marschall Kuno wieder. Er hatte tatsächlich alle Pferde – einen Teil der Mitgift der ungarischen Königstochter Elisabeth – unbeschadet nach Eisenach gebracht.

Nun reiste er mit uns wieder zurück, über Prag und Wien nach Stuhlweißenburg. Überall beriet sich Bischof Ekbert mit den Fürsten über die Lage im Reich, und alle, so berichtete mein Vater, beklagten sich über König Otto. Der Mann hatte offenbar die unglückliche Neigung, Menschen vor den Kopf zu stoßen.

In Wien wurde uns voller Empörung folgende Geschichte erzählt: Herzog Leopold habe Otto in einem aufwendig verzierten Kästchen zweihundert Goldgulden überreicht, um ihm zur Königswahl zu gratulieren. Aber Otto habe es voller Verachtung zurückgestoßen und erklärt, es sei unter seiner Würde, eine so kleine Gabe entgegenzunehmen. Diese Beleidigung vergaß der Herzog nie.

Das mache das böse Blut der Plantagenets, meinte Vater. Er habe gehört, König Ottos Onkel Richard Löwenherz sei genauso gewesen: hochmütig, launenhaft, schwankend zwischen Grausamkeit und Großmut und unfähig, auf gute Ratschläge zu hören. Mit dieser Äußerung geriet Vater wieder einmal mit Marschall Kuno in Streit, der keine Kritik an seinem Helden Richard Löwenherz vertrug. Die Spannungen zwischen den beiden machten unsere Reise nicht gerade einfacher.

Überall an den Höfen, die wir besuchten, roch es nach Aufruhr, aber noch hielten die Fürsten still; einige waren wohl tatsächlich kriegsmüde. Die schrecklichen Folgen des Krieges hatten wir vor allem in Thüringen immer wieder zu Gesicht bekommen: verbrannte, verlassene Dörfer, Weinberge, die nicht mehr gepflegt wurden, Rodungen, die langsam wieder zuwucherten, manchmal Knochen an den Waldrändern. Besonders herzerweichend waren die vielen Armen. Kinder mit Gesichtern wie kleine Totenschädel, aufgedunsenen Hungerbäuchen und Ärmchen, so dünn wie Stecken, Frauen mit verzweifelten Augen und viele verstümmelte Männer.

Armut gab es überall, aber in Thüringen war der Krieg doch zu oft und zu lange eingekehrt. Dennoch verlangte der Landgraf von seinen Untertanen immer höhere Abgaben, um seine Burgen noch prächtiger zu machen und die Sänger noch reicher zu belohnen. Und das Land und die Leute wurden immer ärmer.

Als wir nach Stuhlweißenburg zurückkamen, rief mich Königin Gertrud zu sich in ihre Kemenate; sie wollte alles wissen über unsere Reise. Vor allem aber war sie begierig darauf, zu erfahren, was mein Engel gesagt habe, und fragte, ob ich ihn über ihre Zukunft befragen könne. Denn natürlich hatte sie sofort nach unserer Ankunft von meiner »Kitzinger Weissagung« erfahren.

Aber ich musste sie enttäuschen. »Ich kann meinen Engel nicht rufen, Frau Königin, er kommt, wann er will.«

Gertrud runzelte die Stirn, und auch mit meinem Reisebericht war sie nicht einverstanden, denn das habe sie alles schon von ihrem Bruder gehört. »Wenn du mir nur sagen kannst, was ich schon weiß, bist du dein Geld nicht wert!« Sie entließ mich mit einer ungeduldigen Handbewegung und gab mir nur wenige Denare und den Auftrag, mich weiter umzuhören. In dieser Situation wagte ich nicht, mich zu erkundigen, wie denn die Sache mit den Verschwörern ausgegangen sei.

Deshalb ritt ich ein paar Tage später selbst zu Awas Gestüt und nahm meine Magd Zsuzsanna mit. Zwar war mein Ungarisch inzwischen ganz gut, aber die Leute würden Zsuzsanna vielleicht mehr anvertrauen als mir. Ebo, der uns begleitete, erzählte ich, ich wolle mein Maultier Ala holen, für Zsuzsanna, die auf einem gemieteten Esel hinter uns hertrottete.

Aber Awa war nicht da. Wir konnten nicht herausfinden,

wohin sie verschwunden war. Der neue Verwalter reagierte merkwürdig verschlossen auf meine Fragen, er wisse nicht, wo Awa sei. Und was ich denn überhaupt hier wolle? Als ich ihn fragte, ob er denn vielleicht ein Maultier zu verkaufen hätte, antwortete er: »Ja, eines haben wir. Aber das taugt nichts mehr. Das kommt morgen zum Schlachter.«

Bevor man mir meine Bestürzung ansehen konnte, sagte ich schnell, ich würde es mir doch gern ansehen. Ich bräuchte ein Maultier, und ich würde ihm einen Denar dafür geben. Das war sicher mehr, als der Metzger geboten hatte, und – so dachte ich damals – ich hätte immer noch zwei Denare Gewinn gemacht.

Womit ich nicht gerechnet hatte, war die Freude, die mir bei Alas Anblick in die Kehle stieg. Als ich in den Stall kam, warf sie den Kopf zurück und brach in ein Wiehern aus, das in einem lang gezogenen »Iah« endete. Aus Angst, sie könnte durch ihr Benehmen verraten, dass wir uns schon lange kannten, bat ich den Verwalter, nach Zsuzsanna zu suchen, sie solle das Tier begutachten. In Alas Verschlag presste ich meinen Kopf gegen ihren und flüsterte ihr ins Ohr: »Ho, meine Alte, ich bin wieder da.« Sie prustete leise durch die Nase, stupste mich gegen die Schulter und sah mich unter ihren seidigen Wimpern lange an. Für eine kurze Weile war ich beinahe glücklich.

Doch das hielt nicht an. Auf dem Gestüt herrschte eine unangenehm gedrückte Stimmung. Alle Bediensteten liefen mit verkniffenen Gesichtern umher und verhielten sich abweisend bis unhöflich. Auch Zsuzsanna konnte sie nicht zum Reden bringen. Ich zerbrach mir den Kopf, was wohl mit Awa geschehen war. War sie verhaftet oder hingerichtet worden, hatte sie Selbstmord begangen, war ich vielleicht sogar schuld daran? War ich schuld?

Als wir zusammen mit Ala zurück in Stuhlweißenburg waren, konnte ich von den Gefängniswärtern immerhin in Erfahrung bringen, dass in den Verliesen der königlichen Burg keine Frau eingesperrt war. Doch das war nur ein kleiner Trost.

Meine Sorge rückte etwas in den Hintergrund, als wenige Tage später neue Ankömmlinge eintrafen: Ekberts Bruder, Markgraf Hezilo, und Propst Adolf ritten mit einem Trupp von Hezilos Leuten in den Hof. Hezilo und der Propst waren sich in Rom begegnet, wo der Markgraf seit Wochen auf eine Audienz bei Papst Innozenz gewartet hatte.

Schon von der Wartburg aus war Propst Adolf von Bischof Ekbert zum Papst gesandt worden mit einem Brief, in dem der Bischof schilderte, wie heimtückisch er daran gehindert worden war, sich dem Gericht der päpstlichen Legaten in Würzburg zu stellen. In Rom war Adolf dann auf Hezilo getroffen und hatte dessen Gesuch an den Hof des Papstes mitgenommen. Innozenz III. hatte sich empört gezeigt über das Verhalten von Ekberts Anklägern und hatte dem Propst einen Brief an den Bischof mitgegeben, in dem er ihn einlud, im September nach Rom zu kommen. Er werde König Otto IV. Anfang Oktober zum Kaiser krönen und Ekberts Ankläger, die sich im Gefolge des Königs befänden, auffordern, für einen regulären Prozess vor ihm zu erscheinen. So werde sich Ekbert vor dem Papst persönlich verantworten können.

Auf Markgraf Hezilos Gesuch sei Papst Innozenz nur sehr vage eingegangen, Hilfe habe er nicht versprochen, erzählte der Propst. Deshalb war Hezilo mit ihm nach Ungarn gekommen, um sich mit seinen Geschwistern zu beraten, was man tun könne, um die bayerischen Besitzungen der Familie, die Herzog Ludwig sich unter den Nagel gerissen hatte, zurückzuerhalten.

Abends in der Halle erzählte Hezilo von den Abenteuern seiner Reise. Alle lauschten gespannt, denn Hezilo war ein lebhafter, wenn auch etwas sprunghafter Erzähler. »Bald nach dem Achtspruch gegen Ekbert und mich im letzten November hat Herzog Ludwig, dieser Mistkerl, versucht, meine Burgen zu zerstören und meine Klöster und Städte in Bayern einzunehmen. Ihr hättet meine Leute sehen sollen, wie wütend die waren! Wir hätten den Herzog mit Pauken und Trompeten davongejagt, wenn ihm nicht im März Heinz von Kalden mit seinen Truppen zu Hilfe gekommen wäre. Heinz von Kalden, der tapfere Recke!« Hezilo spuckte ins Stroh. »Der hatte grad mal im Vorbeigehen Pfalzgraf Otto, diesen Schuft von einem Königsmörder, mit seinem Schwert an ein Scheunentor gespießt. Heinz war in Regensburg nämlich dem Sohn von Wulf begegnet. Ihr erinnert euch doch noch an Wulf, einen meiner besten Männer, den der Pfalzgraf ohne jeden Grund erschlagen hat?«

Einige in der Runde nickten.

»Nun, Wulfs Sohn hatte Heinz von Kalden verraten, wo der Mörder sich versteckt hielt – in einer Scheune an der Donau, stellt euch das vor, feiger geht's wohl nicht. Heinz also nichts wie hin, und bevor der Pfalzgraf auch nur ein Wort sagen kann, nagelt er ihn ans Scheunentor, schlägt ihm den Kopf ab und schmeißt das blutige Ding in die Donau. Nicht dass ich was dagegen hätte, dass der Kerl umgebracht wurde, aber besser für uns wäre es gewesen, wenn er in Gegenwart von Zeugen noch hätte sagen können, was sich damals wirklich ereignet hat. Und dass Ekbert und ich mit dem Mord an König Philipp absolut nichts zu tun hatten.«

Hezilo schaute beifallheischend in die Runde, und alle murmelten zustimmend.

»Nun, danach hätte Heinz doch zu seinem lieben neuen König Otto zurückreiten können«, fuhr Hezilo fort. »Aber nein! Er kommt mit seinem Haufen – ihr wisst, was das für Haudegen sind – Herzog Ludwig zu Hilfe. Da hatten wir leider keine Chance mehr. Und ich dachte, ich versuch es auch einmal beim Papst, genau wie Ekbert. Aber wenn Propst Adolf nicht gekommen wäre, säße ich heute noch in Rom und würde dort mein bisschen Geld in übel riechenden Schenken versaufen.«

Hezilo lachte, ein Lachen, in dem ein bitterer Unterton mitschwang. Doch als er sich zu Propst Adolf umwandte, hellte sich sein Gesicht auf. Er legte ihm die Hand auf die Schulter.

»Der Propst ist wirklich ein guter Mann«, fuhr er fort. »Stellt euch vor! Auf dem Heimweg, im Apennin, haben wir einmal im Freien übernachtet, auf einer Lichtung, weil wir zu faul waren, die Zelte aufzubauen. Und mitten in der Nacht haben uns

Räuber überfallen. Wenn er mich da nicht rechtzeitig geweckt und mir mein Schwert zugeworfen hätte, wäre es uns schlecht ergangen. Ich hatte gerade zweien von den Räubern den Kopf abgeschlagen, da wollte ein dritter mich von hinten erstechen! Aber der Propst hat den Mann niedergeschlagen, sonst wäre ich heute nicht hier. Ein Prosit auf Propst Adolf!«

Am nächsten Nachmittag saß ich in einer der Fensternischen im kleinen Beratungssaal der Burg und las, als die Meraniergeschwister Gertrud, Hezilo, Ekbert und Berthold den Raum betraten und sich um den runden Tisch setzten. Sie bemerkten mich nicht, und ich hielt mich in meiner Nische fein still.

Markgraf Hezilo setzte sich lautstark für eine Belohnung für Propst Adolf ein. »Er ist so oft für uns zum Papst und zum Kaiser gereist, manchmal unter Lebensgefahr. Er und seine Schwester sollten ein gutes Stück Land bekommen, zu ihrem Eigentum.«

Doch Königin Gertrud und Erzbischof Berthold weigerten sich, etwas herzuschenken, mit der Begründung, dass die Ungarn sowieso schon schlecht auf sie zu sprechen seien, weil sie ihren Gefolgsleuten schon so viel Land zugesprochen hätten. Schließlich einigte man sich darauf, aus dem Besitz von Bischof Ekbert in der Zips ein Areal herauszulösen, das den beiden übertragen werden sollte.

Die Übergabe durch König Andreas fand in einer feierlichen Zeremonie statt, in Gegenwart vieler Adeliger und Kirchenfürsten, die an den Hof gekommen waren, um mit dem König den nächsten Kriegszug zu besprechen. Der Propst war zu Tränen gerührt und umarmte mehrmals seine Schwester Adelheid, die er auf seinem Weg von der Wartburg nach Italien auf ihrer Burg in der Nähe von Bamberg aufgelesen und mit sich nach Ungarn gebracht hatte.

Adelheid und Propst Adolf begleiteten uns, als wir kurze Zeit später in die Zips reisten. Bischof Ekbert schickte Vater und seinen besten Lokator Rudolf dorthin, sie sollten die Anlage weiterer neuer Siedlungen vorbereiten.

Rudolf besaß ein beinahe untrügliches Gespür dafür, welche Stellen sich für die Gründung eines Dorfes eigneten. Es gelang ihm auch stets, die passenden Siedler zu finden, meist aus dem Bamberger Land. Ich sollte Vater auf dieser Reise begleiten, da der Bischof meinte, ich hätte doch sicher Sehnsucht nach meinem Mann, der nun schon so lange getrennt von mir in der Zips weile. Es blieb mir nichts anderes übrig, als ihm zu gehorchen.

Bamberg, im Mai 1251
An Frau Elisabeth, Burg Grünstetten

Liebe Ela,
jetzt sind es nur noch ein paar Wochen, bis dein zweites Kindchen auf die Welt kommt. Ich fand diese letzte Zeit der Schwangerschaft immer besonders beschwerlich. Ständig muss man auf die Heimlichkeit, und der Bauch ist so dick, dass man ihn mit den Händen herumwuchten muss, wenn man sich im Bett drehen will. Glücklicherweise hast du diesmal kein Wasser in den Beinen, wie du schreibst. Ich schicke dir mit dem Boten schon einmal meine Paste aus Mariendistelsamen, für den Fall, dass es mit dem Stillen nicht recht gelingen will. Bei Sophia hat das damals ja auch geholfen.

Ach, Ela, ich vermisse euch so, dich und die Kleine. Wie geht es meiner süßen Sophia, wie viele Zähnchen hat sie denn inzwischen? Kann sie schon »Mama« sagen? Und schon ein paar Schritte gehen? Zieht sie sich auch dauernd irgendwo hoch, bevorzugt an Mutters Rockzipfel? Als deine Mutter in dem Alter war, hat sie mich fast verrückt gemacht, weil ich nirgendwo ohne sie hingehen konnte. Ich würde euch so gern noch einmal sehen.

Vor allem auch, weil ich dir den nächsten Abschnitt meiner Geschichte am liebsten nur mündlich erzählen würde. Es fällt mir unendlich schwer, ihn aufzuschreiben, ich drücke mich schon seit Wochen davor. Es scheint mir der schwärzeste Teil meines

Lebens zu sein. Du darfst vor meinem Tod mit niemandem darüber sprechen, versprichst du mir das? Ich habe lange überlegt, ob ich die … das Ganze einfach für mich behalten soll, aber das kam mir zu feig vor. Und es ist auch als Warnung gedacht oder als Trost oder … nun ja, so etwas Ähnliches.

Ich bin so froh, dass du deinen Mann lieb hast.

Deine Großmutter Sophie

DER WEG ZU DEN GÖTTINNEN

Zips, Ende Juni 1209

Die Zips ist eine wunderschöne Landschaft am Fuß hoher Schneeberge, mit weiten Flusstälern und sanften Hügeln. In den Tälern hatten jene deutschen Siedler, die der Großvater von König Andreas einst nach Ungarn geholt hatte, schon einige Dörfer angelegt. Jetzt begannen Bauern und Holzfäller, von den Lokatoren von Bischof Ekbert im Bistum Bamberg angeworben, auch die Wälder unterhalb des Gebirges zu roden und Ackerland anzulegen – eine sehr harte, schwere Arbeit.

Die Burg, die Bischof Ekbert im Hauptort Vila am Popper bauen ließ, war unter Waldos strenger Aufsicht schon erstaunlich weit gewachsen: Vom großen Turm stand das untere Geschoss, die Schutzmauern begannen, sich zu runden, und das Fundament des Palas war abgesteckt.

Waldo und ich lebten in einer Holzhütte mitten auf der Baustelle. Den ganzen Tag über herrschte ein infernalischer Krach: Die Steinmetze klopften, die Kräne kreischten, das Windenrad knarzte, die Ochsen vor den Karren, die erbarmungslos angetrieben wurden, brüllten und dazu das Geschrei der Arbeiter – all das zerrte an meinen Nerven.

Vielleicht hätte es mich unter anderen Umständen nicht so gestört, aber ich war sowieso in einer desolaten Verfassung, denn ich hatte festgestellt, dass ich schwanger war. Doch ich wollte kein Kind bekommen, nicht von Waldo. Diese Fessel wollte ich ihm keinesfalls in die Hand geben. Wie ein Gebet wiederholte ich immer und immer wieder: Ich will ihm kein Kind schenken, ich will ihm kein Kind schenken.

Ich versuchte alles Mögliche: Ich sprang von Mauern, machte wilde Ausritte, badete, so heiß es ging – nichts half. Ich fühlte mich wieder einmal schrecklich allein. Zsuzsanna hatte in Stuhlweißenburg bleiben müssen, weil die Zips nach Aussage von

Bischof Ekbert noch nicht genug hergab, um »unnütze Mäuler zu stopfen«, und Adelheid, die uns mit Propst Adolf hierher begleitet hatte, war mit ihrem Bruder auf ihre neuen Güter weitergereist.

Schließlich überredete ich Vater, mich auf eine Erkundungsfahrt in den Norden der Zips mitzunehmen. Dort irgendwo in der Hohen Tatra musste nach Großmutter Ivankas Beschreibung ihr Stamm leben, der Stamm der Göttinnen, der weisen Frauen, der Heilerinnen, die vielleicht eine Lösung für mein Problem hatten. Vater und Lokator Rudolf wollten auch dort nach neuen Siedlungsplätzen suchen. Mein Argument, dass ich als Dolmetscherin dienen könnte, da ich ja erstens Ungarisch spräche und zweitens von Großmutter einige Worte ihres Dialektes gelernt hätte, überzeugte sie, und so durfte ich sie begleiten.

Wir ritten die alte Handelsstraße entlang, die im Tal des Popper nach Norden in Richtung Krakau führt. Es war dieselbe Straße, die Großvater Walter einst heraufgekommen war, als er sich bei einem Unfall den Arm brach und von der Heilerin Ivanka verbunden worden war, die dann meine unfromme Großmutter wurde.

Nach einigem Suchen fanden wir das Dorf, aus dem Ivanka stammte, etwa zwei Dutzend Holzhäuser mit schön geschnitzten Giebeln am Rand eines Waldes. Es war nicht weit von der Straße entfernt, von der die Schmiede und Wirte des Dorfes lebten. Im Geist hatte ich mir immer wieder die Wörter und die paar Sätze, die ich von Großmutter gelernt hatte, zurechtgelegt, voller Sorge, ob wir damit das Misstrauen der Einheimischen besiegen konnten.

Diese Sorge erwies sich als überflüssig, denn in dem Dorf traf ich zu meinem maßlosen Erstaunen Awa wieder. Ich glaubte zunächst an eine Erscheinung, als ich sie im Sonnenlicht mitten auf dem Dorfplatz stehen sah. Nachdem auch sie sich von ihrer Überraschung erholt hatte, umarmte sie mich stürmisch und dankte mir überschwänglich für die Warnung, die ich ihr hatte zukommen lassen. So war sie rechtzeitig vor den Häschern von

Königin Gertrud hierher geflohen, wo sie Verwandte hatte. Ich sagte ihr nicht, wie sich die Sache in Wahrheit zugetragen hatte, aber insgeheim schämte ich mich sehr. Wenigstens das! So fremd mir mein damaliges Ich auch mittlerweile geworden ist, heute bin ich froh, dass ich mich damals wenigstens noch schämen konnte. Aber vielleicht will ich es mir nur nicht eingestehen, wie froh ich war, dass sie die Wahrheit nicht kannte.

Aber was immer ich fühlte, es wurde verdrängt von Erleichterung. Endlich eine Frau, der ich mein Problem schildern konnte. Nun, um es kurz zu machen – eine der Göttinnen aus einem benachbarten Dorf half mir.

Ich war ... Es ... Ich bekam das Kind nicht.

Seitdem fürchte ich mich vor der Hölle. Und tue Gutes, damit der Erzengel Michael genügend in der Hand hat, was er beim Gericht als Gegengewicht zu meiner Todsünde in die andere Waagschale legen kann.

Doch manchmal träume ich noch, träume von einem kleinen Wesen, so klein, dass es in meine Handkuhle passt.

Sophies Notizen
Bamberg, Ende Dezember 1250

Unser Kaiser Friedrich ist gestorben, zehn Tage vor Weihnachten. Gerade haben die Ausrufer die Nachricht verkündet. Bischof Heinrich lässt die Domglocken läuten, das gefällt mir. Es ist richtig, den Kaiser zu ehren, auch wenn er gebannt gestorben ist, aus der Kirche ausgestoßen. Viele nehmen inzwischen den Kirchenbann nicht mehr ernst, weil er von den Päpsten nur noch als Machtinstrument gebraucht wird, nicht mehr als Werkzeug Gottes. Friedrich II. war trotz allem ein großer Mann.

Ich erinnere mich noch genau, wie begeistert wir alle waren, als Friedrich, der junge König von Sizilien, damals im Frühling 1212 in Deutschland erschien, um das Erbe seines Onkels Philipp anzutreten. Er war ein Held wie aus der Artussage, schön und klug und freigebig, der, wie wir hofften, den ungeliebten Welfen davonjagen würde. Otto IV. wurde kurze Zeit später ja tatsächlich besiegt, allerdings vom französischen König, und starb bald danach einsam und verlassen auf einer seiner Burgen. Und Friedrich wurde der unumschränkte Herrscher im Reich.

Gerade in Bamberg sollten wir des Kaisers gedenken, denn wir haben ihm viel zu verdanken. Ohne seinen Beistand hätte Bischof Ekbert die Bildhauer aus Reims nicht bezahlen können, die er 1225 nach Wortwins Unfall nach Bamberg rief. Und unser Dom wäre um die wunderbaren Figuren der Ecclesia, der Synagoga, des Reiters und alle anderen ärmer. Auch die Stadt Bamberg wäre ärmer, wenn Kaiser Friedrich II. uns nicht vor fünf Jahren einen Jahrmarkt verliehen hätte. So kommen jedes Jahr im Mai Kaufleute von überallher in die Stadt, und der Handel blüht. Auch ich habe in diesen drei Jahrmarktswochen als Heilerin mehr zu tun als im ganzen übrigen Jahr.

Die Glocken haben aufgehört zu läuten. Ich muss mich jetzt für die Messe fertig machen, denn ich will für Friedrich II. eine Kerze stiften.

AUFBRUCH NACH ROM

Unterwegs, Sommer 1209

Im Juli rief Bischof Ekbert uns aus der Zips zurück nach Stuhlweißenburg. Vater, Waldo und ich sollten ihn nach Rom begleiten. Die Reisegruppe, die der Bischof auswählte, war ähnlich zusammengesetzt wie bei unserer Flucht aus Bamberg nach Ungarn. Nur Marschall Kuno fehlte – zu meiner Erleichterung, denn er war mir immer noch feindlich gesinnt und ließ keine Gelegenheit aus, mir das auch zu zeigen. König Andreas hatte ihn mit der Aufsicht über Awas Gestüt beauftragt, weil sich der vorherige Verwalter – der düstere Kerl, den ich bei meinem Besuch erlebt hatte – als betrügerisch erwiesen hatte. Aber wir hatten genügend Leute dabei, die sich gut mit Pferden auskannten, denn einige Ritter der Königin und ein paar ungarische Adelige schlossen sich uns an.

Ende des Monats Juli brachen wir auf, Bischof Ekbert wollte unbedingt rechtzeitig zur Kaiserkrönung in Rom ankommen. Diese Gelegenheit, sich zu rehabilitieren und seinen Gegnern in Gegenwart des Papstes eins auszuwischen, wollte er sich unter keinen Umständen entgehen lassen. So machten wir uns auf den Weg, obwohl eine unbarmherzige Hitze Ungarn umklammert hielt. Auch wenn wir jeden Tag schon um drei Uhr morgens aufstanden und die Mittagsstunden irgendwo im Schatten oder, wenn möglich, in einer kühlen Kirche oder einem Kloster verbrachten, schmolzen wir alle davon. Die Stimmung wurde immer gereizter, jeder schrie jeden an, und die Knechte hatten alle Mühe, genügend Wasser für die Pferde und die Menschen zu beschaffen.

Besser wurde es erst, als wir den Plattensee erreichten. Kaum waren wir am Ufer angelangt, da ritten die Männer schon mit all ihren Kleidern in den See, dass das Wasser glitzernd hochspritzte. Auch ich fand eine Stelle mit hohem Schilf, wo ich mich ungesehen entkleiden und untertauchen konnte.

Glücklicherweise musste ich in Ungarn wenigstens nicht mein Gebände tragen, das war inzwischen in Deutschland ja für verheiratete Frauen fast unumgänglich. In dieser Hitze wäre das eine zusätzliche Tortur gewesen. So trug ich unter meinem Schappel nur einen leichten Schleier – jenen Schleier, der einst Königin Irene-Maria gehört hatte. Immer wenn ich das zarte Gewebe berührte, erfasste mich wieder Trauer über den Tod unseres guten Königs. Ich zog mir den Schleier meist auch übers Gesicht, um mich vor der Sonne zu schützen – der Stoff war so fein, dass ich gut hindurchsehen konnte.

In einem Dorf neben der Straße, die am Plattensee entlangführt, bekamen wir in einer Weinlaube am Seeufer ausgezeichneten Fisch zu essen: Wels und Karpfen, gebraten, mit einer himmlisch würzigen Soße, dazu Wein von den umliegenden Weinbergen. Mir läuft noch heute das Wasser im Mund zusammen, wenn ich an diese Mahlzeit denke. Plötzlich verstanden alle gar nicht mehr, warum sie sich zuvor so sehr gestritten hatten.

Ein paar Tage später erreichten wir die Markgrafschaft Krain und die Burg Stein von Bischof Ekberts Bruder Hezilo. Als wir den Pass in die Krain hinunterritten, schien sich uns nach all der Hitze und dem Staub die Tür zum Paradies zu öffnen. Stein liegt in einem sanften Tal, umgeben von hohen Bergen, von denen viele auch jetzt im Sommer noch eine weiße Zipfelhaube trugen – angeblich weil sie so hoch waren, dass sich Gottes Bart daran verfangen hatte. Die Luft war klar und sauber und angenehm kühl auf der Haut. Und sie atmete sich so leicht und köstlich, dass ich weit die Arme ausbreitete, als wollte ich sie liebkosen. Die Wiesen leuchteten, bunt gesprenkelt mit Blumen, und die schon gemähten rochen sinnebetörend würzig nach Heu. Überall floss Wasser, helle, glitzernde Bäche; allein durch ihren Anblick fühlte ich mich schon ein bisschen sauberer. Das sanfte Licht der Spätnachmittagssonne machte den Schatten unserer Pferde lange Beine.

Plötzlich unterbrach ein Hornsignal das Zwitschern der Vögel. Aus einem Seitenweg kam uns eine Jagdgesellschaft entgegen. Als der Reiter an der Spitze uns sah, drückte er seinem Pferd die Fersen in die Flanken und galoppierte lachend und winkend auf uns zu. Es war Markgraf Hezilo. Er und Ekbert umarmten sich und konnten gar nicht aufhören, sich gegenseitig auf die Schultern zu klopfen.

»Beeil dich!«, rief der Markgraf einem seiner Knappen zu. »Reit zur Burg und sag, dass unsere Gäste angekommen sind.«

»Ihr seht ganz schön erledigt aus«, sagte er zu seinem Bruder. »Wir warten schon ein paar Tage auf euch. Die Badestube steht bereit.«

»Das ist gut«, seufzte Ekbert. »Ich sehne mich danach, meine Flöhe loszuwerden. Die letzte Herberge war miserabel.«

»Wehe, du hast mir welche abgegeben«, drohte Hezilo lächelnd. »Ich sag's meiner Frau!«

In Stein gibt es zwei Burgen, die große obere und die kleine untere. Wenn der Markgraf in Stein anwesend war, wohnte er in der »Kleinen Veste«. Sie liegt auf einem abenteuerlich schmalen Felsblock, der steil aus den weit heruntergezogenen Schindeldächern der Stadt aufragt. Hezilo hatte die alte Burg seines Großvaters aufwendig umbauen lassen und sehr elegant und komfortabel ausgestattet mit Wandmalereien, geschnitzten Türen, weichen Betten, sauberen Örtlichkeiten, einer geräumigen Küche und der ersehnten Badestube.

Nein, eigentlich war es nicht Hezilo, sondern seine Gemahlin Sophie gewesen, welche die Burg zu einem solch angenehmen Ort gemacht hatte. Er war derjenige, den alle Frauen anhimmelten, wenn er abends in der Halle zur Laute seine selbst gedichteten Lieder vortrug, umgeben von einem Kreis junger Knappen und Ritter, denen er Dichtkunst und höfisches Benehmen beibrachte. Aber der gute Geist der Burg war Sophie. Sie hielt ihren neun Jahre jüngeren Ehemann und das gesamte Gesinde an einem freundlichen, aber konsequenten Zügel, und alle liebten sie. Die gesamte Dienerschaft wäre für sie durchs Feuer gegangen, denn sie achtete auf jeden, half, wo es nötig war, und war immer guter Laune.

Abends, als ich gebadet hatte und in meinem schönen blauen Kleid mit den gestickten Rosenborten zur Abendmesse ging, stieß ich im Gang zufällig auf Bischof Ekbert und Hezilo, die gerade aus Ekberts Zimmer kamen. Sie waren ausnahmsweise ohne Gefolge, mitten in einer Unterhaltung und bemerkten mich nicht.

»Hast du etwas von unserem großen Bruder, dem Herzog, gehört?«, fragte Ekbert und betonte das Wort »Herzog« leicht spöttisch.

»Ja, gestern kam ein Bote«, antwortete Hezilo. »Er zieht mit König Otto zur Kaiserkrönung nach Rom.«

»Hm«, machte Ekbert unwillig. »Ich verstehe ja, dass er seine Stellung halten will, aber muss er diesem Welfen so hinten reinkriechen? Er ist doch alle naslang bei ihm.«

»Ach, komm, du weißt so gut wie ich, dass er das tut, um der Familie die großen Reichslehen zu erhalten. Was bleibt ihm denn schon übrig, nachdem König Otto uns zwei so übertölpelt hat?«

»Übertölpelt? Betrogen hat er uns, mit einer hundsföttischen Lüge. Aber der wird sich noch wundern! Wenn ich erst beim Papst –«

Die beiden blieben an einer der Arkaden des Laubengangs stehen. Da ich ja nicht gut an ihnen vorbeigehen konnte, ohne dass sie mich gesehen hätten, verbarg ich mich in einer Türnische, neugierig wie immer.

Hezilo legte seinem Bruder eine Hand auf den Arm. »Ekbert, Mann! Erwarte dir nicht zu viel von deinem Besuch in Rom. Kannst du dir nicht vorstellen, was dort los sein wird? Es geht um eine Kaiserkrönung! Wie viele Kaiser krönt ein Papst denn schon in seinem Leben? Und du weißt, wie gerade Innozenz auf dieses Recht und auf seine Macht pocht. Da ist selbst der Bamberger Bischof nur ein kleines Rädchen im Getriebe.«

»Hm«, brummte Ekbert erneut, und es klang nicht fröhlicher. »Gespannt bin ich aber, wie Seine Heiligkeit auf Otto, seinen gehätschelten Schützling, diesen arroganten Mistkerl, reagieren wird, wenn er ihn erst persönlich kennenlernt. Ich freu mich heute schon auf sein Gesicht!«

Dann gingen die Brüder die Treppe hinunter und über den Hof zur neuen, hoch aufragenden Burgkapelle, und ich konnte nichts mehr von ihrer Unterhaltung hören.

In dieser Nacht wartete ich vergeblich auf Waldo. Man hatte uns eine Kammer in der Nähe von Bischof Ekberts Zimmer zugewiesen, vielleicht aus Freundlichkeit, vielleicht auch, weil Ekbert seine wertvolle Zeugin im Blick behalten wollte. Ich hatte mich damit abgefunden, dass ich diesmal wohl meinen ehelichen Pflichten nachkommen musste. Unterwegs war mir das erspart geblieben, weil ich darauf geachtet hatte, möglichst nicht mit Waldo allein zu bleiben. Aber an diesem Tag gab es keine Ausrede mehr: Es war kein kirchlicher Feiertag, ich hatte meine Tage nicht, und wir würden ein Bett teilen. Aber Waldo erschien erst am nächsten Morgen, mit wirren Haaren und nachlässig geordneter Kleidung. Ich war gerade aufgestanden.

»Wo bist du denn gewesen?«, fragte ich erstaunt.

»Hast du mich etwa vermisst?« Er grinste gespielt anzüglich. »Ich war, nun ja, ich war bei einer anderen Frau. Es gibt nämlich welche, die mich haben wollen und mir nicht bei jeder Gelegenheit ausweichen.« Er roch nach Bier und jener anderen.

Wer auch immer es war, mit der er zusammen gewesen war, ich wünschte ihr alles Gute. Ich versuchte, mir meine Erleichterung nicht anmerken zu lassen, aber Waldo spürte sie doch. Er schluckte schwer, und die Zornesader an seiner Schläfe schwoll an.

»Kein bisschen eifersüchtig, Eure Hoheit?«, fauchte er. »Verdammt, was soll ich denn noch alles tun? Ich habe dir Kleider gekauft und Schuhe und Schmuck, ich halte jede deiner beschissenen Regeln ein, meine Männer fangen schon an, über mich zu lachen. Und du, du Miststück? Was gibst du mir dafür?« Er hob die Hand.

Ich sah ihn so kalt wie möglich an. »Wenn du deinen Schwur brichst und mich schlägst, wirst du in der Hölle braten«, zischte ich.

Er ließ die Hand sinken und seufzte. »Da bin ich doch eh

schon lange«, murmelte er und verließ mit hängenden Schultern den Raum.

Am Nachmittag konnte Waldo seine Wut loswerden. Hezilo hatte nämlich uns zu Ehren ein Turnier organisiert. Schon seit er aus Ungarn zurückgekommen war, hatte er es vorbereitet und seine Ministerialen aus Windischgrätz und Krainburg und die Adeligen aus der ganzen Krain dazu eingeladen. Seit ein paar Tagen war Stein überfüllt; an allen Häusern hingen die Schilde der Ritter, und auf den Wiesen ringsum leuchteten die Zelte der Gäste.

Auf einer großen Fläche am Fluss war eine Tribüne aufgebaut, wo sich die Damen des Hofes und die Frauen der Ritter in ihren schönsten bunten Kleidern versammelten. Da der Markgraf selbst am Turnier teilnahm, saß neben Markgräfin Sophie Bischof Ekbert auf dem Ehrenplatz in der Mitte der Tribüne.

Mir war der Sitz auf der Stufe zu Füßen von Bischof Ekbert angewiesen worden. Ich hörte, wie er zur Markgräfin sagte: »Es ist gut, dass Hezilo alle hergeholt hat, um ihnen zu zeigen, wer der Herr im Haus ist.«

Sophie lachte. »Ja, das war sicher nötig, auch damit sie mal wieder miteinander reden und trinken können. Und nebenbei ist es ja auch ein guter Heiratsmarkt. Habt Ihr gesehen, dass die älteren Ritter alle ihre Töchter mitgebracht haben? So viele hübsche Mädchen auf den Rängen.«

»Aber Eure Hofdamen und vor allem ihre Herrin stellen sie doch alle in den Schatten!« Bischof oder nicht Bischof – Ekbert konnte seine ritterliche Erziehung nicht verleugnen.

Sophies Antwort konnte ich nicht mehr hören, denn in dem Moment brach ein ziemliches Getöse aus. Die Trompeten schmetterten, und die Zuschauerinnen auf der Tribüne jubelten den Turnierteilnehmern zu, die in einer langen Reihe herangeritten kamen. Es sah schön aus, wie sie da so aufgereiht standen, in ihren bunten Waffenröcken mit den aufgenähten Wappen, auf ihren tänzelnden und schnaubenden Pferden und ein jeder mit seinem Fähnlein in der Hand. Auf ein Zeichen Hezilos verneigten sich alle vor der Markgräfin und ritten dann zurück zu ihrem jeweiligen Platz am Rand der Arena, wo ihre Knappen ihnen die blank polierten Helme, die Schilde und Lanzen reichten.

Zunächst war ein Buhurt angesetzt, in dem die Kämpfer in zwei Gruppen aufgeteilt wurden. Die Teilnehmer hatte der Turniervogt ausgelost. Die einen bekamen blaue, die anderen silberne Tücher um den Arm gebunden, damit sie später im Kampfgetümmel noch erkennen konnten, wer zu wem gehörte. Blau und Silber, das waren die Farben der Meranier, in die auch Hezilo selbst gekleidet war.

Der Wildeste im Kampf war Waldo. Er tobte wie ein Berserker und erhielt schließlich auch einen der ausgesetzten Preise, einen silbernen Becher, aus der Hand der Markgräfin. Mit einem schadenfrohen Blick auf mich überreichte er ihn einer der Hofdamen und küsste sie auf den Mund. Er kam auch in dieser Nacht nicht in unsere Kammer.

Nun ja, das war schon ein fröhliches Fest, damals in Stein, aber dahinter verbarg sich auch manche Traurigkeit. Ein paar Tage später betrat ich auf der Suche nach meinem Nähzeugbeutel die Kemenate der Markgräfin. Es war ein sonniger, warmer Nachmittag, und alle Hofdamen und Kinder vergnügten sich unten im Hof vor der Burgkapelle; ich nahm an, die Markgräfin sei auch bei ihnen.

Ich war gerade beim Packen, denn am nächsten Morgen sollten wir in aller Herrgottsfrühe abreisen. Ich ging quer durch den Raum zum Kamin, neben dem ich beim Ausbessern meines blauen Kleides gesessen hatte, als ich plötzlich ein Geräusch hörte, ein unterdrücktes Schluchzen. Erschrocken fuhr ich herum. Auf der Bank in der Fensternische saß Markgräfin Sophie und weinte.

»Oh, ich … entschuldigt bitte!«, stammelte ich verlegen. »Ich wollte nur … ich glaubte Euch bei den Damen …«

Sophie wischte sich mit einer unwilligen Bewegung die Tränen vom Gesicht, versuchte ein kleines Lächeln und lud mich mit einer Geste ein, mich zu ihr zu setzen. Von draußen war das Kreischen und Lachen der Kinder zu hören, die einander am Brunnen mit Wasser bespritzten. Ich nahm auf der Bank der Markgräfin gegenüber Platz und fragte verlegen: »Kann ich Euch … kann ich irgendwie helfen?«

»Ach, mir ist nicht zu helfen«, antwortete die Markgräfin seufzend. Sie deutete mit der Hand zum Fenster: »So viele Kinder, und keines davon ist meines. Ich habe alles versucht; ich habe Kerzen, Messen und ein Kloster gestiftet, ich habe Wallfahrten gemacht und nächtelang auf den Knien gelegen, ich habe Hebammen und Heilerinnen aus den Bergen befragt und ihre scheußlichen Tränke genommen. Es hat alles nicht geholfen. Und jetzt bin ich zu alt. Mein Gott, ich bin zu alt. Ich werde keine Kinder mehr bekommen.« Sie lehnte den Kopf zurück und schluckte krampfhaft in dem Bemühen, das Weinen zurückzuhalten, doch dann schlug sie die Hände vors Gesicht und sagte zwischen zwei Schluchzern: »Ich hätte ihm so gern einen Erben geschenkt, so gern.«

Nein, dafür gab es keinen Trost, keine beruhigenden Worte, keine Hoffnung. Nicht für Sophie, diese wunderbare Frau, die für alle am Hof in Stein wie eine Mutter war, und es gab keinen Trost für mich. Auch mir kamen die Tränen. Ich legte den Kopf auf die Arme und ließ ihnen freien Lauf. Doch ich hatte nicht Mitleid mit Sophie, sondern mit mir. Die Markgräfin weinte um Kinder, die nicht hatten kommen wollen, und ich um eines, das nicht hatte bleiben dürfen.

Bamberg, im November 1251
An Frau Elisabeth, Burg Grünstetten

Liebe Ela,
wie geht es den Kindern, meinem Liebling Sophia und der kleinen Christine? Die Kleine ist jetzt ja auch schon wieder fünf Monate alt. Trinkt sie gut? Wie oft in der Nacht wacht sie denn auf? Kinder sind da so unterschiedlich; Peter hat von Anfang

an wenig Mühe gemacht und kam nur einmal des Nachts, aber deine Tante Katharina hat mich fast um den Verstand gebracht mit ihrem Geschrei.

Ach, Ela, der Winter tut meinen Händen gar nicht gut. Manchmal wird das Schreiben zur Qual. Aber ich will nicht klagen, ich bin ja froh, dass ich überhaupt noch schreiben kann.

Mein Garten liegt unter einer dicken Schneedecke, und wenn ich die Hintertür aufmache, fällt gleich ein ganzer Haufen der weißen Flocken herein; dann schimpft Grit mit mir, weil sie aufputzen muss. Aber von Zeit zu Zeit gehe ich doch hinaus und bringe den Vöglein Walnusskerne, die ich frisch für sie geknackt habe, hänge ein weiteres Stückchen Schweineschwarte an den Baum und freue mich an ihrem Flattern und Tschilpen und Streiten.

Ist es bei euch auf der Burg sehr ungemütlich? Ich bin ja hier gesegnet mit meinem Kachelofen, für den ich Gott und meinem Wortwin in Gedanken täglich danke.

Vielleicht kannst du im Frühling ja einmal mit den Kindern nach Bamberg kommen. Das wäre ein wunderbares Geschenk.

Deine Großmutter

EIN ÜBERFALL

Ein paar Tage später erreichten wir das Herzogtum Meranien, das die ganze Küste zwischen Istrien und Dalmatien umfasst. Da sah ich das erste Mal in meinem Leben das Meer, und es traf mich wie eine Offenbarung. Tagelang waren wir durch endlose Gebirgswälder geritten, dann kamen wir über eine Hügelkuppe, und plötzlich lag es vor uns: diese riesige schimmernde, glitzernde Wasserfläche, azurblau unter dem blauen Himmel, nur durch einen hauchfeinen silbernen Strich von ihm getrennt. Ich hielt den Atem an vor diesem Wunder.

Am liebsten wäre ich gleich weitergeritten bis hinunter zum Strand. Doch Bischof Ekbert wollte in der Burg Kastua übernachten, die hoch über dem Meer lag, sie war das Verwaltungszentrum der ganzen meranischen Besitzungen und Burgen entlang der Küste. Er hatte dem Verwalter schon vor Tagen einen Boten geschickt und unsere Ankunft angekündigt.

Burgwart Bruno, ein grauhaariger Ministeriale der Meranier aus Tirol, und seine dicke Frau Truta gaben sich alle Mühe, uns den Aufenthalt so angenehm wie möglich zu machen, denn es war schon seit Langem kein Mitglied der Fürstenfamilie mehr bei ihnen eingekehrt. Sie tischten köstliche einheimische Gerichte auf, verfeinert mit Gewürzen, die ich noch nie gekostet hatte. Seit damals bin ich dem Geschmack des Mittelmeers verfallen, Basilikum und Rosmarin, Thymian, Minze und Salbei und sogar Safran sind Gewürze, die ich in meiner Küche immer gern verwenden lasse, wenn ich sie denn bekommen kann.

Ich fand es herrlich auf der Burg, mit dem weiten Ausblick über das Meer, den zwei Feigenbäumen im Hof – ich hatte zuvor noch nie Feigen gegessen –, dem Weinrebenspalier an der Mauer des Palas und sogar mit den achtzehn Katzen von Burgwartin Truta, die von ihren sechs Kindern kreischend über den Hof gejagt wurden. Aber Bischof Ekbert brannte vor Ungeduld. Wir waren kaum angekommen, da schickte er schon Vater, Christian und Marschall Kuno hinunter in den nächsten Hafen Perluka, um Schiffe für die Überfahrt von den meranischen Besitzungen nach Italien zu mieten.

Doch in dem kleinen Hafen gab es nur Boote, die zwischen den tausend Inseln der Kvarner-Bucht verkehrten; keines war groß genug, um uns und unsere Pferde über die Adria zu befördern. Wir mussten weiter nach Süden reiten, bis wir zu einer größeren Stadt kamen, deren Namen ich vergessen habe.

Während der lautstarken Verhandlungen mit dem Kapitän dort nahm ich Amira am Zügel und ging vom Kai hinunter auf den angrenzenden Strand. Ich wollte, dass mein Pferd als Letztes eingeladen würde, damit ich es während der Überfahrt besuchen konnte, ohne mich an all den anderen Rössern vorbeischlängeln zu müssen. Truta hatte mir ein Säckchen mit gelben Wurzeln mitgegeben, die sie *»möre«* nannte und auf die Amira ganz wild war. Damit lockte ich sie hinunter ans Wasser, an dessen Geruch und Geschmack sie sich gewöhnen sollte. Und ich wollte endlich dieses Wasser, nach dem ich mich nun seit Tagen sehnte, begreifen, tasten, schmecken, durch die Finger laufen lassen. Begierig nahm ich einen Schluck aus der hohlen Hand: Es schmeckte zu meiner Enttäuschung scheußlich, völlig versalzen; ich hätte nicht gedacht, dass eine solche Schönheit so widerlich sein konnte.

Doch bald schon vergaß ich den Geschmack des Meeres, besänftigt von den kleinen Wellen, die mit einem leisen Schmatzen auf den felsigen Strand schlugen, wie winzige Pferde, Geheimnisse murmelnd, immer wieder und wieder und wieder. Ihr Lied tat meiner Seele gut. Es durchbrach unversehens die Mauer aus Bitterkeit und Selbstmitleid, die ich in mir errichtet hatte; die Melodie der Wellen leckte einen Spalt hinein, durch den ein bisschen Licht eindringen konnte.

So keimte in mir der Entschluss, in Zukunft freundlicher zu Waldo zu sein und in den Nächten eben die Zähne zusammenzubeißen, wie so viele Frauen das tun. Da war das Meer, seit unvordenklichen Zeiten, ein Geschenk aus Gottes reicher

Hand. Was zählten schon unsere Sorgen angesichts dieser Unendlichkeit?

Plötzlich wurde mir bewusst, dass sich das Palaver oben auf dem Kai in Geschrei verwandelt hatte, unterbrochen von Waffengeklirr und Flüchen. Als ich aufstand und mich umsah, um zu erkunden, was da los war, sah ich mit Entsetzen, dass ein Riese von einem Mann mit einem Messer in der Hand auf mich zurannte, in offensichtlich unfreundlicher Absicht. Glücklicherweise war der Stein, auf dem ich gesessen hatte, hoch genug, sonst wäre ich nie ohne Sattel und Steigbügel auf Amiras Rücken gekommen. Ich jagte den Strand entlang, immer weiter und weiter, bis zu einem kleinen Wäldchen hinter ein paar Felsen. Dort lenkte ich Amira zwischen die Bäume, saß ab und spähte vorsichtig hinter den Steinen hervor.

Mein Verfolger war nicht mehr zu sehen, aber ich zitterte noch immer vor Angst. Ich wartete lange Zeit in meinem Versteck und fragte mich voll Verzweiflung, was ich nun tun sollte. Der Tumult im Hafen war offensichtlich ein Überfall gewesen. Doch wer hatte uns überfallen und warum? War die Gefahr gebannt? Wie sollte ich das herausfinden, allein in einem fremden Land, dessen Sprache ich nicht verstand?

Schließlich beschloss ich zurückzugehen. Immerhin hatte ich Geld bei mir, einige Münzen in meinem Almosenbeutel sowie eine gute Summe verborgen in meinem Gürtel und eingenäht in die Halsborte und den Saum meines Unterkleides. Die Sprache des Geldes wird schließlich überall verstanden.

Ich band Amira an einem Baum fest und kletterte ein Stück den Hang hinter dem Strand hinauf. Dort hatte ich einen Felsenpfad zwischen den Büschen gesehen, der erwarten ließ, dass ich mich dem Ort vielleicht ungesehen nähern konnte. Vorsichtig schlich ich den Weg entlang, an dessen Ende tatsächlich eine Treppe hinunter zum Hafen führte. Von dort oben konnte ich das ganze Ausmaß der Katastrophe überblicken – überall lagen Leichen, abgeschlagene Köpfe, Arme und Beine, tote Pferde und umgestürzte Wagen. Der Kai übersät mit blutigen Pfützen, im Wasser des Hafens waberte eine rote Wolke. Mein Magen krampfte sich zusammen, und ich erbrach mich würgend in einen Busch. Erschöpft und ratlos setzte ich mich auf die oberste Treppenstufe.

Da hörte ich einen Hufschlag. Erschrocken sprang ich auf. Ein Reiter kam den Strand entlang, der ein weiteres Pferd am Zügel führte. Ich rief ein Dankgebet zum Himmel, denn es war Christian auf seinem Rappen, und er hatte Amira dabei. Ich rannte die Treppe hinunter und traf Christian neben der Leiche des Mannes, der mich mit dem Messer bedroht hatte. Aus dem Rücken des Toten ragte jetzt einer von Christians Pfeilen.

»Ach, Christian, was bin ich froh, dich zu sehen. Was war denn los? Wer sind diese Menschen? Wo sind die Unsrigen? Und wie hast du Amira gefunden?«, sprudelte ich hervor.

»Das sind ein bisschen viele Fragen auf einmal«, seufzte Christian. »Jetzt komm erst mal mit. Ich bringe dich in Sicherheit.«

Wir zogen die widerstrebenden Pferde zwischen den Leichen hindurch zu einer schmalen Gasse, die in die Stadt hineinführte, und weiter bis zu einem Platz, an dem neben der Kirche ein Gemeindehaus stand. Während wir unter den vielen Rössern, die rund um den Platz angebunden waren, eine Stelle für unsere Tiere suchten, erzählte Christian: »Das war eine Bande von Gesetzlosen, die offenbar unsere Ankunft beobachtet hatte und dachte, wir wären in dem Durcheinander beim Einladen der Schiffe eine leichte Beute. Und sie hätten auch recht behalten, wären unsere Waffen schon verladen gewesen. Aber wegen der langen Verhandlungen mit dem Kapitän lagen sie Gott sei Dank noch griffbereit am Ufer. Das ist den Räubern nicht gut bekommen.« Von unserer Gruppe waren nur der alte Gunter, zwei Knappen und ein paar der Ungarn gefallen. Aber es gab zahlreiche Verwundete.

In der Halle des Gemeindehauses drängten sich die Menschen. Die Luft war zum Schneiden dick, es stank nach Schweiß, Blut und Kot. In der Mitte der Halle saß Bischof Ekbert auf einem Faltstuhl und unterhielt sich auf Lateinisch mit einem Priester, der neben einem stattlichen Mann in der bunten einheimischen Tracht stand, offenbar ein Dolmetscher. Hinten im Halbdunkel kümmerte sich eine Gruppe von Frauen um die Verwundeten.

Dort entdeckte ich auch Waldo. Er saß auf dem Boden, an die Wand gelehnt, sehr blass und voller Blut. Einen kleinen Augenblick zögerte ich – sollte ich ihn einfach verbluten lassen? –, dann ging ich zu ihm hinüber. Er freute sich offensichtlich, mich zu sehen, was ich nicht erwartet hätte.

»Lass mich deine Wunde untersuchen«, sagte ich und kniete neben ihm nieder. Es war ein tiefer Schnitt im linken Oberarm, aus dem Blut quoll.

»Gib mir deinen Dolch«, bat ich.

»Wieso? Willst du mich gleich hier umbringen?« Waldo versuchte ein schiefes Grinsen.

»Dummkopf!« Ich trennte den zerschlissenen Ärmel von seinem Hemd, faltete ihn zu einem kompakten Ballen und wies Waldo an, ihn fest auf die Wunde zu drücken. Dann machte ich mich auf die Suche nach Alkohol. Ich hatte von Schwester Heilika, der Siechmeisterin im Kloster St. Theodor, gelernt, dass eine Wunde gesäubert werden musste, bevor man sie verband, mit einer klaren, reinen Flüssigkeit. Das Wasser in den Schüsseln der Frauen, die die Verwundeten versorgten, schien mir da keinesfalls brauchbar.

Ich fand unseren Koch in dem Pulk, der Bischof Ekbert umringte, und fragte ihn, ob er etwas Branntwein habe.

»So früh am Tag schon?« Sein anzügliches Grinsen ärgerte mich.

»Er ist nicht für mich, Kunz«, antwortete ich unwirsch. »Also, was ist?«

Er erklärte, dass der Branntwein irgendwo in dem Haufen unseres Gepäcks vergraben sei, das in der Kirche lagere. Aber wenn ich Alkohol bräuchte – auf der anderen Seite der Halle seien Diener gerade dabei, Wein auszuschenken.

Ich schnappte mir einen der vollen Becher und kehrte zu Waldo zurück. Der war inzwischen kalkweiß im Gesicht. Da ich kein Verbandszeug hatte, trennte ich mit dem Dolch die

Borte vom Saum meines Unterkleids und wickelte sie so eng wie möglich um die gesäuberte Wunde.

»Danke, Sophie«, murmelte Waldo. »Ich werde das Tuch in Zukunft bei allen Turnieren tragen.« Dann fiel er in Ohnmacht.

Da saß ich nun, mit Waldos großem Kopf in meinem Schoß, und fragte mich, was ich tun würde, wenn er jetzt starb, und warum ich Gott trotz allem bat, das nicht geschehen zu lassen.

BRUDER IRENÄUS

Italien, September 1209

Die Überfahrt nach Italien war furchtbar.

Zuvor verbrachten wir noch drei Nächte in der Hafenstadt, deren Namen ich vergessen habe, um die Verwundeten zu versorgen, unser Gepäck zu ordnen und den Pferden auf den Weiden rund um die Stadt eine Erholungspause zu gönnen. Schlafen konnten wir in den Häusern der Bürger, die uns überaus dankbar waren, dass wir sie von der Räuberbande befreit hatten, die seit Langem die Gegend geplagt hatte.

Doch schließlich war alles verstaut, und die beiden Schiffe stachen in See. Es ging alles gut, solange wir zwischen den Inseln segelten. Aber draußen auf der Adria zeigte sich das Meer von seiner weniger freundlichen Seite. Ein heftiger Nordwind türmte das Wasser zu riesigen Wellen, und wie die meisten anderen hing auch ich über der Reling und sehnte mich danach, zu sterben. Die Matrosen lachten uns aus, wir müssten erst mal einen richtigen Sturm erleben! Als wir in Ravenna an Land gingen, war ich so froh, wieder festen Boden unter den Füßen zu haben, dass ich die Erde am liebsten geküsst hätte.

Wir rasteten zwei Tage in Ravenna, damit sich Mensch und Tier von der schlimmen Überfahrt erholen konnten. Waldos Wunde hatte sich nicht entzündet, er fieberte nur leicht, aber eine große Beule zeigte, dass er wohl einen harten Schlag auf den Kopf bekommen hatte. Ihm war immer noch so schwindelig, dass er im Bett blieb. Vater riet mir deshalb, zum heiligen Apollinaris zu beten und dessen Grab zu besuchen, er sei auch bereit, mich zu begleiten. Ich tat so, als glaubte ich ihm diese Behauptung, obwohl ich wusste, dass er nur einen Anlass suchte, um die Mosaiken in dieser Kirche und auch in anderen Bauwerken in Ravenna wiederzusehen, von denen er mir schon in Wien so viel erzählt hatte.

Sobald wir die erste Kirche betraten, verstand ich ihn. Auch ich war ganz verzaubert von den strahlenden Farben der Mosaiken, die wirkten wie gestern erst erschaffen, obwohl sie doch schon viele Jahrhunderte alt waren. Wie berauscht war ich von diesem Grün und Blau und Gold und konnte mich nicht sattsehen an den ehrfurchtgebietenden Figuren in ihren weißen Gewändern, die mit großen Augen ernst – oder mit einem sehr versteckten Lächeln – in die Ewigkeit schauen. Besonders gern hatte ich das Bild von dem jungen Jesus, der die Schafe hütet, die alle so vertrauensvoll zu ihm aufschauen. In dieser Szene unter einem blauen Himmel voller Sterne wohnt ein Frieden, der mich glücklich machte; niemand hier hatte Angst, und das fand ich schön.

Als wir zurückkamen, stießen wir an der Tür der Herberge mit Christian zusammen. Bischof Ekbert hatte ihn ausgeschickt, er sollte Erkundigungen über die politische Lage einholen. Er berichtete, dass sich im Juli viele Große des Reiches, darunter Herzog Ludwig von Bayern, Reichsmarschall Heinz von Kalden und Ekberts älterer Bruder, Herzog Otto, mit ihren Truppen in Augsburg bei König Otto eingefunden hatten, um mit ihm nach Rom zu ziehen. Sie seien gerade dabei, die Alpen zu überqueren. Das bedeutete, dass wir ihnen etwa vierzehn Tage voraus waren. Außerdem hatte Christian erfahren, dass sich der Papst nicht in Rom, sondern in Viterbo aufhielt, was unsere Reise etwas verkürzen würde.

Wir brauchten zwölf Tage bis Viterbo. In Ravenna war Propst Adolf wieder zu uns gestoßen, den Markgraf Hezilo wegen einer Rechtsfrage zum Patriarchen von Aquileia geschickt hatte. Er fungierte als unser Führer, denn er hatte diesen Weg schon öfter zurückgelegt und wusste, wo man sich aufhalten konnte und was man besser unterließ.

Wir reisten auf der alten Römerstraße, der »Via Flaminia«, und ich staunte, wie viel davon noch erhalten und in einem halbwegs guten Zustand war. Sie führte ein paar Tage am Meer entlang nach Süden, mit Ausblicken auf das meist freundliche

Wasser, und dann nach Westen durch das Gebirge, wo wir ein paarmal in schauderhafte Wolkenbrüche gerieten. Der ärgste erwischte uns in einer abenteuerlich engen Schlucht, wo wir uns in einen kleinen Tunnel retteten, der angeblich ebenfalls noch aus der Römerzeit stammte. So konnte das Schlimmste verhindert werden, nur der Knecht, der am Ende der Truppe lief, wurde hinunter in das strudelnde Wasser geschleudert. Allgemein war man erleichtert, dass wenigstens das Packpferd, das er geführt hatte, festgehalten werden konnte.

Wir übernachteten, wann immer möglich, in Klöstern, am liebsten in Frauenklöstern, denn dort war es meist einigermaßen sauber; verlaust und verwanzt waren wir dennoch am Ende alle.

Das erste Bad nach unserer Ankunft in Viterbo fühlte sich an wie eine Erlösung. Wir waren in einem Haus untergebracht, das der Witwe eines staufischen Ministerialen mit Namen Margerita gehörte. Ihr Mann hatte für Kaiser Friedrich Barbarossa einen herrschaftlichen Palast in der Stadt errichtet und sich nebenbei auch ein eigenes Haus bauen können – zweistöckig aus Stein mit vielen Zimmern um einen rechteckigen Innenhof, in dem ein Springbrunnen plätscherte und sich rot blühende Blumen um die Galerien rankten.

Waldo und ich bekamen ein Zimmer mit großen Fenstern, durch die man weit nach Norden über die hügelige Landschaft schauen konnte. Der Raum war hell, luftig und angenehm kühl, in der Mitte stand ein großes Bett, und es gab zahlreiche Truhen für unsere Sachen. Waldo hatte sich von seiner Verletzung weitgehend erholt. Ich erfüllte meine ehelichen Pflichten mit etwas weniger stark zusammengebissenen Zähnen, sodass mir morgens die Kiefer nicht mehr so wehtaten.

Gleich bei unserer Ankunft schickte Bischof Ekbert Propst Adolf zum Papstpalast. Er hatte sich bei seinen früheren Aufenthalten am Papsthof mit dem päpstlichen Nomenculator angefreundet, und da dieser auch die Audienzen organisierte, ersparte der Kontakt mit ihm Zeit und diverse Handsalben für die untergebenen Notare. Schon drei Tage später rief Papst Innozenz den Bischof zu sich.

Ekbert erzählte am Abend sehr zufrieden von seinem Gespräch: Innozenz habe ihm sehr genau zugehört und sich empört gezeigt über die Ungerechtigkeit der Anklage, vor allem aber über den Raub der Bamberger Kirchengüter durch den Welfen – Ekbert brachte es immer noch nicht über sich, Otto IV. König zu nennen. Innozenz habe ihm versichert, dass sein Fall bereits ein Teil der Verhandlungen mit Otto gewesen sei und dass er Ekberts Ankläger, also Herzog Ludwig und Heinz von Kalden, aufgefordert habe, vor ihm, dem Papst, zu erscheinen, damit ein ordnungsgemäßer Prozess durchgeführt werden könne.

Am nächsten Tag sandte der Bischof Vater, Waldo und Christian nach Rom, um dort rechtzeitig vor der Kaiserkrönung, bevor alles überfüllt war, ein Quartier für uns zu suchen. Er war fest davon überzeugt, dass er seinen Prozess gewinnen würde, um dann während der Krönungszeremonien in der Peterskirche in der Schar der Bischöfe hinter dem Papst zu stehen und seine Gegner mit höhnischen Blicken mustern zu können.

Mir hatte der Bischof strikt verboten, das Haus zu verlassen. Im Lauf der Zeit wurde mir aber schrecklich langweilig, ich hatte kein Buch, nichts zum Schreiben, nicht einmal eine Handarbeit bei mir. Am dritten Tag hielt ich es nicht mehr aus und schlich mich aus dem Haus. Nur bis zur nächsten Kirche, redete ich mir ein, um für das Wohl und die Sicherheit von Vater und Mutter zu beten. Und vielleicht würde ich noch einen kleinen Sprung auf den Markt wagen, um etwas Tuch und Nadel und Garn zu kaufen, damit ich etwas Sinnvolles zu tun hätte.

Ich fand den Dom des heiligen Laurentius sofort. Er befand sich in Sichtweite unseres Hauses, ein ganz neues Bauwerk, der Turm war noch gar nicht fertig. Ich stiftete eine Kerze für Richard – es war doch schön, etwas eigenes Geld zu haben – und betete sittsam und lange, für Vater, Mutter, Bischof Ekbert, Christian, sogar für Waldo und für mich.

Aber ich war nicht recht bei der Sache. Meine alte Freundfeindin, die Neugier, saß mir im Nacken. Ich wollte diese Stadt sehen, wollte hören, wie die Leute hier sprachen, wollte die kugeligen Pflastersteine unter meinen Füßen fühlen und riechen, was auf dem Markt angeboten wurde.

Am Portal der Kirche gab ich einem verkrüppelten Bettler eine kleine Münze und fragte ihn nach dem Weg zum Markt. Er sah mich einen Augenblick lang ratlos an, deutete aber dann – als ob er mich verstanden hätte – entschieden in eine bestimmte Richtung. Sein Hinweis führte mich in ein Viertel mit engen verwinkelten Gassen, und schon nach wenigen Ecken hatte ich mich verirrt. Ich begann, mich ziemlich unwohl zu fühlen, und suchte hektisch den Weg zurück zum Dom; ich musste unbedingt rechtzeitig zurück sein, bevor jemand in der Herberge meine Abwesenheit bemerkte und Bischof Ekbert davon berichtete.

Doch es wurde noch schlimmer. Als ich um die nächste Ecke bog, stand plötzlich ein zerlumpter Junge vor mir, er dürfte etwa in meinem Alter gewesen sein. Er hielt ein Messer in der Hand, ein hämisches Grinsen verzog seinen Mund, und er sagte barsch etwas in einer Sprache, die ich nicht verstand. Aber sein Blick auf den Almosenbeutel an meinem Gürtel war nur zu deutlich. Doch ich zögerte, und das nicht nur, weil ich für meinen Marktbesuch etwas mehr Geld mitgenommen hatte als üblich. Der Beutel war ein Geschenk meines Vaters, der sicher nach seinem Verbleib gefragt hätte, vor allem aber enthielt er Richards Rosenquarz, den ich um keinen Preis hergeben wollte.

Da pfiff der Junge durch die Zähne, was ihm trotz seiner vielen Zahnlücken durchdringend laut gelang, und plötzlich kamen von allen Seiten Kinder angelaufen, alle verwahrlost, voller Wunden und Geschwüre und mit hungrigen, gierigen Augen. Sie kreisten mich ein, kamen immer dichter heran, griffen nach meinem Schleier, meinem Bliaut, meinen Ärmeln.

Der Junge stand immer noch vor mir und unterhielt sich jetzt mit einem Freund, der wie er mit einem Messer spielte. Die taxierenden Blicke, die die beiden mir zuwarfen, verrieten, dass sie sich nicht mehr mit meinem Almosenbeutel zufriedengeben würden. Mir wurde schlecht vor Angst.

Plötzlich hörte ich hinter mir schnelle Schritte, eines der

Kinder schrie gellend auf, und wie ein Spuk war die ganze Bande verschwunden. Erleichtert drehte ich mich um und erblickte zu meinem grenzenlosen Erstaunen Bruder Irenäus, der mich im letzten Winter gepflegt hatte, als wir in seinem Kloster auf der Moldauinsel übernachtet hatten und ich so krank gewesen war. Er sah mit erhobenem Knotenstock den Bettelkindern nach.

»Oh, Bruder Irenäus«, schluchzte ich und fiel ihm um den Hals. »Wie kommst du …? Was …?«

Der Mönch hielt mich einen Augenblick fest und schob mich dann sanft von sich. »Aber … aber …«, stammelte er verlegen. »So fass dich doch, Sophie. Bitte!«

Ich schluckte, wischte mir Augen und Nase mit dem Ärmel ab und strahlte ihn an. »Du hast mir gerade zum zweiten Mal das Leben gerettet. Ich weiß gar nicht, wie ich das wiedergutmachen soll.«

»Aber das hätte ich doch … nun, da muss man doch … das war nur …« Er wischte sich seine Hände an der Kutte ab.

Eine kurze Pause entstand. Dann fragten wir beide gleichzeitig: »Was tust du denn in Viterbo?«

Irenäus begann: »Ich bin hier –«

Ich unterbrach ihn, denn die Angst hatte mir auf den Magen geschlagen, und plötzlich hatte ich es schrecklich eilig. »Weißt du vielleicht, wo das Haus von Donna Margerita ist?«

»Ja«, antwortete er verwundert. »Gleich dort um die nächste Ecke.«

Ich dankte Gott dafür, packte Irenäus am Ärmel und zog ihn hinter mir her. Im Hof unserer Unterkunft ließ ich ihn stehen: »Warte hier auf mich, bitte.«

Ich erreichte die Heimlichkeit mit Mühe und Not. In vieler Hinsicht erleichtert betrat ich wieder den Innenhof.

Jetzt plötzlich fiel mir auf, welch anmutiger Ort dies war mit der Fülle der roten und violetten Blüten und dem Plätschern des Springbrunnens. Alles würde gut, ich war mit heiler Haut davongekommen und rechtzeitig wieder zurück; wahrscheinlich hatte keiner meine Abwesenheit bemerkt.

Ich setzte mich auf den Rand des Springbrunnens und forderte Bruder Irenäus mit einer Geste auf, sich zu mir zu setzen. »Ich danke Gott und meinem Schutzengel dafür, dass sie dich zu mir geschickt haben«, begann ich und lächelte ihn an.

»Ich … ich habe dich vom Fenster unserer Herberge aus gesehen und konnte gar nicht glauben, dass du es bist. Aber bis ich dann unten war … nun, das hätte bös ausgehen können. Und du musst wirklich einen mächtigen Schutzengel haben, der die Bande so schnell verjagt hat.«

»Ja, den habe ich. Nur, vertrieben hast du die Kinder. Aber warum bist du denn in Viterbo? Was hat dich hergeführt?«

»Ach, das ist eine traurige Geschichte.« Bruder Irenäus wirkte ganz entmutigt. »In unserem Kloster ist eine Seuche ausgebrochen, an der fast alle unsere Mitbrüder gestorben sind. Sie bekamen Fieber, begannen zu husten, und nach wenigen Tagen waren sie tot. Es war so schrecklich. Ich konnte nichts tun, sie sind alle … nun, sie sind alle … Übrig geblieben sind nur der Abt, der Koch und ich.« Irenäus starrte einige Augenblicke lang auf seine Hände. »Ich bin mit meinem Abt hierhergekommen, nun, weil wir den Papst bitten wollten, dass wir das Kloster auflösen dürfen, um uns dann, nun, den Mönchen in Prag anzuschließen. Aber wir sind schon seit Wochen hier und bekommen keine Audienz. Wir haben kein Geld für die Handsalben. Und das bisschen, was wir hatten, nun, das geht gerade zur Neige. Auch wenn unsere Herberge sehr bescheiden ist, etwas kostet sie eben doch, und, nun ja, essen müssen wir ja auch hin und wieder. Jetzt haben wir nicht einmal mehr genügend Mittel für die Heimreise. Und zum Betteln ist der Abt zu alt und zu stolz. Ich weiß nicht, ich weiß wirklich nicht, wie es weitergehen soll.« Er schüttelte niedergeschlagen den Kopf.

»Hm, das klingt wirklich schlimm«, sagte ich und überlegte. »Vielleicht … vielleicht kann ich dir helfen. Einer unserer Begleiter, Propst Adolf, hat gute Kontakte zum Papsthof. Wenn er seine Beziehungen spielen lässt, kann er möglicherweise eine Audienz für euch vereinbaren.«

Irenäus begann, zaghaft zu lächeln. »Aber ich weiß ja nicht, wie ich mich erkenntlich zeigen könnte.«

»Ich glaube, du könntest –« Ich hatte »beten« sagen wollen, aber Irenäus unterbrach mich.

»Aber wenn doch der Propst ... Nun, ich habe nichts, was ich verschenken könnte. Außer ... nun ja ... Manchmal ist auch Wissen ... Das war doch erst gestern ... Vielleicht weiß man es an der Kurie noch nicht.«

»Was war erst gestern?«, fragte ich etwas ungeduldig ob seiner unverständlichen Äußerungen.

Bruder Irenäus strich sich über seine fast schon zugewachsene Tonsur. »Also, gestern kam ein Mann in unsere Herberge. Nun, der war Diener bei einem römischen Adeligen, und sein Herr hat ihn rausgeworfen, weil er angeblich etwas gestohlen hatte. Was schon stimmen dürfte, denke ich.«

Irenäus ließ seine Hand ins Brunnenbecken gleiten und spielte mit dem Wasser. Der Mann sei sehr wütend und verbittert gewesen, habe zu viel Wein getrunken und nach ein paar Gläsern angefangen, unablässig zu reden. Er habe bei seinem Herrn bei Tisch das Essen aufgetragen und so die Gespräche der hohen Gäste mitbekommen. Die Familie und die Freunde seines Herrn würden Papst Innozenz hassen, habe er erzählt, denn der habe alle wichtigen Ämter, die früher der römische Adel innehatte, seinen eigenen Verwandten gegeben. Vor allem mit seinem Bruder Riccardo arbeite er ständig daran, seine Macht zu vergrößern. Sie hätten mitten in Rom einen riesigen Turm gebaut, von dem aus Riccardo die Stadt beherrsche. Und auch alle Burgen rings um Rom hätten sie mit List in ihre Gewalt gebracht. Das mache den römischen Adel natürlich extrem wütend.

Plötzlich ging mir ein Licht auf: Es musste dieser Bruder Riccardo sein, für dessen Sohn Papst Innozenz damals eine der Töchter von König Philipp haben wollte. Ich sah die fünfjährige Bebe, die zarte jüngste Tochter König Philipps, wieder vor mir, wie ich sie am Abend vor dem Mord an ihrem Vater auf unserem Laubengang gefunden hatte, bitterlich weinend, weil sie sich so vor ihrem Verlobten, dem Pfalzgrafen Otto, fürchtete. Ihr kleines Gesichtchen hatte hoffnungsfroh geleuchtet, als ihre

Schwester Beatrix erzählte, dass sie stattdessen dem Neffen des Papstes versprochen worden sei.

Ich war so in meine Erinnerungen vertieft, dass ich beinahe die nächsten Worte von Irenäus verpasst hätte.

»… Verschwörung!«, sagte er. »Da haben sich römische Adelige, nun, die wollen König Otto von sich aus die Kaiserkrönung anbieten, als Vertreter des römischen Volkes, so wie das vor Hunderten von Jahren mal war. Nun, ich denke, das würde dem Papst gar nicht gefallen.«

»Eine Verschwörung?«, fragte ich. »Warte mal, lass mich nachdenken.« Bischof Ekberts Ansehen bei Papst Innozenz würde sich schlagartig verbessern, wenn er ihm diese Nachricht überbrächte. Ich sprang vom Brunnenrand und hielt Irenäus meine Hand hin. »Komm, wir müssen gleich –«, begann ich frohlockend.

Das Geräusch laut klatschender Sandalen auf den Fliesen unterbrach mich, die o-beinige Hauswirtin kam über den Hof auf uns zugeeilt. Ich hatte sie von Anfang an nicht leiden können, sie war ein grässliches Weib, das immerzu schimpfte und seine Mägde schlug. »Du sollst sofort zu Bischof Ekbert kommen«, fauchte sie mich an. »Und der da«, sie zeigte mit dem Kinn auf Bruder Irenäus, »der muss auch mit.«

Sie scheuchte uns vor sich her zur Halle in der Mitte des Hauses. Bischof Ekbert lümmelte am hohen Tisch am Ende des Raumes und knackte Nüsse. Mit der Hand hinter meinem Rücken bedeutete ich Irenäus, zunächst neben der Tür stehen zu bleiben, und kniete vor dem Bischof nieder.

»Sie hat sich aus dem Haus geschlichen«, keifte die Wirtin, »und hat dann den da heimlich hier eingeschmuggelt.« Sie zeigte anklagend mit der Hand auf Irenäus. »Wer weiß, was die beiden –«

»Jaja, das habt Ihr schon gesagt, Donna Margerita. Es ist gut, Ihr dürft jetzt gehen«, knurrte Ekbert ungeduldig. Nachdem sie beleidigt abgezogen war, wandte er sich stirnrunzelnd an mich. »Ich habe dir doch ausdrücklich verboten, auszugehen. Wieso widersetzt du dich meinen Befehlen?«

Ich setzte meine unschuldigste Miene auf. »Ach, Herr, ich war doch nur im Dom, um zu beten. Für meinen Vater und für Waldo. Ich fürchte um ihre Sicherheit.«

»Na, beten kannst du schließlich auch hier. Es gibt doch sogar eine Hauskapelle!«

»Aber im Dom ist man einfach näher bei Gott. Da hört er einem besser zu«, sagte ich mit meiner Kinderstimme.

Ich sah, dass Ekbert ein Lächeln unterdrückte, aber er war noch nicht fertig mit mir. »Begreifst du denn nicht, warum du nicht dort draußen herumlaufen darfst? Die Kundschafter von Herzog Ludwig und Heinz von Kalden sind ganz bestimmt schon in der Stadt, und wenn dich einer von ihnen erkennt –«

»Aber Ihr seid doch auch oft unterwegs und seid sogar noch in der Reichsacht.« Wieder einmal biss ich mir auf die Lippen und fragte mich, warum ich bloß nie meinen Mund halten konnte. Jetzt hatte ich vermutlich wieder alles verdorben.

Aber Bischof Ekbert war wohl sehr guter Laune oder hatte vielleicht auch nur große Langeweile, denn er würdigte mich nicht nur einer Antwort, sondern er lachte sogar. »Bei Gottes Güte, du machst dir ja richtig kluge Gedanken! Du hast schon recht, aber hier in der Stadt des Papstes, da wagen sie es nicht, Hand an mich zu legen. Einen Bischof kann man nicht so einfach angreifen. Aber glaubst du, dass den Papst das Verschwinden eines kleinen Mädchens kümmern würde?«

»Ja, oh ja, das habe ich nicht bedacht«, sagte ich artig und senkte den Kopf. Ich wusste, dass ich gewonnen hatte.

»Und was ist mit dem da? Wer ist das?«, fragte der Bischof und winkte Bruder Irenäus, näher zu treten.

»Erinnert Ihr Euch nicht? Das ist der Bruder Krankenpfleger aus dem Kloster Insula.«

»So? Und was will er hier? Warum hast du ihn mitgebracht?«

»Ich traf ihn unterwegs, und er hat mich zurückbegleitet, damit ich sicher hier ankäme. Und er hat etwas sehr Wichtiges erfahren. Ich bat ihn, es Euch zu erzählen, weil es … nun ja, weil es mir wichtig für Euch erscheint.«

»Ach!«, sagte er spöttisch. »Denkst du jetzt schon mit meinem Kopf? Nun gut, Bruder Irenäus, lass hören, was du ach so Wichtiges erfahren hast.«

Als Irenäus seinen Bericht beendet hatte, pfiff Ekbert leise durch die Zähne. »Oh ja, oh ja«, murmelte er. Dann schaute er mich nachdenklich aus schmalen Augen an. »War da mal wieder dein Engel im Spiel? Das ist tatsächlich wichtig.« Plötzlich schien er es eilig zu haben und stand auf: »Das muss der Papst wissen. Ihr dürft gehen.«

Ich nahm meinen Mut zusammen: »Bitte wartet noch einen Augenblick, Herr. Bruder Irenäus und sein Abt sind in großer Not. Sie wurden am Papsthof nicht empfangen, und jetzt haben sie kein Geld mehr, weder für die Heimreise noch für einen weiteren Aufenthalt hier. Sie können ihre Herberge nicht bezahlen.«

Bischof Ekbert runzelte die Stirn: »Dann sollen sie halt in ein Kloster gehen.«

»In Viterbo gibt es kein Kloster, und Abt Adalbert –«

»Ach, er ist mit Abt Adalbert hier? Nun gut.« Er nickte Bruder Irenäus zu: »Ihr könnt hier übernachten, das Haus ist groß genug. Und sag eurem Wirt, mein Kämmerer wird ihn bezahlen, sobald er aus Rom zurück ist.«

So wurde Bruder Irenäus Teil von Bischof Ekberts Gefolge.

TOD IN ROM

Rom, Oktober 1209

Vierzehn Tage später ritten wir am Spätnachmittag durch Rom zu unserer Unterkunft. Die Stimmung dümpelte um den Tiefpunkt. Selbst dem Rücken von Bischof Ekbert waren Wut und Enttäuschung anzusehen. Sein Prozess hatte nicht stattgefunden. Da hatte auch die brühwarme Nachricht von der Verschwörung, mit der Bischof Ekbert den Papst hatte für sich gewinnen wollen, nichts geholfen. Obwohl König Otto eines Tages überraschend in Viterbo aufgetaucht war und einen Tag lang mit dem Papst diskutiert hatte, war kein Termin für Ekberts Gerichtsverfahren festgesetzt worden. Dabei wussten wir ja, dass seine Ankläger, Herzog Ludwig und Heinz von Kalden, mit ihren Truppen zu König Ottos Heer gehörten. Aber sie waren trotz mehrfacher Aufforderung einfach nicht am Papsthof erschienen. Ekbert würde also, da er noch immer nicht rehabilitiert war, bei der Kaiserkrönung nicht in der Gruppe der Bischöfe hinter dem Papst stehen. Er konnte allenfalls aus der Ferne zuschauen und darauf hoffen, dass in den Tagen nach den Festlichkeiten ein Prozesstermin möglich wurde.

Die schwarze Wolke, die uns alle umgab, vermischte sich mit der Gewitterstimmung in Rom. Noch nie hatten wir uns irgendwo so wenig willkommen gefühlt wie hier. Die Menschen grüßten nicht, sondern wandten sich ab oder starrten finster vor sich hin. Es war, als läge ein Grollen in der Luft, ein unterirdisches Beben, das mir Angst machte. Dazu kam, dass Vater kein Quartier mehr gefunden hatte, das den Ansprüchen unseres Herrn Bischof entsprach. Alle Klöster waren schon belegt gewesen, und die ganz großen Häuser konnte Ekbert sich nicht mehr leisten. Übrig gewesen war nur eine kleinere Herberge in der Nähe des Lateranpalastes neben der Kirche

Santi Quattro Coronati. Wie sich herausstellte, bedeutete das ungelüftete, klumpige Strohsäcke, Spinnen und Wanzen.

Unter den Dienern, die uns im Hof der Herberge empfingen, dem Bischof den Willkommenstrunk reichten und uns Pferde und Gepäck abnahmen, fiel mir ein kleines Mädchen auf, dessen Gesicht vom Ohr bis zum Kinn von einer roten Narbe entstellt war. Ihre großen, schreckgeweiteten Augen, mit denen sie unsere Ritter anstarrte, die wegen der Unruhegefahr gewappnet und mit Gambeson und Kettenhemd gerüstet waren, verrieten ihre Angst.

Ich erbat sie mir von Vater als persönliche Dienerin und nahm sie mit mir. Als Erstes ließ ich sie die Räume des Bischofs putzen, dann die Kammer, die Waldo und mir zugewiesen worden war. Sie tat willig alles, was ich ihr bedeutete, blieb aber scheu wie ein verschrecktes Waldtierchen. Ich versuchte, wie es mir schon bei Zsuzsanna gelungen war, ihr Vertrauen zu gewinnen, indem ich sie zu meiner Sprachlehrerin machte. Ich deutete auf mich und nannte meinen Namen, dann auf sie – sie hieß Lucilla –, auf den Besen, den Eimer, die Tür. Indem ich manche der Wörter bewusst komisch aussprach, gelang es mir sogar hin und wieder, den Schatten eines winzigen Lächelns in ihr Gesichtchen zu locken.

Von Christian, der sich mit dem Wirt unterhalten hatte, erfuhr ich auch ihre Geschichte: Lucilla war neun Jahre alt und stammte aus einem Dorf weit nördlich von Rom. Vor einigen Wochen war ein Trupp Soldaten aus König Ottos Heer in diesem Weiler aufgetaucht und hatte nicht nur die Vorräte geplündert, sondern auch fast alle Bewohner getötet, darunter die Eltern, Geschwister und Verwandten des Mädchens. Lucilla war nur davongekommen, weil sie sich nach dem Schwertstreich über ihre Wange tot gestellt hatte und weil eine Tante, die zur Zeit des Überfalls unterwegs gewesen war, sie gefunden, versorgt und mit nach Rom genommen hatte. Niemand wusste, warum die Krieger gerade diesen Ort heimgesucht hatten, vielleicht wollten sie einfach nur ihren Spaß haben.

Christian erzählte, dass auch die Heere von Kaiser Friedrich Barbarossa und danach die seines Sohnes Heinrich VI. so in Italien gehaust hatten. Kein Wunder, dass die Deutschen in vielen Gegenden nicht besonders beliebt waren.

König Otto brachte es allerdings fertig, selbst die verschiedenen Gruppen der Römer, die einander spinnefeind waren – was ein kluger Herrscher für sich hätte nutzen können –, gegen sich aufzubringen: die Adeligen, die Kaufleute und sogar den Papst.

Zu dem Flügel der Herberge, den Bischof Ekbert gemietet hatte, gehörte eine Loggia, die nur von unseren Räumen aus zugänglich war. Dort saßen am Samstagabend vor dem Krönungstag mein Vater, Christian, Bruder Irenäus und Propst Adolf beieinander und unterhielten sich. Ich brachte ihnen Wein und knusprig gebratene Maisfladen und setzte mich dann zu ihnen. Zunächst runzelte Propst Adolf deswegen die Stirn.

Aber mein Vater sagte: »Lass sie doch.« Er war so glücklich, dass ich ihm nicht mehr böse war, dass er fast alles für mich tat.

Ich hielt mich im Hintergrund und sagte kein Wort, und so vergaßen die Männer mich nach kurzer Zeit und tauschten ausführlich ihre Erfahrungen aus. Alle vier waren als Kundschafter für Bischof Ekbert tätig: Christian bei den Spielleuten und Gauklern, die zu den besten Informationsquellen gehörten, weil sie überall herumkamen, Bruder Irenäus in den Klöstern, mein Vater auf den Märkten und bei den Händlern und Propst Adolf am Papsthof.

Genüsslich erzählten sie, wie der Welfe es sich mit allen verdorben habe: Die stolzen römischen Adeligen hatte König Otto beleidigt, weil er ihr Angebot der vom Papst unabhängigen Kaiserkrönung mit höhnischem Lachen von sich gewiesen hatte; die reichen Kaufleute brachte er gegen sich auf, weil er es ablehnte, sich dem uralten Brauch des »Römereids« zu unterwerfen, dem bisher alle Könige beim Einzug in die Stadt gehuldigt hatten – die Worte könne er schon nachsprechen, habe Otto gesagt, Geld aber werde er keines zahlen.

Besonders neugierig jedoch lauschten wir dem Tratsch, den Propst Adolf aufgeschnappt hatte: Papst Innozenz habe sich zunächst sehr gefreut, seinen Schützling Otto endlich kennenzulernen, dem er nun seit acht Jahren mit all seinen Mitteln geholfen hatte. Dann sei dieser vor ihm erschienen, bunt wie ein Pfau und über einen Kopf größer als der Papst. Im Lauf des Tages sei die Stimmung dann immer frostiger geworden. Zu Eis erstarrte sie, als Papst Innozenz König Otto an seine früheren Versprechen erinnerte, etwa die Überlassung jener Grafschaften in Italien, die Innozenz für seinen Kirchenstaat haben wollte. Otto habe seine Eide doch sogar schriftlich niedergelegt und unterschrieben. Der päpstliche Notar könne diesen Brief sofort herbeiholen.

Daraufhin habe Otto nur verächtlich geschnaubt und gesagt, es könne schon sein, dass der Papst so einen Wisch in seinem Archiv habe, und unausgesprochen sei zu hören gewesen: Was geht mich das an? Innozenz sei weiß bis in die Lippen geworden und habe sich nur mit Mühe beherrscht.

»Das Gespräch hat dann nicht mehr lange gedauert, und am nächsten Tag ist Innozenz nach Rom abgereist, ohne Otto noch einmal wiederzusehen«, beendete Propst Adolf seine Darstellung mit schadenfrohem Grinsen. Das löste bei den anderen Gelächter aus, denn alles, was einen Keil zwischen Papst Innozenz und König Otto trieb, erheiterte sie. Sie lachten und lachten, bis sie sich die Bäuche hielten und die Tränen abwischten. Ich lachte nicht mit, im Gegenteil. Mir lief ein Schauder über den Rücken, auch wenn ich nicht wusste, weshalb.

Die vier Männer prosteten sich zu, und Christian berichtete, dass König Otto vor zwei Tagen mit seinem Heer nach Rom gekommen sei und auf dem Monte Mario am nördlichen Stadtrand sein Lager aufgeschlagen habe. »Er hat zur Vorbereitung der Krönungsfeierlichkeiten eine Vorhut in die Stadt geschickt. Und ratet mal, wer die angeführt hat?«, fragte Christian spöttisch. »König Philipps guter alter Freund, der Herr Reichskanzler Konrad von Speyer persönlich. Der ja, wie ihr wisst, nach König Philipps Tod nichts Eiligeres zu tun hatte, als sich dem Welfen anzudienen. Daher darf dieser Wichtigtuer jetzt die Vorhut befehligen.«

Als Christian Kanzler Konrads Namen erwähnte, überwältigte mich erneut die Erinnerung an jenen schrecklichen Tag, als ich den Bischof beobachtet hatte, wie er sich zitternd hinter dem Bett versteckte, während der Pfalzgraf von Wittelsbach seinen König ermordete. Christians nächste Worte holten mich in die Gegenwart zurück. »Inzwischen hat Otto ja fast König Philipps gesamte Mannschaft an Bord. Und er macht dort weiter, wo Philipp aufgehört hat. Er ist fast staufischer als der Staufer.«

»Nun, das wird Papst Innozenz aber freuen«, meinte Bruder Irenäus lakonisch.

»Da kannst du Gift drauf nehmen«, bestätigte Vater. »Aber der Welfe ist so dumm wie eh und je. Er hätte wenigstens die Römer auf seine Seite ziehen müssen.«

»Das hat er nun davon. Und seine Vorhut hat es büßen müssen. Die Römer sind wie die Wölfe über sie hergefallen. Doch unsere tapferen Helden sind davongerannt wie die Hasen und nur mit Mühe ins Lager zurückgekommen«, spottete Christian. »Jetzt hat der Welfe alle Straßen zwischen dem Monte Mario und der Peterskirche mit Soldaten vollgestellt, damit er morgen wenigstens bei seiner eigenen Krönung anwesend sein kann.«

Am nächsten Tag – es war Sonntag, der 4. Oktober 1209, dieses Datum werde ich wohl nie vergessen – beobachteten wir die Soldaten, die entlang der Straßen versuchten, die Menschenmenge mit Lanzen und gezückten Schwertern zurückzuhalten. Bischof Ekbert war von einem Kardinal, den er bei früheren Rombesuchen kennengelernt hatte, in dessen Palast in der Nähe der Peterskirche eingeladen worden, um sich das Spektakel des Königseinzugs von dort aus anzusehen. Und er hatte nebst Vater, Propst Adolf, Christian und einigen Rittern unter Waldos Kommando zu meinem Erstaunen auch mir befohlen, ihn zu begleiten.

Ich verstand das erst, als wir durch die Stadt ritten und er mich mit einer Handbewegung an seine Seite rief. »Hat dein Engel dir wieder etwas zugeflüstert?«, fragte er scheinbar beiläufig.

»Nein, Herr, das hat er nicht. Leider. Aber ich spüre eine Gefahr.« Ich hatte bis zu dem Moment, als ich es aussprach, nicht gewusst, dass das Unwohlsein, das mir in der Kehle saß, Angst war.

»Eine Gefahr? Was für eine Gefahr?«

»Das weiß ich nicht, Herr. Ich weiß nur, dass sie näher kommt.«

Bischof Ekbert schnaubte ungeduldig. »Nun gut, wir werden uns vorsehen.«

Im Hof des Palastes ließen wir die Pferde unter der Aufsicht von Waldo und seiner Truppe zurück. Der Haushofmeister des Kardinals führte uns in den ersten Stock in einen großen, luftigen Saal, wo die Fenster bis zum Boden reichten und man einen phantastischen Blick über die Straße hinweg bis zu den fernen Hügeln hatte. Links sah man über einer beeindruckenden Freitreppe die uralte Peterskirche, wo der Kardinal gerade bei den Krönungsvorbereitungen half, wie der Haushofmeister uns gewichtig mitteilte. Er brachte ein paar Faltstühle und ließ uns dann allein.

Etwa eine Stunde später kündigte ein wie eine Welle aufschäumender Lärm den Krönungszug an. Er glich einem flirrenden Mosaik aus Hunderten, vielleicht auch Tausenden von blinkenden Helmen und Schwertern, prächtigsten Kleidern, reich bestickt und von Goldfäden glitzernd, edlen Pferden und Bannern und Fahnen, begleitet von Trompeten und Hörnern und Trommeln – eine Vielfalt, die man gar nicht auf einmal erfassen konnte. Vor der Peterskirche stellten sich die Reichsfürsten mit ihren Pferden im Halbkreis auf, während König Otto die Freitreppe hinaufstieg, wo ihn Papst Innozenz in der Schar der Kardinäle in Empfang nahm, ihm den Friedenskuss gewährte und nach einigen Gebeten und Ritualen mit ihm in der Kathedrale verschwand.

Die Zeremonien in der Kirche und die Ereignislosigkeit außerhalb davon dauerten lange, sehr lange. Gegen Mittag brachte uns ein Diener Käse, Brot, Oliven und Wein. Ich war froh, dass wir in der schattigen Halle sitzen konnten, denn draußen stach die Sonne, und es war drückend schwül. Über den Hügeln am Horizont bauten sich weiße Wolkentürme auf.

Ich war fast eingedöst, als plötzlich das Murmeln und Murren der Menge unter uns von gellendem Geschrei zerrissen wurde. Wir eilten an die Fenster.

Das Gedränge der Menschen war zum Hexenkessel geworden. Überall tauchten jetzt Waffen auf, Keulen, Messer, Dolche und Schwerter; die königlichen Soldaten schlugen rücksichtslos auf alle ein, die sie zu überrennen drohten. Schon stürzten die Ersten, Blut spritzte. Das Chaos war unbeschreiblich.

Vielleicht hätten wir im Palast des Kardinals bleiben sollen, aber Bischof Ekbert wollte unbedingt zu unserer Herberge zurück. Propst Adolf, der in Rom fast jeden Winkel kannte, führte uns vom Hintereingang des Palastes durch die fast unbewohnten Viertel südlich der Leostadt, wo der Vatikan liegt, bis nach Trastevere. Auch die Brücke über den Tiber passierten wir unbehelligt. Aber jenseits des Flusses begann uns ein großer Trupp bewaffneter junger Römer zu verfolgen. Sie waren zu viele, als dass unsere wenigen Ritter sich ihnen hätten entgegenstellen können. Wir hetzten die Pferde über die Straßen und den Hügel hinauf und erreichten auch noch unseren Hof, aber es gelang nicht mehr, das Hoftor zu schließen.

Waldo und seine Ritter versuchten, das Eindringen der Bande zu verhindern, während die anderen in ihren edlen Gewändern ins Haus rannten, um ihre Waffen und die restlichen Kämpfer zu holen. Ich rutschte von Amira, zerrte sie am Zügel hinter mir her über den Hof, packte Lucilla, die mit riesigen, entsetzten Augen in einer Ecke stand, am Arm und zog sie mit mir in den Stall, den ich von innen verriegelte. Nachdem ich Amira in ihren Verschlag geschubst hatte, rannten wir in die Sattelkammer, wo ich mit Lucillas Hilfe eine der Truhen für die Striegel vor die Tür schob. Dahinter schmiegten wir uns zitternd aneinander und warteten. Anfangs drangen noch Geschrei, Pferdewiehern und Waffenklirren durch die Wände, dann hörten wir nichts mehr.

Nach einer langen Weile wagte ich es, mich aus dem Stall hinauszuschleichen. Im schrägen Nachmittagslicht schimmerte der Boden rot. In einer riesigen Lache aus Blut lagen vier Leichen: einer der Römer, zwei unserer Knechte und – Waldo. Er lag mit dem Gesicht nach unten unmittelbar hinter dem nun geschlossenen Tor. Als ich ihn umdrehte, fiel sein Kopf in einem grotesken Winkel nach hinten – sein Hals war bis zum Wirbel durchtrennt. Später wunderte ich mich, dass ich bei diesem Anblick nicht erschrak, ich glaube, ich empfand einfach gar nichts, so als wäre die Quelle für Gefühle in mir verschüttet worden.

Ich folgte den blutigen Fußspuren in die Halle. Kaum hatte ich die Tür geöffnet, stürzte Vater auf mich zu und schloss mich so fest in die Arme, dass mir die Luft wegblieb: »Oh, Sophie, du lebst, Gott sei gedankt. Ich dachte schon, sie hätten dich entführt!« Dann sah er mein blutdurchtränktes Kleid: »Oh Gott, bist du verletzt?«

Ich sah erstaunt an mir hinunter. »Nein«, sagte ich. »Ich war nur … nur bei Waldo.«

»Ach, Sophie«, seufzte Vater mitleidig, denn er glaubte immer noch, ich hätte Waldo geliebt. Er streichelte mir übers Haar. »Das tut mir so leid. Du Armes. Aber … aber trotzdem … kannst du … bist du in der Lage …? Wir brauchen deine Hilfe.«

Ich sah mich um. Bischof Ekbert saß am Tisch, Blut lief ihm übers Gesicht, und er stammelte: »Sie … sie haben unsere Pferde … unsere Pferde mitgenommen. Sie haben einfach unsere Pferde gestohlen.«

Vater flüsterte mir zu: »In den Satteltaschen war fast unser gesamtes Geld, das der Bischof nicht in der Herberge lassen wollte.«

In einer Ecke lagen im Stroh stöhnend zwei unserer Ritter, Ebo und Gundolf, über und über voll Blut. Christian und Bruder Irenäus knieten bei ihnen und versuchten, das Blut zu stillen. Entlang der Wände lehnten oder hockten die anderen, verletzt, erschöpft, entmutigt.

»Wo sind der Wirt und seine Leute?«, fragte ich Vater.

»Alle beim Krönungszug«, antwortete er. »Geblieben sind

nur die beiden dort.« Er zeigte auf zwei junge Mädchen, die mit hängenden Schultern und stumpfem Blick in einer Ecke standen.

»Sag ihnen, dass sie Wasser heiß machen sollen, viel Wasser. Ich bin gleich wieder da.«

Ich rannte über den Hof zum Stall. Lucilla schaute ängstlich auf, als ich die Sattelkammer betrat.

»Lucilla, du musst mir helfen. *Aiutare*«, sagte ich, legte ihr die Hände auf die Schultern und sah sie bittend an. Das Wort »*aiutare*« schien etwas in dem Mädchen aufgeweckt zu haben. Ihr Blick wurde lebhaft, und sie nickte. Mir fiel außerdem ein Wort ein, von dem ich hoffte, dass es »Tischtuch« hieß: »*Tovaglia*«, sagte ich und tat so, als würde ich ein Tuch zerreißen. »Ich brauche solche Streifen« – ich zeigte die Breite mit den Fingern – »zum Verbinden.« Ich wickelte mir andeutungsweise etwas um den Arm. Wieder nickte Lucilla, eifrig diesmal, und eilte davon.

Aus unserer Kammer holte ich die Reste meiner Heilkräuter und fragte mich, wo um Gottes willen ich genügend Schafgarbe für all diese Wunden herbekommen sollte. Das Problem löste sich mit Gottes Hilfe. Bruder Irenäus hatte den Medicus eines benachbarten Klosters kennengelernt und brachte das Erforderliche herbei.

Wir arbeiteten bis spät in die Nacht, und unterstützt von der heiligen Barbara, die ich immer wieder stumm um Beistand anflehte, gelang es uns, alle zu retten; kein Weiterer starb.

Irgendwann war auch der Wirt mit seinen Bediensteten zurückgekommen und hatte Schauergeschichten von dem Aufstand in der Stadt erzählt. Der frischgebackene Kaiser hatte der Einladung des Papstes zu einem feierlichen Festmahl im Lateran nicht folgen können, sondern musste sich in unziemlicher Hast mit seinen Truppen und den Fürsten auf den befestigten Monte Mario zurückziehen. Zurückgeblieben seien viele Tote und Verwundete. Der Wirt wies seine Leute an, die Leichen aus dem Hof der Herberge zu holen, sie zu waschen und zu kleiden und in der gegenüberliegenden Kirche Quattro

Coronati aufzubahren. Dem Pfarrer dort war reichlich Geld für ein würdiges Begräbnis versprochen worden.

Es war fast Mitternacht, als ich erschöpft ins Bett fiel. Allein. Ich war in diesem Bett allein! Erst in diesem Moment drang eine Erkenntnis zu mir durch, so als würde ganz langsam ein Vorhang beiseitegezogen: Das würde von nun an jede Nacht so sein. Waldo war tot.

Durch den Nebel meiner Müdigkeit irrten Gefühle in wirrem Durcheinander: Mitleid mit diesem Mann, der mich geliebt hatte, Bedauern, dass ich ihm nicht mehr hatte sein können, Trauer, ja auch eine leise Trauer und schließlich Erleichterung. Keine ehelichen Pflichten mehr. Von jetzt an würde ich ungestört schlafen können, die ganze Nacht. Ich war eine Witwe, dreizehn Jahre alt und Witwe. Ich drehte mich auf den Rücken und atmete so tief ein, als hätte ich seit langer Zeit nicht mehr geatmet. Beim Einschlafen spürte ich, wie meiner Seele Flügel wuchsen.

BÜCHER

Wir blieben noch vierzehn Tage in Rom, damit unsere Verwundeten genesen konnten und weil Bischof Ekbert erst frisches Geld und neue Pferde für die Heimreise besorgen musste. Wenn ich nicht gerade mit der Pflege der Kranken beschäftigt war, durfte ich mir die Stadt ansehen, manchmal in der Obhut meines Vaters, meist jedoch in Begleitung von Bruder Irenäus.

Es war ein weiter Weg von unserer Herberge, die am Rand der kleinen Siedlung rund um den Lateranpalast lag, durch Gärten und Felder hinunter in die belebten Viertel entlang des Tibers. Ich betrachtete betrübt all die Ruinen rechts und links unserer Straße. Einst waren das alles stolze Bauwerke gewesen, errichtet vor mehr als tausend Jahren in heidnischer Zeit. Propst Adolf besaß ein Buch, in dem sie beschrieben waren: die gewaltige Stadtmauer mit ihren sechsundfünfzig Türmen, die Paläste und Bäder, die Obelisken und Triumphbögen. Vater war ganz begeistert davon und schleppte mich zu verschiedenen dieser antiken Sehenswürdigkeiten, aber ich konnte wenig mit ihnen anfangen – mir schienen sie nur ein Haufen alter Steine zu sein.

Besser gefielen mir die uralten Kirchen, die in einer Zeit gebaut worden waren, als unser Glaube noch rein und klar war und nicht so zerrissen und verdorben durch die Machtgier der Großen wie heutzutage. In diesen lichtdurchfluteten Räumen mit ihren langen Säulenreihen fühlte ich mich einfach wohl. Mich faszinierten die wunderschönen Fußböden aus vielfarbigen Steinen und vor allem die Mosaiken mit ihren leuchtenden Farben, aus denen uns freundliche Menschen feierlich ansahen und einem umfassenden Frieden Raum in dieser Welt gaben.

Das größte Geschenk dieser Tage in Rom fand ich durch Zufall. Eines Tages geriet ich in eine Gasse, in der gebrauchte Dinge verkauft wurden: Kleider, Schuhe, Töpfe, Waffen und – Bücher. Vor einem Haus mit einer roten Säule saß ein kleiner alter Jude mit langen Schläfenlocken und einem grauen Bart bis zum Gürtel. Auf dem heruntergeklappten Laden des Fensters neben der Tür lag ein dickes Buch mit einem abgewetzten fleckigen Einband. Ich ging wie magisch angezogen zu dem Buch hin und legte mit geschlossenen Augen die Hände auf den Einband. Ich fühlte die raue Oberfläche, die dicken Wülste am Buchrücken, die Kühle der kleinen Metallschließe. Wie lang schon hatte ich kein Buch mehr in Händen gehabt! Nach dem Öffnen erwies sich der Inhalt als eine Sammlung von Gesängen für die Messe. Damit konnte ich nichts anfangen, aber durch das offene Fenster konnte ich sehen, dass im Innern, einem gewölbten höhlenartigen Raum, Regale standen, auf denen weitere Bücher lagen.

Doch als ich den Raum betreten wollte, streckte der Jude den Arm aus und blaffte etwas, von dem ich nur das Wort »*donna*« verstand. Ich drehte mich zu Bruder Irenäus um. »Offenbar sind Frauen hier nicht erwünscht. Komm mit. Wir müssen uns etwas ausdenken.«

Hinter der nächsten Ecke sagte ich: »Irenäus, ich will unbedingt in diesen Buchladen. Wir machen das jetzt so: Du tust so, als wärest du der Herr und ich deine Dienerin. Wenn wir drin sind, nimmst du ein Buch nach dem andern in die Hand, blätterst darin und hältst es so, dass ich ebenfalls hineinschauen kann. Ich sag dann Ja oder Nein, je nachdem, ob du es zurücklegen oder mir geben sollst.« Ich kramte die Münzen, die ich mitgenommen hatte, aus meinem Almosenbeutel: »Hier, nimm das, damit du bezahlen kannst.«

Ich zog mir mein Umhängetuch über den Kopf, und es gelang mir ganz gut, den demütig gebückten Gang einer Dienerin anzunehmen. Bruder Irenäus sah allerdings nicht wie ein Herr aus, der eine Magd sein Eigen nennt. Dennoch ließ uns der Jude ungehindert vorbei. Mir war, als beträte ich eine Schatzkammer. Schon allein der Geruch, der Duft der Bücher, herb und staubig, versetzte mich in Hochstimmung. Irenäus tat, worum ich ihn gebeten hatte, aber er war so ungeschickt und langsam, dass ich nach einer Weile die Geduld verlor und anfing, selbst in den Büchern zu blättern. Doch meine Enttäuschung wuchs von Buch zu Buch. Es waren alles Bücher für die Messe, die Liturgie oder Bibeltexte und alle auf Latein. Was hatte ich denn auch erwartet, in einer Stadt wie Rom?

Ich griff gerade nach einem kleinen Büchlein, dessen Einband wie ein Beutel geformt war, als der alte Jude neben mir auftauchte. »Ihr seid so miserable Schauspieler! Außerdem verstehe ich Deutsch«, sagte er in einem eigenartigen Dialekt; sein »Deutsch« klang wie »Deitsch«. Er zeigte mit einem spitzigen Finger auf mich. »Du bist diejenige, die lesen kann, nicht wahr? Aber ich sehe, du liebst Bücher, und wer Bücher liebt, ist mein ›Freind‹. Ich bin Salomon.« Er lächelte. »Was suchst du denn?«

Ich strahlte ihn an. »Irgendetwas, das ich verstehen kann. Ich kann kein Latein.«

»Willst du es lernen?« Salomon sah sich kurz um und nahm aus einem der Regale ein schmales Bändchen, eigentlich nur ein Geheft ohne Einband. Es sah sehr zerfleddert aus, auf Vorder- und Rückseite war fast nichts mehr zu erkennen, aber die Buchstaben im Inneren hoben sich klar, schön und leicht leserlich vom Pergament ab. Zwischen den Zeilen standen hingekritzelte Wörter, offensichtlich von vielen verschiedenen Händen.

»Das ist ein Priscian«, erklärte Salomon. »Das Erste, was Schüler in die Hand bekommen, um Latein zu lernen. Könnte für dich nützlich sein.«

Ich drückte das Heft an mich. »Was kostet das denn?«

Salomon nannte einen Preis, der etwas über dem lag, was ich dabeihatte. Ich überlegte schon, wie ich ihn überzeugen sollte, dass ich den fehlenden Betrag später vorbeibringen würde, als plötzlich Bruder Irenäus neben mich trat und mit ruhiger Stimme eine Summe nannte, die etwa die Hälfte des von Salomon geforderten Preises betrug.

Der Alte schaute erstaunt auf. »So ist das also!« Dann begannen die beiden, mit sichtlichem Vergnügen zu feilschen, sodass ich am Ende sogar noch etwas Geld übrig behielt. »Komm morgen oder übermorgen wieder, ich will sehen, ob ich noch etwas für dich auftreiben kann«, sagte Salomon. Ich wäre ihm am liebsten um den Hals gefallen.

Er fand tatsächlich ein »Leben des heiligen Stephan« in deutscher Sprache und – Gipfel allen Glücks – ein Exemplar von Wolframs Parzival. Es enthielt zwar nur den Anfang der Geschichte, das Leben von Parzivals Vater Gahmuret, aus dem uns Wolfram ja schon in Bamberg Auszüge vorgetragen hatte, und die Jugend des Helden bis zum Kampf mit dem Roten Ritter, aber ich hätte mein letztes Hemd dafür gegeben. Das konnte ich zwar behalten, aber ich musste den Saum meines Kleides auftrennen und fast alle Münzen entnehmen, die ich darin eingenäht hatte.

Ich wäre sicher jeden Tag zu dem Haus mit der roten Säule gegangen, aber am Tag, nachdem mir Irenäus den »Parzival« gebracht hatte, reisten wir ab.

Bischof Ekbert konnte es sich nicht leisten, noch länger mit so vielen Leuten in Rom zu bleiben. Er hatte zwar mit Hilfe von Propst Adolfs Freund, dem Nomenculator, noch einmal eine Audienz beim Papst erhalten. Aber er war sehr verärgert zurückgekommen. »Geeignete Maßnahmen!«, schimpfte er. »Innozenz sagt, er wolle geeignete Maßnahmen ergreifen, um meinen Prozess in Gang zu bringen. Hätte er mir denn nicht einfach glauben und mich wieder in mein Amt einsetzen können?«

Leider musste ich mich – mit schwerem Herzen – von Bruder Irenäus verabschieden. Der Papst hatte verfügt, das Kloster Insula aufzulösen. Abt Adalbert und Bruder Irenäus durften sich den Mönchen in Prag anschließen, und Bischof Ekbert hatte ihnen das Geld für die Heimreise geschenkt. Ich umarmte Irenäus fest. »Vielleicht sehen wir uns ja in einem anderen Leben wieder, mein Freund.« Die Tränen liefen mir in den Halsausschnitt, als ich ihm nachsah, wie er auf seinem Eselchen hinter seinem Abt davonritt.

Auf der Rückreise nach Ungarn machten wir zwei Wochen halt in Stein bei Markgraf Hezilo und verlebten ein paar unbeschwerte Tage. Die Berge waren schon bis ins Tal hinab verschneit, doch die Luft war klar und der Himmel von fast durchsichtigem Blau – ideales Jagdwetter. Da ich inzwischen eine sehr geschickte und beherzte Reiterin geworden war, nahm Markgräfin Sophie mich zu verschiedenen dieser Ausflüge mit. Amira und ich genossen die Bewegung in der herrlichen Bergwelt.

Die ausgelassene Stimmung verflog, als Propst Adolf am Hof eintraf. Er war in Rom zurückgeblieben, um herauszufinden, was der Papst in Ekberts Fall unternehmen würde, und brachte nun die Kopie eines Briefes mit, den Papst Innozenz an Kaiser Otto geschrieben hatte. Darin rügte er den Welfen für das ungerechte, allen Regeln widersprechende Verfahren, mit dem Ekbert verurteilt worden war, und verkündete, dass er jetzt ein eigenes Gerichtsverfahren eingeleitet habe. Er habe den Erzbischof von Mainz und den Bischof von Würzburg angewiesen, sich der Sache anzunehmen. Wenn sich Ekberts Ankläger innerhalb von drei Monaten bei ihnen meldeten und beweisbare Vorwürfe erhöben, sei dieser zu verurteilen. Wenn sie dies nicht täten, könne sich Ekbert durch einen Eid reinigen und sei dann unverzüglich wieder in seine Ämter einzusetzen.

Ich fand, dass dieser Brief eigentlich ganz hoffnungsvoll klang, aber Bischof Ekbert wurde rot vor Zorn. Er schleuderte das Pergament auf den Boden und schrie: »Ha, wen hat dieser … dieser Narr als Richter eingesetzt? Den Erzbischof von Mainz und den Bischof von Würzburg? Siegfried von Eppstein und Heinrich von Lobdeburg? Ausgerechnet! Die sind doch so dicke mit dem Welfen! Ha, da hätte er diesen Pseudokaiser ja auch gleich selbst zum Richter machen können. Was geht denn nur in Innozenz vor? Hat er denn noch immer nicht erkannt, welche Schlange er da an seinem Busen nährt?«

Er saß mit hängenden Schultern da und schüttelte fassungslos den Kopf.

Dann aber stand er auf und sagte mit ruhiger, entschlossener Stimme: »Das muss anders werden. Auf den Papst kann ich mich nicht mehr verlassen. Ich werde die Sache jetzt selbst in die Hand nehmen!« Und das tat er.

Bamberg, im Dezember 1251
An Frau Elisabeth, Burg Grünstetten

Liebe Ela,
ich muss mich beeilen. Euer Bote wartet schon in der Küche bei Grit, die ihn mit Früchtebrot füttert. Willibald ist Gott sei Dank vor zwei Tagen mit seiner Abschrift meiner Texte fertig geworden. Ich freue mich, dass dein Bote dir mein Paket also noch rechtzeitig vor Weihnachten bringen kann. Ich wäre so gern zu euch gekommen, denn ich sehne mich sehr nach meinen kleinen Urenkelinnen, vor allem nach unserem Sonnenscheinchen Sophia. Die Unmöglichkeit, zu reisen, schmerzt mich fast mehr als mein Rücken.

Ich umarme euch in Gedanken ganz fest und bitte Gott um seinen Segen für euch alle.

Deine Großmutter Sophie

NEUER ANFANG IN UNGARN

Ungarn, Anfang 1210

Weihnachten verbrachten wir, Bischof Ekbert und sein Gefolge, auf der ungarischen Königsburg Gran. Die ist zwar nicht so groß wie die anderen Residenzen, aber sie lässt sich besser heizen. Bischof Ekbert hatte einen Raum im Palas bekommen, in der Nähe seiner Schwester, Königin Gertrud. Vater und ich hatten als Dienstleute des Bischofs darauf natürlich keinen Anspruch und waren in einem der kalten, ungemütlichen Wirtschaftsgebäude untergebracht. Aber seine Aufgaben als Bischof Ekberts Kämmerer führten Vater oft in die große Halle des Königspalastes, wo zwei Kamine brannten; dabei war ich immer an seiner Seite, sodass wir uns täglich aufwärmen konnten.

Schlechter erging es da den vielen Gästen, die zum Weihnachtsfest an den Hof gekommen waren. Sie mussten sich unten in der Stadt an der Donau zu Füßen des Burgberges ein Quartier suchen und dann im eisigen Wind den steilen Weg heraufreiten, um an den Empfängen des Königs teilzunehmen. Nur die geistlichen Besucher kamen im prächtigen Palast des Erzbischofs oben auf dem Burgberg unter.

Einer dieser Gäste, Walram von Eppstein, der Neffe des mächtigen Mainzer Erzbischofs, war mir gleich bei seiner Ankunft aufgefallen: ein gut aussehender Mann um die dreißig, auf einem schönen Pferd und mit stattlichem Gefolge. Er bewegte sich wie ein sehr gut ausgebildeter Ritter, von dem man angemessene Manieren erwartet. Ich hätte mir nicht vorstellen können, dass ausgerechnet er so unhöflich handeln und fast einen Skandal erregen würde.

Es geschah am Weihnachtsabend, als der gesamte Hof sich prächtig gekleidet und in festlicher Stimmung in der großen Halle zur Abendmahlzeit versammelte. Walram war ein Ehrenplatz an der hohen Tafel neben Bischof Ekbert zugedacht worden. Doch als ihn ein Diener dorthin führte, drehte Walram sich weg und rief mit vorgerecktem Kinn und laut vernehmlicher Stimme: »Nein! Ich werde diesen Platz nicht einnehmen. Ich weigere mich, neben einem Geächteten zu sitzen!« Er verneigte sich in Richtung des Königspaares und fügte etwas leiser hinzu: »Das beschmutzt meine Ehre.« Das Stimmengewirr im Saal verstummte fast schlagartig.

Bischof Ekbert wurde feuerrot, er ballte die Fäuste und wollte aufspringen, aber seine Schwester legte ihm die Hand auf den Arm – ich konnte sehen, wie fest sie zudrücken musste, um ihn am Platz zu halten – und sagte mit süßem Lächeln zu Walram: »Oh, Graf Walram, Eure Worte tun uns weh. Aber ich bin überzeugt, dass mein Bruder Berthold, der ehrwürdige Herr Erzbischof, sich gern zu seinem Bruder Ekbert setzen wird. Ist Euch vielleicht sein Platz neben meinem Gemahl, dem König, genehm?« Walram schaute einen Moment lang etwas betreten vor sich hin, dann umrundete er den Tisch und setzte sich neben König Andreas. Die Königin beugte sich zu ihm hinüber. »Kommt heute nach dem Mahl in unsere Gemächer, Graf, dann erklären wir Euch, wie sich die Sache wirklich verhält und warum wir einen Geächteten an unserer Tafel dulden.«

»Was war das denn?«, flüsterte ich Vater zu, der neben mir saß.

»Ich glaube, Graf Walram wollte nur beobachten, wie Bischof Ekbert und das Königspaar bei einem solchen Affront reagieren. Er ist sicher von seinem Onkel, Siegfried von Eppstein, geschickt worden. Der hat doch vom Papst den Auftrag bekommen, Bischof Ekberts Fall zu untersuchen.«

»Ach ja, der Erzbischof von Mainz. Wegen dem Königsmord.«

Vater stupste mich an die Nase: »Ja, genau, mein schlaues Kind.«

Während des Essens kam ein Diener und raunte uns zu, wir hätten nach dem Mahl in den Gemächern des Königs zu erscheinen. Wir sahen uns erstaunt an. Was konnte der König denn nur von uns wollen? Ich konnte kaum still sitzen, so sehr zappelte die Neugier in mir herum. Das Essen und die Aufführungen schienen kein Ende nehmen zu wollen, noch eine Musik, noch ein Gaukler, noch ein Sänger. Es ging schon gegen Mitternacht, als sich das Königspaar schließlich erhob und seine Gäste verabschiedete.

Ein Diener führte Vater und mich zu einer eisenbeschlagenen Tür. Dahinter befand sich ein geräumiger, gewölbter Raum mit vielen Teppichen an den Wänden, den ein großer Kamin wohlig wärmte. Zu unserem Erstaunen erwartete uns dort jedoch nicht das Königspaar, an einem kleinen Tisch saßen nur Bischof Ekbert und Graf Walram. Unser Herr nickte uns zu, gab uns aber kein Zeichen, näher zu treten. Also blieben wir neben der Tür stehen.

Ein Diener schenkte Wein ein, stellte den Krug auf den Tisch und verließ das Zimmer. Bischof Ekbert trank einen Schluck und wandte sich dann Graf Walram zu. »Nachdem meine Zeugin jetzt anwesend ist, können wir unser Geplauder beenden und zur Sache kommen. Ihr habt bei Tisch nicht neben mir sitzen wollen, weil ich geächtet bin. Ihr fürchtet um Eure Ehre, weil ich angeblich ehrlos bis.« Bischof Ekbert umklammerte die Lehnen seines Sessels. »Aber ich habe meine Ehre nicht verloren. Denn es ist doch so, Graf Walram – man verliert seine Ehre nicht durch die Acht, sondern durch die Tat, die dahintersteht. Und diese Tat habe ich nie begangen. Ich trage keinerlei Schuld am Mord an König Philipp.« Ekberts Stimme war immer lauter geworden. »Diese Anklage ist eine himmelschreiende Lüge.«

Walram betrachtete ihn wie ein seltsames Insekt. »Nun, es heißt, der König sei Euch im Weg gewesen«, sagte er mit einem kaum wahrnehmbaren ironischen Unterton. Er wusste wohl ganz genau, wie man jemanden in Rage bringt.

Ekbert beherrschte sich auch nur mühsam. »Ha, welch ein Unsinn! Warum, um Gottes willen, hätte uns der König im Weg sein sollen? Im Gegenteil! König Philipp war nach Bamberg gekommen, um seine Nichte mit meinem Bruder, Herzog Otto, zu verheiraten. Damit gehörte unsere Familie zu den nächsten Verwandten des Königs, und wir bekamen außerdem noch Burgund, das größte und reichste Lehen, das zu vergeben war!« Ekbert schüttelte den Kopf, fassungslos, wie jemand so etwas Törichtes auch nur erwägen konnte. »Und außerdem stand König Philipp kurz davor, den Welfen zu besiegen, nach zehn Jahren Krieg. Als Nächstes wäre er nach Rom gezogen, um sich zum Kaiser krönen zu lassen. Die Verhandlungen mit dem Papst waren schon weit gediehen. Wir hätten zu den engsten Vertrauten und Verwandten des Kaisers gehört. Was will man denn mehr?«

»Aber Ihr habt den Mörder entkommen lassen. Wäre es nicht Eure Pflicht gewesen, den König besser zu schützen?«

Bischof Ekberts Grimm umgab ihn jetzt wie ein dunkler Mantel. Er stöhnte: »Ha! Ja natürlich, dieses Gerücht haben unsere Feinde mit Eifer gestreut, um uns anzuschwärzen, meinen Bruder Hezilo und mich, um unsere Güter zu stehlen! Und man sieht an Euch, wie wirkungsvoll sie das getan haben. Aber Gott ist gerecht – er hat mir eine Zeugin geschickt, die alles beobachtet hat und erzählen kann, was wirklich geschehen ist. Sophie, komm mal her!«

Ich machte vor Bischof Ekbert einen tiefen Knicks und neigte vor Graf Walram ehrerbietig den Kopf.

Der musterte mich von oben bis unten. »Aha, das ist also die geheimnisvolle Zeugin. Ein bisschen jung, oder? Na, dann fang mal an, mein Kind«, sagte er in gönnerhaftem Ton.

Überheblicher Kerl!, dachte ich. Wie kann man nur so gut aussehen und so ein Wichtigtuer sein? Wie er schon dasaß, mit über dem Bauch gefalteten Händen, aufgeblasen und selbstgerecht. Ich schaute kurz zu Bischof Ekbert, aber der nickte mir nur aufmunternd zu. Also unterdrückte ich eine verächtliche Antwort, hob die Nasenspitze und machte mein undurchdringlichstes Gesicht. »Das war so«, begann ich meinen Bericht, den ich jetzt schon so oft abgespult hatte, dass er zu einer festen Form geronnen war. »Am Morgen des Hochzeitstages damals im Juni vor eineinhalb Jahren hielt König Philipp mit den Fürsten eine Beratung ab. Dabei wurde beschlossen, die Verlobung von Pfalzgraf Otto von Wittelsbach mit der jüngsten Tochter des Königs zu lösen. Pfalzgraf Otto kam erst nachmittags nach Bamberg, er war noch im Auftrag des Königs unterwegs gewesen. Am Tor des Palas wurde er von seinem Vetter, Herzog Ludwig von Bayern, und von Markgraf Hezilo in Empfang genommen. Sie begleiteten ihn zum Gemach des Königs.« Ich bemerkte selbst, dass meine Stimme einen fast leiernden Ton angenommen hatte, und bemühte mich um etwas mehr Mitgefühl. »Also, die drei Männer kamen den Gang entlang. Und plötzlich hörte ich, wie der Herzog den Markgrafen bat, mit seinem Vetter in einer familiären Angelegenheit kurz allein sprechen zu können. Die beiden betraten einen Nebenraum, wo ich ein Versteck hatte, in das ich mich manchmal verkroch, wie Kinder das halt so tun.«

»Kinder? Du tust ja, als wärest du wer weiß wie erwachsen!«, unterbrach mich Walram. »Wie alt bist du denn?«

»Ich bin dreizehn, Graf Walram«, sagte ich steif. »Bis zum Mord an meinem König war ich ein Kind. Seitdem nicht mehr.« Ich hielt kurz inne. »Darf ich jetzt fortfahren?«

Walram nickte.

»Also, in diesem Nebenraum teilte Herzog Ludwig seinem Vetter die Auflösung der Verlobung mit. Dieser wurde sehr wütend und ging zum Gemach des Königs. Die Wachen ließen ihn eintreten, weil der König ihnen gesagt hatte, dass Pfalzgraf Otto jederzeit vorzulassen sei. Der Pfalzgraf tötete den König …« Ich hielt inne, denn wie immer an dieser Stelle musste ich schlucken, um die Tränen zurückzuhalten. Mit möglichst neutraler Stimme fuhr ich fort: »Pfalzgraf Otto verletzte auch den Reichstruchsess schwer. Dann lief er in den Burghof. Dort standen seine Männer und die Pferde noch herum, weil der Marschall nicht erreichbar war und niemand wusste, wo man die Ritter und die Tiere unterbringen sollte. Sie ritten davon. Auch die Wachen am oberen Burgtor ließen sie passieren, weil sie dachten – so haben sie später ausgesagt –, der Pfalzgraf sei mit einem erneuten Auftrag des Königs unterwegs. Es konnte sich ja auch niemand vorstellen, dass Pfalzgraf Otto, einer der vertrautesten Gefolgsleute König Philipps, diesem etwas antun würde. So entkam der Mörder.« Ich seufzte.

»Aha, so war das also.« Graf Walram sah nachdenklich aus.

»Das hast du gut gemacht, Sophie!« Bischof Ekbert tätschelte mir den Arm. »Sie ist die Tochter von meinem Kämmerer, Erkenbert.« Er winkte Vater heran. »Tüchtige Leute, so wie ein Herr sie sich nur wünschen kann«, raunte er Walram zu.

Ich biss die Zähne zusammen. Wie redeten sie nur immer so, als wären wir nicht vorhanden? Aber Vater schien das nichts auszumachen; er sah stolz aus.

»Erko, kannst du mal nachsehen, wo der Diener mit dem Wein bleibt? Der Krug hier ist leer«, sagte Bischof Ekbert.

Vater verließ den Raum, und ich blieb mit einem mulmigen Gefühl zurück.

»Sophie ist etwas ganz Besonderes«, fuhr Bischof Ekbert fort. »Sie hat einen Engel!«

»Sie hat einen Engel?« Der Spott in Graf Walrams Stimme war nicht zu überhören.

»Ich habe es ja anfangs auch nicht geglaubt«, erwiderte Bischof Ekbert lachend. »Aber letztes Jahr hat er mir das Leben gerettet. Wie Ihr wohl wisst, wollte ich im Mai in Würzburg die Gesandten des Papstes treffen, die klären sollten, ob ich unschuldig bin oder nicht. Aber meine Feinde haben mir auf dem Weg dorthin eine Falle gestellt, und wenn Sophie und ihr Engel mich nicht rechtzeitig gewarnt hätten, wäre ich sicher nicht mehr am Leben.«

»Mir scheint, Gott ist auf Eurer Seite, Bischof Ekbert«, spöttelte Graf Walram. »Ein Engel! Und so hübsch noch dazu!«

Er sah mich mit jenem Männerblick an, der stets ein Kribbeln in meinem Bauch auslöste, von dem ich nie wusste, ob ich es genoss oder verabscheute. Wo blieb Vater nur?

Bischof Ekbert beugte sich vor und berührte erneut meinen Arm. »Da habt Ihr recht, Graf Walram. Ich habe sie aber auch angemessen belohnt«, sagte er selbstgefällig. »Ich habe sie mit meinem besten Ritter verheiratet. Dem besten! Leider starb er, bevor sie schwanger wurde.«

Plötzlich kochte eine so unbändige Wut in mir hoch, dass ich die Augen schließen musste, damit mein Zorn den Herren nicht vor die Füße fiel. Die Eindrücke der Fingernägel in meinen Handflächen waren noch Tage später zu sehen. Ich wollte nur noch weg aus diesem Raum, bevor ich erstickte.

Unerwarteterweise kam mir Graf Walram zu Hilfe. »Ich denke, Ihr solltet Euren Engel zu Bett schicken, Bischof Ekbert, sie schwankt ja schon vor Müdigkeit.«

Grußlos drehte ich mich um und rannte hinaus. In meiner Kammer warf ich mich aufs Bett, haltlos schluchzend. Ich war so ungeheuer zornig, so zornig, dass ich auf mein Kissen einschlug und keuchte. Wie konnten sie nur so über mich reden, als wäre ich ... als wäre ich eine Kuh, die leider den Viehbestand nicht vermehrt hatte.

Plötzlich spürte ich eine zarte Hand auf meiner Schulter. Zsuzsanna, meine Magd, die auf einem Strohsack am Fußende meines Bettes schlief, hatte sich zu mir gesetzt. »Hat Euch jemand wehgetan?«, fragte sie sanft.

Diese kleine Frage legte sich wie ein kühles Tuch auf meine wilde Stirn. Plötzlich wollte ich reden über das, was ich so lange verschlossen hatte, die Tür öffnen, die ich so sorgfältig bewacht hatte. »Ja, mir hat jemand wehgetan, sehr sogar. Es ist noch nicht einmal ein Jahr her, aber mir kommt es so vor, als wäre ich seitdem zehn Jahre älter geworden«, begann ich, »denn, weißt du ... ich ... ich war damals sehr verliebt. Er hieß Richard. Ich hatte ihn ... wir hatten uns sehr lieb. Sehr! Aber weil unsere Väter sich nicht leiden konnten ... immer noch nicht leiden können, mussten wir uns heimlich treffen, in einem Versteck. Aber eines Tages hat Waldo unser Versteck entdeckt, und er hat Richard zu Bischof Ekbert gezerrt, und der hat ihn verurteilt, wegen ... wegen Unzucht, und man hat ihm die Hand ...« Ich schluckte. »Er ist gestorben«, sagte ich nach einer Weile.

»Oh!«, machte Zsuzsanna.

Als ich wieder sprechen konnte, sagte ich: »Mein Vater und Bischof Ekbert haben mich dann gezwungen, Waldo zu heiraten. Ich war so verzwei–«

»Ihr nicht wollen Ritter Waldo?«, unterbrach mich Zsuzsanna fassungslos. »Ritter Waldo?«

Hatte sie nicht zugehört? Waldo war Richards Mörder. Aber Waldos Ruhm überstrahlte offenbar alles andere.

»Aber Ritter Waldo ist großer Held! Alle Mädchen schwirren für ihn!«

»Schwärmen«, sagte ich mürrisch.

»Sie schwärmen für ihn. Du groß Glückliche! Er hat sein Leben gegeben für Euch!«

Ach ja, Waldo, der Held. Seit er in Rom unsere Reisegruppe verteidigt hatte und dabei gefallen war, galt er als strahlendes Vorbild eines Ritters. Es war sogar ein Lied über ihn im Umlauf, in dem in leuchtenden Farben geschildert wurde, mit welch tapferem Mut er den Aufständischen, die uns überfallen hatten, entgegengetreten war und sie in die Flucht geschlagen hatte.

Ich hörte das Lied immer mit gemischten Gefühlen, aber ich konnte nicht leugnen, dass dieser Glanz für mich von Vorteil war. Als Witwe eines Helden genoss ich mit meinen dreizehn Jahren eine angesehene Stellung bei Hof. Und Waldos Erbe hatte mich fast wohlhabend gemacht. Ich hatte seine Pferde und seine Rüstung verkauft, und schon dafür hätte ich ein kleines Gehöft erwerben können. Zusammen mit dem Geld, das ich durch meine Spionage für Königin Gertrud verdient und das der Jude Simon erklecklich vermehrt hatte, kam ein ganz hübsches Sümmchen zusammen. Ich konnte mir Kleider aus wertvollen Stoffen machen lassen, was mein Ansehen noch weiter erhöhte. Leider hatte das zur Folge, dass alle heiratsfähigen Ritter am Hof hinter mir herliefen, was mir lästig war. Nach Waldos Tod hatte ich erst einmal genug von Männern; ich wollte nicht heiraten, am liebsten nie mehr. Indem ich vorgab, sehr um Waldo zu trauern, blieb mir wenigstens die Frist des Trauerjahres, bevor Bischof Ekbert mich wie eine Stute weiterverhökern würde.

Eigentlich hätte es mir also gut gehen sollen: Ich hatte zwei Pferde und eine Mauleselin, meine Magd Zsuzsanna, Vater las mir jeden Wunsch von den Augen ab, und die meisten Leute waren nett zu mir.

Trotzdem blieb ich meistens gereizt und unzufrieden. Mir war einfach furchtbar langweilig, ich hatte nichts zu tun. Meine Fähigkeit, zu schreiben, war nicht gefragt, weil genügend Schreiber bei Hof arbeiteten, für die Haushaltstätigkeiten – alles, was ich bei meiner Mutter gelernt hatte – war reichlich Dienstpersonal vorhanden, für meine Erkundigungen hatte Königin Gertrud keine Verwendung mehr, und für die Intrigen und den Tratsch der Hofdamen interessierte ich mich nicht. Die Bücher, die ich in Rom gekauft hatte, hatte ich schon mehrfach durchgelesen.

Ein bisschen machte es mir noch Spaß, mit meiner römischen Fibel Latein zu lernen, aber um wirklich weiterzukommen, hätte ich einen lateinkundigen Lehrer gebraucht. Doch wem hätte ich mich schon anvertrauen können, ohne gleich als Hexe denunziert zu werden? Eine Frau und Latein – wie ungehörig! Hin und wieder hatte ich mir sogar überlegt, Bischof Ekberts Bruder, Erzbischof Berthold, zu bitten, denn er war mir überaus wohlgesinnt. Aber ich wusste, dass seine Hände schnell wie der Blitz unter meinem Rock gewesen wären, sobald ich mit ihm allein gewesen wäre.

Also war ich sehr erleichtert, als Bischof Ekbert Vater den Auftrag gab, erneut in die Zips zu reisen, um in dem Ort, der inzwischen Käsemarkt genannt wurde, den Bau der Burg Vila zu überwachen. Ritter Werner, der im letzten Jahr, als wir Bischof Ekbert nach Rom begleiten mussten, diese Aufgabe von Waldo übernommen hatte, war überraschend gestorben, und unser Herr wollte, dass die Burg so rasch wie möglich fertiggestellt würde. Und da ich inzwischen dank meiner Übungen mit Zsuzsanna ganz gut Ungarisch sprach, sollte ich Vater als Ansprechpartnerin für die Bauarbeiter begleiten. Fröhlich vor mich hin summend begann ich zu packen.

Bamberg, im Februar 1252
An Frau Elisabeth, Burg Grünstetten

Ach, Ela, mein Kind, meine geliebte Enkelin! Welch grauenvolle Nachricht! Deine süße kleine Sophia? Ich weine seit Stunden. Es ist kaum zu ertragen.

Ich wäre jetzt so gern bei dir und nähme dich in den Arm. Dann könnte ich mit dir weinen und dir sagen, was ich jetzt nur schreiben kann. Denn ich weiß, meine Kleine, der Schmerz wird dich nie mehr ganz verlassen, er wächst sich fest. Aber – und vielleicht ist das ein kleiner Trost – mit der Zeit nimmt man ihn nicht mehr wahr, so wie man den Riss im Verputz der Wohnstube nicht sieht, wenn man ihn nicht berührt oder ein Gast ihn betrachtet. Auch mir sind zwei meiner Kinder gestorben, und trotz der vier anderen, die groß wurden, sind die beiden jeden Tag bei mir, im Gebet und bei der Arbeit, am Abend und am Morgen.

Jetzt ist deine kleine Sophia gegangen, dieses Sonnenscheinkind. Sie hatte die Begabung, Menschen zum Lächeln zu bringen. Wenn sie in ein Zimmer trippelte, sprachen die Anwesenden leiser und freundlicher. Warum nur nimmt Gott so ein fröhliches, gesegnetes Kindchen von uns? Ich kann es nicht verstehen. Und nicht verzeihen.

Manchmal hilft nur die Flucht in die Erinnerung, mir hilft sie beim Schreiben und dir vielleicht, wenn du beim Lesen in ein anderes Leben eintauchen kannst, geliebte Enkelin.

DIE SCHRECKLICHE GRETA

Zips, April 1210

Mitte April brachen wir auf. Wir waren zu fünft: drei unserer Ritter – Ulf, Gundolf und Knorau –, Vater und ich. Es war eine überaus angenehme Reise. Ein lauer Wind spielte mit den Mähnen unserer Pferde, in den Wiesen leuchteten bunte Blumen, die Vögel sangen ihre Liebeslieder, und die Bäche waren schon wieder flach genug, um sie ohne Mühe queren zu können.

Meine Stimmung schwankte zwischen Zweifeln und freudiger Erwartung. Einerseits erinnerte ich mich mit Unbehagen an meinen Aufenthalt auf Burg Vila im vergangenen Jahr, als Waldo und ich in jener primitiven Hütte auf der Baustelle gelebt hatten. Es hatte viel geregnet damals, und die Hütte war immerzu feucht, klamm und schimmelig gewesen. Ich würde die Annehmlichkeiten des Hoflebens vermissen: kein geheiztes Bad mehr, kein Festsaal voller Kerzen und Rosenduft, keine geschulten Sänger und begabten Musiker. Andererseits freute ich mich auf die Zips.

Ich hatte im letzten Jahr gelernt, die Schönheit der Berge zu sehen, die Eleganz im Flug der Adler, den schnellen Gang der Sonne, wenn sie abends von den Gipfeln zu Tal glitt. Und ich freute mich auf die kommenden Aufgaben. Vater meinte, dass Bauten am besten gedeihen, wenn die Arbeiter gut versorgt und ernährt sind. Ich würde dafür sorgen – so hatte ich mir vorgenommen –, dass das Essen wohlschmeckend und ihre Hütten ordentlich und sauber waren. Und ich würde mich um ihre Verletzungen und Krankheiten kümmern, wie ich es bei Schwester Heilika im Kloster gelernt hatte. Ich sah meinen Heiligenschein wachsen und wachsen.

Als wir in Käsemarkt ankamen, schickte Vater Ulf, Gundolf und Knorau voraus auf die Burg, damit sie uns ankündigten. Wir, Vater und ich, ritten zunächst, wie von Bischof Ekbert befohlen, zum Pfarrer des Ortes, der uns über die Lage in der Zips unterrichten sollte. Ich wunderte mich über die vielen neuen Häuser rechts und links der Straße; mir schienen es doppelt so viele zu sein wie im vergangenen Jahr. Das Pfarrhaus lag am Ende der Siedlung, eine Art Blockhütte neben der kleinen hölzernen Kirche, umgeben von einem großen, verwilderten Garten. Pfarrer Albinus, Sohn eines Bamberger Ministerialen aus Kärnten, war an unserer Domschule ausgebildet und dann hierhergeschickt worden. Er war ein kleiner, rundlicher Mann mit weißen, weichen Händen, denen man ansah, dass sie lieber ein Buch hielten, als im Garten zu arbeiten.

Er zeigte sich außerordentlich erfreut über unseren Besuch und brachte uns Wein, Brot und eine Platte mit viererlei Käse. Diesen pries er mit leuchtenden Augen an. »Es war so ein guter Gedanke von Bischof Ekbert, uns jeden Monat einen Käsemarkt zu gewähren. Die Bauern aus der Region wetteifern darin, wer den besten Käse erzeugt. Die Händler verkaufen ihn bis nach Krakau, Wien und Gran, und unser Ort blüht seitdem richtig auf. Darum heißen wir auch so. Alle sagen nur noch ›Käsemarkt‹, keiner benutzt noch den alten Namen ›Vila‹. Wir stellen gerade eine Gesandtschaft an Bischof Ekbert zusammen, um ihn zu bitten, uns das Stadtrecht zu verleihen.«

Vater probierte von jedem der Käse und nickte anerkennend. »Ich kann mir vorstellen, dass ihr da offene Türen einrennt«, sagte er leise schmatzend. »Bischof Ekbert ist sowieso davon überzeugt, dass es für seine Kassen günstig ist, Städte zu gründen. Und da er hier ja schon eine Burg bauen lässt, ist auch für den notwendigen Schutz gesorgt. Aber woran ist denn Ritter Werner so plötzlich gestorben? Als ich ihn das letzte Mal sah, wirkte er vollkommen gesund.«

Plötzlich verschloss sich das Gesicht des Pfarrers. »Es war ein Unfall«, sagte er irgendwie vorsichtig. »Er ist von der Burgmauer gefallen.«

»Er ist von der Mauer gefallen? Werner? Wie konnte denn das passieren?«

»Es war ein Unfall«, wiederholte Albinus nachdrücklich. »Ich habe ihn würdig in geweihter Erde begraben.«

»Gibt es denn Zweifel daran, dass Ritter Werner zufällig von der Mauer gestürzt ist? Wer behauptet denn etwas anderes?«, fragte ich.

»Ich hole Euch noch etwas Wein.« Albinus griff nach der Kanne und eilte aus dem Raum.

Vater und ich sahen uns verblüfft an. »Da stimmt doch etwas nicht«, sagten wir gleichzeitig.

»Meinst du, es war Selbstmord? Weil Albinus die geweihte Erde so betont hat?«, fragte ich.

»Nun, das werden wir schon herausfinden«, meinte Vater zuversichtlich.

Nachdem wir uns von Pfarrer Albinus verabschiedet hatten, der uns bat, bald wiederzukommen und ihm von Bamberg zu erzählen und vom Schicksal seiner Schulkameraden, soweit wir davon Kenntnis hatten, ritten wir zur Burg hinauf. Sie lag auf einer kleinen Anhöhe am Rand des Ortes. Schon von Weitem fiel uns die ungewohnte Stille auf – kein Kreischen der Kräne, kein Meißeln und Hämmern, kein Geschrei der Esel unter ihren Lasten, kein Schimpfen der Arbeiter. Durch ein neues Tor, dessen geöffnete hölzerne Flügel noch nach Harz rochen, ritten wir in einen verlassenen Burghof. Nur ein paar Hühner liefen pickend herum, und ein Hahn krähte auf dem Misthaufen neben dem Stall. Zu unserem Erstaunen war der Palas mit seinem Fachwerkobergeschoss schon fertiggestellt, aber die Burgmauer wies noch große Lücken auf, und von der Burgkapelle standen lediglich die Außenmauern. Vor dem Bergfried, der erst ein Stockwerk hoch war, standen noch das Laufrad und der Kran und daneben die Hütte der Bauarbeiter, in der ich im vergangenen Jahr mit Waldo gewohnt hatte.

Während wir uns umsahen, trat aus der Tür des Palas eine dralle Frau mit einem Kranz blonder Haare und einem koketten Blick. Sie reichte Vater einen großen Becher mit dem Willkommenstrunk. Mich, die ich mit meinem Pferd seitlich hinter Vater stand, schien sie nicht zu bemerken. Das wäre der Moment gewesen, in dem Vater hätte darauf bestehen müssen, dass sie auch mir den Willkommenstrunk bot. Oder er hätte mir wenigstens den Becher weiterreichen können. Aber das Lächeln der Frau und das Versprechen ihres tiefen Ausschnitts hatten offenbar dafür gesorgt, dass er mich für den Moment vergessen hatte.

Ich blieb allein zurück, niemand half mir vom Pferd. Also lenkte ich Amira hinüber zum Stall, vor dem ich einen Absitzstein bemerkt hatte. Wohl angelockt vom Hufschlag, trat ein Junge aus der Stalltür, lang und schlaksig; sein rötliches Haar glänzte in der Sonne, und sein vorstehender Adamsapfel zuckte, als er mich mit starkem Akzent fragte: »Kann ich helfen Euch, Herrin?«

»Danke, ja«, antwortete ich auf Ungarisch, ließ mich seitlich vom Pferd gleiten, ergriff seine Hand und sprang vom Stein. »Danke«, wiederholte ich. »Wie heißt du?«

»Stephan, Herrin«, antwortete er errötend, in ungarischer Sprache.

»Oh, nach eurem Nationalheiligen, wie schön.«

Er errötete wieder. »Ihr sprecht aber gut Ungarisch«, sagte er und streichelte Amiras Nase. »Und so ein schönes Pferd.«

»Sie heißt Amira. Kannst du dich um sie kümmern?«

»Ich werde sie hüten wie meinen Augapfel.«

»Sag mal, Stephan, was ist denn hier los? Wo sind denn die ganzen Bauarbeiter?«, fragte ich mit einer Geste über den Hof.

Plötzlich versteifte sich der Junge. Er wirkte jetzt so vorsichtig wie vorhin Pfarrer Albinus. »Sie wurden entlassen«, sagte er leise.

»Sie wurden entlassen, mitten in den Bauarbeiten? Von wem? Und warum?«

»Das fragt Ihr lieber Frau Greta. Ich versorge jetzt Euer Pferd.« Er fasste nach Amiras Zügel.

Verwundert sah ich ihm nach und wandte mich schon zum Gehen, als er mir zuflüsterte: »Passt auf, es ist besser, man macht sie nicht zornig.«

Nachdenklich ging ich über den lehmigen Burghof hinüber zum Palas. Neben der Holztreppe, die zum Laubengang im Obergeschoss führte, lag das rundbogige Eingangsportal. Ich öffnete mit Mühe die schwere, eisenbeschlagene Tür, durchquerte einen schmalen Vorraum und betrat die große Halle. An einem massiven Tisch saßen unsere drei Ritter und Vater. Die Frau, von der ich nun wusste, dass sie Greta hieß, schenkte ihnen Wein ein und kicherte.

Sie tat so, als ob sie mich nicht bemerken würde. Vater aber schaute auf, erschrak leicht und sagte mit schuldbewusster Stimme: »Oh, Sophie. Komm, setz dich zu uns und iss etwas.«

Ich presste die Lippen zusammen: »Danke. Vielleicht später. Zunächst soll mir Frau Greta mein Gemach zeigen und meinen Reisesack bringen.« Weil ich an Stephans Warnung dachte, sah ich Greta dabei besonders nett an.

Sie gab mein Lächeln nicht zurück, sondern setzte mit einem Knall den Weinkrug ab, drehte sich um und bedeutete mir mit einer kurzen herrischen Kopfbewegung, ihr zu folgen. Sie führte mich durch die Vorhalle zu einem kleinen Raum daneben, der vielleicht als Vorrats- oder Lagerraum geplant gewesen war. Es roch dumpfig und schimmelig, und selbst im Halbdunkel konnte man erkennen, dass das Stroh am Boden schmutzig war. Neben ein paar Truhen lag so etwas wie eine Matratze am Boden, sonst war der Raum leer.

»Was soll das, Frau Greta? Hier bleibe ich auf keinen Fall«, protestierte ich empört.

»Nun, dann musst du eben bei den Männern oder in der Halle schlafen«, gab Greta kühl zurück.

»Und was ist mit der Kemenate?«

»Da schlafe ich. Da ist kein Platz.«

»Dann schickt mir wenigstens eine Magd, die hier sauber macht.«

Greta stieß einen keuchenden Laut aus, der offenbar ein Lachen sein sollte: »Wenn du glaubst, du kannst hierherkommen und herumbefehlen, dann hast du dich getäuscht. Ich habe in all diesen Monaten die ganze Arbeit gemacht, und ich habe hier das Sagen. Und ich sage: Wenn du geputzt haben willst, dann putze gefälligst selbst.« Damit rauschte sie hinaus.

Ich blieb empört, wütend und auch etwas verdattert zurück. Warum war die Frau nur so offen feindselig zu mir? Ich hatte ihr doch nichts getan. Ich war damals so daran gewöhnt, als Heldenwitwe und wegen meiner Engelsvisionen vom Gesinde am ungarischen Königshof mit Respekt, teilweise sogar Verehrung behandelt zu werden, dass ich gar nicht auf die Idee kam, dass auch mein eigenes Verhalten Gretas Reaktion beeinflusst haben könnte. Jedenfalls war ich entschlossen, mir so etwas nicht gefallen zu lassen.

Aber wie sollte ich vorgehen? Ich überlegte mir, dass eine Person wie Greta sicher nicht nett zu ihren Untergebenen war. Schritt eins hieß also: das Gesinde gewinnen. Deshalb machte ich mich auf die Suche nach der Küche.

Ich erinnerte mich vage, dass der Baumeister im vergangenen Jahr davon gesprochen hatte, er werde die Küche direkt neben die Halle setzen, damit das Essen warm auf den Tisch kam. Ich fand die Tür gleich links neben der Treppe und betrat einen gewölbten Raum mit einem riesigen Kamin an der Außenwand. Daneben kniete ein alter Mann und schichtete Feuerholz auf. Hinter einem großen Eichentisch in der Mitte der Küche stand eine stämmige Frau, unter deren Haube sich einige verschwitzte graue Locken hervorgestohlen hatten, und schimpfte mit in die Hüften gestützten Armen auf ein Mädchen ein, das am Boden kniete und die Scherben einer Tonschale zusammenklaubte.

Sie schaute auf, als ich die Tür schloss, und fragte mürrisch: »Wer bist denn du? Und was willst du hier?«

Freundliche Sitten sind das hier, dachte ich, aber mir war sofort klar, dass sie es war, die ich für mich einnehmen musste. Also lächelte ich sie an und sagte: »Gott grüße dich. Ich bin Sophie, die Tochter von Kämmerer Erkenbert.«

»Oh«, machte die Frau betroffen. »Nun – ich bin Mara, die Köchin.« Sie deutete auf den Mann neben dem Kamin: »Das ist Gerold, mein Mann, und dieser Trampel da ist Lenka.« Sie machte eine ärgerliche Kopfbewegung zu dem Mädchen hin, das den Tränen nahe schien.

Auf Ungarisch sagte ich zu der Kleinen: »Ist mir auch schon mal passiert. Ich werde Vater bitten, morgen eine neue Schale zu kaufen.«

Bevor Mara das erleichterte Aufatmen des Kindes bemerken konnte, sagte ich zu ihr: »Was für eine schöne Küche du hier hast, Mara. Und so gut eingerichtet. Das war sicher dein Verdienst.« Ich wies mit der Hand auf die Pfannen und Kessel, die an Haken an der Wand hingen.

Maras Mundwinkel hoben sich ein wenig: »Ja, man könnte hier ganz gut kochen, wenn …« Sie verstummte und presste die Lippen zusammen.

»Wenn …?«, fragte ich.

»Ach, nichts.« Die Köchin presste missmutig die Lippen zusammen. »Nun, jedenfalls willkommen auf Burg Vila. Wenn du willst – ich habe noch etwas Zeit bis zum Abendessen. Soll ich dir inzwischen die Burg zeigen?« Offenbar wollte sie ihren unfreundlichen Empfang wiedergutmachen.

»Ja, gerne. Seit wann bist du denn schon hier? Letzten Sommer, als ich meinen Mann begleitet habe, habe ich dich noch nicht gesehen.«

»Nun, wir kamen ja auch erst im Herbst. Ritter Werner hat uns eingestellt. Aber dann kennst du die Burg ja schon.«

»Ach, es hat sich so viel verändert. Ich wäre schon froh, wenn du mir zeigen könntest, wie jetzt alles geworden ist.«

Wir gingen über den großen Burghof, vorbei am Stall und an den Scheunen für Heu und andere Vorräte bis zum Bergfried.

Ich deutete auf die verlassene Bauhütte daneben. »Da haben wir im letzten Jahr gewohnt. Aber was ist denn mit den Bauarbeitern? Wo sind die hin? Es ist hier doch noch so viel zu tun.« Der Stumpf des Turmes und die Lücken in der Burgmauer sprachen ja für sich.

Maras Miene wurde plötzlich wieder so verschlossen wie zuvor. »Dazu kann ich nichts sagen. Damit habe ich nichts zu tun.«

Sie drehte sich um und ging vor mir her zu einem kleinen Garten hinter dem Palas, der sich in das Oval der dort schon fertiggestellten Burgmauer schmiegte. Ein Kräutergarten, welch ein Glück! Damit kannte ich mich aus.

Er öffnete mir tatsächlich Maras Herz. Eine lange Weile

tauschten wir unsere Kenntnisse aus – ich erzählte ihr von der Heilwirkung der Kräuter, sie brachte mir ihre Verwendung in der Küche bei. Es blühte noch nicht viel, nur die Gänseblümchen und die Himmelsschlüssel bildeten schon bunte Nester. Auch der Löwenzahn zeigte seine gelben Sterne. Wir lachten über die lustigen Namen vieler Pflanzen, die sie meist ganz anders nannte als ich: Engelwurz, Frauenmantel und Mariendistel, Beifuß, Läusekraut und Liebstöckel, Storchschnabel und Sonnenhut.

Schließlich bat ich Mara, mir noch das obere Stockwerk des Palas zu zeigen. Als wir die Treppe hinaufgestiegen waren, zeigte sie mit dem Finger nach links ans Ende des Laubengangs: »Dort, der erste Raum, den hat SIE sich reserviert. Natürlich. Weil er der wärmste ist, direkt über der Küche. Aber es ist streng verboten, ihn zu betreten. Da putzt sie sogar selber.« Sie öffnete die Tür, die der Treppe gegenüberlag: »Dieses Gemach hat sie für deinen Vater vorgesehen. Warum wohl? Siehst du die Verbindungstür dort hinten zu ihrem eigenen Zimmer?« Sie kräuselte spöttisch die Lippen. »Pff«, machte sie und tat, als spuckte sie auf den Boden. Sie schien Frau Greta nicht gerade zu lieben.

Der Raum rechts neben Vaters Zimmer war beinahe luxuriös eingerichtet mit einem großen Bett, einem Tisch mit Stuhl, einer Truhe, und es hing sogar ein Teppich an der Wand. »Da werde ich schlafen«, beschloss ich. »Kannst du Lenka bitten, meinen Reisesack heraufzubringen?«

»Aber das ist das Zimmer, das für den Bischof vorgesehen ist, wenn er kommt. Das gibt bestimmt Ärger.«

»Siehst du hier irgendwo einen Bischof? Wenn er kommt, finde ich schon etwas anderes. Jedenfalls schlafe ich nicht in diesem Vorratsloch da unten neben der Halle.«

»Wollte sie dich dort …? Diese Frau ist eine …« Sie schüttelte den Kopf und fügte leise hinzu: »… eine Teufelin.«

Ich legte meine Hand auf Maras Arm: »Wir werden sie schon kleinkriegen, wir zwei.«

Wir nickten uns zu.

AUF BURG VILA

Zips, Mai 1210

Doch es war gar nicht so einfach, Greta beizukommen. Zwar hatte sie nach langem Gezeter akzeptieren müssen, dass ich im »Bischofsgemach« blieb, aber ich zahlte einen hohen Preis dafür. Mal waren zwei Ratten im Raum, mal Erbsen in meinem Bett, oder es roch ganz furchtbar nach Katzenpisse. Ich versuchte, mich zu wehren und manchmal sogar zu rächen, aber es war ein unwürdiger und kräftezehrender Kleinkrieg. Doch ich kam zurecht, denn Mara und die anderen waren auf meiner Seite.

Eines Tages, als wir hinter der Küche im Hof saßen und Hühner rupften, antwortete Mara sogar auf meine Frage nach den verschwundenen Bauarbeitern. »Zwei Tag nach Ritter Werners Tod hat Frau Greta sie entlassen. So war das.«

»Aber warum denn?«

»Sie sagte, das Geld, das Bischof Ekbert für den Weiterbau der Burg geschickt habe, sei nicht mehr aufzufinden. Sie könne die Arbeiter nicht bezahlen.« Das fand ich ziemlich verwunderlich.

Doch am meisten beunruhigte mich, dass ich meinen Einfluss auf Vater fast ganz verlor. Nach meinem Gespräch mit Mara drängte ich ihn mehrfach, Greta nach den angeblich unauffindbaren Geldern für den Burgenbau zu fragen. Er versprach, sich darum zu kümmern, und tat dann überhaupt nichts. Nach dem dritten vergeblichen Vorstoß beschloss ich, der Sache selbst auf den Grund zu gehen.

Ich erinnerte mich, dass Lucinus, der Burgbaumeister im letzten Jahr, über alle Einnahmen und Ausgaben genau Buch geführt hatte. Er hatte sie stets in ein großes, in Leder gebundenes Buch geschrieben, das er Waldo einmal gezeigt hatte. Der aber hatte nur geschnaubt, weil er ja nicht lesen konnte, und ihn an mich verwiesen. Damals hatte ich mich wegen meiner eigenen Sorgen nicht sehr dafür interessiert. Jetzt aber hoffte ich, das Buch irgendwo zu entdecken.

Ich suchte überall auf der ja überschaubaren Burg, konnte es aber nicht finden. Schließlich blieb nur noch Gretas Gemach. Auf das war ich besonders neugierig, weil sie so sehr darauf achtete, dass niemand es betrat. Ich wollte unbedingt dort hinein, aber solange sie überall auf der Burg herumstrich, würde mir das nicht gelingen. Deshalb bat ich Stephan, der sich neben seiner Arbeit im Stall auch den Wachdienst am Tor mit Gerold teilen musste, mir unauffällig Nachricht zu geben, wenn Greta die Burg verließ.

Schon zwei Tage später kam er aufgeregt angelaufen. »Sie ist mit einem Korb voller Essen hinunter in den Ort gegangen.«

Mit Hilfe meines Messers hatte ich in kurzer Zeit den Riegel an Gretas Zimmer geöffnet. Neben einem bequemen Bett standen darin auch zwei Truhen, und in einer fand ich tatsächlich, was ich gesucht hatte: das Baurechnungsbuch und außerdem einen großen Beutel voller Münzen. Ich blätterte das Buch bis zum letzten Eintrag durch. Er stammte vom 26. März 1210, Lucinus hatte damit den Erhalt des Geldes von Bischof Ekbert festgehalten.

Am 26. März war also das Geld hier angekommen, und am 27. März war Ritter Werner von der Burgmauer gefallen. Was für ein seltsamer Zufall! Ich hatte gerade angefangen, die Münzen zu zählen, als ich Stephans warnenden Pfiff hörte – Greta kam zurück. Schnell legte ich alles wieder in die Truhe zurück, achtete darauf, dass es wieder so aussah wie vorher, schob den Riegel an seine Stelle und verließ den Raum.

Ich überlegte, was ich tun sollte. Eigentlich hätte ich meinen Fund Vater melden müssen. Aber ich fürchtete, dass er mir nicht glauben würde, so vernarrt, wie er momentan war. Wenn Greta zum Beispiel behauptete, sie habe die Sachen noch nie gesehen oder ich hätte sie in ihre Truhe getan, um ihr zu schaden – wie würde Vater dann entscheiden?

Außerdem wollte ich erst noch mehr über den merkwürdigen

zeitlichen Zusammenhang zwischen dem Eintreffen des Geldes und dem Tod von Ritter Werner herausfinden. Ich fand Mara im Kräutergarten und setzte mich mit ihr auf die Bank an der Burgmauer, wo uns niemand belauschen konnte.

»Sag mal, Mara, wie war das damals, als Ritter Werner von der Mauer fiel?«, fragte ich. »War er da betrunken?«

»Sicher nicht!« Mara schüttelte entschieden den Kopf. »Er war einer, der sehr wenig trank, höchstens mal ein Bier oder zwei.«

»Ich verstehe das nicht«, sagte ich stirnrunzelnd. »Als ich ihn am Königshof kennenlernte, schien er mir ganz gesund zu sein und eher bedächtig. Er war auch keiner für hirnlose Mutproben. So einer fällt doch nicht einfach von der Mauer. Hat einer von euch gesehen, wie es passiert ist?«

»Nein, leider nicht.« Mara wischte sich über die Augen. »Wir haben ihn nur am nächsten Morgen tot am Fuß der Burgmauer gefunden.«

»Was heißt – am nächsten Morgen?«

»Nun, am Abend vorher waren wir ja noch fröhlich beisammen. Wir saßen in der Hütte bei den Bauarbeitern, mein Gerold und ich, und da kam Ritter Werner freudestrahlend herein und verkündete, dass jetzt endlich das Geld von Bischof Ekbert eingetroffen sei und er uns die Löhne auszahlen könne. Auf die hatten wir schon seit Monaten gewartet. Alle haben gejubelt und angestoßen, und er hat auch ein Bier getrunken, aber nicht mehr.«

»Und dann? Wie lange ist er denn geblieben?«

»Irgendwann kam *sie* herein und hat ihm etwas ins Ohr geflüstert. Dann sind sie gegangen.«

»Und ihr habt weitergefeiert?«

Mara nickte.

»Wer war denn sonst noch in der Hütte? Oder besser, wer von den Leuten auf der Burg war denn nicht da?«

Mara dachte nach. Zögernd sagte sie: »Lucinus, der Baumeister, war nicht da, und Vocra, der neue Vorarbeiter; die hatten noch was zu besprechen. Und Stephan war am Tor. Der Bote, der das Geld gebracht hatte, schlief schon.« Sie runzelte die Stirn: »Warum stellst du denn all diese Fragen, Mädchen?«

Ich streichelte Maras Arm. »›Mädchen‹ hat mich schon lang niemand mehr genannt. Ich frage, weil ich wissen will, was passiert ist in jener Nacht, als Ritter Werner zu Tode kam. Zeig mir doch mal die Stelle, wo er über die Mauer gefallen ist.«

Mara führte mich über den Hof zu einer Öffnung zwischen den Ställen und dem Turm, wo die Burgmauer noch nicht fertig war. Mörteleimer standen herum, und in einer Ecke lag ein Haufen großer Quader. Vom Niveau des Burghofs aus war die Mauer lediglich hüfthoch, nach außen hin fiel sie nur etwa drei Meter ab, da der Burggraben noch nicht ausgehoben war. Konnte ein Sturz aus derart geringer Höhe tatsächlich einen kampferprobten, kräftigen jungen Mann töten?

»Als ihr ihn gefunden habt, Mara, welche Verletzungen hatte Ritter Werner denn? Hat ihn wirklich der Sturz von der Mauer das Leben gekostet?«

»Das ... oh ... ich weiß nicht ... wir haben das angenommen. Er lag da am Fuß der Mauer, mit einer großen Wunde am Kopf, und alles war voller Blut und ... Ach, wir waren so entsetzt, und Greta hat so ein Geschrei gemacht.« Mara hielt sich die Hand vor den Mund und sah mich erschrocken an: »Du meinst ...?«

In dem Moment rief Vater mich zu sich: »Sophie, wo bleibst du denn? Komm schon, die Leute warten.«

Vater war zu einer Versammlung der Gemeindevorsteher von Käsemarkt eingeladen worden, und ich sollte mitkommen, falls etwas übersetzt werden musste. Die Versammlung fand im neuen Gemeindehaus statt, auf das die Bewohner der Siedlung sehr stolz waren. Es roch im Saal noch intensiv nach frischem Holz und – natürlich – nach Käse, der bei schlechtem Wetter dort verkauft wurde.

Wir saßen am hohen Tisch am Kopfende des Saals, Vater und ich, und vor uns stand der Gemeindeälteste und erklärte umständlich und stammelnd das Anliegen der Versammlung, nämlich die Bitte an Bischof Ekbert, ihnen das Stadtrecht zu verleihen. Pfarrer Albinus, der vermitteln und das Gesuch etwas kürzer hätte vortragen können, war schon in aller Frühe zu einer Beerdigung in die Berge aufgebrochen. Also hörten wir geduldig zu, doch ich ließ meine Blicke schweifen und entdeckte unter der Menge zu meinem Erstaunen Lucinus, den ehemaligen Burgbaumeister.

Nachdem Vater beteuert hatte, baldmöglichst einen Boten mit entsprechenden Briefen an den Königshof zu schicken, und die Versammlung sich aufgelöst hatte, drängte sich Lucinus zu mir durch.

Ich begrüßte ihn lächelnd. »Lucinus, wie schön, Euch zu sehen! Ich dachte, Ihr wäret schon über alle Berge und bei einer neuen Baustelle.«

Er ergriff meine Hände: »Sophie! Ich freue mich auch sehr, dich zu sehen. Wie erwachsen du geworden bist. Letztes Jahr warst du ein trauriges kleines Mädchen, aber jetzt … Nun ja – und so hübsch!«

Ich schüttelte abwehrend mit leisem Lachen den Kopf.

»Ja, ich bin noch da«, fuhr er fort. »Ich habe hier so viel Arbeit. Die Siedlung wächst und wächst, und jeder will ein Haus. Ich komme kaum nach, obwohl ich schon zwei Gesellen eingestellt habe. Und, nun ja, ich habe geheiratet und mir selbst auch ein Haus gebaut.« Er zögerte: »Außerdem … ich habe auch die Hoffnung noch nicht aufgegeben, die Burg fertig bauen zu können.«

»Aber warum habt Ihr das denn nicht getan? Warum seid ihr alle fortgegangen?«

»Wir sind nicht gegangen, wir wurden entlassen, von Frau Greta.«

»Entlassen? Von Greta? Aber wieso? Dazu ist sie doch gar nicht befugt.«

»Nun ja, theoretisch vielleicht nicht, praktisch eben schon. Nach dem Tod ihres Mannes hat sie das Heft in die Hand genommen. Nun ja, eigentlich hatte sie es schon längst vorher. Ritter Werner war ein freundlicher, aber schwacher Mann. In dieser Ehe hatte sie ... nun ja, die Hosen an. Und sie hat das ja auch nicht schlecht gemacht, hat sich um alles gekümmert. Es ging auch alles gut – bis Vocra kam.«

»Vocra? War das nicht der Name des neuen Vorarbeiters?«

»Vorarbeiter? Nun ja. Er kam im Januar, im tiefsten Schnee, und hat sich als Hilfsarbeiter beworben. Im Januar stellt man doch niemanden ein! Aber Frau Greta hatte sofort einen Narren an ihm gefressen. Sie hat ihn genommen und schon bald zum Vorarbeiter gemacht, zum Ärger all meiner Männer.« Lucinus knurrte ungehalten.

»Soso, Greta und Vocra«, murmelte ich. Dann kam mir ein Gedanke: »Sagt mal, Lucinus, wie war das in der Nacht, als Ritter Werner starb? Mara sagt, Ihr und Vocra, ihr hättet eine Besprechung gehabt? Hat die lange gedauert?«

»Ach was, das war nach zehn Minuten erledigt. Ich hatte ja zu arbeiten, habe mir einen Plan gemacht, wie das neue Geld von Bischof Ekbert am besten verwendet wird, wo wir zuerst weitermachen, wie ich welche Leute einsetze, wo ich das Material herbekomme und so weiter.«

»Und dann hat Greta gesagt, dass das Geld verschwunden ist?«

»Ja, zwei Tage nach Werners Tod hat sie uns verkündet, dass sie das Geld nicht finden könne. Sie deutete an, dass es vielleicht der Bote, der es gebracht hatte, gestohlen haben könnte, oder ihr Mann habe es zu gut versteckt und das Geheimnis mit ins Grab genommen. Jedenfalls hat sie uns dann entlassen, ja fast schon fortgejagt.«

»So ein Unglück aber auch! Ist Euch das denn nicht seltsam vorgekommen: ein Bote, der unter Gefahr für Leib und Leben das Geld bis hierher bringt und es dann stiehlt?«

»Ja, sicher haben wir uns gewundert. Aber was sollten wir machen? Sie hat gesagt, sie könne uns nicht bezahlen und wir sollten uns rechtzeitig vor dem Sommer neue Arbeit suchen.«

Ich konnte es kaum fassen. »Wäret Ihr bereit, das, was Ihr mir gerade erzählt habt, auch vor meinem Vater auszusagen, wenn ich Euch darum bitte?«

»Aber sicher.« Er tätschelte meinen Arm. »Du bist ein gutes Mädchen.«

Ich ritt allein zur Burg zurück, weil Vater noch etwas im Ort zu erledigen hatte. Schon im Torhaus hörte ich das Klatschen. Im Burghof war Stephan an einen Pfahl gebunden, sein Rücken war mit Striemen übersät. Greta holte gerade zum nächsten Schlag aus. Ich stieß Amira die Fersen in die Seiten, ritt scharf an Greta vorbei und riss ihr die Peitsche aus der Hand. Greta wich etwas zurück, als ich Amira auf der Hinterhand wendete und wieder auf sie zukam.

»Was fällt dir ein?«, zischte ich und sprang vom Pferd. »Was maßt du dir eigentlich an? Wenn hier Strafen zu verteilen sind, dann ist das Vaters Aufgabe und nicht deine.« Ich hätte am liebsten mit der Peitsche auf sie eingeprügelt.

»Ah, so ist das!«, knurrte Greta mit hämischem Grinsen. »Stephan hat also für dich spioniert! Warum sonst muss er denn pfeifen, wenn ich zurückkomme? Ich habe doch seinen Pfiff gehört.«

Ich atmete tief ein, um etwas ruhiger zu werden. »Stephan ist nur aufmerksam, wie eine gute Torwache das sein soll. Du hast ihn doch dafür eingeteilt, obwohl das wirklich nicht seine Arbeit ist.« Ich trat ganz nahe an Greta heran. »Sei vorsichtig, du, ich weiß ein paar Dinge von dir, die mir gar nicht gefallen!«

Greta sah mich an, als wollte sie mich anspucken. Plötzlich schrie sie: »Los, Gundolf, pack sie und wirf sie ins Verlies!«

Ich drehte mich zu Ritter Gundolf, der neben dem Pfahl stand, um und sagte, so fest ich konnte: »Das wirst du nicht tun, Gundolf. Bind lieber Stephan los und hilf mir, ihn in die Halle zu bringen, damit ich ihn verarzten kann. So, wie ich dich damals in Rom verarztet habe. Erinnerst du dich?«

Der Ritter zögerte einen winzigen Moment, aber dann löste er mit einem halb ängstlichen Blick auf Greta den Strick um Stephans Handgelenke und führte ihn vor mir her in den Palas. Vor der Tür blickte ich noch einmal zurück. Greta stand immer noch am selben Platz, die Arme vor der Brust verschränkt. Zu meiner Beunruhigung sah sie weniger wütend als nachdenklich aus.

An diesem Abend konnte ich Vater nicht mehr von dem Vorfall berichten, denn er kam sehr spät und sehr betrunken nach Hause. Er war auch noch nicht aufgetaucht, als ich am nächsten Morgen zum Frühmahl herunterkam.

Unsere Ritter waren schon zur Jagd aufgebrochen. Die Halle war leer bis auf Greta, die mir lächelnd entgegenkam.

»Wollen wir uns wieder vertragen?«, fragte sie. Verwirrt nickte ich. Sie nahm meinen Arm und führte mich zum Tisch. »Komm, setz dich, ich bringe dir dein Essen.« Mit einer Tonschale voll Brei kam sie aus der Küche zurück und stellte sie vor mich hin. »Möge es dir wohl bekommen!« Damit eilte sie aus der Halle.

Ich war völlig durcheinander. Greta, die mir persönlich den Brei servierte? Greta, die sich mit mir versöhnen wollte? Da stimmte doch etwas nicht! Zerstreut nahm ich den ersten Löffel; er schmeckte ungewohnt, und instinktiv spuckte ich das meiste wieder aus. Plötzlich spürte ich die Gefahr. Ich nahm die Schale, rannte in die Küche und raunte Mara zu: »Stell die irgendwohin, wo niemand drankommt. Keiner darf sie anfassen.« Mir wurde furchtbar schlecht, und ich wollte mich nur noch in Ruhe irgendwo hinlegen. Aber ich zwang mich, mir den Finger in den Hals zu stecken, und erbrach mich auf den Küchenboden. Dann wurde mir schwarz vor Augen. Ich erwachte davon, dass Mara mich kräftig ohrfeigte, bevor sie mir einen scheußlich schmeckenden Tee einflößte. Erneut erbrach ich mich, doch danach ging es mir besser, so sehr, dass ich mir die nächsten Schritte überlegen konnte. Mir war klar, dass ich schnell handeln musste.

»Kannst du mal nachsehen, wo Greta ist? Und wo mein Vater?«, bat ich Lenka.

Sie kam nach kurzer Zeit zurück. »Beide sind nirgends zu sehen, aber im Gemach Eures Vaters sind Geräusche zu hören.«

Also war Greta schon dabei, Vater zu bearbeiten – wie auch immer man dieses Wort verstehen will –, um ihn an sich zu binden und mich in ein schlechtes Licht zu setzen. Wie aber konnte ich Vater überzeugen? Der Beweis musste eindeutig sein. So schickte ich Lenka noch einmal los. »Sag Stephan, er soll Bello bereithalten und ihn zu mir bringen, wenn ich ihn rufe.« Bello war Vaters Lieblingsjagdhund, ein großer brauner Spürhund mit Schlappohren.

Als ich einige Zeit später die Halle betrat, saß Greta sehr eng neben Vater am Tisch. »Ein Häppchen für das Schätzchen«, gurrte sie und hielt ihm einen Löffel Brei hin. Vater lachte und schnappte spielerisch nach dem Löffel. Dann schien er meinen verächtlichen Blick zu bemerken, denn beim nächsten Bissen schob er ihre Hand weg und sagte etwas verlegen: »Hör auf, du machst mich ja ganz zum Narren.«

Na gut, dass du es endlich mal bemerkst, dachte ich und sagte: »Vater, kommst du bitte mal mit nach draußen? Ich würde dir gern etwas zeigen.«

Im Burghof nahm ich Bello an die Leine und führte ihn zu dem Teller mit meinem Frühstücksbrei, den ich mit einem Stück Wurst versehen hatte. Der Hund fraß ein paar Bissen, dann fiel er um mit Schaum vor dem Mund und rührte sich nicht mehr.

»Diesen Teller hat mir Greta heute früh persönlich serviert. Der Brei war für mich gedacht«, sagte ich mit unterdrückter Wut.

Vater sah entsetzt zwischen Greta und mir hin und her.

»Sie lügt, sie lügt«, kreischte Greta. »Sie ist eine Hexe!« Sie zeigte anklagend mit dem Finger auf mich. »Sie muss eine Hexe sein, sonst stünde sie doch nicht da. Sie sollte ...« Greta schlug sich die Hand vor den Mund.

Vater sah Greta an. »... tot sein?«, ergänzte er dann, sehr leise und sehr drohend.

Greta, die begriffen hatte, welchen Fehler sie gemacht hatte, warf sich zu Boden und umklammerte Vaters Knie. »Ach, Erko, mein Erko, ich kann doch nichts dafür. Sie hat mich bedroht, ich wollte mich bloß wehren. Ich ...« Sie schluchzte.

Vater trat angewidert einen Schritt zurück. »Nimm sie, Gundolf, und sperr sie in den Turm!«, befahl er.

»Lass das lieber Knorau machen«, wandte ich ein. Ich wusste, dass Knorau Greta nicht leiden konnte. Der Ritter packte Greta unsanft am Arm und zerrte sie zum Turm.

Vater schaute ihr lange nach, ich las Grimm, Scham und Wehmut in seinem Blick. Er seufzte. Dann drehte er sich zu mir um, und seine Schultern sanken nach vorn. »Hat es ausgerechnet Bello sein müssen?«, fragte er traurig.

Ich biss mir auf die Lippen; das stimmte, ich hätte auch einen von den anderen Hunden nehmen können. Aber ich war so wütend gewesen auf Vater, weil er meine Mutter auf eine derart üble Weise betrog. Eine Hübschlerin von Zeit zu Zeit – Männer brauchten das. Aber das mit Greta war etwas anderes gewesen, etwas ganz anderes. Jetzt tat er mir fast leid. Er sah aus wie ein Kind, dem man nicht nur alle Freude genommen hat, sondern vor allem seine Selbstachtung.

»Komm mit«, sagte ich und nahm ihn an der Hand. »Ich muss dir noch etwas zeigen.« Ich führte ihn durch sein eigenes Gemach in Gretas Raum. Insgeheim betete ich zur heiligen Katharina, dass Greta das Abrechnungsbuch und den Beutel mit den Münzen nicht aus der Truhe genommen und anderswo versteckt hatte. Ich erschrak deshalb gehörig, als ich die Truhe bis zum Rand mit Kleidern gefüllt fand. Doch als ich sie ausgeräumt hatte, lagen am Boden tatsächlich Buch und Beutel. Vater nahm sie und legte sie in seinem Zimmer auf den Tisch. Ich las ihm den letzten Eintrag von Lucinus über den Eingang des Geldes vor.

»Hm, das ist seltsam. Das Geld kam am 26. März. Starb an diesem Tag nicht Ritter Werner?«, fragte Vater stirnrunzelnd.

»Einen Tag später. Ja, das ist mir auch aufgefallen.« Und ich erzählte ihm, was ich von Mara und Lucinus erfahren hatte.

»Hm«, machte Vater wieder. »Das ist aber ein verdammt eigenartiger Unfall, dem Ritter Werner zum Opfer fiel.«

»Ich glaube, das war kein Unfall«, sagte ich.

»Was dann?«

»Mord!«

Natürlich leugnete Greta alles, sie habe ihren Mann doch so

geliebt und so um ihn getrauert. »So sehr, dass du kurze Zeit später in mein Bett gestiegen bist?«, fragte Vater.

Als sie wieder abgeführt worden war, empfahl ich ihm: »Lass sie hungern, dann wird sie schon reden.« Und so war es. Am dritten Tag ohne Wasser und Brot gestand sie.

Sie schob alles auf Vocra: Vocra habe sie verführt, er wollte mit ihr ein neues Leben anfangen, dafür hätten sie das Geld gebraucht. Er habe ihr befohlen, ihren Mann an jenem Abend an die Burgmauer zu locken unter dem Vorwand, dass dort ein gefährlicher Riss entstanden sei, dann habe er ihn mit einem Knüppel erschlagen und über die Mauer geworfen. Er habe damals gleich mit dem Geld fliehen wollen, aber sie wollte warten, bis Gras über die Sache gewachsen sei, damit sie sich eine Zukunft ohne Verfolgung aufbauen könnten.

»Und das wäre so gut gegangen, wenn diese Hexe da sich nicht eingemischt hätte.« In ihrem Blick auf mich lauerten mindestens drei grauenvolle Morde.

Knorau musste ihr mehrfach einen Becher mit Wasser unter die Nase halten, bis sie angab, wo wir Vocra finden konnten – in einer Hütte im Wald nahe der Burg, wo sie ihn seit damals mit Essen versorgt hatte.

Unsere Ritter brachten ihn gefesselt auf die Burg. Seine Version der Geschichte klang etwas anders, danach war alle Initiative von Greta ausgegangen, was mir auch viel wahrscheinlicher vorkam. Denn Vocra war zwar ein gut aussehender Mann, aber viel zu dumm, um sich solch ein Vorgehen auszudenken. Doch das war auch unerheblich, schuldig waren beide. Sie wurden am Tag nach Sankt Marcus gehängt.

Danach begann eine gute, aber geschäftige Zeit. Lucinus kehrte auf die Burg zurück, zusammen mit seinen Gesellen und ein paar Maurern, zu denen sich fast täglich neue Tagelöhner gesellten, die Mörtel mischten, Quader aus den Steinbrüchen in der Nähe der Burg herbeitransportierten und die Winden und Treträder in Gang hielten. Man konnte zusehen, wie die Burgmauer sich schloss und der Bergfried wuchs.

Auch die Burgkapelle nahm Gestalt an. Ich hatte ein paar neue Leute eingestellt: Ambrus, einen Ungarn, der alles reparieren konnte, was kaputt war, und sich überhaupt für jede Aufgabe eignete, die man ihm auftrug, und einen Torwächter, der sich mit Gerold den Wachdienst teilte. So konnte Stephan sich seiner Arbeit mit der erweiterten Schar unserer Tiere widmen – neben den Pferden, Hunden und Hühnern drei Milchkühen, fünf Schweinen und einem getigerten Kater namens Marko, dem König der Burg, der sich nur von Stephan anfassen ließ.

In diesen Monaten ging mit Vater eine auffallende Veränderung vor. Er benahm sich mehr und mehr wie ein Adeliger. Die Umstände brachten das allerdings fast unausweichlich mit sich: Er ritt mit unseren Rittern über die Dörfer und schlichtete als Vertreter des Bischofs Streitigkeiten, verhängte Strafen und trieb die Gebühren dafür ein. Viel war das allerdings nicht, weil die meisten Siedler noch in der Phase der Abgabenfreiheit lebten, die ihnen Bischof Ekbert für die Rodung und Urbarmachung des Landes gewährt hatte. Damit wir genügend Fleisch zu essen hatten, ging Vater mit den drei Rittern fast jeden Tag auf die Jagd. Er liebte den Schall der Hörner und das aufgeregte Bellen der Hunde. Nachmittags übte er mit den Rittern Schwertkampf, Ringen oder Klettern. Sein Gang veränderte sich, seine Kopfhaltung, sogar seine Stimme – er wurde unübersehbar ein »Herr«, ein leicht hochmütiger noch dazu.

So verging ein trockener, fruchtbarer Sommer ohne Hagel und Unwetter, der die Bauern glücklich machte, und es folgte ein Apfel- und Pilzherbst mit reichlichem Jagdglück, sodass wir in dem langen, eisigen Winter genügend gedörrtes und gepökeltes Fleisch hatten.

Vater hatte an die Halle einen zweiten Kamin anbauen lassen, wofür ich ihm jeden Tag dankbar war. Vom Königshof und von Bischof Ekbert hörten wir viele Monate lang nichts, und wir fragten uns schon, ob man uns wohl ganz vergessen hatte.

Doch als im neuen Jahr endlich der Frühling kam und die Bäume lila färbte, an einem sonnigen Tag voller Schneeglöckchen und

Vogelgezwitscher, erschien Christian. Ich stand zufällig auf dem neuen Wachturm neben dem Tor und erkannte ihn schon von Weitem auf seinem mächtigen Rappen, mit seinem alten Schlapphut, den großen Bogen vor sich auf dem Sattel, über der einen Schulter den Köcher mit den Pfeilen, über der anderen seine Fiedel. Hinter ihm ritt sein Knappe Johannes, der das Packpferd am Zügel führte.

Ich rannte die Treppe hinunter, rief im Vorbeilaufen dem Torwächter zu: »Geh in die Küche und sag Mara, sie soll einen Imbiss vorbereiten und den Willkommenstrunk!«, und blieb freudestrahlend vor dem Tor stehen. Kaum war Christian abgestiegen, warf ich mich in seine ausgebreiteten Arme. Er drückte mich so fest, dass ich fast keine Luft bekam.

»Christian, ach, Christian, ist das gut, dich zu sehen! Was führt dich denn hierher? Kommst du vom Königshof? Wie geht es Bischof Ekbert? Was –«

Er stellte mich auf den Boden und stupste mich, wie früher, sanft an die Nase: »Langsam, langsam, Jungfer Naseweis«, rief er lachend.

»Jungfer?«, fragte ich ironisch.

Er trat einen Schritt zurück und musterte mich von oben bis unten: »Tatsächlich, du bist ein Stück gewachsen und eine ganz ansehnliche junge Frau geworden.«

»Ganz ansehnlich?« Ich tat, als würde ich mich beleidigt abwenden.

»Doch, doch, bis auf die große Warze an der Nase und den Buckel, ganz ansehnlich.«

Wir lachten so sehr, dass Christians Schecke den Kopf zurückwarf.

Dann wandte ich mich an seinen Knappen. »Entschuldige, Johannes. Ich weiß, so benimmt sich keine Burgherrin. Es ist nur so, wir haben so lange, seit letztem Herbst, nichts mehr von zu Hause gehört. Ich freue mich einfach. Sei auch du herzlich willkommen.«

Im Burghof wartete schon Stephan, um die Pferde in Empfang zu nehmen, und Vater stand neben Mara mit dem Willkommenstrunk. Im Hintergrund hatten sich alle anderen versammelt, voller Neugierde, wer da zu Besuch gekommen war. Sogar die Handwerker ließen ihre Arbeit ruhen und schauten zu uns herüber.

Ich nahm Mara den Becher aus der Hand und reichte ihn Christian mit einem kleinen Knicks, so wie sich das gehörte. Er trank einen großen Schluck, gab den Becher an Johannes weiter und umarmte Vater. Sie klopften sich so lange auf die Schultern, dass ich schließlich rief: »Jetzt ist aber gut! Kommt mit in die Halle, dort steht eine kleine Mahlzeit bereit. Ich möchte endlich wissen, was los ist. Ist jemand gestorben?«

»Nein, nein!« Christian lachte, verriet aber immer noch nichts.

Erst als wir rund um den Tisch saßen und Vater uns Wein eingeschenkt hatte, hob er seinen Becher und sagte feierlich: »Ich bin gekommen, um euch zu holen. Wir kehren nach Bamberg zurück.«

»Juhu!«, schrie ich, sehr undamenhaft, und fiel Vater um den Hals. »Wir dürfen nach Hause, wir dürfen nach Hause!« Ich weiß nicht, wieso, aber in Christians Gegenwart fühlte ich mich immer wie ein kleines Mädchen.

»Ist schon gut, Sophie«, sagte Vater und drückte mich auf die Bank zurück. »Also, Christian, was ist denn geschehen? Wieso dieser plötzliche Umschwung?«

Christian lehnte sich zurück, umfasste ein Knie mit den Händen und grinste. »Geschehen ist, dass Erzbischof Siegfried von Mainz sich vor ein paar Monaten endlich entschlossen hat, Bischof Ekberts Fall zu untersuchen. Herzog Ludwig und Heinz von Kalden hätten jetzt über ein Jahr lang Zeit gehabt, ihre Anklage gegen unseren Herrn öffentlich vor einem Gericht zu erheben. Der Papst hatte ihnen dafür eigentlich nur eine Frist von drei Monaten gesetzt. Aber sie haben natürlich nichts dergleichen getan – wie auch, sie haben ja keinerlei Beweise in der Hand. Während Bischof Ekbert dich, liebe Sophie, als Trumpf im Ärmel hat.«

Wie immer, wenn jemand meine Rolle in diesem bösen Spiel

erwähnte, wurde mir heiß und kalt zugleich, mischten sich Stolz und Angst in meinem Herzen. Ich wollte etwas Abwehrendes sagen, aber Christian sprach schon weiter: »Nun, schließlich hat wohl auch Erzbischof Siegfried eingesehen, dass da nichts mehr kommt, und hat vor Kurzem Ekberts Unschuld bestätigt. Und im Mai will er ihn in einer feierlichen Zeremonie wieder in sein Amt einführen. Dafür reisen wir jetzt alle zusammen nach Bamberg.«

Zu meinem Erstaunen war Vater nicht so begeistert wie ich. »Aber was ist mit der Burg hier? Wir können sie doch nicht mitten in den Bauarbeiten allein lassen?« Vater hatte seine Stellung hier wohl doch sehr genossen.

»Keine Sorge. Bischof Ekbert hat Ebo die Burghut übertragen. Der kommt morgen hierher, er hatte nur noch etwas in Deutschendorf zu erledigen. Aber ich wollte euch die gute Nachricht so schnell wie möglich überbringen«, sagte Christian.

»Ebo kommt also nicht mit uns zurück?«, fragte ich. »Und was ist mit dem Mädchen, das er heiraten wollte?«

Christian lächelte mich zärtlich an: »Du hast wirklich ein gutes Herz, Sophie. Das Mädchen ist schon auf dem Weg hierher. Unser Lokator hat sie abgeholt, zusammen mit einem neuen Trupp Siedler für die Zips. Also ist alles gut. Geh schon und fang an zu packen.«

Bamberg, im Sommer 1252
An Frau Elisabeth, Burg Grünstetten

Liebste Ela,
gerade kam ein Bote mit deinem Brief. Wie schön, dass du wieder in gesegneten Umständen bist! Was sagt denn dein Walter dazu? Diesmal wird es bestimmt der ersehnte Stammhalter, da bin ich ganz sicher.

Traurig bin ich nur, dass ich dich nicht besuchen kommen kann. Obwohl es mir im Moment etwas besser geht. Ich habe festgestellt, dass es mir guttut, wenn ich mich mit Hanföl einreibe und einen Tee aus Hanfblättern trinke. Dennoch ist an eine Reise bis zu euch nicht zu denken. Vielleicht kannst du mich im nächsten Jahr mit deinen Kleinen ja einmal besuchen? Ich würde sie so gern in den Arm nehmen.

Ich sende dir mit dem Boten nicht nur die zuletzt fertiggestellten Kapitel meiner Erinnerungen, sondern auch ein Beutelchen mit Kräutern, die bei den Beschwerden der Schwangerschaft helfen können: Brustwurz, Gänsefingerkraut und Hirtentäschel. Du weißt ja, wie man sie anwenden muss.

Ich bete für dich jeden Tag. Möge Gott dir eine leichte Geburt schenken.

In Liebe
deine Großmutter Sophie

DIE RÜCKKEHR

Bamberg, April 1211

Ende April erreichten wir Bamberg. Wie ein Sehnsuchtsbild tauchte die Silhouette der Stadt vor dem hellen Mittagshimmel auf. Die Türme St. Stephans, des Doms und St. Michaels streckten sich verheißungsvoll den zarten Wolken entgegen. Ich kann nicht beschreiben, welch ein überfließendes Glücksgefühl mich damals durchströmte: Daheim! Danke, lieber Gott, endlich wieder daheim! Ich beugte mich vor, küsste Amira auf den Kopf und umarmte ihren Hals – irgendwie musste das Glück sich einen Weg bahnen.

An der Spitze unseres Zuges ritten Bischof Ekbert und König Otokar von Böhmen, der uns von Prag aus begleitet hatte. Vor ihnen schritten die Trommler und Trompeter und der Träger des blau-silbernen Adlerbanners der Meranier. Selbst von hinten konnte man Ekbert seinen Stolz, die Zuversicht und das Selbstbewusstsein ansehen. In wenigen Tagen würde er erneut als Bischof eingesetzt, und alles würde wieder gut. Das hatte er in den vergangenen Tagen bei jeder Gelegenheit wie eine Beschwörungsformel wiederholt.

Wir hatten beim Haselhof gehalten, um uns für den feierlichen Einzug in die Stadt umzuziehen. Boten hatten unsere unmittelbar bevorstehende Ankunft verkündet, für die seit Tagen Vorbereitungen getroffen wurden. Schon als wir über die langen Stege ritten, standen in den nassen Wiesen rechts und links Menschen, die grüßten und winkten. Doch der eigentliche Triumphmarsch begann, nachdem wir das große Stadttor passiert hatten. In der Langen Straße drängten sich die Bürger dicht an dicht und jubelten. Wie eine Welle sanken sie vor ihrem Bischof auf die Knie, immer dort, wo er vorbeiritt. Aus allen Fenstern hingen bunte Tücher, die Straße war mit Blumen bestreut. Am Aufgang zur Oberen Brücke stand der Chor der

Domschüler und sang ein Willkommenslied, und ich konnte sehen, dass sich Bischof Ekbert heimlich die Tränen abwischte. Hinter dem Tor St. Hippolyt, dem Osteingang zur Domburg, wartete das gesamte Domkapitel und geleitete uns unter Hymnengesang bis in den Burghof.

Dort hatte sich das Gesinde versammelt, unter Mutters gestrenger Aufsicht. Ich konnte es kaum erwarten, bis alle offiziellen Begrüßungszeremonien abgeleistet und die hohen Herren von ihren Pferden gestiegen waren, um sich zur Messe in den Dom zu begeben, damit ich endlich zu Mutter laufen und sie umarmen konnte.

Sie drückte mich fest an ihren großen Busen. »Sophie, ach, Sophie, dass ich dich wiederhabe. Und so groß bist du geworden!«

Wir weinten beide ein bisschen und küssten und streichelten uns, bis ich plötzlich bemerkte, dass Mutters Aufmerksamkeit abgelenkt wurde. Ich drehte den Kopf und folgte ihrem Blick: Dort stand Vater, in eine heftige Diskussion mit einem mir fremden Mann verwickelt. Es musste einen Unfall gegeben haben, denn ich sah etwas am Boden liegen, über das sich mehrere Menschen beugten. Vater schaute gerade zu uns herüber und rief nach Mutter.

Sie ließ mich los, warf mir über die Schulter zu: »Bis später, mein Kind!«, und hastete zur Unglücksstelle.

Ich rief ihr nach: »Ich geh dann mal Großmutter begrüßen«, als mich zwei Arme von hinten umschlangen. Mit Mühe löste ich die Hände über meinem Brustkorb und drehte mich um. Es war Grit, meine daheimgebliebene Dienerin und Kindergefährtin, die hemmungslos weinte und sich ständig den Rotz mit der Schürze abwischte. »Ach, Grit«, sagte ich, »wie schön, dich zu sehen!«, und schloss sie in die Arme.

Insgeheim aber war ich ziemlich erschrocken. Ich hatte überhaupt nicht an sie gedacht, als ich Zsuzsanna aus Ungarn mitgenommen hatte. Bischof Ekbert war in seiner Hochstimmung so großzügig gewesen, dass er mir erlaubt hatte, sie zu behalten. Außerdem hatte Vater den geschickten und so dienstwilligen

Ambrus eingestellt. Beide warteten jetzt draußen vor dem Palas in dem Haufen unseres Gefolges, und ich musste mich irgendwie um sie kümmern. Was sollte ich nur tun, damit Grit nicht von Anfang an eifersüchtig auf Zsuzsanna war und sie garstig behandelte?

»Weißt du was, Grit?«, sagte ich schnell. »Ich habe dir eine Freundin mitgebracht. Sie wird dir bei der Arbeit helfen. Freust du dich?«

Grit schniefte nur und guckte ein bisschen misstrauisch.

»Komm, wir gehen sie suchen. Und dann musst du für sie und Vaters Diener Ambrus irgendwo eine Unterkunft finden. Ich kenne mich hier ja gar nicht mehr richtig aus.«

Im Burghof herrschte ein unbeschreibliches Chaos. Außer unseren eigenen Rittern und deren Knappen waren dreißig Mann aus dem Gefolge von Königin Gertrud mit uns gekommen, alle mit Pferden und Packtieren und Gepäck. Und von jedem Hof, den wir auf unserer Heimreise besucht hatten, hatten sich uns einige Adelige angeschlossen, um bei der feierlichen Wiedereinsetzung Bischof Ekberts dabei zu sein.

Den größten Tross hatte König Otokar, der draußen auf dem Plan, dem großen Gelände in der Vorburg, geblieben war. Die Ersten begannen schon, die Pferde abzuladen und Zelte aufzustellen. Wir drängten uns durch die Menge, und endlich fanden wir Ambrus und Zsuzsanna. Sie standen etwas verloren mit Ala und Vaters Packpferd neben der Tattermannsäule, von der der auferstandene Jesus mild auf sie herablächelte.

»Kümmerst du dich um sie?«, bat ich Grit. »Ich möchte noch schnell zu Großmutter laufen und sie begrüßen.«

Großmutters Haus im »Bach« sah noch genauso aus wie immer, wohltuend vertraut. Nachdem ich den schweren Türklopfer das dritte Mal hatte fallen lassen, öffnete Katrinchen die Tür. »Jesses Maria, Jesses Maria, die Sophie!«, kreischte sie. »Wo kommst du denn her?«

»Dir auch einen schönen Tag, Katrinchen«, entgegnete ich, »Gott segne dich. Ist Großmutter zu Hause?«

»Ei freilich, freilich.« Katrinchen war plötzlich sehr eifrig.

»Sie sitzt hinten im Garten.« Sie wuselte vor mir her durch die Halle und die Stufen hinauf in den Hof. »Ich bringe euch gleich was zu trinken.«

Die Glocke der Oberen Pfarre begann, die Non zu läuten. Vor mir lag der kleine Garten, in dem Großmutter in der milden Sonne auf ihrer Bank unter dem Kirschbaum saß, an dem schon die ersten geschwollenen Knospen aufgesprungen waren. Aus einer Ecke wehte der Duft von Maiglöckchen herüber.

Ein Strahlen glitt über Großmutters Gesicht, als sie die Augen öffnete und mich vor sich stehen sah. »Ach, Sophie, dass du nur da bist. Ich dachte, ich sehe nie wieder dich.«

Zu Apfelsaft und Kuchen, die Katrinchen brachte, musste ich – immer wieder umarmt und gestreichelt – berichten, wie es uns seit unserem Abschied ergangen war. Ich erzählte und erzählte, von unserer Reise, von den Höfen, die wir besucht hatten, von Richard, unserer Liebe und seinem … nun, wie es endete, und von Waldo und seinem Tod bei der Kaiserkrönung in Rom.

Großmutter legte mir die Hand auf den Arm und holte tief Luft. Ich dachte, sie würde etwas zu meiner Ehe mit Waldo wissen wollen, aber zu meinem Erstaunen fragte sie: »Der Papst hat also diesen Welfen zu Kaiser gekrönt wirklich?«

Ich nickte.

»Warum aber hat er ihn dann exko… exkommuniert? Warum wir dürfen nicht mehr beten für dieses Otto?« Sie zwinkerte mir zu. »Hab ich nicht getan sowieso.«

Ich merkte, dass sie mir die Frage gestellt hatte, weil sie meine Traurigkeit spürte, die mich bei der Erinnerung an Richard wieder gepackt hatte. Sie wollte mich ablenken.

Gerührt schmiegte ich kurz meinen Kopf an ihre Schulter und wiederholte, was ich von Christian und den anderen gehört hatte. »Also, das war so: Der Papst hat gedacht, dass Otto nach der Kaiserkrönung zurück nach Deutschland geht und dort brav so regiert, wie der Papst es will. Das hat er aber nicht getan, sondern ist in Italien geblieben. Und dann hat er im letzten Herbst das Schlimmste gemacht, was Papst Innozenz sich vorstellen konnte, er ist nach Süden gezogen und hat Sizilien angegriffen. Dann hat Innozenz ihn exkommuniziert.«

»Warum ist das so schlimm für Papst?«

»Weil er Angst hat, mit dem Kirchenstaat zwischen Sizilien und dem Reich eingeklemmt zu werden. Ich weiß das auch nur, weil unsere Männer sich abends am Feuer ständig die Köpfe darüber zerbrochen haben, wie es nach diesem Bann des Papstes weitergehen soll und was das für sie bedeutet.«

»Was denn hat das zu tun mit euren Männern?«

»Nun ja, sie haben Kaiser Otto doch die Treue geschworen. Aber ein Kaiser, der nicht mehr zur Kirche gehört? Müssen sie dem noch gehorchen? Oder wem sonst? Nun, ich glaube, Bischof Ekbert hat eine Lösung gefunden. Das ist aber noch streng geheim.«

»*No*, wem soll ich schon erzählen etwas? Bin ich doch fast immer hier.«

»Also, Bischof Ekbert ist im vergangenen Jahr von Hof zu Hof gereist, nach Wien, nach Prag, nach Thüringen, sogar bis nach Magdeburg, und hat mit allen Fürsten gesprochen. Alle sind unzufrieden und viele wütend auf Kaiser Otto. Weil er sie schlecht behandelt und in ihrer Ehre gekränkt hat. Außerdem hat er sie nicht gefragt, als er sich auf dieses Abenteuer mit Sizilien eingelassen hat. Dem fällt vor lauter Hochmut noch mal die Nase aus dem Gesicht.«

Großmutter kicherte. »Das mir gefällt. Ein Kaiser ohne Nase!«

Ich fasste mir an die Nase und machte: »Nff, nff, nff.« Ich fühlte mich so wohl hier, so geliebt und fraglos angenommen, dass mir plötzlich ganz leicht ums Herz wurde.

Großmutter machte mich nach, hielt sich die Nase zu und schnaufte laut. Wir lachten, bis uns die Tränen kamen.

Als ich wieder Luft geholt hatte, fuhr ich fort: »Jedenfalls wollen sie alle nichts mehr mit Kaiser Otto zu tun haben. Sie wollen einen neuen König wählen, und der Papst ist hochzufrieden damit.«

»Aber was für König? Liegen ja nicht auf Straße herum.«

»Da hast du recht. Es gibt nur einen, auf den sich alle einigen konnten, den letzten Staufer, den jungen König Friedrich von Sizilien.«

»König von Sizilien? *No*, ist ja nicht nächste Weg.«

»Stimmt.« Ich umarmte sie. »Jetzt muss ich mal wieder zurück. Ich habe noch gar nicht mit Mutter gesprochen. Sie musste schon mal wieder hundert Dinge gleichzeitig tun. Ich komme morgen wieder.«

In der Burg eilte ich in meine Kammer, um endlich meine staubige Reisekleidung loszuwerden. An Baden war bei dem Trubel heute wohl nicht zu denken. Ich traf Grit dabei an, wie sie meine Reisesäcke auspackte, die Kleider ausschüttelte und sorgsam gefaltet in eine Truhe legte. »Oh, danke, Grit«, sagte ich und wunderte mich über ihr mürrisches Gesicht. »Wo hast du Ambrus und Zsuzsanna denn untergebracht?«

»Ambrus bei den Stallknechten und die andere bei den Bademägden.« Grit beugte sich tief über die Truhe und wandte mir ihr umfangreiches Hinterteil zu.

Bei den Bademägden! Das wird Zsuzsanna nicht gefallen, dachte ich. Sie war es gewohnt, am Fußende meines Betts zu schlafen. Aber das war ja Grits angestammter Platz. Ich hatte keine Idee, wie ich das Problem lösen sollte, als mir Grits eigenartige Schweigsamkeit auffiel. »Was ist denn los, Grit?«, fragte ich. »Geht es dir nicht gut?«

Grit drehte sich um und verkrampfte die Hände so in das Kleid, das sie gerade hielt, dass ich um die schöne Stickerei fürchtete. »Ich bekomme ein Kind!«, stieß sie hervor.

»Wie schön!«, wollte ich sagen, aber angesichts ihrer unglücklichen Miene fragte ich nur: »Wer war es?«

»Domherr Krafto. Ich konnte mit diesen blöden Holzschuhen einfach nicht schnell genug laufen.« Wütend schleuderte sie einen der Schuhe von sich, der mit dumpfem Poltern auf den Boden fiel.

Ich zog sie neben mich auf die Bettkante und legte den Arm um sie: »Hast du es Mutter schon gesagt?« Die war für solche Fälle zuständig.

»Ja, hab ich«, schluchzte Grit. »Sie hat mit Dompropst Boppo geredet, und der hat einen Mann für mich gesucht.«

»Aber bist du darüber denn nicht glücklich? Ist dein Zukünftiger so schrecklich? Wer ist es denn?«

Grit schnäuzte sich in ihre Schürze. »Stallknecht Hermann«, sagte sie mit Grabesstimme.

Ich konnte mich an den Mann erinnern, so einen Stillen, der gut mit den Tieren umgehen konnte, mit sanften Händen. »Warum willst du ihn denn nicht? Hermann ist doch ein Guter.«

»Aber er hat einen Buckel«, stieß Grit schniefend hervor.

Ich musste mir das Lachen verbeißen, denn angesichts von Grits unübersehbarer »Schönheit«, mit ihrem Schielauge, der Knollennase und der unförmigen Figur, war dieser Einwand etwas grotesk. »Ach, Grit, glaub mir, ein Buckel und ein gutes Herz sind viel mehr wert als eine schöne Gestalt mit einem bösen Geist.«

Insgeheim war ich sehr erleichtert. Grit würde zu ihrem Mann in eine Kammer über den Ställen ziehen – ich würde dafür sorgen, dass sie einen eigenen Raum bekamen und nicht bei den anderen schlafen mussten –, und Zsuzsanna konnte zu mir kommen. Sie war so viel gescheiter und lustiger und geschickter als Grit. Weil ich ein etwas schlechtes Gewissen hatte, sagte ich: »Und außerdem – ich habe dir ein Geschenk mitgebracht.« Ich kramte aus einem meiner Reisesäcke einen festen blauen Wollstoff hervor, den ich in Italien gekauft hatte, und legte ihn Grit um die Schultern. »Schau mal, daraus lassen wir dir ein schönes Hochzeitskleid schneidern, ja? Alle werden dich beneiden.« Dann fügte ich grimmig hinzu: »Und Domherr Krafto wird dir ein paar sehr gute Lederschuhe schenken und einen Beutel mit Münzen, damit ihr euch ein bequemes Bett kaufen könnt.« Ich war so wütend, weil diese geistlichen Herren immer ungeschoren davonkamen: »Das wäre ja gelacht! Ich –«

In dem Moment flog die Tür auf, und Mutter stürmte ins Zimmer. Wieder erstickte ich fast in einer Umarmung. »Ach,

Sophie, wir konnten uns ja noch gar nicht recht unterhalten. Aber es ist so viel zu tun. Ich weiß einfach nicht, wo mir der Kopf steht. Ich komme auch nur schnell, um dir zu sagen, dass Marquart Slicher nach dir gefragt hat. Er hat dich vorhin gesehen und scheint hin und weg zu sein. Ist das nicht wunderbar?«

»Marquart Slicher? Der Berater von Bischof Ekbert? Aber der muss doch schon über sechzig sein?«

»Nein, nicht der Alte. Sein Sohn. Aber stell dir vor, wenn der dich heiraten würde! Die Slichers gehören zu den angesehensten Familien in der Stadt. Dann würde kein Mensch mehr an deine Schande ...«

Sie verstummte, als ich abrupt aufstand. Mir war ganz kalt geworden. Ich hatte so gehofft, sie würde meine Liebe und meinen Schmerz verstehen, würde auf meiner Seite sein. Aber offenbar hatte sie Vaters Sicht übernommen.

Die Enttäuschung schnürte mir die Kehle zu, doch bevor ich etwas sagen konnte, fuhr sie zaghaft fort: »Wie gut, dass Richards Mutter das nicht mehr erfahren hat. Sie starb ein paar Monate nach eurer Abreise.«

Ich fuhr herum und zischte: »Ach, um Richards Mutter machst du dir Gedanken? Und was ist mit deiner Tochter? Aber keine Sorge, Richards Vater reicht vollauf. Der hasst mich. Der denkt auch, ich sei an allem schuld, und macht mir das Leben schwer, wo immer er nur kann.«

»Aber Kindchen«, stammelte Mutter. »Ich hab es doch nur gut –«

Ich ließ sie nicht ausreden. »Ich will übrigens nicht mehr heiraten, nie mehr!«

Jetzt sah Mutter richtig erschrocken aus. »Aber Sophie! Das kannst du doch nicht entscheiden! Bischof Ekbert wird dich sicher nochmals verheiraten wollen. Du bist doch erst fünfzehn Jahre alt. Du kannst doch nicht dein ganzes Leben –«

»Das werden wir ja sehen«, sagte ich frostig, nahm eines der Kleider und begann, es zusammenzulegen, ohne Mutter anzuschauen.

»Also, Sophie, mein Kind, du ...«

Ich wandte ihr demonstrativ den Rücken zu.

»Also, ich geh dann mal wieder«, seufzte sie und verließ mit hängenden Schultern den Raum. Ich blickte ihr verdrossen nach.

»Warum warst du denn so böse zu deiner Mutter? Sie ist so eine liebe Frau.« Grit sah mich vorwurfsvoll an.

»Ach, lass mich in Ruhe«, knurrte ich. Das Durcheinander der Gefühle in meiner Seele verwirrte mich. Erst nach einer langen Weile kam mir ein beruhigender Gedanke: Ich würde meinen Engel rufen müssen. Bei passender Gelegenheit.

BISCHOF EKBERTS REHABILITATION

Bamberg, Mai 1211

Am nächsten Tag kam zunächst Bischof Ekberts Bruder, Herzog Otto, mit seiner Frau Beatrix und großem Gefolge in Bamberg an. Er quartierte sich im Herzogshof hinter dem Dom ein. Kurze Zeit später erreichten auch der Erzbischof von Mainz und danach der Landgraf von Thüringen die Stadt, jeder mit zahlreichen Rittern und stattlichem Tross. Es wurde eng auf dem Plan in der Vorburg, und all die Grafen und meranischen Ministerialen, die gekommen waren, um an der Wiedereinsetzung ihres Herrn teilzunehmen, mussten sich außerhalb der Burgmauern rund um St. Jakob oder unten am Fluss einen Platz suchen oder eine Herberge in der Stadt mieten. Aber alle kamen, so rasch sie konnten, in die Burg. Der Hof summte wie ein Bienenstock.

Ich schlüpfte in dieses Treiben, als wäre ich nie weg gewesen. In dem Trubel wurde jede Hand gebraucht. Mutter teilte mich zur Bedienung der Gäste ein, allerdings freundlicherweise nur für die ganz hohen Herren. Ich zog dafür auch bewusst eines meiner guten Kleider an, ein Unterkleid mit gestickten Ärmeln und einen roten Bliaut aus byzantinischem Stoff, um nicht für eine einfache Dienstmagd gehalten zu werden. Und ich trug die Nase hoch, damit keiner der Herren, vor allem nicht die geistlichen, auf dumme Gedanken kam.

Abends wurde ich in den kleinen Beratungssaal gerufen. Dort saßen um einen runden Tisch – den hatte Ekbert sich von König Artus abgeschaut – Siegfried von Mainz, Otokar von Böhmen, Hermann von Thüringen, Bischof Ekbert, sein Bruder Otto und einige Berater, alle mit ernsten Mienen, ohne die üblichen Witzeleien und Frotzeleien, und alle weitgehend nüchtern.

Ich musste noch einmal schildern, was ich am Tag der Ermordung von König Philipp beobachtet hatte. Die Herren hörten mir aufmerksam zu, und ich erntete anerkennende Blicke – Herzog Ludwig war nicht sonderlich beliebt in diesem Kreis.

Als ich meinen Bericht beendet hatte, nickte Siegfried von Mainz Bischof Ekbert zu und sagte: »Ja, so ähnlich hat mir auch Walram die Geschichte geschildert. Ich wollte sie nur noch einmal von deiner Zeugin persönlich hören. An deiner Unschuld besteht kein Zweifel, Bruder im Geiste. Ich freue mich schon, wenn ich das morgen vor allen verkünden kann.« Bischof Ekbert sah aus wie ein Kater, der den Sahnetopf entdeckt hat, und lächelte mir zu. »Ist gut, Sophie. Du kannst bleiben und uns Wein nachschenken. Aber was du hier hörst, bleibt in diesem Raum.«

Und dann berieten die Herren streng geheim, was am Hof beinahe schon die Spatzen von den Dächern pfiffen: dass sie Kaiser Otto IV. absetzen und König Friedrich von Sizilien zum neuen *imperator* wählen wollten. Dompropst Boppo verlas zur Erinnerung noch einmal den Brief des Papstes vom Herbst des vergangenen Jahres, darin bezeichnete Innozenz den Kaiser als »Tyrannen, Drachen und Pest der Kirche und des Reiches« und bot den Verschwörern Rat und Hilfe an.

»Ich habe schon eine Antwort an Innozenz entworfen«, sagte Boppo und zog eine Wachstafel aus seinem Ärmel hervor. »Wir verkünden ihm unsere Wahl, fordern aber auch seine konkrete Unterstützung. Nicht dass er noch mal Frieden mit Otto macht. Denn dann würden wir wohl alle unseren Kopf verlieren.«

Von da an wurde dem Wein heftig zugesprochen, und ich konnte erst weit nach Mitternacht todmüde in mein Bett sinken. Innerhalb weniger Augenblicke hörte ich Grits Schnarchen nicht mehr.

Am nächsten Tag verkündete Erzbischof Siegfried im brechend gefüllten Dom von einem hohen Podest, das man vor dem Westlettner errichtet hatte, Bischof Ekberts erwiesene völlige Unschuld und setzte ihm in einer erhebenden Zeremonie die Mitra auf, reichte ihm den Bischofsstab und küsste ihn auf den Mund.

Beide gemeinsam zelebrierten ein feierliches Hochamt. Nach dem »Ite, missa est« hielt Ekbert eine feurige Rede. Er dankte allen, die ihm in den vergangenen schweren Jahren die Treue gehalten hatten, versprach ihnen eine angemessene Belohnung und gelobte, das Werk seines ehrenwerten Großonkels, Bischof Ottos II., zu Ehren Gottes, zu Ehren seiner edlen Vorfahren und für sein eigenes Seelenheil und das seiner Geschwister, fortzuführen und zu vollenden, indem er den Dom Kaiser Heinrichs II., des heiligen Gründers Bambergs, wiederherstellen und erstrahlen lasse, größer und schöner denn je. Der Jubel aller Anwesenden war unbeschreiblich. Und die Opferstöcke, auf die Bischof Ekbert nicht vergessen hatte hinzuweisen, füllten sich beträchtlich.

Nachdem die Fürsten ein paar Tage später abgereist waren, stellte sich auf Burg Bamberg wieder der gewöhnliche Alltag ein. Wie früher half ich Mutter bei der Leitung des Haushalts, bekam aber bald noch eine weitere, besondere Aufgabe. Eines frühen Morgens stolperte ich nämlich auf dem Weg zur Küche über Domscholaster Krafto, der, an die Wand gelehnt, stark blutend auf dem Boden saß. Im ersten Moment hätte ich ihn in Erinnerung an das, was er Grit angetan hatte, am liebsten so sitzen lassen und ihm noch hinterrücks in die Seite getreten. Doch dann siegte die Vernunft.

»Herr Krafto«, fragte ich, »was ist Euch geschehen?«

Er sah auf, blinzelnd, als hätte er Mühe, mich zu erkennen. »Isch weiß nich«, nuschelte er. »Dieser teuflich… teuflische Pfeiler stand im Weg.« Er deutete auf eine der Stützen des Laubengangs.

Ich beugte mich zu ihm hinunter, um seine Wunden genauer zu betrachten. Er roch stark nach Wein, es war wohl eine lange Nacht gewesen. Sein Gesicht war ganz zerschrammt, und aus einer Platzwunde an der Stirn floss Blut über den Hals hinunter in sein Hemd. Ich reichte ihm die Hand. »Kommt mit«, sagte ich und half ihm auf die Beine. Nach wenigen Schritten drehte er sich von mir weg und erbrach sich neben der Treppe.

Ich führte ihn zum Brunnen im Burghof, wo er sich aufseufzend auf den Buttenstein sinken ließ. Mit sauberem Wasser wusch ich seine Wunden aus, wobei ich etwas gröber zudrückte als nötig, erfreut über sein Gejammer. Dann verband ich ihn mit rasch herbeigeholten Leinenstreifen, nachdem ich die Wundränder vorsichtig mit einer kleinen Menge meiner kostbaren Arnikasalbe betupft hatte.

»So, fertig«, sagte ich.

»Muss denn nicht ein Kuhfladen auf die Wunden?«, fragte Krafto zaghaft. »Jeder weiß doch, dass –«

»Nein, da muss kein Kuhfladen drauf«, erwiderte ich streng. »Bleibt die nächsten zwei Tage möglichst viel liegen, esst nur leichte Speisen und – trinkt keinen Wein und kein Bier!«

Krafto murmelte einen Dank und drückte mir eine Münze in die Hand.

Als er aufstehen wollte, sagte ich: »Ach, noch etwas!« Die Gelegenheit war günstig. »Ihr schuldet meiner Magd Grit noch etwas.«

Er runzelte die Stirn, schwieg aber.

»Ich könnte mir vorstellen, dass Domdekan Gundeloh nur ungern von gewissen Fehltritten erfahren würde.« Während Dompropst Boppo als Vorstand des Domkapitels bei Vergehen der Domherren meist ein Auge zudrückte, galt Gundeloh als sittenstreng und unerbittlich im Dekanatsgericht, als dessen Leiter er oft empfindliche Strafen verhängte. Krafto atmete erschrocken ein, und ich fuhr fort: »Ein, nein, zwei Paar Lederschuhe und ein gutes Bett wären für Grit sicher ein passendes Hochzeitsgeschenk.« Krafto nickte zögernd, er wirkte immer noch etwas benommen. »Grit wird im November Euer Kind bekommen. Ihr werdet Euch um dieses Kind kümmern und ihm später eine gute Ausbildung zukommen lassen.«

Jetzt wirkte er etwas unwillig, sodass ich grimmig hinzufügte: »Habt Ihr mich verstanden?«

Krafto nickte erneut, er war, Gott sei Dank, nicht in der Verfassung, sich zu wehren.

Als er aufstand und davonwankte, rief ich ihm leise nach:

»Kommt in zwei Tagen zu mir, damit ich Euch neu verbinden kann. Und vergesst nicht, meine Tücher mitzubringen, die brauche ich noch.«

Seine Wunden heilten schnell und ohne Narben ab, und von da an verbreitete sich mein Ruf als geschickte Heilerin unter den Domherren und auch am Hof. Ich wurde immer häufiger um Hilfe gebeten und verdiente damit nicht schlecht.

Doch schon nach kurzer Zeit gingen meine Vorräte an Heilkräutern zu Ende. Also besuchte ich Schwester Heilika im Kloster St. Theodor; ich hatte sowieso vorgehabt, so bald wie möglich nach ihr zu sehen. Wir fielen uns in die Arme, lachend und weinend zugleich. Auf der Bank in Heilikas Kräutergarten genossen wir die milde Maisonne, das Summen der Bienen und Hummeln und den Duft der Blumen. Ich erzählte ihr von unserer Reise, sie von den Intrigen im Kloster, und erst nach fast zwei Stunden fiel mir ein, warum ich hergekommen war.

»Ich habe ein Geschenk für dich«, sagte ich und überreichte Heilika eine kleine Schachtel mit den Samen verschiedener Heilkräuter, die ich in Italien, Ungarn und im Gebirge der Zips gesammelt hatte. Aufmerksam erkundigte sich Heilika nach der Verwendung der einzelnen Pflanzen und wie man sie anbaute.

Auf meine Bitte hin versorgte sie mich dann aus den Vorräten ihrer Apotheke reichlich mit den Mitteln, die man am häufigsten braucht: Weidenrinde, Schafgarbe, Mohnsamen, Kamille. Außerdem brachte sie mir eine Segensformel bei, die ihr schon oft geholfen habe, Blutungen zu stillen: *»Ich beswere dich bi den heiligen funf wunden, heil sei du wunde! Per patrem et filium et spiritum sanctum fiat, fiat. Amen.«* Auf dem Heimweg sagte ich den Spruch immer wieder leise vor mich hin, um ihn nicht zu vergessen.

Bischof Ekbert erlaubte mir, im Gelände hinter unserer Wohnung einen Kräutergarten anzulegen. Zsuzsanna und Ambrus halfen mir beim Umgraben, Jäten und Einzäunen. Wenn ich sie beobachtete, wie sie sich, lachend und neckend, lautstark auf Ungarisch unterhielten, wusste ich, dass wir in der Burg bald eine weitere Kammer für ein Ehepaar herrichten mussten. Ich ritt jetzt jeden Morgen auf Amira hinaus in die Hügel jenseits der Burg, um Pflanzen zu sammeln. Ambrus begleitete mich zu meinem Schutz und grub auf meine Anweisungen hin aus, was ich entdeckt hatte. Er ritt dabei stets eines von Vaters Pferden, damit es bewegt wurde, und meist galoppierten wir nach dem Verlassen der Burg den Jakobsberg hinauf oder hinüber zum Michelsberg, bis die Pferde ihren Übermut verloren hatten und langsamer wurden.

Eines Tages begegneten wir unterwegs einem unwillkommenen Bekannten – Marquart Slicher junior. Er war ein stattlicher Mann um die vierzig auf einem ebenso stattlichen Ross, elegant gekleidet und mit höfischen Manieren. Ich erwiderte anstandshalber seinen Gruß, und er verwickelte mich endlose Minuten lang in ein Gespräch, bis ich sagte, ich könne Amira nicht mehr halten, und lospreschte.

Von da an trafen wir ihn »zufällig« fast jeden Tag, trotz meiner eindeutig ablehnenden Signale. Ich fand das ungemein störend, denn morgens rede ich nicht gern. Ich lausche lieber dem Zwitschern der Vögel, dem Rauschen der Bäume, der unvermuteten Stille. Manchmal versuchte ich, ihm davonzureiten, aber er holte mich meist mühelos ein, entzückt über dieses Spiel.

Er ließ sich einfach nicht abschütteln. Außerdem entwickelte er die unangenehme Gewohnheit, mir zu sagen, was ich zu tun hätte: »Aber Sophie, du machst dich ja ganz schmutzig. Lass das doch den Diener machen, dafür sind Diener schließlich da!«

Die Gefahr, mir einen despotischen Eheherrn einzufangen, war groß, ich musste mir etwas einfallen lassen. Noch schlief Grit bei mir, also wollte ich versuchen, ihr meinen Engel vorzustellen. Ich besorgte mir in der Küche einen Kupferkessel, der einen schönen Klang erzeugte, wenn man ihn anschlug, wartete auf eine Vollmondnacht, in der der Mond in unsere Kammer schien, und dachte mir einen Text aus, in dem der Engel mir verbieten sollte, eine Ehe einzugehen. Aber der Versuch schlug fehl, Grit wachte einfach nicht auf, ich konnte mit meinem Kessel klingeln, so viel ich wollte. Und hatte am nächsten Morgen alle Mühe zu erklären, warum ich den Kessel mitgenommen hatte.

Doch ich musste meinen Engel gar nicht bemühen, mein Problem löste sich ganz ohne sein Zutun. Eines Tages tauchte Marquart nämlich plötzlich nicht mehr auf, sodass Ambrus und ich uns schon ganz verwundert umschauten. Erst eine Woche später erhielt ich die Erklärung für diese unerwartete Wendung.

Im Gang vor dem Saal im Palas traf ich unvermutet auf Marschall Kuno. Er packte mich am Arm und brachte sein Gesicht ganz nahe an meines. »Nun, du Luder, wunderst du dich, dass dein Freier nicht mehr um dich herumscharwenzelt?«, fauchte er. Ein hässliches Grinsen verzog seinen Mund. »Ich kann dir sagen, warum. Ich habe ihm nämlich die Wahrheit über dich zugeflüstert, nämlich dass du eine Hure bist, eine dreckige Hure, die meinen armen Sohn in den Tod getrieben hat.« Speichelbläschen bildeten sich auf seinen Lippen. »Und das werde ich auch in Zukunft tun, bei allen, die dich haben wollen. Bei allen! Du wirst ohne Mann sterben.«

Ich riss mich mit einem Ruck los und trat einen Schritt zurück. Ich versuchte, ruhig zu sprechen, doch ich bekam kaum Luft und zitterte am ganzen Leib. »Oh, macht das, macht das, Herr Marschall! Einen größeren Gefallen könntet Ihr mir gar nicht tun«, keuchte ich. »Ich will ja gar keinen Mann. Ich liebe Richard nämlich noch immer, so wie Euer Sohn mich geliebt hat.« Allmählich bekam ich meinen Atem wieder unter Kontrolle. »Wenn Ihr, Herr Kuno, und mein Vater uns gestattet hättet zu heiraten, anstatt an Eurem Starrsinn festzuhalten, dann könntet Ihr vielleicht jetzt schon ein Enkelkind auf den Knien wiegen.«

Marschall Kuno wich einen Schritt zurück. »Du mieses Stück …« Plötzlich klappte sein Mund zu, er würgte und stürzte davon.

Ich weiß bis heute nicht, ob ich ihn überzeugt habe, denn kurze Zeit später verlieh ihm Bischof Ekbert für seine Verdienste auf unserer Reise die Burg Redwitz, und der Marschall kam nur noch selten an den Bischofshof. Auch Vater und ich wurden von Bischof Ekbert belohnt: Mir schenkte er vier Wachstäfelchen mit Griffel und zwei Handschriften, einen Psalter mit sehr schönen

Initialen aus dem Skriptorium des Klosters Michelsberg und eine Kopie des »Armen Heinrich« von Hartmann von Aue. Das fand ich sehr aufmerksam von ihm.

Meinem Vater gab er ein großes Steinhaus in der Stadt unten in der Judenstraße zu eigen. Dort haben wir dann auch ein paar Wochen lang gewohnt, zogen dann aber wieder – aufatmend – in unsere Wohnung im Westflügel der Burg zurück. Meine Eltern wurden einfach zu oft dringend am Hof gebraucht. Und häufig auch ich.

So trat im September eines Abends mein Vater in meine Kammer. »Sophie, du musst kommen, Bischof Ekbert ist sehr krank. Der Arzt hat ihn schon so oft zur Ader gelassen, das kann doch nicht gut sein. Schau doch du ihn einmal an.«

»Aber der Arzt wird mich nicht zu ihm lassen, oder?«

»Ach, der ist für die Nacht nach Hause gegangen. Du hast freie Bahn.«

Im Gemach des Bischofs roch es schrecklich. Als Erstes stieß ich die Fensterläden auf, um die üblen Dünste hinauszulassen. Im fahlen Licht des Abends sah ich gleich, was Vater gemeint hatte: Ekbert war rot im Gesicht, weil er vor Fieber glühte, aber seine Lippen waren ganz blass, er schien kaum noch bei Bewusstsein. Er lag unter einer schweren Pelzdecke, die schweißnass zu sein schien. Neben dem Bett kniete ein Mönch, der Gebete vor sich hin murmelte. Er war zweifelsohne eine der Quellen des Gestanks im Zimmer.

Ich war mir eigentlich sicher, was für Bischof Ekbert zu tun war, dennoch mussten vorher noch ein paar Steine aus dem Weg geräumt werden. Ich brauchte jemanden mit genügend Autorität, um den müffelnden Mönch aus dem Raum zu weisen, jemanden, der meiner Heilkunst vertraute und mich vor möglichen Anschuldigungen bewahren konnte. Denn gleichviel, ob Bischof Ekbert genas oder verstarb, es bestand die Gefahr, dass ich von dem missgünstigen Arzt der Zauberei angeklagt wurde.

Ich winkte Vater vor die Tür und erklärte ihm, was ich mir überlegt hatte: »Kannst du bitte Domscholaster Krafto holen?

Er muss mir helfen. Und sag Mutter, dass ich ein frisches Leintuch und eine leichte Wolldecke brauche.« Zsuzsanna, die mit mir gekommen war, schickte ich in die Küche, um je einen Eimer mit warmem und kaltem Wasser und Tücher zu holen. Als Krafto den Mönch aus dem Raum komplimentiert hatte, begannen wir mit Wadenwickeln, und es gelang mir, Bischof Ekbert Löffel für Löffel einen Sud aus Weidenrinde einzuflößen. Nach zwei Stunden fiel er in tiefen Schlaf. Und am nächsten Morgen ging es ihm schon so viel besser, dass er unbedingt aufstehen wollte. »Ich muss nach Nürnberg«, sagte er, »dort verkünden die Fürsten am Sonntag die Wahl des neuen Königs Friedrich. Da muss ich unbedingt dabei sein!«

»Herr, wenn Ihr jetzt aufs Pferd steigt, seid Ihr wahrscheinlich in Forchheim tot«, wandte ich flehentlich ein. Aber erst als Ekbert aufgestanden und sofort wieder aufs Bett zurückgetaumelt war, gab er nach.

Am nächsten Tag gab ich ihm Rote-Rüben-Saft und Eier in Rotwein geschlagen – alles, was Blut macht –, und eine Woche später war er wieder auf den Beinen.

Diese Lebensrettung brachte mir dreierlei ein: ein kleines Gebetbuch mit hübschen Miniaturen, Bischof Ekberts Versprechen, mich nicht gegen meinen Willen zu verheiraten, und die beleidigte Feindschaft des Arztes.

PLANUNGEN FÜR EIN GROSSES WERK

Bamberg, Frühjahr 1212

In den Wochen nach Fastnacht im folgenden Jahr begannen Bischof Ekbert, Dompropst Boppo, Domdekan Gundeloh und ein paar Domherren mit der Planung für den Neubau des Doms. Die alte Kathedrale Kaiser Heinrichs sollte Stück für Stück abgerissen werden, es war vorgesehen, an ihrer Stelle ein neues Gotteshaus an den vor elf Jahren eingeweihten Ostchor anzufügen. Da es zunächst hauptsächlich um die Finanzierung des Vorhabens ging, war Vater bei den meisten Sitzungen zugegen. Wie er uns erzählte, ging es um knifflige Fragen: Wie viel Geld konnte man von welchem Lehensmann fordern und wie viele seiner Leute zu Hand- und Spanndiensten holen, ohne die Ernten zu gefährden? War es möglich, den Bürgern der Städte und Märkte erneut eine Steuer aufzuerlegen, und wie hoch durfte man diese ansetzen, ohne einen Aufruhr zu riskieren? Welche Schulden konnte man bei den Juden machen und welche Pfänder dafür einsetzen? Was würden die Spendenpredigten der Pfarrer im Bistum einbringen, und wen sollte man nach Rom schicken, um vom Papst einen Ablassbrief zu erbitten?

Eines Abends kam Vater nach Hause und knurrte, während er sich die Handschuhe auszog: »Es hilft alles nichts. Er wird in den sauren Apfel beißen müssen!«

»Wer muss in welchen sauren Apfel beißen?«, fragte Mutter, die ihm Mütze und Mantel abnahm.

»Bischof Ekbert natürlich. Ohne die Reichslehen schaffen wir das nicht, da brauchen wir mit dem Neubau gar nicht anzufangen.«

»Aber wieso? Hat unser Herr die Lehen denn nicht zurück? Er ist doch von jeder Schuld freigesprochen worden.«

»Ja, aber nur von einem kirchlichen Gericht. Wenn er die Reichslehen zurückhaben will, muss ihn der Kaiser offiziell aus der Acht lösen. Der ist seit ein paar Wochen wieder aus Italien zurück und setzt einen Hoftag nach dem anderen an.«

»Er versucht wohl, seine Schäfchen wieder hinter sich zu sammeln?«, fragte ich.

»Ja, genau. Bischof Ekbert wird nichts anderes übrig bleiben, als bei einem dieser Hoftage vor dem Kaiser zu erscheinen. Das wird ihn hart ankommen. Denn das bedeutet, er muss vor dem Mistkerl, der ihn so übel behandelt hat, in die Knie gehen, seine Hände in die des Welfen legen und ihn um Verzeihung bitten oder so etwas. Darum beneide ich ihn wirklich nicht. Aber anders ist der Bau nicht zu bezahlen.«

Also ritten Bischof Ekbert und sein Bruder, Herzog Otto, an Pfingsten 1212 zum Hoftag nach Nürnberg, geschützt von einer großen Anzahl Ritter und Soldaten und mit prächtigem Gefolge, dem auch Vater angehörte.

Als er zurückkam, platzte er fast vor Empörung. »Dieser Welfe ist ein Trampeltier, keinerlei Gespür für andere Menschen! Stellt euch vor, er hat Bischof Ekbert doch tatsächlich die Kanzlerschaft angeboten! Erst nimmt er ihm alles weg, stößt ihn in die Friedlosigkeit, sodass ihn ein jeder erschlagen könnte, und jetzt fragt er ihn, ob er sein oberster Beamter, sein engster Mitarbeiter werden will. So ein … so ein …!« Er schnaubte.

»Wollte er ihn kaufen?«, fragte Mutter gespannt.

»Natürlich!«, rief Vater. »Ich glaube, ich wäre ihm an den Hals gegangen. Aber nicht so unser Herr. Er blickte dem Kaiser ganz kühl ins Gesicht, verneigte sich und dankte für die angebotene Ehre. Dann erklärte er, es gebe jetzt mit dem Domneubau so viel zu tun, was seine Anwesenheit im Bistum erfordere, und außerdem – diesen kleinen Seitenhieb konnte er sich dann doch nicht versagen – sei dort sehr viel Arbeit liegen geblieben, weil er ja so lange Zeit fort gewesen sei.«

Alle lachten. Da Bischof Ekbert unterwegs noch einen Aufenthalt eingelegt hatte, gab es an diesem Abend noch kein Festessen im großen Saal. Und so stellten wir im Burghof vor unserer Wohnung eine lange Tafel auf und luden Vaters Freunde zur Feier seiner Rückkehr ein. Nach Vaters Bericht vom Hoftag klatschten alle in die Hände und klopften sich gegenseitig auf die Schultern.

»Das hat Ekbert wirklich glänzend hingekriegt, elegant und diplomatisch. Daneben wirkte der Welfe wie ein ungeschlachter Riese!«, sagte Domherr Lupold Rindsmaul, einer der besten Freunde meines Vaters. Lupold stammte aus einer reichen Nürnberger Familie und war schon als Kind auf die Bamberger Domschule geschickt worden. Danach hatte er einige Jahre in Frankreich studiert und war erst vor einem Jahr hierher zurückgekommen, um die für ihn vorgesehene Domherrnstelle einzunehmen. Er war ein blitzgescheiter und fröhlicher Kerl, der schamlos mit mir tändelte und mit schmalziger Stimme zu Vater sagte: »Ach, wenn ich doch kein Domherr wäre! Dann wäre deine Tochter längst nicht mehr unverheiratet.«

»Lass ja deine Finger von meiner Tochter!«, erwiderte Vater lachend. »Sonst sorge ich dafür, dass dein Gesicht deinem Namen gleicht!« Rindsmaul – der Spitzname von Lupolds Urgroßvater – war an der Familie hängen geblieben. Und die war auch noch stolz darauf und hatte sich als Wappen einen Ochsenkopf gewählt. Nun, über Geschmack lässt sich streiten.

Lupold war der Anführer einer Gruppe jüngerer Domherren, die sich vehement dafür einsetzten, den Dom in jenem neuen Stil fortzuführen, der sich seit ein paar Jahrzehnten in Frankreich ausbreitete. »Stellt euch nur vor«, schwärmte Lupold, »da sind die Wände ganz dünn, mit vielen Fenstern, sodass der ganze Raum voll Licht ist. Ein Gotteshaus aus Licht! Das ist Gottes Sprache.« Er warf die Arme in die Luft, als wollte er die Sonnenstrahlen einfangen. »Und die Gewölbe! Hoch aufragend und zart«, er lächelte versonnen, »wie betende Hände, die zum Himmel streben. So etwas sollten wir auch haben. Das würde Bamberg zur Ehre gereichen.« Ich sah Lupold erstaunt an, denn ich hatte ihn noch nie so pathetisch erlebt.

Aber seinem Enthusiasmus stemmte sich im Domkapitel heftiger Widerstand entgegen. Die meisten der älteren Domherren, an der Spitze Dekan Gundeloh, waren grundsätzlich gegen jegliche Veränderung des Doms. Er sei das Vermächtnis

Kaiser Heinrichs, das Werk seines Geistes, hier sei der Heilige gewandelt, diese Steine habe er berührt, es sei ein geweihter Ort, eine Reliquie, die man doch nicht so einfach auf den Müll werfen könne.

Lupold, der uns von den leidenschaftlichen Diskussionen im Domkapitel berichtete, kratzte sich im Bart, dann ahmte er die weinerliche Stimme des alten Domherrn Egino nach: »Und wie sollen wir dann bitte unseren Dienst tun? Jetzt haben wir endlich das gute Buch von Kantor Eberhard, das uns sagt, an welchem Tag wir welche Gebete an welchem Altar verrichten müssen und von wo nach wo die Prozession mit wie vielen Kerzen gehen muss. Und jetzt soll das alles umgeworfen werden? Das ist doch des Teufels!«

Mit der tiefen Stimme des dicken Cellerarius Albert fuhr Lupold fort: »Und was das kostet! Nun ja, die Kirche ist durch den Brand etwas beschädigt. Aber das kann man doch reparieren! Ein paar Eimer Mörtel und ein bisschen Farbe, und sie ist so gut wie neu. Das dauert nur ein paar Monate, und dann können wir die Pilger wieder zulassen. Sonst geht uns diese Einnahme auch noch verloren!«

Schließlich sprach Bischof Ekbert ein Machtwort: Der Dom werde weitergebaut, schließlich sei der jetzige Zustand, dieses Gemisch aus neu und alt, auf Dauer nicht hinzunehmen. Und man werde darauf achten, die Vorgaben von Kaiser Heinrich genau zu übernehmen, damit der Heilige dem Unternehmen seine Fürsprache und sein Wohlwollen zukommen lasse. Es werde keine Gewölbe, sondern Heinrichs gestirnte Flachdecke geben, und alle Altäre blieben an den vorgesehenen Plätzen. Er habe sich außerdem mit Dompropst Boppo und Domdekan Gundeloh darauf geeinigt, Wortwin als Baumeister zu berufen. Wortwin habe noch unter dem alten Gotebold gelernt, der den Ostchor gebaut habe, er werde die Traditionen zu wahren wissen.

Lupold nahm einen tiefen Schluck aus seinem Becher, als er uns von dieser Entscheidung Bischof Ekberts berichtet hatte, und fragte, an Vater gewandt: »Erinnerst du dich an Wortwin, Erko? Ich habe ihn viele Jahre lang nicht gesehen.« Als Vater nickte, sagte er zu mir: »Weißt du, Sophie, wir sind nämlich zusammen in die Domschule gegangen. Ich mochte ihn, obwohl er ein bisschen eigenartig war. Wenn wir anderen loszogen, um irgendeinen Unfug zu veranstalten, blieb er in einer Ecke sitzen und schnitzte an einem Stück Holz herum oder formte Männchen aus Ton. Und als wir mit der Schule fertig waren, da meldete er sich freiwillig beim alten Baumeister Gotebold als Steinmetzlehrling!«

Lupold schüttelte den Kopf, als könnte er diese Entscheidung noch immer nicht fassen. »Sein Vater war so böse mit ihm. Da hatte er das teure Schulgeld bezahlt, weil er hoffte, Wortwin würde eine Karriere in der Kirche machen. Und dann geht der hin und wird Steinmetz!«

»Nun, Steinmetz ist er ja nicht geblieben«, wandte Vater ein. »Er gehört inzwischen zu den bestbezahlten Baumeistern.« Meine Neugier schlug inzwischen Purzelbäume. Ich konnte es kaum erwarten, diesen viel gerühmten Wortwin kennenzulernen.

Aber es dauerte noch weit über ein Jahr, bis wir Wortwin schließlich zu Gesicht bekamen. Er hatte einen Vertrag auf einer Baustelle im Rheinland, den er nicht kurzfristig kündigen konnte. Und in Bamberg verzögerte sich der Baubeginn noch aus einem weiteren Grund.

Inzwischen war nämlich im Herbst 1212 der junge König Friedrich von Sizilien nach Deutschland gekommen und im Dezember zum König des Reiches gewählt und gekrönt worden. Und schon wenige Monate später sandte er einen Boten zu Bischof Ekbert und ließ verkünden, dass er im Herbst nach Bamberg kommen und die Leiche seines Onkels Philipp holen wolle, um sie im Dom zu Speyer bei seinen Vorfahren zu bestatten.

Im Domkapitel brodelte es daraufhin wie in einem Wespennest, und wir lachten manchmal sehr über Lupolds Schilderungen. Unter keinen Umständen würden sie König Philipp hergeben, beteuerten die Domherren. Vor fünfzig Jahren, als König Konrad III. in Bamberg gestorben war, sei es ja genauso gewesen, der hätte auch aus seinem Grab gerissen und nach

Speyer gebracht werden sollen, aber ihre Vorgänger im Domkapitel hätten das erfolgreich verhindert. Denselben Heldenmut würden sie jetzt auch aufbringen, und wenn sie sich auf Philipps Grab setzen müssten.

Es dauerte eine ganze Weile, bis Bischof Ekbert ihnen klarmachen konnte, dass die politische Situation nun eine andere sei. König Friedrich kämpfe immer noch mit Kaiser Otto IV. um die Vormacht im Reich. Er brauche diese Überführung König Philipps in die traditionsreiche Grablege der Salier und Staufer im Speyerer Dom, um seine Herrschaftsansprüche zu legitimieren. Und er müsse von seinen Anhängern jede Unterstützung erhalten, die er bekommen konnte.

»Wir Bamberger müssen unbedingt zu Friedrich halten«, sagte Vater. »Denn wenn Kaiser Otto siegen sollte, dann gnade uns Gott!« Allerdings fügte er leise knurrend hinzu: »Aber die Idee, sich König Philipp für seinen Dom unter den Nagel zu reißen und dafür irgendwelche Pfründen zu kassieren, stammt ganz bestimmt von Bischof Konrad von Speyer. Der kann einfach den Hals nicht vollkriegen!«

Jedes Mal wenn Bischof Konrads Name fiel, blitzte wieder das grauenvolle Bild in mir auf, wie Pfalzgraf Otto mit dem Schwert auf König Philipp losstürmte und Bischof Konrad sich zitternd hinter dem Bett versteckte. Ich mochte diesen Mann nicht, mit seinem eitlen Getue und den Ringen an allen Fingern.

Doch genau er war es dann, der ein paar Wochen vor Weihnachten kam, um König Philipp zu holen. Aus irgendeinem Grund, an den ich mich nicht mehr erinnere, war König Friedrich verhindert. Unsere Enttäuschung war groß. Wir hatten uns wochenlang auf den Besuch des Königs vorbereitet, begierig darauf, den jungen staufischen Helden, von dessen Schönheit, Klugheit und Charme landauf, landab die Rede war, endlich einmal selbst zu Gesicht zu bekommen. Und dann aß dieser fette Bischof all unsere mühsam bereiteten Köstlichkeiten und lag in dem liebevoll bestickten Bett. Es dauerte lange, bis mein Ärger verraucht war.

Wenige Tage nach Bischof Konrads Abreise kam zudem ein Unglücksbote aus Ungarn zu Bischof Ekbert. Er überbrachte die Nachricht, dass Königin Gertrud ermordet worden war, bei einem Jagdausflug erschlagen von rebellischen ungarischen Adeligen.

Also hatten sie doch noch durchgeführt, was sie vor vier Jahren schon einmal geplant hatten. Der Bote berichtete von dem schrecklichen Geschehen: König Andreas war wieder einmal auf einem Kriegszug gewesen, die Adeligen hatten seine Abwesenheit ausgenutzt und eine Jagdgesellschaft der Königin, an der auch ihr Bruder Berthold und Herzog Leopold von Österreich teilnahmen, überfallen. Berthold und Leopold konnten sich verletzt retten, aber Gertruds Gefolge wurde fast ausnahmslos niedergemacht und die Königin von zweien der Herren regelrecht zerstückelt. Auch wenn mir Gertrud nicht besonders sympathisch gewesen war, das hatte sie nun wirklich nicht verdient.

Bischof Ekbert war tief betroffen. Tagelang hing eine schwarze Wolke der Trauer über dem Hof, und die Seelenmessen für Gertrud nahmen kein Ende. Wie Lupold Rindsmaul uns erzählte, wollte Bischof Ekbert eigentlich sofort nach Ungarn reisen, um seinen Schwager, König Andreas, zu trösten und ihn bei seinen Racheplänen zu unterstützen, aber sein Onkel, Dompropst Boppo, und das Domkapitel konnten ihn überzeugen, in Bamberg zu bleiben. Denn durch seine lange Abwesenheit war vieles liegen geblieben: Kirchen und Priester mussten geweiht, Verbündete besucht und Klöster visitiert werden. Außerdem stand ja der Beginn des Domneubaus in Kürze bevor. Die Finanzierung war einigermaßen gesichert, seit dem letzten Sommer arbeiteten schon die Steinmetze in den Steinbrüchen, die Holzfäller in den Wäldern und die Flößer auf den Flüssen. Rund um den Dom waren bereits die Hütten für die Bauarbeiter errichtet. Alles wartete nur noch auf den neuen Baumeister, auf Wortwin.

Bamberg, im Frühjahr 1253
An Frau Elisabeth, Burg Grünstetten

Ach, Ela,
wann endlich verbietet die Kirche diese schrecklichen Turniere für immer? Ich hasse sie! So viele gebrochene Knochen, so viel Leid und Schmerz und Tod, damit einige wenige glänzen können. Jetzt hat es deinen lieben Mann getroffen. Es tut mir unsagbar leid. Und er lässt dich und deine beiden kleinen Kinder allein zurück!

Du schreibst, dass eure Burg schon in einigen Wochen einem neuen Burgwart übergeben wird. Ich bitte dich, komm doch mit deinen Kleinen zu mir. Mein Haus ist groß genug, auch für dein Gesinde, und es ist sowieso viel zu still hier. Ich würde mich so sehr freuen, dich bei mir zu haben, vor allem, da der Zeitpunkt nicht mehr fernliegt, zu dem du das Haus erben wirst.

Komm bald, mein Kind. Komm bald!

WORTWIN

Bamberg, Frühling 1214

Es war einer jener hellen Vorfrühlingstage mit einer Luft, so schimmernd durchsichtig wie das Wasser eines Wildbachs, als Wortwin nach Bamberg kam. Ich stand zufällig an einem der Fenster des großen Saals, als er auf den Palas zuritt, hinter sich ein Packpferd und einen Gesellen mit einem weiteren Pferd, beladen mit Werkzeugen. Er war ein großer Mann mit lockigen, halblangen Haaren auf einem starken Apfelschimmel. Irgendwann hob er den Kopf, und unsere Blicke trafen sich. Es war nur ein winziger Moment, bevor ich zurück ins Dunkel des Raums trat, doch dieser eine Augenblick genügte. Er berührte bebend meine Seele, und ich wusste tief in mir, dass ich nicht mehr dieselbe war.

Ich lehnte mich an die Wand neben dem Fenster, meine Knie zitterten, und mein Herz raste. Als ich wieder atmen konnte, lugte ich vorsichtig hinter der Säule hervor aus dem Fenster und sah zu meinem Erstaunen, dass Mutter dem Apfelschimmelreiter den Willkommenstrunk reichte. So begrüßte man hohe Gäste, aber doch keinen Handwerker! Dahinter musste ein ausdrücklicher Befehl Bischof Ekberts stecken.

Genau das bestätigte mir Mutter am Abend, als wir mit unseren Stickrahmen beisammensaßen und ich so beiläufig wie möglich fragte, wer denn da heute angekommen sei. »Das ist Wortwin, der berühmte Bildhauer und Baumeister. Lupold hat doch von ihm erzählt. Bischof Ekbert hat mir, bevor er abgereist ist, eigens aufgetragen, ihn besonders zu begrüßen und zu betreuen.«

»Aber den Willkommenstrunk? Auch wenn er ein berühmter Baumeister ist?«

»Nun, ich glaube, Bischof Ekbert ist mehr als zufrieden, dass Wortwin zugestimmt hat, für ihn zu arbeiten. Weil das bräuchte der nämlich nicht. Der ist nämlich sehr reich. Weil doch sein Bruder letzthin gestorben ist.« Mutters Sätze waren, wenn sie nachdachte, manchmal etwas wirr.

»Er ist reich, weil sein Bruder …?«

»Na ja, der hat doch von seinem Vater … also Brunward, der Vater von Wortwin, der war doch Kaufmann, bis in den Orient, und das ganze Unternehmen hatte sein älterer Sohn Brunward geerbt und dazu das große Steinhaus unten in der Sandstraße, du weißt schon, das mit der roten Tür. Und jetzt eben Wortwin. Gehört nun alles ihm.«

»Hat er denn keine weiteren Geschwister?«

»Nur zwei Schwestern. Die führen ihm den Haushalt.«

»Dann ist er also nicht verheiratet?«, fragte ich, vertieft in meine Stickerei.

Mutter schaute zu mir herüber. »Nein, soweit ich weiß, ist er das nicht.« Sie lächelte auf eine Weise, die mich veranlasste, sofort intensiv nach einem neuen Faden zu suchen.

»Was meinst du, soll ich für dieses Blatt hier das helle oder dieses dunklere Grün nehmen?«, fragte ich.

Mutter stand auf und packte ihre Sticksachen zusammen. »Wir machen jetzt Schluss. Es ist eh schon zu dunkel, man sieht nichts mehr. Von feinen Unterschieden ganz zu schweigen.«

Es dauerte drei Tage, drei lange Tage, bis ich Wortwin wiedersah. Da stand er plötzlich in der Stube, die ich meine »Apotheke« nannte, weil ich dort meine Kräuter trocknete und aufbewahrte und meine Salben anrührte. Er stützte einen Mann mit blutdurchtränktem Hemd.

»Ich habe gehört, dass du eine gute Heilerin sein sollst«, sagte er zögernd. Seine Stimme war wie dunkelblauer Samt, warm und fest. »Kannst du Gottfried helfen? Er hat sich den Meißel in den Arm gerammt.«

Gottfried war blass um die Nase und setzte sich unaufgefordert auf die Bank an der Wand.

»Zieht ihm das Hemd aus, ich hole frisches Wasser«, sagte ich. Wortwin gehorchte. Die Wunde war nicht groß, aber tief.

Ich wusch sie aus, legte etwas Froschlaichalgen darauf und verband sie.

»Geh und ruh dich aus, Gottfried«, befahl Wortwin. »Ich will dich zehn Tage lang nicht auf der Baustelle sehen. Dein Arm muss ausheilen, wir brauchen ihn noch.«

Als Gottfried gegangen war, hielt ich Wortwin die Schüssel hin: »Ihr könnt Euch die Hände waschen, sie sind ja ganz blutig.« Dann sah ich, dass es nicht nur Gottfrieds Blut war, das Wortwins Hände rot färbte. »Oh, Ihr habt Euch auch verletzt. Erlaubt, dass ich das verbinde.«

»Ach was«, sagte Wortwin, »das ist doch nur ein Kratzer.«

»Auch kleine Wunden können sich entzünden«, erwiderte ich und kam mir sehr klug vor. Eigentlich wusste ich genau, dass ich nur seine Hand berühren wollte. Und er hielt dann die meine etwas länger fest, als es zum Verbinden nötig gewesen wäre.

Am nächsten Tag war er wieder da, verlegen die Finger knetend. »Soll ich Euch die Hand neu verbinden?«, fragte ich. Er sah seine Hand an, als wäre sie ein plötzlich aufgetauchter unbekannter Fremdkörper, dann blickte er auf und strahlte. Damit hatte ich ihm die Rechtfertigung für seinen Besuch bei mir geliefert.

Von da an kam er jeden Tag irgendwann vorbei. Wir saßen auf der Bank im Garten und redeten und redeten und redeten.

Ich antwortete meist nur kurz auf seine Fragen, denn ich wollte so gerne alles von ihm wissen. An eines dieser Gespräche erinnere ich mich besonders intensiv, weil es uns letztendlich zusammengeführt hat. Damals fragte ich: »Wie bist du denn auf die Idee gekommen, eine Steinmetzlehre zu machen?«

»Ach, eigentlich wusste ich schon immer, dass ich Bildhauer werden wollte«, antwortete Wortwin nachdenklich. »Bereits als Kind habe ich mich ständig auf der Dombaustelle herumgetrieben und den Männern bei der Arbeit zugesehen. Ich wollte … nein, ich will die Schönheit, die im Stein verborgen schläft, zu Ehren Gottes hervorlocken, ich will die Heiligen in ihren Ebenbildern zu uns auf die Erde holen. Damals hätte mich nichts davon abhalten können.«

»Und dafür hast du den Ärger mit deinem Vater auf dich genommen?«

Er nickte. »Die erste Zeit war wirklich hart. Vater sprach nicht mehr mit mir und gab mir keinen Pfennig. Es war Mutter, die mir heimlich das Lehrgeld zugesteckt hat und sich auch immer wieder mit mir traf, obwohl Vater das verboten hatte.«

»Dann durftest du nicht mehr zu Hause wohnen?«

»Nein, nein, aber das ist ohnehin nicht üblich. Ich schlief mit den anderen vier Lehrlingen in einer Ecke der Bauhütte, wo es im Sommer stickig und im Winter sehr kalt war. Und Gotebold prügelte uns beim kleinsten Fehler. Mich ganz besonders, weil er sagte, ich hätte Talent und sei deshalb verpflichtet, aufmerksam zu sein. Aber er war ein guter Lehrer und gab mir schon bald Aufgaben, die etwas anspruchsvoller waren, als Quader zu klopfen oder Säulenbasen herzustellen. Und er schenkte mir Steine, an denen ich etwas ausprobieren durfte.«

»Und was hast du daraus gemacht?«

»Kleine Tiere oder Menschen oder Fabelwesen … Anfangs wurden eigentlich all meine Steine zu Fabelwesen, denn man konnte nur schwer erkennen, was es sein sollte.« Wortwin lachte. »Aber als mir einmal ein winziger Löwe besonders gut gelungen war, ist Gotebold damit zu meinem Vater gegangen und hat tatsächlich erreicht, dass er wieder mit mir redete, wenn auch nur widerwillig. Heute bin ich sehr froh darüber, denn wenige Monate später starb Vater; so hatte ich wenigstens noch meinen Frieden mit ihm gemacht.« Er runzelte die Stirn, und seine Stimme klang gedankenverloren, als er fortfuhr: »Eigentlich wurde dann Gotebold so etwas wie ein Vater für mich. Er ließ mich hart arbeiten, aber er war auch da, wenn ich mutlos wurde. Manchmal legte er mir die Hand auf die Schulter und brummte: ›Du wirst Gott Freude machen, mein Sohn!‹ Das hat mir geholfen.«

Wortwin lehnte sich zurück und legte die Knöchel übereinander. Sein Blick glitt über den Himmel zurück in die Vergangenheit. »Er hat mir alles beigebracht, nicht nur in der Steinmetzkunst und der Bildhauerei, sondern auch in der Architektur, alles, was er in Italien und Burgund gelernt hatte. Er hat mir gezeigt, wie man ein Reißbrett benutzt und die Entwürfe mit dem Zirkel in die richtige Größe übersetzt.«

Mit Daumen und Zeigefinger beider Hände deutete er an, wie ich mir das vorzustellen hatte.

Mit bewundernder Stimme fuhr Wortwin fort: »Gotebold war schon ein sehr gewiefter Baumeister. Wie er die Türme vom Dom durch die Innentreppen mit dem Ostchor verbunden hat, das ist großartig. Nur eines konnte er nicht – die Domherren von seinen Plänen dauerhaft überzeugen.« Er schnaubte durch die Nase und lächelte. »Kaum hatte er einen Abschnitt fertig, warf das Domkapitel wieder alles über den Haufen. Gotebold hat oft gejammert und sich die Haare gerauft, aber mir war das egal. Mir war nur wichtig, als Bildhauer besser zu werden. Oft haben die andern in der Hütte geschimpft, wenn ich noch nachts an irgendetwas herumgeklopft habe.«

»Hast du denn gar keine Freunde gehabt, mit denen du mal trinken gegangen bist oder so?«

Wortwin zögerte. »Doch, schon, aber die Arbeit war mir wichtiger. Ich war so ehrgeizig, ich wollte einfach der Beste werden.«

»Das bist du ja auch geworden.«

»Na ja, die meisten hielten mich für einen Streber und ließen mich das auch merken. Aber Gotebold hat immer seine Hand über mich gehalten. Ich bin ihm bis heute dankbar. Schon im vierten Lehrjahr durfte ich an den Aposteln für die Chorschranken mitarbeiten. Das durften sonst nur die besten Gesellen. Und dann ich Hänfling!«

»Gotebold hat halt einfach dein Talent erkannt.«

»Vielleicht. Aber es lag sicher auch daran, dass wir in so großer Eile waren. Das war im Jahr nach der Heiligsprechung der Kaiserin Kunigunde. Und die Apostel sollten unbedingt zur Erhebungsfeier im September dieses Jahres fertig sein.«

Ich nickte. »Ich war ja damals noch ganz klein, aber sogar ich erinnere mich, dass alle kopfstanden, um mit allen Vorbereitungen rechtzeitig fertig zu werden.«

»Das war wohl mein Glück, denn so durfte ich für einen der Apostel den Entwurf machen und sogar weitgehend die Ausarbeitung.«

»Oh, ich weiß, welcher das ist – der, der ganz rechts steht, nicht wahr?«

»Das hast du gesehen? Das hast du wirklich gesehen?« Wortwin strahlte.

Ich dachte nach: »Ja, schon, der ist viel lebendiger als die anderen. Nur der Kopf –«

Wortwin unterbrach mich lachend. »Ach, die Köpfe, die hat Gotebold grundsätzlich selbst gemacht. Und sie sehen alle ziemlich so aus wie er.«

»Na, jetzt bei den Propheten kannst du ja über die Köpfe selbst entscheiden.«

»Ja, tatsächlich. Das Angebot von Bischof Ekbert, die Chorschranken mit den Propheten ausführen zu können, war für mich der wichtigste Grund, nach Bamberg zurückzukommen. Zumindest war das so, bevor ich … bevor ich dich …« Wortwin wandte sich ab und schaute mit zusammengepressten Lippen in den Sonnenuntergang. Dann stand er auf und sagte tonlos: »Wir sehen uns morgen.« Und fort war er.

Am nächsten Tag kam er mit einem Tuchballen unter dem einen Arm und einem großen Zeichenbrett unter dem anderen bei mir an.

»Willst du mir helfen, Sophie?«, fragte er gleich beim Hereinkommen.

»Ja, wenn ich kann, gern«, antwortete ich etwas verwundert.

Er bat mich, mich im Garten gegenüber der Bank in einer bestimmten Position aufzustellen – ich sollte ihm den Rücken zuwenden und so über die Schulter zurückschauen, als wollte ich jemandem, der hinter mir stand, noch etwas zurufen. Dann drapierte Wortwin den schweren Wollstoff um mich herum, bis die Falten so fielen, wie er das haben wollte. Dabei vermied er sorgfältig, mich zu berühren.

Er setzte sich auf die Bank und begann zu zeichnen. Nach einer Weile dirigierte er mich in eine noch kompliziertere Stellung: Ich sollte so tun, als wollte ich vorwärtsgehen, aber den Oberkörper nach hinten drehen und mit spitzem Finger auf einen imaginären Diskussionsgegner deuten.

Doch das war so anstrengend, dass ich mich nach Kurzem schnaufend auf die Bank fallen ließ und, mit spitzem Finger auf Wortwin deutend, maulte: »Du bist ein übler Leuteschinder, Herr Bildhauer.«

»Oh, tut mir leid«, sagte er betreten. »Ich wollte nur etwas … etwas Neues ausprobieren.«

Ich lachte. »Ist doch nicht so schlimm«, sagte ich, legte ihm die Hand auf den Arm und rückte ein Stückchen näher.

Wortwin atmete tief ein und seufzte: »Ich … ich muss dann mal wieder auf die Baustelle.« Damit ging er und ließ mich ratlos zurück.

Was war nur los mit ihm? Es war doch mehr als deutlich, dass er mich wollte. Hatte er ein Keuschheitsgelübde abgelegt? Oder gab es doch irgendwo eine Ehefrau? Was sollte ich nur tun?

Vier Tage lang blieb Wortwin fern, und ich überlegte schon, wo ich ihn abpassen könnte, als er mit einer dicken, großen Wachsplatte in den Händen zu mir kam. Aus dem Wachs hatte er die Figuren der Propheten schon grob herausgearbeitet. »Ich will das mit den Falten noch einmal überprüfen. Meinst du, du könntest vielleicht …?«

Aha, das war der Vorwand, den er sich ausgedacht hatte.

»Aber ja!« Ich lachte. »Wenn ich mich nicht wieder so verdrehen muss.«

Dieser strahlende Nachmittag ist mir der liebste im Buch meiner Erinnerungen. Noch heute macht das Glück meine alten Knochen gelenkig und meine Falten fröhlich, wenn ich nur daran denke. Schon lange flog meine Feder nicht mehr so leicht dahin. Es war so ein schöner Tag. Die Sonne füllte meinen Garten mit goldener Wärme, Bienen und Hummeln summten, ein Rotkehlchen hüpfte aufgeregt auf dem Weg zwischen den Beeten hin und her.

Ich stand auf einem kleinen Stück Rasen neben dem Lavendelbeet, als Wortwin zu mir kam, um den Stoff, der etwas von meinen Schultern gerutscht war, zurechtzurücken. Dabei berührte er aus Versehen meine Brust. Er zuckte zurück, doch ich fing seine Hand auf, umfasste sein Gesicht mit meinen Händen und fragte: »Wortwin, du magst mich doch. Warum sagst du mir das nicht?«

Wortwin schluckte schwer und stammelte: »Aber ich ... du bist doch ... ich bin doch viel zu alt für dich. Ich bin sechzehn Jahre älter als du.«

»Ach, du dummer, dummer Mann«, schluchzte ich, zog seinen Kopf zu mir herunter und küsste ihn. *Bluomen unde Gras* in meinem Garten, *da unser zweier bette was*, erlitten alsbald schweren Schaden.

Schon am nächsten Tag bat Wortwin Bischof Ekbert um die Erlaubnis, mich heiraten zu dürfen. Und zu meiner großen Verwunderung hielt der Bischof sich an sein Versprechen und fragte mich tatsächlich, ob ich mit dieser Heirat einverstanden sei. Und ob ich das war!

Auch meine Eltern strahlten. Das waren glückliche Zeiten.

Ich wollte nur noch ...

EPILOG

Bamberg, im Juli 1253

Vor drei Wochen ist meine Großmutter gestorben. Beim Schreiben an ihrem Pult, so wie sie es sich immer gewünscht hat. Leider hat sie dabei mit ihrem Ärmel die Schrift der letzten Seite verwischt. Deshalb werden wir nie mehr erfahren, was sie »nur noch wollte«. Aber es ist ein großer Trost, zu wissen, dass sie in ihren letzten Augenblicken an jenen dachte, den sie bald im Himmelreich wiedersehen wird. Daran glaube ich ganz fest. Beide waren so gute Menschen. Und einander so zugetan.

Sie bekamen sechs Kinder, vier davon sind noch am Leben: mein Onkel Peter, Tante Katharina, meine Mutter Barbara und Onkel Willo. Bei Familienfesten sprechen sie oft und voll Achtung von ihren Eltern. Großvater Wortwin wirkte noch lange Jahre als Baumeister für den Bamberger Dom. Dafür erfuhr er im Jahr 1229 eine große Ehrung. Er hatte im Querhaus des Doms einen Altar zu Ehren der Gottesmutter gestiftet, den Bischof Ekbert zum ewigen Angedenken an sich und seinen »geliebten Bruder Wortwin« weihte. Dass Bischof Ekbert ihn »Bruder« nannte und die Weihe in einer eigens erstellten Urkunde festhielt, hat Großvater und unsere ganze Familie sehr stolz gemacht. Jetzt liest der Priester dort täglich eine Messe für Großmutter. Ein Jahr lang. Damit ihre Seele so schnell wie möglich aus dem Fegefeuer zu Großvater in den Himmel kommt.

Die ganze Sache mit dem Altar hat Großvater angeblich auch hinweggetröstet über das größte Unglück seines Lebens. Er war ja Bildhauer mit Leib und Seele. Doch als er am »Jüngsten Gericht« für das Tympanon des Domhauptportals arbeitete, fiel er eines Tages vom Gerüst und brach sich den Arm. So kompliziert, dass auch Großmutters Heilkünste nicht halfen. Er konnte nie mehr als Bildhauer einen Meißel ansetzen.

Das hat ihn zunächst sehr mürrisch gemacht. Er sei ja sonst ein liebevoller Vater gewesen, meinte Onkel Willo. Aber in dieser Zeit sei man ihm besser aus dem Weg gegangen. Auch Großmutter soll es damals nicht leicht mit ihm gehabt haben.

Das erklärt auch den großen Streit, den Großvater im Jahr 1225 anfing. Er hatte nach seinem Unfall Bischof Ekbert und dem Domkapitel seinen Freund Gerard für die Fertigstellung des Portals empfohlen. Gerard kam mit zwei Gesellen aus Reims nach Bamberg. Die Reimser hätten eine ganz neue Technik mitgebracht, berichtete meine Mutter bewundernd. Sie konnten lebensgroße, frei stehende Statuen herstellen. Das bewiesen sie, gleich nachdem sie das Gewände des Hauptportals fertiggestellt hatten. Sie machten zwei meisterhafte Figuren, »Ecclesia« und »Synagoga«. Die stehen rechts und links vom Portal und weisen auf das »Jüngste Gericht« hin.

Doch beim Anblick der »Synagoga« hat Großvater getobt. Diese Geschichte wird in der Familie oft erzählt und viel belächelt. Als Großvater nämlich das hauchdünne Gewand der »Synagoga« bemerkte, ist er mit den Fäusten auf seinen Freund Gerard losgegangen. Der Grund: Seine geliebte Frau Sophie hatte für die Skulptur Modell gestanden. Großmutter hatte wohl große Mühe, ihren Mann davon zu überzeugen, dass sie dabei immer züchtig gekleidet gewesen war.

Bischof Ekbert aber war begeistert von den Statuen und gab Gerard gleich den nächsten Auftrag. Gerard sollte eine Figur des heiligen Königs Stephan als Reiter herstellen. Einige der Domherren murrten, ein Pferd gehöre nicht in eine Kirche. Aber Bischof Ekbert bestand darauf. Ein Ungar ohne sein Pferd sei einfach unvollständig. Bischof Ekbert wollte dem Helden der Ungarn aus Dankbarkeit die Ehre erweisen, weil König Andreas und Königin Gertrud ihn bei sich aufgenommen haben, als er fliehen musste. Großmutter hat das in diesem Buch ja beschrieben.

Bischof Ekbert plante, König Andreas zur Einweihung des neuen Doms einzuladen und ihn mit dem stolzen Kunstwerk zu überraschen. Doch das Unglück wollte es, dass er selbst die Domweihe nicht mehr erlebte. Er war einer der engsten Ver-

trauten von Kaiser Friedrich II. geworden und in dessen Dienst ständig im Reich unterwegs. So kam er nur noch selten nach Bamberg. Er starb in Wien, ohne seinen Dom jemals fertig gesehen zu haben. Mir jedenfalls ist der »Reiter« die liebste aller Skulpturen. Er ist so ein schöner Mann, und er erinnert mich an meinen lieben Eheherrn Walter. Der hatte auch so schöne Beine.

Nach Großvaters Tod wohnte Großmutter mit ihren Kindern und den Schwägerinnen weiterhin in dem Steinhaus »Zur roten Tür« und arbeitete als Heilerin. Sehr viele Leute kamen zu ihr. Deshalb hatte sie zwei Räume des Hauses für ihre Behandlungen eingerichtet und eine Helferin eingestellt. Doch ihre Kinder wurden groß und gründeten eigene Familien. Da übergab sie das Haus Onkel Peter und zog hierher, in das Haus »im Bach«, das sie von Urgroßmutter Eva geerbt hatte. Und dort wohne jetzt auch ich mit meinen Kindern.

Zu ihrer Beerdigung kam die halbe Stadt. Sogar drei Herren des Domkapitels erschienen, wobei zwei von ihnen den greisen Lupold Rindsmaul stützten. Der hatte unbedingt kommen und ein Gebet für sie sprechen wollen. Es war sehr ergreifend. Einer seiner Sätze ist mir in Erinnerung geblieben: »Sophie war der freundliche Spiegel unserer Zeit, wir werden sie nie vergessen.«

Bamberg, im März 1258

Ich, Elisabeth von Grünstetten, habe im Jahr 1258 dieses Buch zusammengestellt. Beim Aufräumen des Hauses nach Großmutters Tod vor fünf Jahren habe ich in einer Truhe die Aufzeichnung ihrer Erinnerungen gefunden. Ich war darüber sehr froh, denn mein eigenes Exemplar, das der Schreiber Willibald kopiert hatte, war in den Wirren des Umzugs von Burg Grünstetten hierher verloren gegangen. In der Truhe lag außerdem ein Stapel kleiner Pergamentstreifen, wie sie beim Beschneiden der Tierhäute für Buchseiten übrig bleiben. Darauf hatte Großmutter mit winziger Schrift allerlei persönliche Bemerkungen notiert. Ich war beim Lesen sehr gerührt, denn sie hatten fast alle mit mir zu tun.

Ich vermisse Großmutter noch immer sehr, und ihr zu Ehren habe ich ihren Lebensbericht erneut abgeschrieben. An den mir passend erscheinenden Stellen habe ich ihre Notizen eingefügt und außerdem die Briefe an mich, die noch erhalten sind. Ich werde das Ganze rot einbinden lassen und dafür sorgen, dass das »Rote Buch« in unserer Familie erhalten bleibt als Vermächtnis einer unvergesslichen Frau.

Zeittafel der für den Roman relevanten historischen Ereignisse

Im Vorfeld 1177–1208

~1177	Geburt Ekberts, dritter Sohn von Graf Berthold IV. von Andechs und seiner Gemahlin Agnes
1180	Kaiser Friedrich Barbarossa belehnt nach der Absetzung des Welfen Heinrich des Löwen im August 1180 Graf Berthold IV. von Andechs mit dem Herzogtum Meranien (Dalmatien) und am 16. September 1177 Otto von Wittelsbach mit dem Herzogtum Bayern.
1185	Brand des Bamberger Doms, der Burg und der Altstadt. Einige Zeit später beginnt der Bamberger Bischof Otto II. von Andechs-Meranien mit dem Bau eines neuen Ostchors am Dom.
1186	Hedwig von Andechs-Meranien, Schwester Ekberts, heiratet Herzog Heinrich I. von Schlesien.
1190, 10.6.	Kaiser Friedrich Barbarossa ertrinkt auf dem Kreuzzug im Fluss Saleph in der (heutigen) Türkei. Sein Truppenführer Herzog Berthold IV. von Andechs-Meranien schließt sich nach dem Tod von Barbarossas Sohn Friedrich in Akko dessen Sohn Heinrich VI. an.
1196	Agnes von Andechs-Meranien, Schwester Ekberts, heiratet König Philipp II. von Frankreich (sie stirbt 1201).
1196, Dez.	Friedrich, der zweijährige Sohn Kaiser Heinrichs VI., wird von den Reichsfürsten zum römischen König gewählt.
1197, 28.9.	Kaiser Heinrich VI. stirbt in Messina.
1198, 8.3.	Philipp, jüngster Sohn Friedrich Barbarossas, wird von einem Teil der Reichsfürsten zum König gewählt. Krönung 8.9.1198.

1198, 9.6. Erzbischof Adolf von Köln und einige Reichsfürsten wählen den Welfen Otto von Poitou zum Gegenkönig. Krönung 12.7.1198. Damit beginnt ein zehn Jahre währender Bürgerkrieg, verlängert durch das Eingreifen von Papst Innozenz III. für Otto IV.

1199, 24.12. König Philipp hält in Magdeburg ein prächtiges Weihnachtsfest, besungen von Walther von der Vogelweide.

1200, 29.3. Heiligsprechung Kaiserin Kunigundes durch Papst Innozenz III.

1201, 8.9. Erhebung der Gebeine Kunigundes im Bamberger Dom

1203 Gertrud von Andechs-Meranien heiratet König Andreas von Ungarn. Kurze Zeit darauf wird Andreas von seinem Bruder Emmerich gefangen genommen, der Gertrud nach Hause zurückschickt. Nach dem Tod Emmerichs holt Andreas Gertrud zurück, 1205 Krönung der beiden zu König und Königin von Ungarn.

1203, 28.2. Wahl Ekberts zum Bischof von Bamberg in Gegenwart König Philipps

1208, 15.5. Friedensschluss zwischen König Philipp und Papst Innozenz III.

1208 bis Ende 1209

1208, 21.6. König Philipp wird von Pfalzgraf Otto von Wittelsbach ermordet.

1208, 11.11. König Philipps Gegenkönig, der Welfe Otto IV., wird von einem großen Teil der Reichsfürsten auf dem Reichstag in Frankfurt als König anerkannt. Er ächtet nicht nur den Königsmörder Otto von Wittelsbach, sondern auch Bischof Ekbert und seinen Bruder Hezilo von Istrien wegen Beihilfe zum Königsmord und verteilt ihre Güter, vor allem an Herzog Ludwig von Bayern.

1209 Herzog Ludwig zerstört Burgen der Andechs-Meranier in Bayern.

1209, März Markgraf Hezilo/Heinrich auf der Reise nach Rom

1209, 7.3. Pfalzgraf Otto von Wittelsbach wird durch Reichsmarschall Heinrich von Kalden in Oberndorf bei Kelheim gestellt und getötet.

1209, 31.5. Reichstag in Würzburg mit Herzog Ludwig von Bayern, Reichsmarschall Heinrich von Kalden und den päpstlichen Gesandten. Bischof Ekbert, der vor den Gesandten seine Unschuld beweisen will, wird am Erscheinen gehindert, was der Papst später bestätigt.

1209 König Andreas von Ungarn belohnt Propst Adolf auf Bitten der Geschwister Heinrich, Ekbert, Gertrud und Berthold mit Gütern in der Zips, weil er ihnen treu gedient hat und dafür oft in Todesgefahr geraten ist. Zu diesem Zeitpunkt sind also alle vier Geschwister in Ungarn.

1209, 4.10. Kaiserkrönung Ottos IV. in Rom. Ein Aufstand der Römer verhindert, dass Otto IV. das übliche Festmahl im Lateran einnimmt.

1209, 13.11. Papst Innozenz III. befiehlt Erzbischof Siegfried von Mainz und Bischof Otto von Würzburg, den Fall Ekberts zu untersuchen. Wenn seine Ankläger Ekberts Schuld beweisen, sollen die Bischöfe Ekbert absetzen. Wenn er aber einen Reinigungseid leisten könne, sollten sie ihn für unschuldig erklären. An Kaiser Otto IV. schreibt er, dass dessen Urteilsspruch gegen Bischof Ekbert von Anfang an ungültig gewesen sei.

1210–1229/1248

1210, Sept.	Bildung einer Opposition gegen Kaiser Otto IV. In Naumburg treffen sich die Erzbischöfe von Mainz und Magdeburg, König Otokar von Böhmen, Landgraf Hermann von Thüringen und die beiden Andechs-Meranier Herzog Otto VII. und Bischof Ekbert und teilen dem Papst ihre Abkehr von Otto IV. mit.
1210, 30.10.	Antwort von Papst Innozenz III.: Er stellt sich auf die Seite der Verschwörer gegen »den Tyrannen, den Drachen, die Pest der Kirche und des Reiches«, Kaiser Otto IV.
1210	Verlobung Elisabeths, Tochter von König Andreas und Königin Gertrud von Ungarn, mit dem Sohn von Landgraf Hermann von Thüringen
1210, Nov.	Kaiser Otto IV. marschiert ins Königreich Sizilien ein. Papst Innozenz III. bannt ihn am 18.11.1210 und entbindet die Fürsten von ihrem Treueid.
1211, Mai	Erzbischof Siegfried von Mainz spricht auf einem Treffen der Oppositionsgruppe in Bamberg Bischof Ekbert von jeder Mitschuld am Tod König Philipps frei und setzt ihn wieder in sein Amt ein. Die anwesenden Fürsten wählen Friedrich von Sizilien zum neuen *imperator*.
1211, Nov.	Kaiser Otto IV. erfährt von der Verschwörung gegen ihn und kehrt überstürzt nach Deutschland zurück.
1212, März	König Friedrich von Sizilien kommt mit Hilfe von Papst Innozenz III. nach Deutschland.
1212, 13.5.	Hoftag Ottos IV. in Nürnberg: Er nimmt Bischof Ekbert wieder »in seine Gnade« auf und bietet ihm die Kanzlerschaft an.
1212, 5.12.	Wahl Friedrichs II. zum König in Frankfurt, 9.12.1212 Krönung durch Erzbischof Siegfried von Mainz

1213, 28.9.	Königin Gertrud von Ungarn wird von ungarischen Adeligen ermordet.
1213, Dez.	Überführung der Leiche König Philipps aus dem Bamberger Dom nach Speyer
~1214	Beginn der Fortsetzung der Bauarbeiten am Bamberger Dom
1225, Juli	Bischof Ekbert verkauft Kaiser Friedrich II. die Lehen der Bamberger Kirche in der Ortenau für 4000 Mark (920 Kilogramm Silber) »für den Bau seiner Kirche«. Fertigstellung des Fürstenportals
1229, 15.8.	Bischof Ekbert weiht den Marienaltar im südlichen Querschiff des Doms mit der Verpflichtung zur *»memoria«* für ihn selbst und für »den geliebten Bruder (in Christo) Wortwin, den Werkmeister, der als ein ebenso frommer Mann wie inniger Förderer des Gottesdienstes Mittel und Mühe aufgewendet hat bei der Errichtung, der Weihe und der Ausstattung des genannten Altars«.
1237, 6.5.	Weihe des Doms in Abwesenheit Bischof Ekberts
1237, 5.6.	Bischof Ekbert stirbt in Wien.
1248, 19.6.	Herzog Otto VIII., der letzte männliche Vertreter der Andechs-Meranier, stirbt auf Burg Niesten.

Personenverzeichnis (Auswahl)

Vornamen historischer Personen sind fett gedruckt. Ausführliche Biografien finden sich auf der Homepage der Autorin (www.dengler-schreiber.de).

Adela von Meißen († 1211), Königin von Böhmen (verh. mit Otokar Przemysl)

Adelheid, Schwester von Propst Adolf, Ahnin der Familie Berzeviczy

Adolf, Propst, erwähnt in einer Urkunde von König Andreas von Ungarn 1209

Afra, Novizenmeisterin im Kloster St. Theodor

Agnes von Rochlitz (1152–1195), Mutter Bischof Ekberts, Herzogin von Andechs-Meranien (verh. mit Berthold IV.)

Agnes-Maria von Andechs-Meranien (~1180–1201), Schwester Bischof Ekberts, Königin von Frankreich

Albert, Cellerarius, Zeuge in Urkunden Bischof Ekberts 1206–1216

Albinus, Pfarrer in Käsemarkt

Ambrus, Knecht Erkenberts

Andreas II. (~1185–1235), König von Ungarn

Awa, Pferdehändlerin

Barbara, Sophies Tochter

Beatrix d. Jüngere (1205–1235), Tochter von König Philipp (genannt Bebe), Königin von Kastilien und León

Beatrix I. von Burgund (~1140–1184), Kaiserin (verh. mit Friedrich Barbarossa)

Beatrix II. von Burgund (~1193–1231), Herzogin von Andechs-Meranien (verh. mit Otto VII.)

Beatrix von Schwaben (1198–1222), Tochter von König Philipp (genannt Bea), Kaiserin (verh. mit Otto IV.)

Bertha, Äbtissin des Klosters St. Theodor

Berthold IV. († 1204), Vater Bischof Ekberts, Graf von Andechs, Herzog von Meranien

Berthold von Andechs-Meranien (1182–1251), Erzbischof von Kalocsa, Patriarch von Aquileia

Boppo von Andechs-Meranien (1175–1245), Onkel Bischof Ekberts, Dompropst, Bischof von Bamberg

Christian, Ritter Bischof Ekberts, Bogenschütze und Leiter der Hofmusik

Christine, Sophies Urenkelin

Ebo, Ritter Bischof Ekberts

Ekbert von Andechs-Meranien (~1177–1237), Bischof von Bamberg

Ela/Elisabeth, Sophies Enkelin

Elisabeth (1207–1231), Tochter von Gertrud und Andreas von Ungarn, Landgräfin von Thüringen

Emmerich (1174–1204), König von Ungarn

Erko/Erkenbert, Sophies Vater, Kämmerer Bischof Ekberts

Eva/Ivanka, Sophies Großmutter

Friedrich I. Barbarossa (~1122–10.6.1190), röm.-deutscher König, Kaiser

Friedrich II. (1194–1250), König von Sizilien, röm.-deutscher König, Kaiser

Gerard, Bildhauer aus Reims

Gertrud von Andechs-Meranien (~1185–1213, ermordet), Königin von Ungarn (verh. mit Andreas II.)

Gisela, Sophies Mutter, Haushälterin am Hof Bischof Ekberts

Godehard, Priester im Kloster St. Theodor

Gotebold, Baumeister und Bildhauer am Bamberger Dom

Greta, Frau von Ritter Werner, Haushälterin auf Burg Vila

Grit, Sophies Magd

Gunda, Hofdame von Königin Gertrud

Gundeloh, Domdekan, Zeuge in Urkunden Bischof Ekberts 1203–1216

Hadamar III. von Kuenring/Dürnstein (~1185–1231), österreichischer Ministeriale

Hedwig von Andechs-Meranien (1174–1243), Herzogin von Schlesien, Heilige

Heilika, Nonne, Siechmeisterin im Kloster St. Theodor

Heinrich VI. (1165–1197), Bruder König Philipps, röm.-deutscher König, Kaiser

Heinrich von Waldburg († 1209), Reichstruchsess

Heinz/Heinrich von Kalden (~1175–~1214), Reichshofmarschall

Hermann I. (~1155–1217), Landgraf von Thüringen

Hezilo/Heinrich von Istrien, Markgraf (~1175–1228), Bruder Bischof Ekberts

Hiltrud, Hofdame von Herzogin Theodora Angela

Innozenz III. (1161–1216), Papst

Irenäus, Laienbruder und Krankenpfleger im Kloster Insula

Irene-Maria (~1179–27.8.1208), Tochter des byzantinischen Kaisers, Königin (verh. mit Philipp)

Katharina, Sophies Tochter

Katharina von Pödeldorf, Novizin im Kloster St. Theodor

Katrinchen, Großmutter Evas Magd

Konrad III. († 1152 in Bamberg), röm.-deutscher König

Konrad von Scharfenberg (~1165–1224), Bischof von Speyer und Metz, Reichskanzler

Konstanze von Ungarn (~1177–1240), Königin von Böhmen (verh. mit Otokar Przemysl)

Krafto/Crafto, Domherr, Scholasticus, 1230 Domdekan, Zeuge in Urkunden Bischof Ekberts

Kunigunde von Staufen (1202–1248), Tochter König Philipps, Königin von Böhmen (verh. mit Wenzel I. Przemysl)

Kuno, Marschall Bischof Ekberts, Vater von Richard

Leopold VI. von Babenberg (1176–1230), Herzog von Österreich

Lucilla, Sophies Magd

Lucinus, Baumeister von Burg Vila

Ludwig von Wittelsbach (1174–1231), Herzog von Bayern

Lupold Rindsmaul, Domherr, Zeuge in Urkunden Bischof Ekberts († 1254)

Mara, Köchin auf Burg Vila

Maria (~1203–1225), Tochter von König Philipp, Herzogin von Brabant

Marquart Slicher, Laie, Zeuge in Urkunden Bischof Ekberts 1203–1217

Mechthild von Andechs-Meranien (~1185–1254), Nonne, Äbtissin von Kitzingen

Nicole, Gräfin, Hofdame von Kaiserin Beatrix

Otokar Przemysl (1155–1230), König von Böhmen

Otto I. (~1060–1139), Bischof von Bamberg, Heiliger

Otto II. (~1132–1196), Großonkel Bischof Ekberts, Bischof von Bamberg

Otto IV. von Poitou (1175–1218), Graf von Poitou, Gegenkönig Philipps, Kaiser

Otto VII. von Andechs-Meranien (~1170–1234), Bruder Bischof Ekberts, Herzog, Pfalzgraf von Burgund

Otto VIII. von Andechs-Meranien († 1248), Sohn Ottos VII., letzter Herzog von Meranien

Otto von Botenlauben (1175–1244), Minnesänger

Otto von Wittelsbach (~1180–1209), Pfalzgraf von Bayern, Königsmörder

Philipp von Schwaben (1177–1208), röm.-deutscher König

Riccardo Conti, Bruder von Papst Innozenz III., Graf von Segni

Richard, Sophies geliebter Freund

Richard Löwenherz (1157–1199), König von England

Rudolf, Lokator Bischof Ekberts

Salomon, Jude, Buchhändler in Rom

Siegfried von Eppstein (~1165–1230), Erzbischof von Mainz

Simon, Jude, Finanzier am ungarischen Hof

Sophia, Sophies Urenkelin

Sophie von Weichselburg (~1190–1256), Markgräfin von Istrien-Krain (verh. mit Hezilo)

Stephan, Stallbursche auf Burg Vila

Theodora Angela (~1189–1246), Nichte des byzantinischen Kaisers, Herzogin von Österreich (verh. mit Leopold VI.)

Vocra, Vorarbeiter auf Burg Vila

Waldo, Ritter Bischof Ekberts, Hauptmann, Sophies Ehemann

Walram von Eppstein, Neffe von Siegfried von Mainz

Walther von der Vogelweide (~1170–~1230), Minnesänger

Wenzel I. Przemysl (~1205–1253), Sohn König Otokars

Werner, Ritter Bischof Ekberts, Burgwart von Burg Vila

Wolfram von Eschenbach (~1170–~1220), Dichter

Wortwin, Baumeister am Bamberger Dom, Stifter eines Altars 1229, Sophies Ehemann

Zsuzsanna, Sophies Magd

STAMMBAUM DER ANDECHS-MERANIER

Berthold II. ∞ Sophie von Istrien
†1151 †1132

Berthold III.
1120–1188
1173 Mkgf. von Istrien

Berthold IV. ∞ Agnes von Rochlitz
~1154–1204 †1195
1180 Hg. von Meranien

Otto VII.
Hg. von Meranien
~1173–1234
∞ 21.06.1208
Beatrix von Burgund
†1231

Hedwig
1174–1243
∞ 1186
Hg. Heinrich von Schlesien
†1238

Heinrich/Hezilo
Mkgf. von Istrien
~1176–1228
∞ 1206
Sophie v. Weichselburg
~1190–1256

Ekbert
B. von Bamberg
~1177–1237
1203 Bischof

Otto VIII.
1234 Hg. von Meranien
Pfalzgraf von Burgund
†1248

5 Schwestern

∞ 1. Hedwig von Wittelsbach †1174
2. Luitgard von Dänemark

Otto II. von Bamberg
~1132–1196
1177 Bischof

Boppo von Bamberg
~1175–1245
1237 Bischof

Agnes
~1179–1201
∞ 1196
Kg. Philipp Aug.
von Frankreich
†1223

Gertrud
~1180–1213
∞ 1203
Kg. Andreas
von Ungarn

Berthold
1182–1251
1207 Eb. von Kalocsa
1218 Patr. v. Aquileia

Mechthild
~1184–1254
Äbtissin v. Kitzingen

Abkürzungen
B. = Bischof
Eb. = Erzbischof
Hg. = Herzog
Kg. = König
Mkgf. = Markgraf
Patr. = Patriarch

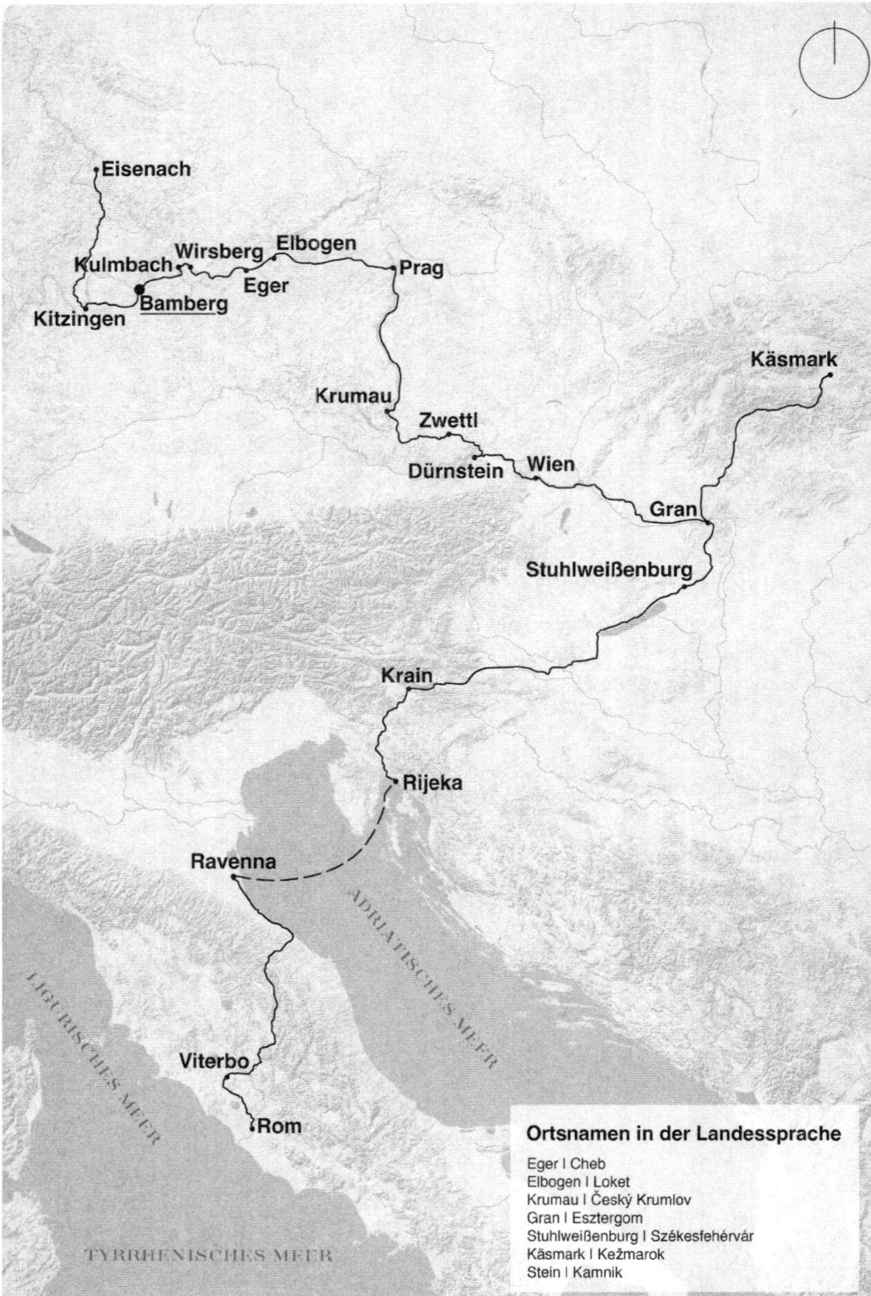

BISCHOF EKBERTS REISEN 1208–1211

Nachwort

Einen bedeutungsvollen Mordfall nach achthundert Jahren aufklären, das wollte ich schon lange. Mit diesem Wunsch war ich allerdings nicht allein – schon viele Forschende haben an dem Mord an König Philipp im Jahr 1208 herumgerätselt. Dabei handelte es sich nie um einen klassischen »Whodunit«-Krimi, denn der Täter war von Anfang an bekannt: Ohne jeden Zweifel hat Pfalzgraf Otto von Wittelsbach den Mord begangen. Unsicher und von vielfältigen Spekulationen umrankt waren jedoch die Hintergründe der Tat.

In einem wissenschaftlichen Artikel (»Bischof Ekbert von Andechs-Meranien (1203–1237) – Opfer einer Intrige? Ein Reichsfürst in der Zeit des deutschen Thronstreits«, abrufbar unter www.dengler-schreiber.de) glaube ich, das Rätsel gelöst zu haben. Als gelernte Historikerin habe ich mich dabei natürlich eng an die Quellen gehalten, also an das, was bis heute erhalten geblieben ist und uns Informationen über jene ferne Zeit liefern kann – Chroniken, Urkunden, Bauwerke, archäologische Funde und so weiter.

Allerdings ist die »Realität« in diesen Quellen immer nur bruchstückhaft vorhanden, und je weiter wir in der Zeit zurückgehen, desto spärlicher werden die Puzzleteile unseres Wissens. Gerade für das Mittelalter fehlt uns im Großteil der überlieferten Quellen eine entscheidende Dimension, jene, die aus Namen erst Menschen macht und sie uns nahebringt: die Gegenwart der Gefühle – Angst, Neid, Sympathie, Ärger, Eitelkeit, Trauer und Freude. Es fehlen in den offiziellen Darstellungen meist die Gespräche, die Witzeleien, die Intrigen hinter den Kulissen. Und es fehlt die Schilderung der Alltagsprobleme: Wie begrüßte man sich, wie lang trug man als Mann die Haare, wo zog man sich vor einem repräsentativen Staatsakt um, wie organisierte man die Logistik eines Hoftags, was servierte man bei einem Gastmahl, wo ging man aufs Klo? Im Rahmen eines Romans kann man versuchen, sich solchen Fragen anzunähern und ein stimmiges Lebensbild zu entwerfen.

Der Roman »Der Königsmord von Bamberg« spielt in einer turbulenten Epoche mit weitreichenden sozialen Veränderungen, die zum Teil Nachwirkungen bis in unsere Gegenwart haben.

Vergegenwärtigen wir uns zunächst die historisch-politische Situation der Zeit um 1200. Sie war geprägt von den Kämpfen dreier großer Machtkonzentrationen: einerseits von der Konkurrenz zwischen den Staufern und den Welfen um den deutschen Königsthron und andererseits vom Kampf zwischen den deutschen Königen beziehungsweise Kaisern mit dem Papsttum.

Bei den Staufern hatten Kaiser Friedrich Barbarossa (1122–1190), seine Söhne Kaiser Heinrich VI. (1165–1197) und König Philipp (von Schwaben, 1177–1208) und später der Sohn Heinrichs VI., Kaiser Friedrich II. (1194–1250), die Hauptrollen inne. Auf der welfischen Gegenseite standen Herzog Heinrich der Löwe (um 1130–1195) und sein Sohn Kaiser Otto IV. (1175/76–1218).

Die Päpste dieser Zeit, allen voran Innozenz III. (1198–1216) und Gregor IX. (1227–1241), setzten ihre Kräfte dafür ein, die Kirche auch zur überlegenen weltlichen Macht zu machen.

Diese Akteure inszenierten in den letzten Jahrzehnten des Hochmittelalters ein spannendes Geschichtsdrama. Für ihre adeligen und geistlichen Mitspieler war die Situation äußerst kompliziert, denn sie gerieten immer wieder zwischen die Fronten der in wechselnden Koalitionen vereinten oder einander feindlich gesinnten Machtblöcke.

Diese Loyalitätskonflikte wogen besonders schwer in einem Staatssystem, das auf persönlicher Treue aufgebaut war, auf einem Treuegelöbnis zwischen Lehnsherr und Vasall. Der Lehnsherr versprach Schutz und »verlieh« ein Gut, sei es Land oder bestimmte Rechte. Dafür war der Lehnsmann zu *auxilium et consilium*, zu »Hilfe und Rat«, verpflichtet. Sein »Dienst« sah unter anderem vor, dass er mit einer festgelegten Anzahl von

Soldaten zum Kriegsdienst erschien und an den Hoftagen des Herrn an den Beratungen teilnahm.

In dieser Hierarchie war der jeweilige König der oberste Lehnsherr; die von ihm direkt vergebenen Lehen machten die damit bedachten Adeligen zu Reichsfürsten, welche seit dem 12. Jahrhundert einen eigenen, nach unten abgegrenzten Stand bildeten. Diese Fürsten hatten besondere Rechte: Sie konnten Grafen und freie Herren als Vasallen annehmen, hatten die ursprünglich königlichen Regalien wie das Zoll-, Gerichts- und Münzrecht inne und durften – das war das wichtigste Privileg – aus ihren Reihen den König wählen. Um 1190 gab es im Reich zweiundneunzig geistliche und zweiundzwanzig weltliche Reichsfürsten. Die historischen Personen in diesem Roman stammen überwiegend aus dieser Schicht.

Viele hohe Adelige wehrten sich um diese Zeit heftig gegen den wachsenden Einfluss der sogenannten »Ministerialen« – Ritter und Beamte der Fürsten, die damals einen rasanten sozialen Aufstieg erlebten. Er beruhte auf ihren besonderen Fähigkeiten im Kriegswesen, in der Verwaltung und der Organisation. Dieser Transformationsprozess ist ein Grundthema des Romans. Ursprünglich waren Ministeriale unfreie Dienstmannen, die von ihrem Herrn verkauft oder verschenkt werden konnten und deren persönliche Lebenssituation, etwa die Wahl des Berufs, des Wohnorts oder des Ehepartners, von ihm bestimmt wurde. Doch im Lauf der Zeit konnten sie aufgrund ihrer herausgehobenen Funktionen selbst erheblichen Besitz erwerben, sie bauten sich eigene Burgen und eigneten sich die Lebensweise der Ritter aus den altadeligen Familien an, indem sie sich zum Beispiel ein eigenes Wappen zulegten.

Sophie, die Ich-Erzählerin und fiktive Heldin des Romans, stammt aus einer solchen Ministerialenfamilie. Ihr Schicksal dokumentiert einerseits die Abhängigkeit von ihrem Herrn – daher konnte Bischof Ekbert Sophie gegen ihren Willen mit einem seiner Ritter verheiraten –, andererseits zeigt es auch die allmähliche Emanzipation der einstigen Dienstmannen. Die Menschen aus Sophies Welt, die Bediensteten und Militärs am

Hof des Bamberger Bischofs, sind fast alle erfunden, da von ihnen, wenn überhaupt, meist nur ein Name überliefert ist.

Über die historische Zentralfigur des Romans, Ekbert von Andechs-Meranien († 1237), ist dagegen relativ viel bekannt. Er wurde um 1177 als dritter Sohn von Graf Berthold IV. von Andechs (seit 1180 Herzog von Meranien) und seiner Gemahlin Agnes von Rochlitz geboren. Die Andechs-Meranier stiegen damals in die Welt des höchsten europäischen Adels auf; das zeigen die Stellungen, die Ekberts Schwestern erreichten: Hedwig wurde Herzogin von Schlesien, Agnes Königin von Frankreich und Gertrud Königin von Ungarn (zur besseren Übersicht befindet sich ein Stammbaum der Andechs-Meranier auf den Seiten 354/355).

Ekbert war von seinen Eltern für die geistliche Laufbahn bestimmt worden. Wo er seine Ausbildung erhielt, ist nicht überliefert, aber es liegt nahe, dass es Bamberg gewesen sein könnte. Die Bamberger Domschule hatte einen sehr guten Ruf, außerdem war sein Großonkel Otto II. dort Bischof, und Ekbert erhielt bereits mit fünfzehn Jahren als Propst von St. Gangolf einen gut dotierten Posten in Bamberg. Anschließend machte er eine steile geistliche Karriere. 1201 wurde er vom Domkapitel zum Dompropst und 1203 sogar zum Bischof von Bamberg gewählt, obwohl er noch nicht das erforderliche Alter von dreißig Jahren hatte. Das erzürnte den damaligen Papst Innozenz III., der in dieser Zeit die staufertreue Familie der Andechs-Meranier ohnehin skeptisch betrachtete. Er akzeptierte Ekbert erst, als dieser persönlich nach Rom reiste und ihm Gehorsam schwor. Und Innozenz III. verstand unter diesem Gehorsam auch, dass sich Ekbert von König Philipp fernhielt.

Die Lage entspannte sich, als Innozenz III. im Frühjahr 1208 mit dem siegreichen König Philipp Frieden schloss. In dieser Phase verabredete Philipp mit den ihm treu ergebenen Andechs-Meraniern, für den 21. Juni 1208 einen Hoftag in Bamberg einzuberufen und zu diesem Anlass auch die Hochzeit seiner Nichte Beatrix von Burgund mit Herzog Otto VII. von

Andechs-Meranien, Ekberts ältestem Bruder, abzuhalten. Mit diesem Ereignis beginnt der Roman.

Ich schildere darin, was ich über den Mord an König Philipp und dessen Folgen für das Leben von Bischof Ekbert herausgefunden habe. Um für Leserinnen und Leser, die sich für die historischen Hintergründe des Romans besonders interessieren, zu dokumentieren, was in meinem Text Fiktion und was historisch belegbar ist, habe ich zu jedem Kapitel des Romans Anmerkungen verfasst, die den Zugang zu den zugrunde liegenden Quellen ermöglichen. Sie stehen auf meiner Homepage (www.dengler-schreiber.de) zur Verfügung. Dort finden sich auch die Biografien der historischen Figuren, die im Roman auftreten.

Es geht in diesen Anmerkungen allerdings nicht nur um die großen historischen Ereignisse, sondern vor allem auch um das Alltagsleben, zum Beispiel das Benehmen bei Tisch, die Speisen, Getränke und Unterhaltungen bei den Festen, die besondere Beachtung, welche die Adeligen dieser Zeit modischer Kleidung, aufwendigen Frisuren und körperlicher Reinlichkeit schenkten, oder um den hohen Stellenwert von Ehre, gesellschaftlichem Ansehen und verwandtschaftlichen Beziehungen. Ich habe sorgfältig darauf geachtet, dass keine Pflanze erwähnt wird, die vielleicht erst später aus dem Orient oder aus Amerika zu uns kam, und kein Gegenstand ohne reales Vorbild. Ein Detail mag uns aus heutiger Sicht verwundern oder empören: Unsere fiktive Heldin Sophie wird mit dreizehn Jahren verheiratet. Doch noch bis ins 16. Jahrhundert war das, was wir heute »Kinderehe« nennen, durchaus üblich. Jungen galten mit vierzehn Jahren als ehefähig, Mädchen mit zwölf und mit der ersten Regelblutung, ihren »Rosen«.

Alle geschilderten historischen Ereignisse entsprechen weitgehend dem Stand der wissenschaftlichen Forschung. Und gerade die Szenen, die am unwahrscheinlichsten klingen, sind durch Quellen belegt. So hat Pfalzgraf Otto von Wittelsbach tatsächlich zu König Philipp gesagt: »Das soll auch kein Spiel für dich sein!«, bevor er ihn ermordete. Das berichtet zumindest die zuverlässigste Quelle für den Mord, der Brief des päpstlichen Gesandten Hugolino an seinen Onkel, Papst Innozenz III. Und Otto IV. hat tatsächlich diesen Papst, der ihn an seine schriftlich niedergelegten Versprechen erinnerte, verspottet mit den Worten, es könne schon sein, dass sich so ein »Wisch« (also ein Schreiben) im päpstlichen Archiv befinde, denn darüber empört sich der Papst in einem Brief an den französischen König. Kaiser Otto IV. hatte, wie von Sophie geschildert, eine ausgesprochene Begabung dafür, sich Feinde zu machen: Er hat wirklich das Geschenk des Herzogs von Österreich, ein Kästchen mit Goldmünzen, das ihm dieser anlässlich seiner Krönung überreichte, verächtlich zu Boden geworfen, weil es ihm zu wenig war.

Weitgehend erfunden sind dagegen die Ereignisse auf der Flucht Ekberts nach Ungarn, denn darüber haben wir keinerlei direkte Nachrichten. Doch die Orte, Höfe und Burgen, die der Bischof und sein Gefolge auf dieser Reise besuchten, habe ich so genau wie möglich beschrieben: die Burg von Eger, den Hradschin, die Wiener Stadtmauer, die Herzog Leopold damals mit dem Lösegeld von Richard Löwenherz erbaute, die Burgen in Gran, Stuhlweißenburg, Stein und so weiter.

Konkret wird unser Wissen zu Ekberts Schicksal erst wieder mit der Urkunde, in der festgehalten wird, dass König Andreas dem Propst Adolf ein Areal in der Zips geschenkt hat. Dadurch erfahren wir erstmals, dass der ungarische König seinem Schwager Ekbert einen großen Teil der Zips (einer Region im damaligen Nordungarn, heute Slowakei) übergeben hat und damit dem nach der Ächtung mittellosen Verfolgten ein Einkommen ermöglichte. Auch die Anwesenheit Ekberts bei der Kaiserkrönung Ottos IV. 1209 in Rom und sein vergebliches Warten auf seinen Prozess sind durch einen Brief des Papstes belegt, ebenso der Aufstand der Römer; erfunden dagegen sind der Angriff auf Ekberts Gefolge und Waldos Tod.

Im letzten Teil des Romans geht es vor allem um Bischof Ekberts Rehabilitation und seinen Plan, den Neubau des Bamberger Doms fortzuführen. Zur Rückkehr Ekberts nach Bamberg, zur vorhergehenden Fürstenopposition gegen Kaiser Otto IV. und zu Ekberts Rolle in dieser Verschwörung lassen sich in meinem oben erwähnten Artikel die entsprechenden Belege finden. Schwierigkeiten bereiten dagegen die Quellen zur Baugeschichte des Bamberger Doms, obwohl es dazu inzwischen meterweise wissenschaftliche Literatur gibt.

Das Problem ist, dass wir aus der Bauzeit dieser großen Kathedrale lediglich zwei direkte schriftliche Nachrichten haben: einen Hinweis auf ihre Weihe am 6. Mai 1237 und eine Urkunde von Bischof Ekbert vom 15. August 1229, in der er bestätigt, im südlichen Querschiff einen Marienaltar geweiht zu haben, zur *»memoria«* für ihn selbst und für seinen »geliebten Bruder (in Christo), den Werkmeister Wortwin«. Aus dieser Urkunde habe ich meinen Dombaumeister Wortwin entlehnt, in den sich unsere Heldin Sophie so heftig verliebt. Wir wissen nicht, wer und was Wortwin war: War er ein Geistlicher oder ein Laie, hatte er als »Werkmeister« nur die Bauleitung, oder war er der planende Architekt? Aber das Leben, das ich ihm angedichtet habe, korrespondiert weitgehend mit dem, was die überaus komplexe Forschung zum Baugeschehen des Doms rekonstruieren konnte.

Mit ihrer Heirat mit dem Dombaumeister endet Sophies Erzählung über die spannendsten sechs Jahre ihres Lebens, die sie als alte Frau für ihre Enkelin Ela aufschreibt. Im Epilog resümiert Ela das weitere Leben von Sophie und Wortwin und erwähnt dabei auch die mögliche Lösung eines Rätsels, mit dem sich die Wissenschaft schon lange beschäftigt: Es geht um die Frage des Übergangs oder der Zusammenarbeit zwischen der »älteren« und der aus Reims kommenden »jüngeren« Bauhütte am Bamberger Dom. Dass ich Wortwin als verantwortlichen Bildhauer und Dombaumeister vom Gerüst fallen lasse, sodass er danach zwar als Architekt, nicht mehr jedoch als Bildhauer arbeiten kann und deshalb seine Freunde aus Reims herbeiruft, ist natürlich reine Erfindung. Ebenso, dass Sophie als Modell für die wunderbare Statue der »Synagoga« gedient haben soll.

Sophie ist ein für das 13. Jahrhundert eher ungewöhnliches

Mädchen. Frauen wurden damals im Minnesang zwar auf ein Podest gestellt und angehimmelt, hatten in Wirklichkeit aber meist wenig zu sagen. Sie unterstanden im Allgemeinen der »Munt« (Vormundschaft) ihres Vaters oder Ehemanns und galten, vor allem wenn sie nicht dem Adel entstammten, vor dem Gesetz als unmündig und teilweise rechtlos. Doch die Quellen erzählen auch immer wieder von Frauen, die sich eine gewisse Eigenständigkeit erobern konnten, so wie es Sophie gelungen ist.

Danksagung

Ein Buch wie dieses kann man nicht ohne vielfältige Hilfe schreiben.

Ich bedanke mich bei meinen Erstleserinnen und -lesern, deren Kritik mir sehr geholfen hat und deren Anregungen ich fast alle übernommen habe – bei meiner Schwester Angelika Pohle, bei Heike Malad, Werner Kinkel und Asli Heinzel, die immer wieder fragten, wann mein Buch denn nun endlich erscheinen werde.

Für wissenschaftliche Beratung danke ich Professor Dr. Klaus Arnold († 25.8.2023), Dr. Klára Berzeviczy, Dr. Thomas Eißing, Dr. Christine Hans-Schuller und Prof. Dr. Manfred Schuller, auch wenn ich um manches Detail mit ihnen gerungen habe, weil die Ergebnisse der Forschung nicht immer zu meiner Dramaturgie passten.

Für die Zitate in ungarischer Sprache hat dankbarerweise Prof. Dr. László Árpád Vaskovics gesorgt.

Angelika Gaufer hat sich mit Kompetenz und Power um die mediale Vorstellung des Buches gekümmert.

Ohne die Berge von Literatur, die mir die immer kompetenten und freundlichen Mitarbeiter der Staatsbibliothek Bamberg besorgt haben, und ohne deren stets unbürokratische Hilfe wäre meine Arbeit nicht möglich gewesen.

Sie fand weitgehend am heimischen Schreibtisch statt, doch hin und wieder durfte ich dem Alltag für einen Arbeitsurlaub entfliehen und Haushalt, Garten, E-Mails und Veranstaltungen hinter mir lassen. Aufnahme fand ich in dem wunderbaren Elternhaus von Nadine und Hendrik Heuser in Oberaudorf. Ich bedanke mich bei ihnen ganz herzlich für diese Wochen intensiven Schreibens, und für die Vermittlung danke ich Jutta und Lutz Schimmelpfennig.

Ich danke Stefanie Rahnfeld und dem Emons Verlag, dass sie mein Manuskript angenommen haben, und meiner Lektorin

Uta Rupprecht für all ihre Anregungen und ihre intensive Anteilnahme an meinem Text.

Schließlich danke ich wie immer meinem Mann für seine Geduld und die leckeren Mahlzeiten, mit denen er mich bei Kräften hielt.

Anna Degen
DAS HAUS AM NONNENGRABEN
Broschur, 240 Seiten
ISBN 978-3-89705-494-3

Hanna Tal soll einen Artikel über das verwahrloste »Haus am Nonnengraben« schreiben. Doch dort findet sie nicht nur eine alte Frau, die seit Wochen tot an ihrem Küchentisch sitzt, sondern auch die junge Stadtstreicherin Tanja mit ihrem Baby. Bei dem Versuch, Tanjas Unschuld zu beweisen, gerät Hanna immer tiefer in den Strudel der dunklen Geheimnisse des Hauses. Staatsanwalt Benno Berg und die Polizei verfolgen bei ihren Recherchen eine ganz andere Spur, die sie zu illegalen Geldgeschäften in der feinen Bamberger Gesellschaft führt. Wo ist der Knoten, der Vergangenheit und Gegenwart verknüpft?